Stephan Knösel
PANIC HOTEL
Letzte Zuflucht

Stephan Knösel

PANIC HOTEL

LETZTE ZUFLUCHT

Roman

Für Frank

Dieses Buch ist erhältlich als:
ISBN 978-3-407-75829-3 Print
ISBN 978-3-407-75830-9 E-Book (EPUB)

© 2020 Beltz & Gelberg
in der Verlagsgruppe Beltz, Weinheim Basel
Werderstraße 10, 69469 Weinheim
Alle Rechte vorbehalten
Lektorat: Frank Griesheimer
Neue Rechtschreibung
Einbandgestaltung: UNIMAK GmbH/Melina Oberscheven, Hamburg
Satz: Jasmin Kerstner
Druck und Bindung: Beltz Grafische Betriebe, Bad Langensalza
Printed in Germany

Weitere Informationen zu unseren Autor_innen und Titeln
finden Sie unter: www.beltz.de

*»Mit unserer Gier und unserer Dummheit werden
wir uns eines Tages selbst ausrotten.«*
Stephen Hawking
(britischer Astrophysiker, 1942–2018)

**FRANKFURT AM MAIN
APRIL 2032**

1

Dies war der erste Tag vom Rest ihres Lebens. Für sie alle hier im Fahrzeug. Es war halb Panzer, halb SUV, mattschwarz, geländetauglich. Janja saß direkt hinter dem Fahrer. Das Fenster neben ihr war verdunkelt. Trotzdem schloss sie automatisch die Augen, so grell war der Lichtblitz am Horizont. Er brannte sich wie ein gleißendes Tattoo in ihr Blickfeld ein. Sogar mit geschlossenen Augen sah sie die Umrisse dieser gigantischen Feuerfontäne noch minutenlang vor sich.

Der Sprengsatz war in der Luft und nicht am Boden explodiert. Es war eigentlich unmöglich, dass sie das tatsächlich gesehen hatte. Aber sie war sich ganz sicher. In den Unterweisungen der letzten Monate hatte es geheißen, dass durch eine Explosion knapp über dem Zielort eine größere Zerstörung erreicht werden könne. Und der nächste Sprengsatz konnte direkt vor ihnen, neben ihnen, über ihnen einschlagen. Jederzeit.

Es war wie ein Albtraum – doch es passierte wirklich, selbst wenn es immer noch unvorstellbar war. Der Krieg hatte Europa erreicht. Wie ein gigantischer Waldbrand hatte er sich vom Nahen Osten aus von Land zu Land gefressen und die Weltmeere übersprungen – alles innerhalb weniger Stunden.

Theissen – Janjas Dienstherr, der neben seiner Frau direkt hinter dem Beifahrersitz saß – hatte gesagt, dass dieser Krieg in ein, zwei Stunden schon wieder zu Ende wäre. Aber Janja spürte, dieses Ende würde sich bis in die Ewigkeit ziehen. Wenn sie es überhaupt noch rechtzeitig in den Bunker schafften!

Gerade hatten sie das gelbe Ortsschild am Straßenrand hinter sich gelassen, auf dem *Frankfurt* rot durchgestrichen war. Doch bis zum *Hotel* waren es noch gut zehn Kilometer.

Hotel war nicht der offizielle Name des Bunkers. Er hatte keinen Namen. Aber der Bunker war hinter dem *Le Grand* in den Berg gebaut worden und ähnelte selber einem Hotel. Das war Absicht. Die zukünftigen Bewohner – wie die Theissens – gehörten zu den reichsten Menschen Deutschlands. Weil diese Menschen den Bunker finanziert hatten, nannte man sie die Gründer. Der Aufenthalt kostete pro Person eine zweistellige Millionensumme.

Mehr wusste Janja nicht darüber – nur, dass die Gründer sich dort wohlfühlen sollten wie in einem Luxushotel, und das die nächsten dreißig Jahre lang, mindestens. Das war den Theissens garantiert worden.

Garantiert! In Zeiten wie diesen war das irgendwie lachhaft, fand Janja. Aber das behielt sie für sich. Mit den Theissens sprach sie nur, wenn sie dazu aufgefordert oder etwas gefragt wurde. Das hatte ihre Mutter ihr eingebläut.

»Hat Vanessa dir geschrieben?«, fragte Theissen seine Frau.

Sie musterte ihre fein manikürten Finger. »Nein.« Ein kleiner roter Nagellacktupfer hatte sich an dem seidenen Stoff ihres Ärmels festgesaugt.

»Schau noch mal nach.« Theissen warf einen Blick auf seine Armbanduhr, die wesentlich teurer war, als es den Anschein hatte.

Seine Frau holte einen Schminkspiegel aus ihrer Handtasche. Ihr Haar war makellos und voll, obwohl sie schon fast fünfzig war, auch ihr Make-up war perfekt. Allerdings schien sie nicht zufrieden damit. »Ich habe auf Vibration gestellt.«

»Trotzdem!«, sagte Theissen. Auch ihm merkte man sein Alter erst an, wenn man genauer hinschaute. Dann sah man, dass die Falten in seinem Gesicht keine Striche mehr waren, sondern kleine Kerben. Und sich ein Doppelkinn bildete, wenn er im Sitzen den Blick senkte.

Vanessa war die Tochter der Theissens. Sie war nur ein Jahr älter als Janja, doch Welten trennten sie. Vanessa hatte die Ausgangssperre missachtet und sich letzte Nacht mit Freunden getroffen, um ihr Abitur nachzufeiern. Das hatte auf dem digitalen Message Board im Eingangsbereich gestanden – und darunter: *Ihr hättet es mir nicht erlaubt, wenn ich gefragt hätte.*

Vanessa! Janja wusste nicht, ob sie froh war oder entsetzt, dass sie nicht mit ihnen in diesem Panzerfahrzeug saß. Sie betrachtete den Sonnenaufgang im Rückspiegel auf der Fahrerseite. Tränen stiegen in ihr hoch. Es würde der letzte Sonnenaufgang ihres Lebens sein.

Janjas Blick traf den des uniformierten Fahrers im Rückspiegel. Seine Ärmel waren exakt über die Ellbogen gekrempelt. Eine bleistiftdicke Narbe lugte weiß glänzend am Hals aus seinem Hemd. Auch sein muskulöser rechter Unterarm hatte eine Narbe. Diese war kraterförmig und stach noch mehr hervor, weil seine dunkel behaarte Haut an dieser Stelle wie rasiert wirkte.

Der Mann schaute sie an, als könne er ihre Gedanken lesen. Er lächelte nicht tröstend oder nickte ihr aufmunternd zu. Er spielte das, was gerade passierte, nicht herunter. Janja war dankbar dafür. Ein Wort der Verharmlosung, und sie wäre ausgeflippt. Dass sie so ruhig dasitzen konnte, wunderte sie selber.

Es musste der Schock sein, die Überforderung, die Fassungslosigkeit.

Der Fahrer war vielleicht zwanzig, gar nicht viel älter als sie. Wie alle Wachen war er vorher Soldat gewesen. Er hatte mit Böhn, dem Chef des Wachkontingents, der vorne auf dem Beifahrersitz saß, an der türkischen Außengrenze zum Nahen Osten gekämpft.

Jetzt drehte Böhn sich zu ihnen um. »Alles in Ordnung da hinten?«

Janja hätte fast aufgelacht, weil es eine so normale Frage war. Auch der Fahrer verkniff sich ein freudloses Lächeln – so als könnte er tatsächlich ihre Gedanken lesen. Dann riss er das Lenkrad des Humvees nach rechts und sein Gesicht verschwand aus dem Rückspiegel, ebenso der Sonnenaufgang. Doch Janja erkannte noch das aufgenähte Namensschild über der linken Brusttasche seiner schwarzen Uniform:

reyeM . G

»Meine Tochter – wir erreichen sie einfach nicht!«, sagte Theissen. Er nahm die rötlich braune Hornbrille ab und rieb sich die Augen.

»Sie hat ja nicht auf uns hören wollen«, sagte seine Frau. Es war ein unnötiger Kommentar, aber die Beziehung von Frau Theissen und ihrer Tochter war schwierig.

Auch Eryka, Janjas Mutter, war eher eine kühle Frau. Entsprechend pragmatisch war der Abschied gewesen heute im Morgengrauen, es musste ja schnell gehen. Eryka war mit dem restlichen Dienstpersonal in der Villa zurückgeblieben. Sie hatte ihren Platz im Bunker Janja überlassen. Wie sie die Theissens dazu gebracht hatte, zuzustimmen, war Janja ein Rätsel. Sie hatte wiederholt gefragt, und ihre Mutter hatte nie darauf geantwortet – und das, ohne ihrem forschenden Blick dabei auszuweichen.

Böhn wandte sich jetzt wieder seinem Fahrer zu. Vermutlich wollte er nicht in die Familienangelegenheiten der Theissens hineingezogen werden. Er fuhr sich mit einer Hand über den nicht ganz kahl rasierten Kopf. Ein paar Haarstoppeln glänzten silbern im Sonnenlicht. Böhns Frisur verbarg nur halb eine beginnende Glatze, die ihm aber gut stand.

Der Humvee bretterte nun zwischen zwei Grundstücken hindurch, wo die Häuser kaum noch Fensterscheiben hatten, dann über eine brachliegende Fläche voller verdorrtem Unkraut. Im Rückspiegel tauchten kurz ein paar der anderen Humvees auf, mit denen sie eine Kolonne bildeten. Dann drehte Böhn sich wieder zu ihnen nach hinten um.

»Keine Sorge, wir schaffen es noch rechtzeitig.«

»Und unsere Tochter?«, fragte Theissen. Er schaute wieder seine Frau an, aber sie reagierte nicht. Sie tippte Nachrichten in ihr Telefon, wobei ihre Finger geschickt über das Display tanzten, wie bei einer Jugendlichen.

Der Fahrer wechselte nun einen Blick mit Böhn, wobei weder der eine noch der andere etwas sagte.

Vielleicht hat sie Glück, dachte Janja. Vielleicht wird Frankfurt vor einem direkten Einschlag verschont, und Vanessa kann sich zur Villa durchschlagen, bevor die Strahlung die Stadt erreicht.

Vielleicht kann sie sogar das Tor und die Eingangstür öffnen und sich in den gepanzerten Keller flüchten, zum Dienstpersonal. Auch dort gab Vorräte, die lange halten sollten, wenn auch keine dreißig Jahre. Und es gab Feldbetten. Es wäre nicht so luxuriös wie im *Hotel*, doch es wäre besser als nichts. Viel besser.

Das Nichts erwartete den Rest der Menschheit. Oder neunundneunzig Komma neun Prozent davon.

Das hatte Janja sogar ihrer Mutter vorgeschlagen: dass auch sie in der Villa bleiben könnte. Dass sie dann immerhin zusammen wären, Mutter und Tochter. Eryka hatte die Diskussion beendet, bevor sie überhaupt anfangen konnte. So was sei leider nur ein sentimentaler Traum. Ob man in der Villa überleben könne, müsse sich erst herausstellen. Dem restlichen Dienstpersonal sagte Eryka davon nichts. Die sollten noch träumen dürfen. Warum ihnen das nehmen? Hoffnung bis zuletzt – das machte doch die Menschen aus.

Der Humvee krachte schaukelnd zurück auf die Straße. An der Kreuzung waren die Ampeln ausgefallen. In Frankfurt hatten sie noch orange geblinkt. Sogar die digitale Anzeige über einer Apothekentür hatte noch geleuchtet – oder wenigstens geflackert, rot wie ein letztes ausgehendes Feuer. 36 Grad Celsius. Am 17. April 2032.

Die Klimaveränderung war der eigentliche Kriegsgrund gewesen. Auch die damit einhergehenden Krankheiten. Nach den langjährigen Gefechten in Syrien, Irak und Palästina und der gleichzeitigen anhaltenden Dürre dort war ein unfassbar großer Flüchtlingsstrom entstanden, der über die Türkei nach Europa drängte. Bodentruppen hatten ihn nicht aufhalten können. Um diese und andere Klimaflüchtlinge aus Afrika abzuschrecken, hatte die westliche Allianz einen Warnschuss in Form mehrerer Mittelstreckenraketen abgegeben. Das wiederum hatte der Iran als Angriff auf sein Hoheitsgebiet interpretiert. So stieß ein Dominostein den nächsten um: Der Gegenangriff des Iran musste vergolten werden – was wiederum Russland als Verbündeten Irans in Zugzwang brachte. Danach gab es kein Zurück mehr.

36 Grad im April! Hier im Humvee war es wegen der Klimaanlage angenehm kühl. Auch im *Hotel* würde es eher kühl sein, 18 Grad, hatte Böhn ihnen bei der letzten Einweisung gesagt. Auf Dauer müssten sie darauf achten, genügend Fett zu sich zu nehmen und den Körper durch ausreichend Bewegung warm zu halten. Dass der angenehme Effekt, aus der Hitze draußen nach drinnen ins Kühle zu gelangen, schnell verpuffte, hatte Janja schon beim ersten Probealarm gemerkt. Es war, wie nach der Gartenarbeit in die kalte Dusche zu steigen: kurz sehr angenehm – bis es eben doch zu kalt wurde.

»Wissen Sie, wo genau Ihre Tochter sich aufhält?«, fragte Böhn.

»Nein, leider nicht«, antwortete Theissen. »Sie wollte mit ihren Freunden feiern.« Sein Blick wanderte zum Horizont, wo eine gewaltige pilzförmige Wolke aufstieg. »Mit diesem Feuerwerk hat sie wohl nicht gerechnet.«

Janja musste an ihre Mutter denken. Sie hatte sich oft ausgemalt, dass ihre Mutter nur aus einem Grund keine übertriebene Nähe zuließ: damit ihr der unvermeidbare Abschied nicht schwerer fallen würde als nötig. Ob das der wahre Grund war, würde Janja nie erfahren. Auch ihre Vieraugengespräche waren immer auf einer praktischen Ebene geblieben. Ihre Mutter wurde nie emotional.

Jetzt bog der Fahrer auf die Landstraße. Das parallel verlaufende Gleisbett neben den verdorrten Feldern war abgerutscht. Eine Schiene ragte wie ein offener Knochenbruch in die Luft. Dahinter stand ein Regionalzug mit eingeschlagenen Scheiben und graffitibesprüht auf freier Strecke. Ein umgekippter Traktor versperrte die Zufahrtsstraße in eine Ortschaft, wo runtergebrannte Häuserfassaden sich aneinanderreihten. Weit und breit waren keine Menschen zu sehen. Sogar die Straßensperren waren unbesetzt, die Soldaten geflohen – aber wohin? In den Wald? In die Höhlen am Falkenstein?

Herr Theissen tippte zum bestimmt zwanzigsten Mal auf das Display seines iPhone Zero. Vanessas Profilbild leuchtete wieder auf. Böhn reichte ihm sein Satellitentelefon nach hinten. »Versuchen Sie es damit!«

Aber dann klingelte das iPhone, gerade als Theissen auf *Anrufen* tippen wollte. Sogar seine Frau wirkte überrascht und kurz voller Hoffnung.

»Vanessa!« Theissen weinte fast, aber es zitterte nur sein Kinn.

»Stell auf laut!«, sagte seine Frau. Ihre Augen leuchteten auf. Sie war plötzlich ganz präsent. Oft wirkte sie, als hätte sie sich in einen unsichtbaren Kokon zurückgezogen.

Theissen machte eine abwehrende Handbewegung. Dann hielt er sich das eine Ohr zu und presste das Telefon noch fester gegen das andere. Vorne schob Böhn sich einen Kaugummi in den Mund. Seine Kiefermuskeln traten hervor und machten sein Gesicht noch kantiger. Er pellte einen weiteren Streifen aus der Verpackung und hielt ihn dem Fahrer hin. Der schnappte ihn sich mit den Zähnen, statt eine Hand vom Lenkrad zu nehmen, und Böhn lachte leise, fast lautlos, wie um die Theissens hinten nicht zu stören.

»In Ordnung«, sagte Herr Theissen. »Bleib einfach da, ja? Beweg dich nicht von der Stelle!«

Er beugte sich mit dem Telefon am Ohr nach vorne, aber Böhn kam ihm zuvor: »Wo ist sie?«

»Am Osttor. Wo es den Berg hochgeht.«

»Beim Naturlehrpfad?«

»Ja. Sie sagt, die Wachen lassen sie nicht rein.«

Der Humvee näherte sich dem Haupttor, von dem aus das *Le Grand* noch gar nicht zu sehen war. Ein vier Meter hoher, doppelt gesetzter Natodrahtzaun mit besonders scharfen Klingen war vor fünf Jahren um das Anwesen gebaut worden. Jetzt stand alle zwanzig Meter ein Soldat davor Wache. Seelenruhig, als wäre noch nichts passiert. Janja konnte es kaum glauben. Anscheinend hatten diese Leute gar keine Angst um ihr Leben. Der Humvee wurde langsamer. Schließlich hielt er ganz an. Sogar Böhn musste sich ausweisen. Er streckte seinen kräftigen Arm aus dem Fenster, wo unter dem Handgelenk ein Chip implantiert war. Ob der Barcode, der darübertätowiert war, auch eine Bedeutung hatte, wusste Janja nicht. Vielleicht war es nur ein ironischer Kommentar, was seinen Job anging – beziehungsweise seinen ehemaligen Job als Soldat, so verwaschen, wie das Tattoo inzwischen aussah.

»Können Sie uns hinbringen, Böhn?«, fragte Theissen fast schon flehend, als der Humvee sich wieder in Bewegung setzte.

Frau Theissen drehte an ihrem Ehering herum, so als wäre es wichtig, dass der Ring sich ständig in Bewegung befand. Kurz richtete sie sich auf, als ob sie etwas sagen wollte, aber sie blieb still.

»Es wäre riskant, Herr Theissen«, sagte Böhn diplomatisch. Dabei scannte er mit einem Blick durchs offene Fenster das Gelände.

Für eine Weile war es bis auf die Motorengeräusche ruhig im Humvee. Der Fahrer steuerte das Fahrzeug die hügelige Auffahrt entlang. Links und rechts war sie von Pappeln gesäumt. Die Bäume verloren jetzt schon ihre Blätter, weil es so trocken war. Auch die Rasenflächen waren gelb und hart und nicht mehr golfplatzgrün wie vor einem Jahr noch, als Janja hier zum ersten

Mal war, auf ihrer Einweisungstour im Bunker. Damals war das *Le Grand* noch bemüht, die idyllische Fassade aufrechtzuerhalten – was Unmengen an wertvollem Wasser gekostet hatte.

»Ich kann das Mädchen holen!«, sagte der Fahrer plötzlich.

»Das würden Sie tun?«, entgegnete Theissen verblüfft. Eine lange Strähne seines schütteren, nach hinten gekämmten Haars fiel ihm ins Gesicht und er wischte sie mit einer Hand hastig beiseite.

»Ja. Klar.« Der Fahrer sagte das ganz beiläufig, als wäre es kein großes Ding.

»Dir bleibt nicht viel Zeit dafür, Gabriel«, sagte Böhn.

»Ich schnapp mir 'ne Enduro am Eingang, wenn ich euch abgesetzt habe. Zur Not ein Mountainbike.« Er hatte eine schöne Stimme, tief und voll, fiel Janja jetzt auf.

»Ein Mountainbike?«, sagte Frau Theissen. »Wie wollen Sie Vanessa mit einem Mountainbike vom Altkönig zum Hotel bringen? Wollen Sie vorher noch einen Gepäckträger daraufmontieren?«

Der Fahrer ließ sich zwei Sekunden Zeit, bevor er seelenruhig antwortete: »Na, ich hoffe, Ihre Tochter kann Rad fahren. Ich lauf nebenher.«

Gabriel, dachte Janja. Gabriel Meyer. Den Namen würde sie sich merken.

»Ist nur ein Vorschlag«, sagte Gabriel kaugummikauend.

»Nein, warten Sie«, erwiderte Herr Theissen schnell. Er warf seiner Frau einen giftigen Seitenblick zu. Dann sagte er: »Ich wäre Ihnen sehr dankbar, wenn Sie das für uns tun könnten.«

Gabriel nickte nur, und Böhn sagte gutmütig: »Wahrscheinlich läuft er sogar voraus. Der Mann hier ist ziemlich schnell. Ich hab ihn ausgebildet.«

Böhn klopfte Gabriel auf die Schulter und Gabriel grinste. Theissen dagegen senkte den Blick, wie um zu beten. Wieder fiel ihm die Strähne vors Gesicht. Diesmal ließ er sie dort.

2

Wesley zitterte trotz der Hitze am ganzen Körper. Es war die Aufregung. Sie ließ sich nicht abstellen. Er musste die Arme vor der Brust verschränken und sich mit der Schulter gegen den Baum lehnen. Sich fast dagegendrücken!

Sie warteten am Waldrand an der ersten Station des Naturlehrpfads. Von hier aus hatten sie gute Sicht auf das Osttor und die beiden Wache schiebenden Soldaten dort.

Vanessa neben ihm steckte den Anblick der riesigen, pilzförmigen Wolke am Horizont besser weg. Zwar schaute sie ernst, aber so, als hätte sie seit ihrer Geburt schon mit etwas Derartigem gerechnet. Wesley hingegen hatte seit gestern nichts gegessen und dennoch das Gefühl, sich übergeben zu müssen. Dass Vanessa auch nervös war, wegen Gabriel – ob er es schaffen würde –, sah man nur an ihren Händen, die sie immer wieder zu Fäusten ballte. Ansonsten stand sie still da.

Vanessa und Gabriel waren seit ein paar Monaten zusammen. Heimlich, wegen Vanessas Eltern. Sie hatten sich auf einer Einweisungstour im Bunker kennengelernt. Gabriel hatte eine Gruppe Jugendlicher durch das *Hotel* geführt. Es waren Kinder der Gründer – also derjenigen, die für ihren Aufenthalt im Bunker nicht arbeiten mussten, weil sie vierzig Millionen Euro bezahlt hatten. Die anderen – das Dienstpersonal – nannte man Fachkräfte. Gründer und Fachkräfte: seltsame Bezeichnungen.

Aber auch *Hotel* war ein eigenartiger Name für einen Hochsicherheitsbunker.

Dort hatte die Gruppe Jugendlicher bei der Einweisungstour einen Einblick in die Alternative Realität bekommen, die man extra für sie entwickelt hatte. Damals war es noch die Beta-Version, doch scheinbar schon beeindruckend genug. Nachdem die anderen Jugendlichen in die Virtual-Reality-Anzüge geschlüpft waren und die Neuro-Computerologen die Helme angepasst hatten, verloren sie sich stundenlang in dieser alternativen Welt.

Nur Vanessa hatte kein Interesse gehabt. Sie unterhielt sich lieber mit Gabriel. Was Wesley nicht wunderte. Im Gegensatz zu ihm hatte sein Bruder schon immer leichtes Spiel bei den Frauen gehabt. Die meisten waren jedoch älter als Vanessa gewesen, Mitte bis Ende zwanzig. Beim Frühstück am nächsten Morgen kommentierten sie das oft ironisch: Dass sie mit so einem jungen Typen wie Gabriel im Bett gelandet waren – wie konnte das nur passieren …?

Wesley hätte es ihnen sagen können, wenn sie das nicht schon selber gewusst hätten: Sein Bruder sah einfach klasse aus. Pechschwarze Haare, stahlblaue Augen, ein Körper wie aus einem Fitnessmagazin. Sogar seine Narben machten ihn nicht hässlicher. Er trug sie wie andere ihre Tätowierungen. Und als würde das nicht schon reichen, war er auch noch klug, nett und witzig. Wesley hatte diese Mischung schon oft so richtig zum Kotzen gefunden, selbst wenn er seinen Bruder liebte. Aber wie wollte man gegen so jemanden auch nur anstinken?

Das mit dem Alter war irgendwie auch Quatsch. Gabriel war zwar erst zwanzig, aber er hatte ein Jahr an der türkischen Außengrenze gekämpft. Was auch immer er dort alles gesehen hatte, er war mindestens um zehn Jahre gealtert, als er von dort zurückkam. Dazu musste man ihm nur mal in die Augen schauen.

Doch auch Vanessa sah nicht aus wie siebzehn. Die Haut natürlich schon und auch ihr Körper – Wesley hatte sie in den letzten Monaten oft genug halb nackt durch den Flur huschen sehen. Was ihm aber gar nicht recht gewesen war, weil es ihn total verwirrte. Immerhin war sie mit seinem Bruder zusammen. Und ihre Augen waren genauso alt wie die von Gabriel. Und traurig. Am traurigsten, wenn sie lächelte. Auch sie musste schlimme Dinge gesehen haben – oder nicht genügend schöne Dinge, hatte Gabriel gemeint. Wesleys Argument, dass Vanessa in einer Villa lebte, die an Schönheit wohl kaum zu überbieten war, ließ Gabriel nicht gelten.

Mit Vanessa und Gabriel hatten sich zwei Seelenverwandte getroffen. Anders konnte Wesley es nicht sagen, auch wenn er nicht unbedingt an Seelen und so was glaubte. Wenn man ihn gefragt hätte, ob er Vanessa sympathisch fand, hätte er das nicht sofort beantworten können. Er fand sie nicht unsympathisch, aber sie lebte in einer anderen Welt. Doch dass sie gerade ihr Leben für ihn riskierte, würde er ihr nie vergessen. Selbst wenn sie das streng genommen nicht für ihn, sondern für seinen Bruder tat.

Dass Gabriel seinen Platz im Bunker für ihn riskierte, war auch nicht gerade selbstverständlich. Doch es hatte Wesley nicht überrascht. Als ihr Vater damals krank geworden war, schickte Gabriel unaufgefordert seinen Sold aus dem Kriegsgebiet nach Hause, um bei den Kosten zu helfen. Ihre Mutter war dankbar dafür, aber es war ihr unangenehm gewesen. Trotzdem ließ Gabriel sich nicht davon abbringen. Was brauchte er da unten schon? Essen wurde gestellt, Kleidung auch – und das

Feierabendbier konnte er sich mit Kartentricks oder Armdrücken verdienen. Dann schmeckte es sowieso besser. Ende der Diskussion.

Auch Wesley hätte für Gabriel sein Leben riskiert. Nur hätte er dabei garantiert wieder dieses flaue Gefühl gehabt, wie eine Vorahnung, dass es am Ende doch nichts bringen würde. Er war kein halber Superheld wie sein Bruder, nur ein normaler Siebzehnjähriger. Durchschnittliches Aussehen, mit einem Rest von Babyspeck im Gesicht, durchschnittlich in der Schule, ein ganz guter Verteidiger in seiner Fußballmannschaft, doch überdurchschnittlich höchstens in seinen Computerskills, aber vermutlich machte er sich auch da etwas vor.

Wesley liebte seinen Bruder, ohne jemals groß darüber zu reden. Vanessa liebte ihn auf andere Art, sie hatte ihr Herz an ihn gehängt. Er habe noch nie so ein unglückliches Mädchen kennengelernt, hatte Gabriel gemeint. Falls ihr Vater sie liebte, zeigte er es nicht, und ihre Mutter war in der Hinsicht ein Totalausfall. Vanessa hatte schon früh zu trinken angefangen und Drogen genommen. Genauso früh hatte sie ihren ersten Sex gehabt. Wobei das eher Sportficken war, hatte sie zu Gabriel gesagt. Dass Wesley davon wusste, lag daran, dass Gabriel kaum Geheimnisse vor ihm hatte. Oft genug war Wesley deswegen schon um Haaresbreite an seinem Morgenmüsli erstickt – wenn Gabriel plötzlich völlig aus dem Nichts, während er sich dabei seelenruhig Kaffee nachschenkte, irgendeine pornoreife Sexstory über den Tisch warf. Nur über Vanessa hatte er solche Geschichten nicht erzählt. Vermutlich war er der erste Junge, der sie anständig behandelte. Wundern würde es Wesley nicht. Nur ob Gabriel Vanessa genauso sehr liebte wie sie ihn – diese Frage hatte Wesley lieber nicht stellen wollen.

»Da ist er!« Vanessa neben ihm deutete nach unten. Gabriel redete mit einer der Wachen. Er saß auf einem Motorrad, einer Geländemaschine. Sie konnten nicht verstehen, was unten gesagt wurde, Gabriel ließ die Maschine immer wieder aufheulen. Auch vom *Le Grand* drangen Motorengeräusche herüber und am Himmel waren neben den üblichen Drohnen nun sogar bemannte Helikopter dorthin unterwegs.

Schließlich öffnete der zweite Wachposten das Tor unten und Gabriel zwängte sich mit seiner Enduro hindurch. Als er freie Fahrt hatte, gab er Vollgas und rauschte ihnen entgegen.

Wesley musste sich jetzt zwingen, ruhig zu atmen. Er trug schon die Uniform, die Gabriel ihm besorgt hatte. Sie war passgenau, obwohl er nur L und Gabriel XXL brauchte. Wie genau er das mit der Uniform arrangiert hatte, hatte Gabriel ihm zwar mal erzählt, trotzdem hatte Wesley es vor lauter Nervosität nicht mitbekommen.

Als Gabriel vor ihnen von der Maschine stieg, lächelte Vanessa so strahlend wie ein Filmstar. Es war fast schon absurd mit der pilzförmigen Wolke am Horizont. Aber vielleicht war sie deshalb so abgebrüht. Sie hatte alles gehabt in dieser Welt – und es hatte ihr nichts gebracht. Dass die Welt jetzt zugrunde ging, machte sie nicht trauriger, als sie es sowieso schon war. Womöglich war der Bunker für sie ein Neuanfang. Und mit Gabriel an ihrer Seite sogar ein Happy End.

Die beiden küssten sich. Auch das war filmreif, Wesley konnte es nicht glauben. Doch als Gabriel schließlich ihm den Blick zuwandte, war er todernst. Er wirkte angespannt, aber auch voll in seinem Element. Er kam zu ihm rüber und legte beide Hände auf seine Schultern. »Bist du bereit?«

Wesley schluckte. »Eigentlich nicht. Wenn ich ehrlich bin.«

Gabriel hatte ihm das Motorradfahren beigebracht. Er hatte ihm auch den geklonten Chip implantiert. Im Nahen Osten war er in den Sanitätsdienst gewechselt, als es dort zu viele Tote und deswegen Not am Mann gegeben hatte. Die Narbe war noch frisch, aber mit runtergekrempelten Uniformärmeln nicht sichtbar für die Wachen. Allerdings fiel ihm auf, dass Gabriel *seine* Ärmel hochgekrempelt hatte. Er machte ihn darauf aufmerksam.

Gabriel gab ihm nur einen Klaps auf die Schulter. »Vergiss es. Und steig auf!«

Wesley nickte und schwang ein Bein über den warmen Sattel. Kurz darauf spürte er Vanessas Körper an seinem Rücken. Zum Glück hielt sie sich am Rahmen fest und nicht an seiner Hüfte. Auch wenn die Welt unterging – jetzt gerade hatte er kein Interesse, eine Erektion zu bekommen.

»Nicht vergessen«, sagte Gabriel, »immer weiterfahren! Nicht umschauen.«

Wesleys Stimme brach, als er sagte: »Geht klar.«

»Küss mich!«, sagte Vanessa.

Wesley seufzte, während die beiden hinter ihm Zärtlichkeiten austauschten. »Okay, dann los!«, sagte Gabriel schließlich.

Wesley stemmte sich in die Maschine und gab Gas. Der Plan war simpel genug. Er hatte Gabriels Identität übernommen und würde mit Vanessa, die ebenfalls eine gechipte Zugangsberechtigung hatte, in das Anwesen reingelassen. Wenn Gabriel kurz darauf am Osttor erschien, würden die Wachen eine Meldung kriegen, dass sich ein Gabriel Meyer schon auf dem Gelände befand und es keinen zweiten gebe.

»Und dann?«, hatte Wesley vor einer Woche am Küchentisch gefragt.

»Na, entweder drücken sie ein Auge zu oder ich muss sie ausschalten.«

»Was?!«

»Jetzt mach dir nicht gleich in die Hose. Ich werde sie nicht töten oder so. Das sind Kameraden.« Gabriel wurde etwas stiller. Warum, das konnte Wesley sich denken: Die Überlebenschance dieser Kameraden war sehr gering. Selbst wenn sie sich vor einer unmittelbaren Detonation retten konnten – irgendwann würde die Strahlung sie erwischen oder der Hunger oder andere Menschen, die auch überleben wollten.

Zehn Meter vor dem Osttor hielt Wesley die Maschine an und ließ sie im Leerlauf tuckern. Er trug die schwarze Uniform, die Sonnenbrille und Gabriels Kappe tief in die Stirn gezogen. Auch er hatte pechschwarzes Haar. Zwar war er etwas kleiner als Gabriel und wog gut zwanzig Kilo weniger – dafür klangen ihre Stimmen verblüffend ähnlich.

»Da bin ich wieder!«, rief er den Wachen zu und zwang sich Gabriels Cowboylächeln ins Gesicht.

Was hatte er schon zu verlieren? Sein Leben. Nur war hier draußen ein Leben sowieso nichts mehr wert.

Wenn alles nach Plan lief, würde Gabriel sich zu Fuß zum *Le Grand* durchschlagen. Er war ein extrem schneller Läufer. Vorm *Le Grand* würde er ein nur mühsam kontrolliertes Chaos an einströmenden Bewohnern vorfinden. Dort würde er sich einreihen und ungehindert in den Bunker gelangen. In der Wachmannschaft kannte jeder jeden. Aber für alle anderen – die fünfhundert Gründer und fünfhundert Fachkräfte – waren diese Männer Fremde. Im Ankunftschaos würde das Gabriel und Wesley zugutekommen.

Im Bunker würden sie dann auf den Lockdown warten. Vanessa sollte Wesley dabei helfen, sich so lange bedeckt zu halten, indem sie immer dicht bei ihm blieb. Sobald das Signal zum Lockdown verstummte, würden sie sich Böhn stellen, dem Chef des Wachkontingents. Gabriel rechnete mit einer Strafe, eventuell sogar mit jahrelanger Strafarbeit – die er dann gemeinsam mit Wesley zu verrichten hätte. Aber ein Rausschmiss war so gut wie ausgeschlossen. Der Bunker war dicht. Und ob die Gründer überhaupt etwas von ihrem Regelbruch mitbekamen, lag allein an Böhn, und dem hatte Gabriel im Nahen Osten mal das Leben gerettet.

Gabriel rechnete mit zwei Jahren Mülldienst, oder im schlimmeren Fall Kanalarbeit, aber dann – da war er sich sicher – würde Böhn ihn rehabilitieren.

Als die Wachposten immer noch nicht reagierten, hatte Wesley einen Blackout, und Vanessa übernahm. Ihre Hysterie klang echt: »Ich bin eine Theissen! Vanessa Theissen! Macht das Tor auf! Ich habe eine Zugangsberechtigung.« Sie streckte ihren gechipten Unterarm aus.

Danach fiel Wesley wieder ein, was er sagen sollte: »Habt ihr inzwischen mit Böhn gesprochen?« Darüber hatte Gabriel zuvor mit den Wachen am Tor geredet: dass sie sich das von Böhn bestätigen lassen konnten – dass er den Auftrag hatte, Vanessa Theissen abzuholen.

»Ja«, sagte die Wache jetzt und öffnete das Tor, sodass Wesley in Schrittgeschwindigkeit hindurchfahren konnte.

Der Alarm blieb aus. Der Plan funktionierte.

3

Hunderte drängten sich vor dem *Le Grand*. Sie drückten draußen gegen die provisorischen Absperrungen. Niemand hatte Gepäck dabei, höchstens einen kleinen Rucksack oder eine Handtasche, alles andere wartete unten im Bunker auf sie. Die großen Glasscheiben des Eingangsbereichs erzitterten jedes Mal, wenn eine Ordnungskraft dem Druck nicht mehr standhalten konnte und mit dem Rücken gegen das Glas krachte. In den vier Evakierungsübungen, die Janja mitgemacht hatte, war alles friedlich abgelaufen. Aber da hatte jeder gewusst, dass es sich nur um eine Übung handelte. Jetzt herrschte der Ernstfall.

Dass es anscheinend noch reguläre Gäste gab, die das *Le Grand* nun verlassen sollten, machte die Situation noch komplizierter. Eine Menschentraube drängte herein, die andere hinaus – das Ergebnis war Stillstand. Bis dann Hotelangestellte die regulären Gäste über die Sonnenterrasse des Restaurants im Erdgeschoss nach draußen führten. Doch genau da explodierte ein weiterer Nuklearsprengsatz – und dieser viel, viel näher als der erste, den Janja gesehen hatte, vielleicht fünfzig Kilometer von hier, schätzte sie, wenn der Horizont hundert Kilometer entfernt lag an diesem sonnigen Tag.

Die Explosion füllte mit ihrer gleißenden Helligkeit die Panoramafenster voll aus, als befände man sich im Kino. Der Schrecken zeigte sich in allen Gesichtern, nur die ganz kleinen Kinder wussten nichts damit anzufangen. Sie erschreckte vielmehr die Angst in den Gesichtern ihrer Eltern. Wieder stieg eine pilzförmige Wolke auf, größer, näher, noch bedrohlicher diesmal. Nach einer Schocksekunde machten die regulären Gäste auf der Terrasse sofort kehrt und die Menschen am Eingang stemmten sich noch stärker gegen die Absperrungen. Auch die ersten Angestellten eilten jetzt davon. Man konnte es ihnen kaum vorwerfen. Aus der Hysterie wurde Panik. Es war wie auf einem Rockkonzert, das außer Kontrolle geriet: Schreie, Kreischen, Pfiffe, Tränen – und Janja befand sich mittendrin, ohne eine Chance, hier durch eigene Kraft wieder rauszukommen. Sie wurde von den Körpern um sie herum hin und her geschaukelt wie von einem Sturm im Meer. Die Theissens konnte sie nirgendwo mehr sehen. Namen wurden gerufen. Eine Frau vor ihr verlor das Bewusstsein. Der Mann daneben presste sie an sich, damit sie nicht zu Boden rutschte und zu Tode getrampelt wurde.

Ein paar reguläre Gäste versuchten, sich in die immer enger werdende Menschentraube einzureihen. Doch sie waren an ihrem Gepäck zu erkennen, noch bevor die fehlende Zugangsberechtigung den Alarm auslöste, der dann das Chaos noch befeuerte.

Schließlich fielen fünf schnelle Schüsse hintereinander, eine Salve aus einer Maschinenpistole, die den Putz von der Decke bröckeln ließ. Kurz herrschte Ruhe. Eine der schwarz uniformierten Wachen bellte draußen einen Befehl. Eine andere Wache wiederholte ihn etwas lauter – aber Janja konnte in dem Gewirr um sie herum nicht verstehen, was genau gesagt wurde. Aber danach kam Bewegung in die Menschentraube, wie ein Sog, der immer stärker wurde. Janja musste aufpassen, dass sie nicht stolperte. Doch nach ein paar Schritten war es nicht mehr ganz so eng. Alle gingen jetzt zügig voran, schließlich trabten sie sogar. Hotelangestellte dirigierten sie zu den Aufzügen, aber dann daran vorbei und weiter. Plötzlich musste Janja mit der Menschentraube wieder stehen bleiben. Sie spürte den Druck der Hinterleute gegen ihren Rücken. Dann ging es wieder weiter.

Sie kamen in den Wellnessbereich, der sich über mehrere Ebenen erstreckte. Von dort ging es eine Treppe runter ins nächste Untergeschoss. Die Angestellten hier waren anders gekleidet als die im Foyer, in Trainingsanzüge, die einen militärischen Charakter hatten. Das mussten Fachkräfte sein, die mit im Bunker bleiben würden.

Es war ruhiger geworden. Die Menschen um Janja herum schienen froh zu sein, dass sie sich bewegen konnten – dass es vorwärtsging. Janja kam es fast vor, als schämten sie sich ihrer eigenen Panik kurz zuvor, in der alle bereit gewesen waren, ihre Menschlichkeit abzulegen, oder wenigstens ihre guten Manieren.

Sie gelangten nun in ein unterirdisches Verbindungsgebäude. Es war ein rein pragmatischer Betonbau, der nicht mehr zum plüschigen Stil des *Le Grand* passte. Der Boden war abschüssig, sie gelangten immer weiter nach unten. Bestimmt waren sie hier schon im Berg.

Links und rechts im Gang standen im Zickzack versetzt immer mehr der schwarz uniformierten Wachmänner mit ihren Sonnenbrillen und paramilitärischen Baseballkappen. Auch sie würden mit in den Bunker kommen. Warum sie hier unten die Sonnenbrillen noch trugen, irritierte Janja – aber vielleicht sollte man ihre Gesichter nicht erkennen, warum auch immer.

Waffen konnte Janja an ihnen nicht entdecken, was aber nicht heißen musste, dass sie unbewaffnet waren. Wobei sie auch ohne Waffen schon einschüchternd wirkten.

Die Menschen um Janja herum gingen jetzt, wie sie selber auch, ohne zu sprechen zügig weiter. Als hätten sich alle wieder an die Disziplin der Evakuierungsübungen erinnert. Dann erreichten sie eine sehr breite Treppe. Das Auftreten so vieler trabender Schuhsohlen klang wie ein Schlaginstrument, das einen Tusch ankündigte, der aber nie kam.

Der Gang, in den diese Treppe mündete, erinnerte an ein Raumschiff aus einem alten Science-Fiction-Film: graues Metall, Nieten, Beschläge, kunststoffgeschützte Neonleuchten. Die Schuhsohlen wurden wieder leiser. Janja spürte eine leichte Brise von der Belüftung. Es wurde kühl. Dieser Gang war mindestens hundert Meter lang. Am Ende stand eine gigantische Luke offen. Dahinter befand sich ihr neues Zuhause. Janja hatte es bisher nur ein Mal in noch unfertigem Zustand gesehen. Als sie jetzt mit den anderen durch die Luke trat, war sie sprachlos.

Sie ließ den Blick durch den riesigen Raum wandern. Um sie herum strömten immer noch Menschen herein, von denen sie nur einige wiedererkannte. Janja hatte gewusst, dass dieser Bunker viel mehr war als ein gewöhnlicher Bunker. Es war ein riesiger, in Granit gefasster Bunkerkomplex. Jetzt befand sie sich im innersten Kern. Auch er war einem Luxushotel nachempfunden, aber einem ganz anderen als dem *Le Grand*, durch das sie gerade hereingekommen waren. Der Raum, in dem Janja stand, erinnerte sie an die Lobby des ultramodernen Fünfsternehotels in Zermatt, wohin sie die Theissens letztes Jahr begleitet hatte: Diese Lobby war ganz ohne Schnickschnack eingerichtet. Sie hatte indirekte Beleuchtung und nur wenig Farbe – mal ein gedecktes Rot oder ein glänzendes Mahagonibraun, aber das war's schon. Sonst nur Beton- oder Steinwände, Granitboden, cremefarbene Ledercouches. Hier und da eine Skulptur oder moderne Kunst an der Wand. Alles edel und kühl.

Herr Theissen war Anteilseigner des Zermatter Hotels. Deswegen hatte die Familie dort im vergangenen Jahr einen ihrer Urlaube verbracht. Man hatte in der Gegend den Prototyp eines künstlichen Gletschers installiert. Der Kipppunkt des Klimawandels war bereits im Jahr 2029 eingetreten, früher als befürchtet. Die natürlichen Gletscher der Alpen waren damals schon alle geschmolzen. Künstliche Gletscher sollten ein erster Schritt sein, um dies auszugleichen. Doch die Herstellung kostete enorm viel Energie und damit Geld – und dieses Geld wurde dann dringender für die Sicherung der türkischen Außengrenze gebraucht.

Die Welt hatte damals schon gebrannt. Aber damals waren es noch vereinzelte Buschfeuer gewesen. Jetzt waren sie zu einem Flächenbrand zusammengewachsen.

Janja ließ den Blick zur Decke der Lobby hochwandern. Sogar die Decke hier war so hoch wie in der Lobby des Zermatter Fünfsterneanwesens. Es gab sogar Fenster hier, täuschend echte. Darin war eine herbstliche Waldlandschaft in goldenem Sonnenlicht mit Bergen dahinter zu sehen. Die Jahreszeit passte nicht. Jemand musste sie falsch eingestellt haben. Draußen war Frühling, wobei auch das natürlich nicht mehr passte. Sogar der April war inzwischen Hochsommer. Vielleicht spielte es ja keine Rolle, welche Illusion man hier vorgesetzt bekam. Draußen würde es sehr bald gar keine Jahreszeiten mehr geben, oder nur noch eine: kalter, giftiger Wüstenwinter.

Janja schaute sich nach den Theissens um. Die unzähligen

Gänge und Nebengebäude, die sich wie Äste eines Baums um diesen inneren Kern des Bunkers herumwanden, kannte sie nur von dem Lageplan, den sie, wie die anderen Fachkräfte auch, mit ihrem Evakuierungsset bekommen hatte. Sich in den ersten Wochen hier zurechtzufinden, würde schwierig werden.

Janja steuerte die enormen Glastüren der Bibliothek an, die an die Lobby angrenzte. Die immer noch hereinströmenden Bewohner dieses Bunkers wirkten inzwischen richtig beschwipst davon, es gerade noch rechtzeitig hierhergeschafft zu haben, in Sicherheit. Darin waren sich Gründer wie Fachkräfte einig. In diesem Moment unterschieden sie sich nur in ihrer Kleidung voneinander. Ansonsten wirkten sie gerade wie eine riesige Partygesellschaft auf einem vormittäglichen Sektempfang.

Wie lange diese Euphorie anhalten würde, war eine andere Frage. Janja selber war es eher mulmig zumute. Und sie hatte oft genug Vanessa nach einer Feier gesehen, um zu wissen, dass auf jeden Rausch irgendwann ein Kater folgte.

Theissen war ein Büchermensch, und Janja konnte sich vorstellen, dass er seine Frau nach all der Aufregung in die Bibliothek geführt hatte, wo es wesentlich ruhiger zuging als in der Lobby. Aber die Ledersofas und Sessel mit den Beistelltischen hinter dem Eingang waren leer. Janja schritt die riesigen, labyrinthisch angeordneten Bücherregale ab. Ein paar jugendliche Bewohner hatten sich hier eingefunden und die hinteren Sitzecken besetzt, wenn auch nicht zum Lesen. Dafür schienen sie noch viel zu geschockt.

Janja entdeckte den kompletten Shakespeare in einem Regal, gleich daneben Homer. Auch *Der Fänger im Roggen* stand bei den Klassikern. Davor blieb sie stehen. Es war ihr Lieblingsbuch. Das erste Mal hatte sie es nicht freiwillig gelesen, sie hatte ein Referat darüber halten müssen. Doch nach ein paar Monaten hatte sie es fast auswendig gekannt und es einmal sogar von Hand abgeschrieben und verziert: für einen Jungen, in den sie verliebt gewesen war. Der dann das Buch irgendwann weggeworfen hatte.

Es gab Momente, da schämte sich Janja ihrer Naivität. Damals war sie ganz sicher gewesen, dass dieser Junge ihr eigener Holden Caulfield wäre. Damals, als die Welt … vielleicht nicht mehr intakt, aber noch nicht ganz so furchterregend war wie heute. Als man noch an eine Zukunft hatte glauben können und an Liebe.

Janja entdeckte Frau Theissen in der Leseecke mit den Sachbüchern. Sie lag auf einer cremefarbenen Ledercouch wie das geheimnisvolle Modell eines berühmten Malers. Janja zögerte einen Moment. Doch dann sah sie, wie Herr Theissen mit einem Glas Wasser auf seine Frau zuging. Da eilte auch sie hinüber.

»Janja!«, sagte Herr Theissen. Er wirkte erleichtert, dass sie einander gefunden hatten. Aber nur kurz, dann war er wieder besorgt. »Hast du Vanessa gesehen? In fünf Minuten ist Lockdown!«

Sie schüttelte den Kopf. »Soll ich sie suchen?«

Frau Theissen streckte eine Hand nach dem Wasserglas aus. Herr Theissen reichte es ihr. »Ja. Bitte«, sagte er zu Janja.

Sie nickte und machte kehrt. Sie hatte keine Ahnung, ob er von ihr erwartete, dass sie dafür bis zum Eingangsbereich des *Le Grand* zurückging. Bevor er ihr so was auftragen konnte, war sie schon durch die Glastür verschwunden und wieder in der Menschenmenge der Lobby untergetaucht.

4

Alles lief nach Plan. Bis die nächste Bombe hochging und Panik ausbrach vor dem *Le Grand*. Die Leute schrien und drängten noch verzweifelter ins Hotel. Die Wachleute gaben Warnschüsse ab, um die Menge wieder in den Griff zu kriegen. Eine zweite Menschentraube kämpfte sich jetzt ebenfalls von der Sonnenterrasse zurück zum Empfang. Wesley ließ Vanessa absteigen und schaltete den Motor der Enduro aus. Er konnte Gabriel schon sehen, wie der mit mächtigen Schritten in ihre Richtung lief – erst klein wie eine Spielzeugfigur, dann immer größer, je weiter er das Osttor hinter sich ließ.

Neben den Humvees und Helikoptern, die die Gründer und Fachkräfte herbeischafften, schossen jetzt auch Privatautos die von Pappeln gesäumte Auffahrt hoch. Ein Wachtrupp brachte ein Panzerfahrzeug in Position. Drei weitere Panzerfahrzeuge fuhren in den aufgebrochenen Zugang zur Tropfsteinhöhle hinein. Wesley hatte sie vor Jahren mal mit seiner Grundschulklasse besichtigt. Eine kleine Schienenbahn hatte sie durch die Höhlengänge gefahren. Jetzt fielen weitere Schüsse, das Chaos vor dem Hoteleingang wurde noch wilder und so passierte der Unfall.

Ein VW-Pick-up hatte es anscheinend ohne Zufahrtsberechtigung irgendwie durch das Haupttor geschafft. Er wich dem Panzerfahrzeug aus, das gerade sein Schnellfeuergewehr ausrichtete.

Das Ausweichmanöver war so abrupt, dass man es nicht hätte erahnen können. Gabriel wurde seitlich von dem Pick-up getroffen, gegen den Kühlergrill gepresst, dann wieder abgeworfen.

Vanessa schrie noch »Vorsicht!« – aber zu spät –, und danach schrie sie, als würde sie selber sterben. Wesley ließ die Enduro zu Boden fallen. Er rannte zu seinem Bruder. Gabriels linker Arm war zerschmettert, die linke Schulter eingedrückt. Auch der Hals war schief. Das Blut sickerte so schnell durch seine Uniform, dass sie innerhalb von Sekunden ganz nass war. Farbspuren hinterließ das Blut auf dem schwarzen Stoff keine. Nur am linken Hosenbein stach weiß ein Knochen hindurch.

Während das Wachpersonal den Fahrer des Pick-ups aus dem Führerhaus zerrte und zu Boden knüppelte, ließ sich Vanessa auf der anderen Seite neben Gabriel auf die Knie fallen. »Gabriel!«

Er wollte etwas sagen, konnte aber nur ein Gurgeln von sich geben.

»Nein! Bitte nicht!«, wimmerte Vanessa.

Dann brachte Gabriel unter Schmerzen ein paar Worte hervor: »Warum hab ich den nicht gesehen? So ein Scheiß.«

Wesley wusste nicht, was er sagen sollte, außer: »Da drin gibt es Ärzte. Die werden sich um dich kümmern.«

»Ja«, sagte Gabriel, als würde er mit diesem kleinen Wort nach Luft schnappen. Dann konzentrierte er sich. »Ihr müsst schon mal vorgehen!«

»Nein!«, kam es von Vanessa. »Wir lassen dich nicht zurück. Wir sind so kurz vorm Ziel!«

Gabriels Augen folgten ihr wie ein Magnet, der seine Kraft verlor. »Vanessa. Ihr müsst jetzt rein. Gleich geht es los. Ist nicht mehr lang bis zum Lockdown. Ich komm schon nach.«

»Wie denn?«, sagte Vanessa. Sie weinte. »Du brauchst doch Hilfe!«

»Wesley?« Gabriels Augen wanderten zu ihm zurück.

Wesley schüttelte den Kopf. »Nein, nein. Wir haben gesagt, wir bleiben zusammen. Immer!«

»Ja, ja, ist ja gut«, antwortete Gabriel unter Schmerzen. »Der Wachmann da drüben. Der große. Hol ihn her. Er heißt Buchele.«

»Ist er ein Freund von dir?«

»Ja«, keuchte Gabriel.

Vanessa zwang sich ein Lächeln ins Gesicht, das wie eine Maske wirkte. »Das kriegen wir wieder hin!« Sie schluckte. Wesley spürte richtig, wie sie gegen ihre Tränen ankämpfte, die sie Gabriel nicht zeigen wollte. Sie umfasste seine rechte Hand und drückte sie. Auch Wesley wollte seinem Bruder Mut zureden, aber seine Stimme versagte.

»Vanessa, du musst da jetzt rein!« Gabriel hustete. »Wesley, jetzt komm schon, mach!«

Wesley stand auf und rannte zu dem Pick-up. Der am Boden liegende Fahrer zog gerade eine Pistole aus seiner Tasche, konnte sie aber nicht festhalten. Trotzdem fiel ein Gewehrlauf hart auf sein Gesicht, wie ein Fallbeil. Schlagartig wich der kümmerliche Rest Leben aus dem Körper des Mannes, so als hätte man einen Schalter betätigt. Es war kein Trost, dass der Mann, der Gabriel auf dem Gewissen hatte, jetzt tot war. Es änderte nichts. »Buchele!«, rief Wesley. »Wo ist Buchele?«

Der Wachmann, der den Pick-up-Fahrer ausgeschaltet hatte, nickte in Richtung Führerhaus. Dann trabte er zurück zum Eingang des *Le Grand*. Wesley konnte Vanessas Stimme hören: »Wir brauchen Hilfe! Ist hier ein Arzt? Hallo!«

»Sind Sie Buchele?«, fragte Wesley durch das eingeschlagene Seitenfenster ins Fahrzeug.

Der Wachmann, der es durchsuchte, schaute auf. »Ja?«

»Gabriel hat's erwischt!«

Der Mann musterte Wesley mit kritischem Blick. Bevor er ihn genauer ins Visier nahm, rannte Wesley zurück zu Gabriel und Vanessa. Buchele folgte ihm.

»Du kommst mit uns!«, sagte Vanessa beinahe gefasst zu Gabriel. Sie drehte sich um und sah den Wachmann an: »Helfen Sie uns!«

Buchele bückte sich. »Gabriel. Scheiße, Mann!«

»Ja.« Gabriel schluckte. »Aber das wird wieder.« Seine Augen suchten Wesley, der sich sofort in sein Blickfeld stellte. »Los, Kleiner, bring das Mädchen rein! Buchele hier kümmert sich um mich. Stimmt's, Buchele?«

Der Mann seufzte und nickte Gabriel zu. »Na klar, ich lass dich doch nicht hängen!«

Bring das Mädchen rein. Wesley wunderte sich über die Formulierung. Dann fiel ihm ein, warum Gabriel es so sagen musste: um die Fassade zu wahren. Seine Kameraden wussten nicht, dass er mit Vanessa zusammen war. Außerdem war Gabriel gerade dabei, Wesley in den Bunker zu schmuggeln. Da konnte er ihn schlecht vor seinen Kameraden »Bruderherz« nennen. Auch davon durften sie ja nichts wissen. Es war unglaublich. Trotz der Schmerzen, die unvorstellbar sein mussten, hatte Gabriel sich noch im Griff.

Aber dann konnte er die Fassade nicht länger aufrechterhalten. »Vanessa«, keuchte er zwischen flachen Atemzügen. Sie ließ seine Hand los und mit großer Mühe streckte er sie nach ihrem Gesicht aus. Vanessa erkannte, was er vorhatte, und ergriff wieder seine Hand und half ihm. Mit Zeige- und Mittelfinger strich Gabriel eine Strähne aus ihrer Stirn.

»Bin gleich wieder da!«, sagte Buchele, dann sprang er auf und lief zu einem Panzerfahrzeug.

»Ich liebe dich!«, sagte Vanessa zu Gabriel. »Ich liebe dich! Ich liebe dich! Ich liebe dich!« Als könnten ihn ihre Worte am Leben halten.

Wesley sah, dass Buchele mit einem Kameraden zurück in ihre Richtung kam. Die beiden hatten eine Trage dabei.

Dann sagte Gabriel zu Vanessa: »Pass auf meinen kleinen Bruder auf, ja?« Er konnte jetzt nur noch flüstern. Seine Augen fixierten sie mit großem Bedauern.

»Das überlass ich schön dir«, sagte Vanessa mit einem Lächeln. »Wenn es dir wieder gut geht. Solange passen wir beide auf *dich* auf!«

»Ja. Aber ihr müsst schon mal rein!«, erwiderte Gabriel.

»Nicht ohne dich«, sagte Vanessa.

»Wesley.«

»Ja?«, sagte Wesley.

»Ihr müsst jetzt rein! Wo ist Buchele?«

»Er kommt gerade«, sagte Wesley, unfähig, sich zu bewegen. »Er hat eine Trage dabei. Und noch eine Wache.«

»Gut. Das ist gut. Dann könnt ihr schon mal vorgehen!«

»Hast du was gegen die Schmerzen?«, fragte Wesley. Er wusste auf einmal, was Gabriel auch wusste. Dass er hier draußen bleiben würde. Weil er keine Chance mehr hatte. Aber das konnte er Vanessa nicht sagen. Lieber ließ er sie in dem Glauben, dass seine Kameraden ihn noch retten würden.

»Ja. Krieg ich gleich. Wesley, bitte. Ich hab's Mama versprochen. Du musst dich in Sicherheit bringen.« Gabriel atmete rasselnd aus und schaute kurz Vanessa, dann wieder Wesley an. »Nach dem Lockdown meldest du dich bei Böhn und erzählst ihm alles.« Gabriel wand seine Hand aus Vanessas und sie fiel auf seine Brust. »Wesley?«

Wesley ging in die Hocke und ganz nah an Gabriels Gesicht. Gabriel riss sich die Erkennungsmarke vom Hals, ein Souvenir aus seiner Armeezeit, und drückte sie Wesley in die Hand.

Er wusste, was das bedeutete. »In Ordnung«, sagte Wesley, aber er konnte nicht aufstehen. Es war, als würde er schlafen und klar träumen, aber sich nicht bewegen können. Er musste doch bei ihm bleiben! Wie kann man seinen Bruder sterbend zurücklassen?

»Beeilt euch!« Gabriel lächelte. »Mach dir keine Sorgen, Vanessa. Die zwei Jungs da sind mir noch was schuldig. Ich komm nach!«

Wesley spürte, dass Vanessa das glauben wollte, aber nicht konnte. Ihm ging es genauso. Sein Magen zog sich zusammen und sein Hals war wie zugeschnürt. Er hatte auf einmal viel zu viel Spucke im Mund. Er konnte seine Tränen nicht mehr zurückhalten.

»Los jetzt!«, sagte Gabriel, als Buchele und die andere Wache die Trage neben ihm am Boden ausbreiteten.

Wesley stand auf und packte Vanessa. »Nein«, rief sie. »Nein!« Wesley musste all seine Kraft aufwenden, um sie mit sich zu ziehen. »Gabriel!«, schrie sie. »Nein!«

Noch ein Wachmann lief aus dem Eingangsbereich des *Le Grand* nach draußen und ihnen entgegen. »Vanessa Theissen?«, fragte er.

»Ja«, antwortete Wesley für sie.

»Da lang«, sagte der Mann. »Schnell!«

Wesley zog Vanessa hinter sich her ins Foyer des *Le Grand* und folgte den Wegweisern am Boden. Es waren nur noch wenige Leute unterwegs. Alle rannten jetzt. Eine Sirene ertönte und schrie im Sekundenrhythmus fast schon schmerzerregend auf.

Dann gelangten sie in den Verbindungsgang, wo die Sirene noch lauter wurde. Eine gigantische Luke stand offen. Wesley lief mit Vanessa hindurch. Er hörte noch, wie die Luke hinter ihnen zufiel. Und die Sirene verstummte.

5

Eine Woche später verlief Janja sich immer noch im äußeren Bunkerbereich. Es war ein Labyrinth aus fast identischen Gängen und Treppen, das wie ein Mantel das *Hotel* umschloss, den inneren Kern des Bunkers. Dort war die große luxuriöse Lobby auf Ebene 0 das Herzstück und Zentrum von allem. Aber sobald man die Stahlpforte, die in den äußeren Bereich führte, hinter sich ließ, war die vorherrschende Farbe überall ein metallisches Grau. Innerer und äußerer Bereich waren wie zwei verschiedene Welten. Besonders unheimlich fand es Janja, dass das metallische Grau hier draußen wegen der spärlichen Beleuchtung immer kurz davor war, ins Schwarze überzugehen, egal, wo man sich gerade aufhielt. Um Strom zu sparen, waren die Lichter in den Gängen gedimmt. Dazu gab es Bewegungsmelder, sodass jede Lampe hinter einem wieder ausging. Und die Lampe vor einem ging dafür an. Es war, als würde das Licht einen verfolgen und ständig beobachten. Auch daran musste Janja sich noch gewöhnen. Genauso wie an das grimmige Geräusch, wenn plötzlich die Belüftungsturbinen ansprangen.

Janja musste in den Medizinischen Komplex. So wie das *Hotel* einem echten Hotel nachempfunden war, war der Medizinische Komplex wie ein Krankenhaus aufgebaut: mit mehreren Stockwerken, Abteilungen und Wegweisern, die einen zum Ziel führten. In Janjas Fall war das die Medikamentenausgabe. Janja war früher schon kein Orientierungsgenie gewesen. Aber hier hatte sie ein echtes Problem, trotz Begehungsplan, den sie bei sich führte.

Im *Hotel* selber fand sie sich besser zurecht. Da kam sie sich tatsächlich wie in einem echten Hotel vor. Die Etagen waren nicht nur nummeriert, sie unterschieden sich auch thematisch. Die Flure im siebten Stockwerk, wo sich die Suite der Theissens befand, hatten einen provenzalisch lavendelfarbenen Anstrich und ein leises Meeresrauschen klang durch die versteckten Lautsprecher. Vor dem Treppenhaus hoben sich die Wände ozeanblau von der sandweißen Decke ab. Die sechste Etage hatte dagegen einen sonnengelben Anstrich, der an die Toskana erinnern sollte. Dort war das Medienzentrum untergebracht, aus dem sie Vanessa gelegentlich abholen musste.

Der äußere Bereich des Bunkers war rein technisch ausgelegt. Buchstaben-Zahlen-Kombinationen kennzeichneten die dreißig Stockwerke. Janja musste M12E finden, das war der Eingang des Krankenhauses. Dafür musste sie erst mal durch den Wachbereich W, der wie ein Kompaniegebäude strukturiert war, zum Treppenturm MW, der in den Medizinischen Bereich M führte. Es war ein langer Weg, denn Janja durfte keine Abkürzungen durch das *Hotel* selber nehmen. Es befand sich zwar im Zentrum von allem, doch für jeden Botengang mussten alle Fachkräfte erst mal runter auf Ebene 0 in die Lobby und von dort in den äußeren Bunkerbereich. Dadurch sollte den Gründern die Illusion erhalten bleiben, dass sie sich in einem *echten* Hotel befanden. Zu viel Dienstverkehr auf den Fluren durch Wachleute, Pflegepersonal, Techniker und dergleichen störte diese Illusion. Auch deswegen war das Krankenhaus nicht im *Hotel* selber untergebracht. Alles Unangenehme – wie

Krankheiten eben – sollte draußen bleiben. So war der Versorgungskomplex V mit den Hydrokulturen, den Wasserspeichern und Fisch- und Schweinefarmen im nördlichen Außenbereich untergebracht, der Medizinische Bereich M auf der südlichen Seite, der Wachbereich lag im Osten, der Technische Bereich T im Westen.

An den vier Eckpunkten dieser Bereiche gab es Treppentürme, die sie miteinander verbanden. Auf Ebene acht des südöstlichen Treppenturms setzte Janja sich auf die vorletzte Stufe. Sie versuchte, ihre Panik wegzuatmen. Das funktionierte ganz gut, wenn sie allein war und die Augen schloss. Dann dachte sie an ihre Mutter und deren strengen Blick, irgendwie half das.

Im Vergleich zu den Platzangstattacken von Frau Theissen kamen Janja ihre eigenen Panikanfälle harmlos vor. Sie hoffte, dass das so bleiben würde. Es war vor allem die Dunkelheit im äußeren Bereich, die ihr zu schaffen machte. Am ersten Tag im Bunker hatte es ein paar Stunden nach dem Lockdown einen kompletten Stromausfall gegeben. Sogar in der Lobby hatten sie den Lärm gehört. Der ganze Berg musste gezittert haben, wie bei einem Erdbeben.

Herr Theissen meinte später, dass ein Nuklearsprengsatz dafür verantwortlich war. Zum Glück war er nicht direkt am Berg detoniert, sondern einen Kilometer entfernt. Es dauerte nur Minuten, bis die Generatoren im Bunker wieder ansprangen. Kurz darauf gab die Wachmannschaft Entwarnung, dass kein Leck in der Bunkerhülle entstanden war. Es gab Tränen der Erleichterung und Jubelrufe, denn der Stromausfall hatte letztlich nur einen einzigen bleibenden Schaden verursacht: Seitdem waren die Aufzüge nicht mehr betriebsfähig. Im Steuerungsraum hatte es einen Kurzschluss gegeben und bei der Reparatur waren die Ersatzteile ebenfalls durchgeschmort – nun funktionierte gar nichts mehr.

Vor dem Jubel war in der absoluten Dunkelheit eine Massenpanik ausgebrochen. Janja hatte sie aus der Distanz erlebt: auf der Damentoilette der Lobby, wo sie ein Handtuch für Frau Theissen besorgte. Als Janja die Angstschreie aus der Lobby hörte, tastete sie sich in eine der zwanzig Kabinen und sperrte sich ein. Sie klappte den Deckel zu und setzte sich darauf, zog die Knie an und umklammerte sie mit den Armen. Sie schaukelte leicht vor und zurück, um sich zu beruhigen, und versuchte, die Frage zu verdrängen, was passieren würde, sollte diese absolute Dunkelheit bestehen bleiben. Wie würden all die Menschen hier reagieren?

Würden sie sich daran gewöhnen? Menschen waren anpassungsfähig. Ein plötzlich Erblindeter gewöhnt sich ja zwangsläufig auch an seine Blindheit. Im Prinzip waren sie alle Gefangene hier, auch wenn dieser Bunkerkomplex ein riesiger goldener Käfig war. Doch in der absoluten Dunkelheit hatte Janja sich nicht nur eingeschlossen gefühlt, sondern lebendig begraben.

Janja war als Kind mal in einem Aufzug stecken geblieben. Dort hatte sie sich genauso gefühlt. Sie hatte gedacht, sie würde nie wieder da rauskommen. Vermutlich war sie eine der wenigen hier, die froh waren, dass die Aufzüge im Bunker nun stillgelegt wurden. Ihr Dienstherr sah das sogar recht positiv: Es würde die Bewohner dazu zwingen, sich mehr zu bewegen, und mehr Bewegung bedeutete in der Regel weniger Krankheitsfälle. Der Medizinische Bereich durfte nicht überlastet werden, sonst hätten sie alle hier ein Problem. Das war eine der Lehren, die die Gründer aus den letzten Pandemien gezogen hatten.

»Alles in Ordnung?«

Janja blickte auf. »Was?«

»Geht's dir nicht gut?« Der Wachmann stand vor ihr und musterte sie von oben herab.

»Doch. Danke. Ich hab mich nur kurz ausgeruht.« Sie bemühte sich um ein Lächeln.

»Ganz schön lange Wege hier, hm?« Der Wachmann war kaum älter als sie. Was Janja wunderte. Wie jung konnte er denn sein, wenn alle Wachen vorher beim Militär gewesen waren? Aber vielleicht hatte man ihnen das nur erzählt, damit sie sich hier drinnen sicherer fühlten. Vielleicht waren nicht alle Wachleute im Krieg gewesen. Hauptsache, sie waren gut ausgebildet. Ein Bunkerplatz für Fachkräfte kostete ja auch viel, und da man ihn nicht selber bezahlte, musste man dafür schon was mitbringen.

»Ja. Ganz schön lange Wege«, bestätigte Janja.

Der Mann, oder Junge, wollte an ihr vorbei. »Schönen Tag noch. Oder schöne Nacht. Oder – was auch immer.«

Janja stand auf und drehte sich zu ihm um. »Entschuldige!«

Er blieb stehen. »Ja?«

»Ich muss in den Medizinischen Bereich.«

»Bist du krank?«

»Nein, ich muss nur was abholen. Und ich hab mich verlaufen.«

Der Junge wirkte etwas genervt, so als bereue er es, sie überhaupt angesprochen zu haben. »Hast du's eilig?«

»Ich nicht, aber meine Chefin.«

Der Junge seufzte. »Ich blick hier selber noch nicht ganz durch. Hast du keinen Plan?«

»Doch.«

»Na, dann schau doch auf deinen Plan.«

»Ich hab gedacht, du kannst mir vielleicht helfen.«

Er ging weiter. »Du schaffst das schon.«

»Aber du bist eine Wache!«, rief Janja ihm hinterher.

Der Junge blieb wieder stehen, ein paar Treppenstufen über ihr. »Ja, aber kein Verkehrspolizist. Der Begehungsplan ist selbsterklärend. Und ich hab in fünf Minuten Dienstbeginn. Mein Vorgesetzter ist da ziemlich pingelig!« Der Junge wirkte jetzt noch eine Spur genervter.

»Wo musst du denn hin?«, fragte Janja.

»Versorgungsbereich. Wasserreservoir IV.«

»Darf ich dich begleiten?«

»Das liegt nicht auf deinem Weg.«

»Also kennst du dich doch ein bisschen aus. Du könntest mir unterwegs erklären, wie ich in den Medizinischen Bereich komme.« Sie zog ihren Begehungsplan aus der Tasche.

»Du bist ja hartnäckig.«

»Und du unfreundlich! Ich bin eine private Fachkraft! Du musst mir helfen!«

Der Junge lachte und musterte sie kurz. Er tat übertrieben beeindruckt. »Oh, eine *Private*! Aber bist du deswegen was Besonderes? Nur weil du hier für eine Gründerfamilie arbeitest?« Er ging weiter treppauf. »Du schaffst das schon!«

»Und wenn ich mich über dich beschwere?«, rief Janja ihm hinterher.

Jetzt seufzte er nicht mehr. Jetzt stöhnte er. »Echt jetzt?«, sagte er eine halbe Treppe über ihr. »Worüber denn? Dass du zu blöd bist, einen Lageplan zu lesen? Ist das meine Schuld? Du magst ja als Private was Besonderes sein – aber so besonders bist du nun auch wieder nicht!«

Janja lachte auf. Nun reichte es ihr. »Hast du gerade gesagt, ich bin zu blöd? Du kommst doch auch nicht mit dem Lageplan zurecht.«

Wieder ging er weiter, diesmal ohne anzuhalten. Auch als sie ihm hinterherrief: »Ich werde mich über dich beschweren!«

»Na, mach doch!«, hörte sie, als er schon um die nächste Ecke gebogen war.

Sie lief ihm nach. »Wie heißt du?«

»Als ob ich dir das jetzt noch sagen würde!«, meinte der Junge, ohne sich umzudrehen.

Janja holte ihn ein und versuchte, einen Blick auf sein Namensschild zu werfen.

»Jetzt läuft die mir auch noch hinterher!«, sagte er kopfschüttelnd. Janja hörte ein Ratschen. Dann war das Namensschild über seiner linken Brusttasche weg, es war mit einem Klettverschluss angebracht gewesen. »Normalerweise fände ich das schmeichelhaft. Aber ich hab's echt eilig.« Er ging jetzt schneller, und Janja fing an zu traben, um mit ihm mitzuhalten.

»Du gehst in die falsche Richtung«, sagte er. »Nur so ein Tipp.«

Sie blieb stehen. »Dann sagst du mir eben nicht, wie du heißt! Aber ich weiß, dass du ins Wasserreservoir IV musst, Wachdienst schieben. Ich finde deinen Namen schon noch raus!«

Ein paar Schritte machte er noch. Dann blieb er stehen. »Das hat man davon, wenn man mal freundlich ist.«

Janja konnte es nicht glauben. »Nennst du das etwa freundlich?«

Er drehte sich zu ihr um. »Hey, ich hab Hallo gesagt, mich sogar nach dir erkundigt – freundlicher geht's ja wohl nicht!«

»Doch«, sagte Janja und schloss zu ihm auf. »Alles, was du

tun musst, ist, mich in den Medizinischen Komplex zu bringen …«

Jetzt seufzte er wieder. »Sag wenigstens Krankenhaus dazu. Wir sind hier in einem Bunker, nicht in einer Bedienungsanleitung!«

Sie marschierten nebeneinanderher wie zwei Glühwürmchen in der Dunkelheit. Der Wachmann war etwas größer als Janja und ging so schnell, dass sie immer wieder ein paar Schritte traben musste, um nicht zurückzufallen. »Nervt dich das auch?«, fragte sie, um das Schweigen zu brechen. »Dass die Lichter hinter einem immer ausgehen und vor einem wieder an? So als würden sie einen beobachten?«

Wieder dieses Seufzen. »Ich sag jetzt mal Ja. Weil du dich sonst wieder über mich beschweren willst.«

»Wir müssen uns auch nicht unterhalten«, sagte Janja.

»Ganz wie du willst, du führst hier die Beschwerdeliste.«

Janja blieb stehen. »Ich mein's ernst«, sagte sie. »Du kannst ruhig gehen. Ich werde mich nicht über dich beschweren. Du kannst auch dein Namensschild wieder ankleben. Du kriegst sicher Ärger, wenn man dich ohne erwischt.«

»Wie kommst du denn darauf?«

»Weil ihr sonst keine Schilder hättet. Hier hat alles einen Zweck.« Als private Fachkraft musste Janja selber kein Namensschild tragen. Aber die Barkeeper und Kellner in den Hotelrestaurants hatten welche, auch die Mitarbeiter im Medienzentrum. Janja war als Fachkraft nur an ihrer Kleidung zu erkennen, die zwar einigermaßen elegant, doch nicht so edel wie die der Gründer-Frauen war.

»Jetzt mach hier nicht auf Dramaqueen«, sagte der Wachmann etwas versöhnlicher. »Wir sind gleich da.«

Sie gingen weiter. Nach einer Weile sagte Janja: »Also stört's dich nicht? Das mit dem Licht?«

»Nein. Ehrlich gesagt ist es mir sogar egal. Ist das schlimm?«

Sie wollte sich schon wieder über ihn ärgern, bis ihr auffiel, dass er das nicht ernst gemeint hatte. Dann sagte sie: »Warum musst du eigentlich im Wasserreservoir Wache schieben? Musst du aufpassen, dass niemand reinpinkelt?« Auch sie wollte jetzt etwas kumpelhafter rüberkommen. Letztlich war sie ihm ja doch dankbar, dass er sie zum Krankenhaus begleitete.

»So in der Art«, sagte er. »Vor allem aufpassen, dass sich da keiner ertränkt. Ist nicht gerade gut für die Trinkwasserqualität, wenn bei einer Wasserleiche die Gedärme aufplatzen.«

»Wie bitte?« Janja wusste nicht, ob das ein Scherz sein sollte. Wohl nicht. Er sagte: »Kollektive Selbstmordversuche soll ich auch verhindern. Also dass jemand das Wasser vergiftet.«

»Echt jetzt? Glaubst du, das würde jemand tun?«

»Keine Ahnung. Das Ganze hier ist doch ein Riesenexperiment. Wer weiß, wie die Leute das auf Dauer wegstecken? Vielleicht rasten in einem Jahr alle aus.«

Janja blieb stehen. »Ist dir das denn egal?«

Er drehte sich zu ihr um. »Jetzt gerade schon. Nimm das nicht persönlich. Ich habe nicht die beste Woche hinter mir.«

»Ja«, sagte Janja. »Das versteh ich. Das geht hier sicher jedem so.«

»Jedem? Auch deinen Herrschaften? Müssen die zwischen Kaviartoast und Pediküre auch mal ein Tränchen vergießen, weil alles so furchtbar schlimm ist? Ich hoffe, du bringst ihnen dann ein Glas Champagner an ihr Designersofa, damit sie ihren Kreislauf wieder in den Griff kriegen. Nicht dass da noch ein Trauma entsteht.«

Janja musste lachen. Nur ein bisschen, aber es war das erste Mal, seit sie hier im Bunker war, dass sie überhaupt lachen konnte, und dafür war sie dankbar. »Glaubst du wirklich, dass die Leute hier drinnen irgendwann ausflippen?«

Auch der Wachmann war jetzt etwas entspannter. »Keine Ahnung. Ich lass mich überraschen. Unsere Aufgabe als Wachkontingent ist es, die bestehende Ordnung aufrechtzuerhalten. Noch gibt es sie. Ist zwar nicht gerade Demokratie hier drin, sondern eher Polizeistaat – aber das soll mich nicht stören, solange ich bei der Polizei bin.«

»Wie meinst du das – Polizeistaat?«

»Na, es gibt den *Rat der Gründer* und uns Wachen als Ordnungsmacht. In Sachen Rechtssystem war's das schon. Demokratie ist was anderes.« Er zeigte nach oben, wo sich der Treppenturm noch weitere fünfzehn Stockwerke hochwand, bis zur letzten Etage knapp unter dem Gipfelplateau. »Da draußen sind nicht nur Bäume und Häuser kaputtgegangen. Auch die gute alte EU und unser schöner Rechtsstaat. All die Gesetze von früher sind hier drinnen genauso viel wert wie jetzt Geld. Hast du noch ein paar Euro? Dann versuch doch mal, was damit zu kaufen. Da lachen sie dich aus hier drin. Alles, was wir von draußen gewöhnt sind, ist mit diesem Krieg verbrannt. Nur sind sich die Leute dessen noch nicht bewusst.«

»Willst du damit andeuten, dass hier das Chaos ausbricht, sobald das den Leuten bewusst wird?«

»Wenn der Polizeistaat funktioniert, dann nicht«, antwortete der Wachmann.

Janja dachte darüber nach. »Es ist schwer vorherzusagen, was passieren wird. Meine Mutter hat mal ein Gespräch unseres Chefs mit angehört. Ist schon ein paar Jahre her. Da hat ein Offizier ganz beiläufig gesagt, dass er in den nächsten sechs Jahren nicht mit einem Weltkrieg rechnet. Ab dem Moment hat meine Mutter angefangen, sich genau darauf vorzubereiten.«

Der Wachmann nickte. »Kluge Frau. Lebt sie noch?«

»Ich weiß es nicht«, antwortete Janja. »Seit dem Einschlag kurz nach dem Lockdown gibt es anscheinend keine Verbindung mehr nach draußen. Weißt du was von deiner Familie?«

»Ich vermute, dass sie alle tot sind.«

»Das tut mir leid.«

»Ja, mir auch.« Er räusperte sich. Vermutlich wollte er nicht weiter darüber reden. »So, da wären wir. Das Krankenhaus!« Er deutete in die Richtung. Über dem Eingang schimmerte eine Notbeleuchtung.

»Sagst du mir deinen Namen?«

»Wesley. Hier.« Er gab ihr ihren Lageplan zurück.

Janja wollte ihm eigentlich auch ihren Namen nennen, aber da sah sie, dass er sein Namensschild wieder über seiner Brusttasche befestigt hatte.

Darauf stand: *G. Meyer*

Janja brauchte einen Moment, bis sie es wiedererkannte. Es war der Name des Fahrers, der sie zum *Le Grand* gebracht hatte. Und der bei der Rettung Vanessas gestorben war. Janja hoffte, dass ihr Zögern sie nicht verriet. »Danke für deine Hilfe, Wesley«, sagte sie schnell. »Ich hoffe, du kriegst keinen Ärger, weil du mich begleitet hast.« Sie zwang sich noch ein Lächeln auf die Lippen. Als Dienstbotin hatte sie Übung darin, Leute anzulächeln, auch wenn ihr nicht danach zumute war.

Sie eilte zum Eingang. Bevor der Wachmann sie nach ihrem Namen fragen konnte, verschwand sie im Krankenhaus, in Sicherheit.

6

Das Quartier war dreizehn Quadratmeter groß, eng für vier Leute, aber erträglich: In der einen Wand waren die vier Kojen eingelassen, an der anderen vier Spinde angebracht, dazwischen stand ein einfacher runder Tisch mit vier Stühlen, alles aus Metall.

Wesley hatte die Koje unten links. Über ihm lag Buchele, daneben Reichert, der Schnarcher, und rechts unten Wyslich. Als Kind hatte Wesley in dem Stockbett, das er sich mit Gabriel teilte, immer oben schlafen wollen – was Gabriel ihm nur manchmal erlaubt hatte –, hier war Wesley ganz froh darum, unten zu liegen. Die Deckenhöhe des Quartiers war gerade mal zwei Meter; man haute sich zwar nicht den Kopf an, dennoch lief man automatisch ein wenig gebückt. In einer der unteren Kojen fühlte sich der Raum aber ein wenig größer an – auch wenn man dort genauso wenig Bewegungsfreiheit hatte wie oben.

Die Kojenbeleuchtungen waren aus, auch das Hauptlicht. Nur die Notbeleuchtung über der Tür schimmerte, weil sie diese Woche neben ihrer regulären Zwölfstundenschicht Wachbereitschaft hatten. Wyslich schnaufte leise. Buchele drehte sich gelegentlich auf die andere Seite. Nur Reichert über ihm schnarchte – daran musste Wesley sich noch gewöhnen. Die grünen Schaumstoffohrstöpsel halfen zwar ein wenig, aber einschlafen konnte er trotzdem nicht. Allerdings wegen etwas anderem.

Das Mädchen hatte ihn garantiert nicht umsonst so komisch angeschaut, bevor sie im Krankenhaus verschwunden war. Es musste mit dem Namensschild zusammenhängen. Warum hatte er es auch gleich wieder an der Brusttasche seiner Uniform angebracht? Es war mehr als ärgerlich. Fast genauso ärgerlich war es, dass es ihm jetzt überhaupt nichts half, wenn er sich darüber aufregte.

Wie konnte ein *G. Meyer* mit Vornamen Wesley heißen? Das war die Frage, die sich das Mädchen stumm gestellt hatte – und Wesley fragte sich, ob er aus der Nummer noch irgendwie rauskäme.

Vielleicht könnte er das Mädchen suchen und dann so tun, als wäre er ihr zufällig begegnet. Im Gespräch dann beiläufig einstreuen, dass Gabriel zwar sein erster Vorname, Wesley aber sein Rufname wäre. Oder erwähnen, dass er aus Versehen in den falschen Spind gegriffen hatte.

Aber wie blöd musste man sein, um das zu tun – oder das zu glauben? Das Mädchen war nicht blöd gewesen, nur etwas streberhaft nervig.

Mal abgesehen davon trugen alle Namensschilder des Wachkontingents ausschließlich Nachnamen, bis auf *G. Meyer* und *M. Meyer*, der eben zufällig den gleichen Nachnamen hatte wie Gabriel und Wesley.

Einen *W. Irgendwas*, dessen Uniformhemd er sich ausborgen könnte und der ihm damit aus der Klemme helfen würde, gab es nicht.

Jetzt rechnete Wesley in seiner Koje damit, dass jederzeit die Tür aufspringen konnte – sobald das Mädchen ihn bei einem der Gründer verraten hatte. Dann würde Böhn hier reinplatzen und ihn garantiert doch noch rausschmeißen. Böhn hatte ihm das sowieso schon angedroht. Wäre Buchele nicht dabei gewesen, als Wesley sich gestellt hatte – Böhns cholerischer Anfall wäre sicher noch um einiges lauter ausgefallen. Jetzt war Wesley auf Bewährung hier, und ausgerechnet Böhn, der Chef des Wachkontingents, hatte ihn auf dem Kieker. Wenn Wesley sich nur einen Fehler erlaubte, würde Buchele ihn nicht mehr schützen können. Wobei Buchele das nur für Gabriel tat und nicht für ihn.

Wie hatte Gabriel damals als Rekrut in der Grundausbildung seinen Rang in der militärischen Hackordnung beschrieben? *Der letzte Arsch.* Wesley war hier und jetzt gerade mal die Klobrille, auf die sich so ein Arsch setzen durfte.

Wesley hatte Böhns Gebrüll immer noch in den Ohren: »Ich glaub, ich spinne! Ihr habt *was*?!«

»Jeder hätte das getan, Hauptmann«, hatte Buchele ihn unterbrochen. Allein das musste man sich schon mal trauen bei diesem Hünen. Nicht dass Buchele wehrlos wirkte, im Gegenteil, aber Böhn sah wahrscheinlich schon bei guter Laune Furcht einflößend aus.

»Ach ja? Hast du etwa auch jemanden hier reingeschmuggelt, Buchele?«

»Ich hab keine Familie.«

»Aber Rudroff oder Balidemaj haben eine! Haben die jemanden hier reingeschmuggelt?«

»Nein, Hauptmann.«

»Aber bei Meyer soll ich eine Ausnahme machen? Ich soll diese Knalltüte hier decken?«

»Gabriel war unser Freund. Mehr als das. Er hat sein Leben

für seinen Bruder gegeben. Wir sind es ihm schuldig. Sie genauso wie ich.«

Anscheinend hatte Gabriel beiden an der türkischen Außengrenze das Leben gerettet. Wie es aussah, lebte Wesley nur deswegen noch. Auch wenn sein Leben hier an einem seidenen Faden hing.

Die Stunden nach dem Lockdown hatte Wesley wie in Trance wahrgenommen. Er konnte es nicht fassen, dass sein Bruder tot war. Er konnte es immer noch nicht fassen. Seine Gedanken hatten sich im Kreis gedreht, bis sich sein Hirn taub anfühlte. Ausgerechnet Gabriel! Es war so absurd. Er, Wesley, hätte sterben müssen. Nur weil Gabriel ihn in den Bunker schmuggeln wollte, war er noch am Leben – aber nun war Gabriel tot.

Damit hatte Wesley nach Mutter und Vater auch noch den Bruder verloren. Seit dem Lockdown fühlte sich jeder Schritt für ihn an, als lägen Sandsäcke auf seinen Schultern. Es war schon schwierig gewesen, am Tag vor dem Luftangriff ihre Eltern zurückzulassen. Wesley war wie gelähmt an der Haustür stehen geblieben. Gabriel hatte ihn mit sich ziehen müssen, so wie Wesley Vanessa in den Bunker hatte zerren müssen.

Ihr Vater hatte sie noch damit getröstet, dass er sowieso zu krank war – dass er, Krieg hin oder her, das nächste Jahr nicht überleben würde. Allein wenn er daran dachte, bekam Wesley eine Wut auf diese Welt, dass er hätte losbrüllen können – aber nicht mal »diese Welt« gab es jetzt mehr, auf die er seine Wut hätte richten können.

Er dachte an seine Mutter, die sich geweigert hatte, aufs Land zu gehen, wo es keine strategischen Angriffsziele gab.

»Als ob ich dort sicherer wäre!«, hatte sie gesagt.

»Sicherer als in Frankfurt!«, hatte Wesley entgegnet.

Aber sie wollte bei Wesleys und Gabriels Vater bleiben, der aus eigener Kraft kaum noch sein Bett verlassen konnte.

Vor zwei Monaten hatte er das noch geschafft. Gerade so. Da hatten sie einen letzten Ausflug gemacht – Männercamping, wie ihre Mutter es nannte, im Wald. Ihre Mutter fürchtete erst, dass es den Vater zu viel Kraft kosten würde. Bis ihr selber klar wurde, wie absurd dieser Gedanke war.

Gabriel hatte ihn dann Huckepack den Altkönig hochgetragen. Ihr Vater machte noch Witze darüber. »Das ist die Revanche, dass ich dich als Baby immer rumtragen musste!«

»Ich war damals garantiert nicht so schwer«, hatte Gabriel gesagt. Er beklagte sich nicht wirklich über das Gewicht. Wahrscheinlich hätte sogar Wesley ihren Vater den Berg hochtragen können, bei den paar Kilos, die er inzwischen nur noch wog. Aber Wesley schleppte die Isomatten und Schlafsäcke nach oben und den Rucksack mit der Verpflegung. Gabriel war es wichtig gewesen, dass er ihren Vater selber trug.

Sie marschierten zu *ihrer* Stelle im Wald: einer Baumgruppe in der Nähe des inzwischen trockenen Bachbetts, wo früher das Rauschen des Wassers Wesley in den Schlaf begleitet hatte, kaum dass er es sich in der Dunkelheit auf seiner Isomatte bequem gemacht hatte. Er konnte früher gar nichts dagegen tun. Während sich sein Bruder und sein Vater noch die halbe Nacht lang unterhielten, schlief er nach fünf Minuten immer schon ein. In ihrer letzten Nacht am Berg allerdings nicht.

Nachdem Gabriel ihrem Vater seine Morphiumdosis verabreicht hatte, sollte er ihm noch mal den Bunker beschreiben. Das hatte er schon oft getan. Es war wie eine beruhigende Gutenachtgeschichte für ihren Vater. Er lag in der Mitte zwischen ihnen, sein Schlafsack war als einziger bis oben hin zugezogen, obwohl es so warm war, gut über zwanzig Grad. Aber er fror jetzt immer sehr schnell.

Im Wald hatte es nach Pilzen gerochen und altem Laub, nach gesplittertem Holz, harziger Rinde. Es roch wie ein ganz normaler Campingausflug, nicht wie das nahende Ende der Welt.

»Erzähl mal von dem Bunker«, hatte ihr Vater mit Blick auf den vollmondhellen Himmel gesagt, der tausend Schatten durch die Äste über ihnen auf ihre Schlafsäcke warf.

Gabriel ließ sich Zeit. So als würde er diese Gutenachtgeschichte zum ersten Mal erzählen. Als müsste er erst einmal überlegen, wie er anfangen sollte.

Dann sagte er: »Die Idee dazu hatte irgendein Banker nach einer Amerikareise. Ich glaube, der Mann heißt Finck. Ein Geschäftspartner hatte ihm dort das Modell von einem Apartmenthaus gezeigt, das er sich gerade in einem ehemaligen Raketensilo bauen ließ. Die Apartments sollten so luxuriös ausgestattet werden wie das Haus, in dem der Geschäftspartner wohnte. Der einzige Unterschied sollte sein, dass dieses Apartmenthaus in die Tiefe gebaut wurde und eben bombensicher war.« Gabriel lachte kurz auf, als würde er sich wundern, dass jemandem so etwas überhaupt einfallen konnte. »Na ja, und dass es neben den Wohneinheiten eben auch noch eine Gewächshausetage gab, ein Versorgungslager, Generatoren, eine eigene Etage mit Wassertanks und einen Nahrungsmittelspeicher. Man sollte in diesem Apartmenthaus-Bunker dreißig Jahre lang auf nichts verzichten müssen, außer auf Frischfleisch, wenn nach ungefähr drei Jahren die Kühlvorräte aufgebraucht wären. Es gab sogar eine unterirdische Fitnessetage, und der Clou daran war, dass dort alle Geräte – jedes Spinningrad, jedes Rudergerät – beim Trainieren Strom erzeugte. Nicht wahnsinnig viel, aber mit drei Stunden Training würde man immerhin ein altes iPad wieder aufladen können.«

Wesley hörte das Aufreißen einer Verpackung und dann Gabriel kauen. Er streckte eine Hand aus und bekam ein Stück Salami hineingelegt. »Magst du auch?«, fragte Gabriel ihren Vater.

»Nein, danke«, antwortete der schwach, aber irgendwie glücklich. Wesley legte den Kopf leicht zur Seite und betrachtete ihn aus den Augenwinkeln. Er und Gabriel hatten eine einfache, aber schöne Kindheit gehabt, erst in Kentucky, dann hier – jedenfalls, bis die Unruhen auch in Deutschland angefangen hatten.

Gabriel nahm seinen Faden wieder auf: »In den Staaten gab es bereits einige dieser Luxusbunker. Der Banker hier – Finck – wollte sie noch übertreffen. Statt eines Apartmenthauses mit zwölf Wohneinheiten wollte er ein ganzes unterirdisches Luxushotel bauen lassen. Für tausend Menschen, inklusive Angestellter, darunter ein kompaniestarkes Wachkontingent. Man weiß ja nie. Falls es in zehn, zwanzig Jahren eine Gefahr durch potenzielle Eindringlinge geben sollte oder Unruhen unter den Bewohnern. Aber die eigentliche Vision Fincks war, dass sich so eine unterirdische Kleinstadt vom Menschlichen her irgendwie normaler anfühlen würde, als die nächste Ewigkeit nur mit einer Handvoll Leute auf engem Raum zu verbringen.«

»Klingt so, als hätte dieser Finck ein paar hässliche Familienfeste erlebt«, meinte ihr Vater schmunzelnd.

»Ja«, sagte Gabriel lachend. »So wie wir damals, als Anne geheiratet hat – wisst ihr noch? Die Schwester von ihrem Typen ist doch auf einmal total ausgerastet.«

»Warum eigentlich?«, fragte Wesley. Er war damals erst sechs oder sieben Jahre alt gewesen. Er konnte sich nicht mehr an die Hochzeit der Cousine erinnern. Nur noch daran, wie langweilig er die Trauungszeremonie gefunden hatte, sodass er sich mit eingeschlafenem Hintern auf der Kirchenbank geschworen hatte, selber nie zu heiraten.

»Die Schwester vom Bräutigam war einfach neidisch«, sagte ihr Vater. »Bei ihrem Bruder lief alles nach Plan – während sie ihr Leben nicht auf die Reihe bekam. Da musste sie ihm doch wenigstens die Hochzeit versauen, oder?« Wesley hätte losheulen können, als er das Grinsen ihres Vaters sah.

»Ja, das war unvergesslich, 'ne richtige Broadway Show!«, sagte Gabriel. »Aber danach haben alle einfach weitergefeiert. Als wär gar nichts passiert. Das fand ich am besten. Ich hab das Fest als lustig in Erinnerung. Mit vielen Kindern und Versteckspielen. Gar nicht so sehr als hässliches Familienfest.«

Ihr Vater kicherte leise, so als hätte er gar keine Schmerzen mehr. »Ja. Anne war trotzdem ganz schön sauer auf ihre Schwägerin. An Geburtstagen bekam die nur noch das Randstück vom Kuchen.«

»Ernsthaft?«, fragte Wesley.

»Das kannst du aber glauben.« Ihr Vater lachte. Solche Kleinigkeiten fand er immer klasse.

»Jedenfalls«, setzte Gabriel wieder an, »war das *Le Grand* der perfekte Ort, um so einen Bau geheim zu halten. Hügeliges, bewaldetes Gelände, abgelegen, ein riesiges, umzäuntes Anwesen direkt am Berg, mit privater Zufahrtsstraße. Man sagte den Gästen einfach, dass die Keller renoviert werden müssten. Die Gäste wurden dadurch kaum gestört. Die Lkws konnten das Hauptgebäude großzügig umfahren, weil die Grabungen hinter dem Angestelltenflügel stattfanden.«

»Erzähl noch mal, wie es drinnen aussieht«, sagte ihr Vater. »Gibt es da wirklich eine Schweinezucht?«

»Sogar eine Hühnerfarm und Forellenbecken.«

»Und wie werdet ihr untergebracht?«

»Ich in einer Vier-Mann-Stube, Wesley vermutlich erst mal in einer der Arrestzellen. Aber eher aus Platzgründen, keine Sorge. Ich hab die Zellen gesehen, sie sind gar nicht so übel, und ich kann mir nicht vorstellen, dass seine zugesperrt wird, denn – wozu? Wir sind in dem Bunker ja sowieso eingesperrt.«

»Hauptsache, ihr seid in Sicherheit«, sagte ihr Vater.

»Ja, das sind wir dort. Keine Angst.«

Das war ihr letzter gemeinsamer Ausflug gewesen. Wesley hatte Böhn davon erzählt, als er sich gestellt hatte – nachdem dessen cholerischer Anfall etwas abgeklungen war. Es war Wesley wichtig gewesen, ihm Gabriels Beweggründe zu erklären. Böhn sollte Gabriel nicht in schlechter Erinnerung behalten. Wesley richtete Böhn auch aus, dass Gabriel sich für diese Aktion – seinen Bruder hier reinzuschmuggeln – bei ihm entschuldigen wollte. »Er hat Sie nur deswegen nicht ins Vertrauen gezogen, weil er Sie damit in eine noch schwierigere Situation gebracht hätte.«

Böhn nickte. Es war Wesley schon wie ein Wunder erschienen, dass Böhn ihn überhaupt hatte ausreden lassen. Dann erklärte er Wesley, wie es weitergehen würde: dass Gabriels Tod zwar bedauerlich war, in diesem speziellen Fall allerdings die Angelegenheit leichter machte. Wesley würde einfach Gabriels Platz einnehmen. »Nicht dass wir uns falsch verstehen! Du kriegst keine Sonderbehandlung. Du musst schuften wie wir alle. Kriegst du das nicht hin und die anderen müssen es ausbaden – das wäre nicht gut. Verstehst du, was ich meine?«

Wesley nickte und wischte sich mit dem Ärmel die Tränen aus dem Gesicht. Er hatte nicht vor, irgendjemandem zur Last zu fallen.

Aber jetzt hatte er es schon verkackt. Nach gerade mal zehn Tagen im Bunker! Wenn rauskam, dass er hier eigentlich nicht sein durfte, würde er selbst zwar am meisten darunter zu leiden haben. Doch Böhn und die anderen würden seinetwegen vermutlich auch Ärger kriegen.

Das durfte Wesley Gabriel nicht antun. Er musste dieses Mädchen wiederfinden. Bevor sie ihn verriet.

7

Ihr Herz raste noch, als Janja die Teller zum Tisch brachte. Sie hatte ihn schön gedeckt mit weißem Leintuch, Kerzen und einem Blumengesteck aus Seide, das täuschend echt aussah. Danach war sie losgelaufen: erst runter ins *Riva*, von dort ins *Cézanne* und schließlich in den *Turm,* das Restaurant ganz oben im *Hotel* – das eine Aussicht auf einen Sternenhimmel bot, der noch echter wirkte als das Blumengesteck hier in der Suite.

Nachdem sie überall die Menüs erfragt hatte, lief sie zurück, um den Theissens das Angebot vorzustellen. Sie musste rennen, weil es eine spontane Entscheidung von Frau Theissen war, in der Suite zu essen. Janja wollte vermeiden, dass ihre Dienstherrin zu hungrig wurde und noch schlechtere Laune bekam.

Sie verlangte das Fischgericht aus dem *Riva*. Janja war froh, als ihr Mann dasselbe bestellte. Beide Teller mussten gleichzeitig auf den Tisch kommen. Es war schon eine Herausforderung, sie von *einem* Restaurant in die Suite zu tragen, ohne dass das Essen kalt wurde – wobei Janja auch noch den Schein wahren musste. Außer Atem durfte sie zwar sein, doch man durfte es ihr nicht anmerken.

Es gab kein Telefon in der Suite, mit dem sie die Restaurants hätte anrufen können, um die Menüs zu erfragen. Auch das hatte einen praktischen Grund: *Kein* Telefon sparte Strom, wenn auch nur wenig, doch jedes Kilowatt zählte. Und es hatte einen psychologischen Grund: Ohne Telefon waren sogar die Bewohner gelegentlich gezwungen, ihre Suiten zu verlassen und unter Leute zu gehen, wenn sie etwas wollten. Neben der Bewegung würde ihnen die Geselligkeit guttun. Und Zeit hatten sie ja genug. Die musste ausgefüllt werden.

Dass dieses Arrangement den privaten Fachkräften die Arbeit erschwerte, spielte keine Rolle. Auch sie hatten Zeit: Zwölfstundenschichten plus vier Stunden Bereitschaft am Tag. Außerdem sollten sie sich freuen, noch am Leben zu sein. Nicht dass die Theissens das jemals so zu ihr sagten. Aber Janja hörte es manchmal heraus, wenn sie einen Auftrag erhielt, der ihr selber sinnlos erschien oder besonders weite Wege erforderte.

Dabei machten ihr diese Botengänge noch am meisten Spaß. Da war sie unbeobachtet, für ein paar Minuten oder sogar Stunden ein freier Mensch. Jemand, der einfach von A nach B unterwegs war.

Jetzt goss Janja Herrn Theissen einen Schluck Wein ins Glas, um ihn probieren zu lassen. Als er nickte, goss sie nach, dann ging sie um den Tisch herum und füllte das Glas von Frau Theissen auf. Wasser hatte Janja schon eingeschenkt. Die Nachspeise müsste sie später noch holen, falls die Theissens danach verlangten, aber den Espresso konnte Janja in ihrem Arbeitszimmer kochen: einer Art abgespeckter Küche, an die auch ihre Schlafkammer angrenzte.

Gewöhnlich aßen die Gründer in den Restaurants. Ein Zimmerservice war nicht vorgesehen. Die drei Mahlzeiten waren für die Gründer zugleich die Eckpunkte des Tages. Sie verliehen den Tagen Struktur – die Gründer konnten Pläne schmieden: Worauf habe ich heute Appetit? Was ziehe ich an? Mit wem treffen wir uns? Die Zeit vor den Mahlzeiten verging mit Waschen, Ankleiden, Schminken oder der Rasur. Bei der Ankunft im Restaurant führte das Personal einen an den Tisch. Dort wartete man auf die Speisen, den Kaffee danach – und vielleicht nahm man noch einen Absacker an der Bar und unterhielt sich mit dem Ehepaar aus der dritten Etage. Wenn es im Bunker etwas reichlich gab, dann Zeit. Manchmal auch zu viel Zeit, so wie es aussah.

Doch heute fühlte sich Frau Theissen nicht nach Gesellschaft. Ihr Mann war nicht glücklich darüber. Janja hatte gehört, wie er es seiner Frau erklärte: Gerade jetzt war es wichtig, dass er Profil zeigte und sich nicht zurückzog – gerade jetzt, wo er durch seine Freundschaft zu Finck in den *Rat der Gründer* aufgenommen worden war. Noch spielte er dort eine Nebenrolle. Aber er konnte sich hervortun! Er musste den anderen Gründern, die schlechter als er mit den schrecklichen Geschehnissen zurechtkamen, Halt geben! Er musste ihnen dabei helfen, hier im Bunker gemeinsam eine neue Normalität zu finden! Wenn er das schaffte, dann würde Theissen bald auch zu den Entscheidern zählen. Zumindest hoffte er das.

Seine Frau stellte es ihm frei, ohne sie essen zu gehen. Aber Theissen lehnte das ab. Er befürchtete Fragen und wollte sich nicht für ihr Fehlen rechtfertigen müssen. Es hätte sie als Paar schwach aussehen lassen und ihn damit auch. Theissen dachte schon wie ein Politiker. Das müsse er hier, argumentierte er vor seiner Frau. Dieser Bunker hatte von der Bewohnerzahl her die Größe eines Dorfs. Aber es gab keine politische Struktur, noch nicht. Es gab keinen Bürgermeister oder Gemeinderat, auch kein Rechtssystem. All diese Überlegungen hatte man auf den Ernstfall verschoben, der jetzt eingetreten war. Nun hieß es Macht gewinnen, um nicht am Ende als Verlierer dazustehen.

Doch solche Argumente prallten von Frau Theissen in ihrer momentanen Verfassung ab. Ihr Mann fand das verantwortungslos. Nur Janja hatte Verständnis für ihre Dienstherrin. Auch Janja hatte in den letzten Tagen weinen müssen, wenn sie im Bett lag und den Schlaf herbeiwünschte. In diesen Stunden war sie froh darum, alleine zu sein, unbeobachtet. Janja vermutete, dass sich Frau Theissen ähnlich fühlte.

Jetzt, da von allen der Druck abgefallen war, es noch rechtzeitig in den Bunker zu schaffen – wo es nicht mehr ums unmittelbare Überleben ging –, da wurde vermutlich nicht nur ihr erst richtig klar, was vor zwei Wochen passiert war. Ein Draußen gab es nicht mehr. Frankfurt war Schutt und Asche. Auch die bewaldete Mittelgebirgsidylle, inmitten derer sich das *Le Grand* befunden hatte, war bis auf den letzten Grashalm verbrannt. Innerhalb von Sekunden. Das hatte Janja von einer Kollegin namens Elroe Kidane gehört, die auf derselben Etage für eine andere Familie arbeitete.

Diese Schreckensbilder waren in der Wachzentrale noch übertragen worden. Danach war wegen der Detonation des Nuklearsprengsatzes in der Nähe des Bunkers die Kommunikation nach draußen und in andere Bunker abgebrochen. Berlin war zerstört. Auch alle anderen deutschen Großstädte. Alle Truppenübungsplätze, NATO-Stützpunkte, Energiespeicher, alle wichtigen Verkehrsnetze. Niemand lebte mehr, der sich nicht rechtzeitig hatte in Sicherheit bringen können. Wie Steine, die man ins Wasser wirft, hatten die Bomben wellenförmige Kreise der Zerstörung um ihre Einschlagsorte gezogen. Selbst dort, wohin die äußersten Kreise nicht gelangt waren, also in Gebieten fernab der Großstädte, war inzwischen die Strahlung dabei, die noch verschonten Flächen zu vergiften.

Vermutlich hatten Länder wie die Elfenbeinküste oder der Kongo nicht dieselbe Zerstörung erfahren wie Frankreich oder Indien als Atommächte. Das vermutete zumindest Herr Theissen. Er glaubte auch, dass größere Inselstaaten wie Island vielleicht noch glimpflich davongekommen waren. Auch kleinere Inselgruppen wie die Azoren waren vielleicht verschont geblieben, weil es dort keine Atomwaffenstützpunkte gab.

Doch Frau Theissen wollte über all das nicht reden. Leider, fand Janja. Nach der Unterhaltung, die sie vor einer Woche mit diesem jungen Wachmann gehabt hatte, interessierte sie das Ausmaß der Zerstörung noch mehr als davor.

Wobei es fraglich war, ob der Mann überhaupt eine Wache war. Sein Namensschild stimmte ja nicht mit seinem Namen überein.

Wie auch immer – Frau Theissen wollte nicht über die Situation im Bunker und außerhalb reden. Das Thema überforderte sie. Jedes Mal, wenn ihr Mann andeutete, dass sie nun den Rest ihres Lebens hier im *Hotel* verbringen würden, dann nahm das Frau Theissen den Atem. Sie war noch nicht so weit, das zu akzeptieren.

Nach dem Anfangsschock hatte sie sich in den letzten zwei Wochen so verhalten wie bei einem ihrer Wellnessaufenthalte früher. Sie schlief lange und frühstückte ausgiebig. Danach legte sie sich noch mal hin – ein kleiner Verdauungsschlaf. Dann ließ sie sich von Janja in den Wellnessbereich begleiten, wo sie bis zu drei Stunden in einem der Fitnessräume auf diversen Cardiogeräten verbrachte, bis zur völligen Erschöpfung. Später ging sie noch in die Sauna. Zwischendurch ließ sie sich massieren, nahm ein fünfminütiges künstliches Sonnenbad und unmittelbar darauf eine Cremebehandlung. Zum Dinner spürte sie dann eine gewisse Grunderschöpfung, das konnte Janja ihr ansehen. Trotzdem bediente sich Frau Theissen beim Abendessen vor allem bei den Nachspeisen üppig. Sie waren so gehaltvoll, dass sie einen noch müder machten. Sollte sie trotzdem nicht einschlafen können, nahm Frau Theissen das Medikament, das Janja ihr im Krankenhaus besorgt hatte.

Diese Routine hatte sich nun scheinbar abgenutzt. Janja trat jetzt einen Schritt nach vorne und schenkte Wein nach, als Frau Theissen auf ihr Glas deutete. Dazu sagte sie: »Würdest du bitte Vanessa holen? Ich möchte nicht länger warten.«

Janja nickte. Sie schwieg, weil sie immer noch außer Atem war. Sie goß Herrn Theissen ebenfalls Wein nach, dann verließ sie den Raum. Sie hörte ihn noch sagen: »Es ist nicht akzeptabel, dass sie uns warten lässt. Gerade heute. Ich bin in den *Rat der Gründer* aufgenommen worden! Wisst ihr überhaupt, was für eine Bedeutung das für diese Familie haben wird?«

Janja ging in den Flur der Suite und an ihrer Schlafkammer vorbei, dann klopfte sie an Vanessas Tür. Als keine Antwort kam, rief sie ihren Namen.

Vanessa hatte vor einem Jahr darauf bestanden, dass Janja sie mit Vornamen ansprach. Es war nicht unbedingt ein Akt der Freundlichkeit gewesen. An schlechten Tagen ließ Vanessa es Janja spüren, dass sie sie nicht mochte. An guten Tagen war Janja ihr egal.

Die Zimmertüren ließen sich nur von innen verschließen. Als Vanessa immer noch nicht antwortete, drückte Janja die Türklinke nach unten und sagte gleichzeitig, dass sie jetzt reinkommen werde. Dann trat sie in den zwanzig Quadratmeter großen Raum und der Bewegungssensor ließ das Licht angehen.

Vanessa war nicht da. Aber das virtuelle Fenster war an und

zeigte eine sommerliche Berglandschaft, was bedeutete, dass Vanessa erst seit Kurzem weg war. Der Bildschirm hatte sich noch nicht in den Stand-by-Modus geschaltet. Janja wischte sich in das Menü rechts oben und schaltete ihn aus, um Strom zu sparen – auch wenn die Gründer, anders als die Fachkräfte, eine Art Flatrate hatten. Letztlich war Energie hier drinnen für alle ein begrenztes Gut.

Janja schüttelte die Bettdecke aus und legte sie ordentlich zusammen. Dann klopfte sie die Kissen zurecht. Auf dem Schreibtisch entdeckte sie einen Zeichenblock – Vanessa hatte auf einem musischen Gymnasium Abitur gemacht. Der Block war zu, ein paar Bleistifte lagen daneben. Einen Moment lang kämpfte Janja mit ihrer Neugierde, weil Vanessa ihr so ein Rätsel war: immer kühl und gefasst und ihren Eltern gegenüber fast feindselig. Janja fragte sich, was sie wohl zeichnete – ob es einen Blick auf ihre Gefühle freigeben würde. Doch statt den Block zu öffnen, nahm sie nur den Müllbeutel aus dem Behälter und verließ das Zimmer wieder. Den Beutel hängte sie an die Türklinke ihrer Kammer, dann schaute sie noch kurz in den Bädern nach.

Vor dem Familienzimmer der Suite hielt sie inne, als sie Frau Theissen hörte: »Sei etwas nachsichtig mit ihr. Sie steht noch unter Schock.«

»Der Atomschlag ist zwei Wochen her!«

»Sie hat es fast nicht hier reingeschafft. Und der Wachmann, der sie reingeholt hat, ist dabei gestorben!«

»Ja«, sagte Theissen. »Das ist bedauerlich.«

»Du könntest dich etwas dankbarer zeigen – der Mann hat immerhin deine Tochter gerettet!«

»Und wie soll ich das, wenn er tot ist?«

»Anscheinend hat er einen Bruder, hat Janja erwähnt. Wir könnten ihm unser Beleid bekunden.«

»Ich weiß nicht«, sagte Herr Theissen. »Diese Männer sind Soldaten gewesen. Die wissen, worauf sie sich eingelassen haben.«

Janja konnte hören, wie Frau Theissen leise auflachte. »Hast du was dagegen, wenn *ich* ihm mein Beileid bekunde?«

»Wenn, dann machen wir das zusammen.«

»Aber du willst es doch nicht?«, fragte Frau Theissen gereizt nach.

»Und du willst heute *hier* essen! Weswegen wir heute *hier* essen.«

Janja wartete noch eine Sekunde. Als drinnen das Gespräch verstummte, klopfte sie. »Vanessa ist nicht da«, sagte sie und blieb an der Tür stehen. »Anscheinend ist sie erst vor Kurzem aus dem Zimmer gegangen, aber …«

Theissen unterbrach sie: »Hat sie eine Nachricht hinterlassen?«

»Ich habe keine gesehen. Soll ich noch mal schauen?«

»Bitte!« Er nahm das Fleisch aus den Bäckchen seiner Forelle, als Janja den Raum wieder verließ. Nun hatte sie einen Grund, den Zeichenblock zu öffnen. Oder zumindest eine Ausrede, falls Vanessa es später bemerken und sie darauf ansprechen sollte.

Doch das obere Blatt war leer. Es hatte nur Druckspuren von einer Bleistiftspitze. Janja klappte den Block wieder zu.

»Tut mir leid«, meldete sie den Theissens. »Soll ich sie suchen?«

Sie bemühte sich um einen gleichgültigen, eher pflichtbewussten Klang ihrer Stimme. Ihre Dienstherren sollten nicht merken, dass sie genau darauf hoffte: losgeschickt zu werden.

»Bitte«, sagte Frau Theissen. »Es wäre schade um den Fisch.«
Janja unterdrückte ein Lächeln und nickte. Was ihre Arbeit betraf, fiel ihr das Warten am schwersten. Wenn sie einen Botengang machte, war sie davon zwangsläufig befreit. Es war nicht so, dass sie neben dem Warten etwas lesen konnte oder leise Musik hören. Das Warten war Teil ihres Jobs. Zu warten, bis Frau Theissen noch etwas Wein wollte – oder Hilfe beim Ankleiden brauchte – oder ihr Mann eine Zigarre – oder sein Tablet oder die Hausschuhe oder was auch immer. Sie durfte sich die Wartezeit nur durch Arbeit verkürzen. Aber irgendwann war auch die größte Suite sauber geputzt.

Auf dem Weg nach draußen in den Flur nahm Janja den Müllbeutel mit. Vor dem Treppenhaus öffnete sie den in die Wand eingelassenen Müllschlucker für die Suiten. Sie leerte darüber den Beutel aus. Weil sie ihn wiederverwenden musste, griff sie hinein, um einen Kaugummi zu entfernen. Ein zerknülltes Stück Papier klebte daran fest. Als sie einen gezeichneten Stiefel darauf erkannte, strich sie es glatt. Vanessa hatte einen Mann in Uniform skizziert. Janja erkannte ihn wieder, auch wenn sein Namensschild nur mit ein paar Strichen angedeutet war.

Als Janja im Treppenhaus in die sechste Etage hinunterging, hielt sie automatisch nach dem jungen Wachmann Ausschau. Aber dieser Wesley, auf dessen Namensschild *G. Meyer* gestanden hatte, war nirgends zu sehen. Wie auch, wenn er im Wasserreservoir IV Dienst schob? Es befand sich außerhalb des Hotelbereichs.

Dieser Junge ließ ihr keine Ruhe. Sie hatte ihrer Dienstherrin von ihm erzählt, nachdem sie ihr das Schlafmittel aus dem

Krankenhaus besorgt hatte. Frau Theissen hatte sich nach ihrem Befinden erkundigt – was ungewöhnlich war. Also hatte Janja ihr von ihrer Begegnung mit Wesley und von seiner anfangs schroffen Art berichtet. Während sie noch sprach, bekam sie schon ein schlechtes Gewissen. Sie war gerade dabei, den Jungen zu verraten, der ihr geholfen hatte. Es konnte viele Gründe haben, dass er ein Namensschild trug, auf dem *G. Meyer* stand und nicht *W. Irgendwas*. Vielleicht hatte er beim Anziehen in der Dunkelheit in den falschen Spind gegriffen. Die Mannschaftsquartiere waren eng, die Beleuchtung schummrig, hatte sie von einer Kollegin gehört. Woher die das wusste, keine Ahnung. Janja hatte sich nicht getraut, zu fragen.

Möglicherweise stand ja Wesleys Spind neben dem des toten *G. Meyer*. Vielleicht war dessen Spind noch nicht ausgeräumt worden. Oder man hatte ihn ausgeräumt und seine Uniformen waren an andere Wachen verteilt worden. Wie auch immer, irgendeinen Grund musste es geben – und wenn sie, Janja, einen falschen Verdacht äußerte, würde das auf *sie* zurückfallen, und das wollte sie nicht. Sie sagte Frau Theissen, wie sie sich erschreckt hätte: weil sie kurz gedacht hatte, vor dem Fahrer zu stehen, der gestorben war, nachdem er Vanessa gefunden und zum Bunker gebracht hatte. Der junge Mann hier im Bunker trug das gleiche Namensschild und sah ihm sehr ähnlich, nur etwas jünger – vielleicht war es sein Bruder.

Frau Theissen hatte ihr das abgekauft, und Janja hatte nicht damit gerechnet, dass sie vor ihrem Mann diesen Wesley noch mal erwähnen würde. Aber genau das hatte sie gerade getan. Jetzt hoffte Janja, dass sie Wesley nicht doch noch verraten hatte.

Janja vermutete, dass Vanessa im Medienzentrum war. Hier traf sie zufällig die Fachkraft aus dem Krankenhaus wieder. Dort hatte Janja sich nämlich auch verlaufen. Die Krankenschwester hatte sie zurück zum Eingang geführt. Sie war dabei wesentlich zuvorkommender als Wesley gewesen. Die Frau war bestimmt zwanzig Jahre älter, wunderschön, ein Gesicht wie ein Engel, mit kleinen Lachfalten unter den Augen, dazu volle Lippen, eine beneidenswerte Figur. Janja hoffte, in zwanzig Jahren auch noch so gut auszusehen. Und dann war die Frau auch noch so nett zu ihr gewesen! Als würden sie sich schon länger kennen und nicht erst seit fünf Minuten.

»Das ist ja ein Zufall«, sagte die Krankenschwester jetzt im Medienzentrum. Wieder vermittelte sie Janja dieses Gefühl von Zugehörigkeit, so als müssten Fachkräfte einfach zusammenhalten, egal, ob es private waren oder nicht. Janja war erleichtert, als sie das Namensschild an ihrer Schwesternuniform sah. Sie schämte sich ein wenig, dass sie sich den Namen der Frau nicht gemerkt hatte. *Beatrice Wang.*

»Beatrice«, sagte sie jetzt, ehrlich verwundert. »Was machst du denn hier?«

»Aufpassen, dass keiner von denen umkippt.« Beatrice deutete auf die Plexiglasboxen im Raum. Mehr als die Hälfte davon waren besetzt. »Ich erinnere sie daran, dass sie ab und zu was essen müssen. Das vergessen sie manchmal in der AR.«

»Dann muss das ja ein tolles Spiel sein«, sagte Janja.

Beatrice lachte. »Das ist kein Spiel, Schätzchen. Das ist Alternative Realität.« Sie machte dabei Anführungszeichen in der Luft. Die Art, wie sie das machte, hatte etwas Ironisches an sich, und Janja lachte, erleichtert, dass sie selber nichts Falsches gesagt hatte.

»Ist das ein Multiplayer?«, fragte sie. »Sind die alle in der gleichen Realität?«

»Ja. *Time Jump*«, sagte Beatrice auf Englisch. »Die erste hyperreale Wirklichkeit. Es muss unglaublich sein.«

»Hast du schon mal gespielt?«

»Nein, um Gottes willen. Wir dürfen nicht.«

Janja nickte. Die Plexiglasboxen waren farblos durchsichtig, aber nur an der Außenseite hart. Die Innenseiten waren mit Gelpolstern verkleidet. Die Spieler trugen einen hautengen Ganzkörperanzug, der über die Kopfmaske verkabelt war. Auch die Hand- und Fußenden waren stofflich verstärkt und hatten besondere Sensoren.

»Damit man dieselben Gefühlserlebnisse hat wie im Hier und Jetzt«, erklärte Beatrice.

Janja fragte nach Vanessa und Beatrice zeigte ihr die Box.

»Interagieren die alle?«, fragte Janja.

»Diese beiden auf jeden Fall!« Beatrice zeigte auf eine Box, wo ein Junge Körperbewegungen machte, die ein Mädchen ein paar Boxen weiter gegensynchron ausführte. Aufgrund der Anzüge konnte man die zwei kaum voneinander unterscheiden. Nur die Körperform verriet in etwa, wer hier Frau und wer Mann war.

»Was passiert, wenn man sie dabei stört?« Janja deutete wieder auf Vanessas Box.

»Die meisten mögen das nicht.« Beatrice lachte leise. »Es gibt sogar die Möglichkeit, sich einen Tropf legen zu lassen, um länger am Stück spielen zu können. Aber dann ist man in seiner Beweglichkeit eingeschränkt, wenn man kämpfen muss. Und auch bei anderen Sachen.« Beatrice deutete wieder auf das Paar, das in getrennten Boxen Sex miteinander hatte. »Aber ich kann's für dich tun, wenn du möchtest.«

Janja zögerte. »Ich weiß nicht, wie wichtig es ist. Ich frag lieber erst meine Dienstherrin.«

Beatrice nickte und begleitete sie zurück zum Eingang.

»Aber Vanessa hat ihr Essen ausfallen lassen«, sagte Janja. »Es könnte sein, dass sie bald schlappmacht.«

»Danke für den Tipp«, sagte Beatrice.

Janja nickte. »Es hat mich jedenfalls sehr gefreut, dich wiederzusehen, Beatrice.«

»Bea«, sagte Beatrice.

Janja lächelte. »Bea!«

»Wie lange hast du noch Schicht? Vielleicht sehen wir uns ja später in der *Lounge*?« So nannten die Fachkräfte ihren Aufenthaltsraum – eher ironisch, weil er was von einer riesigen Teeküche hatte. Er war das nüchterne Gegenstück zu der Lounge in der Hotellobby.

»Ich weiß gar nicht, ob ich da als Private überhaupt hineindarf?«, sagte Janja.

»Also von mir aus schon.«

Janjas Bereitschaft war in einer Stunde zu Ende. Danach hatte sie acht Stunden zur freien Verfügung. Vielleicht hatte sie Glück und könnte in den morgigen vier Stunden Bereitschaft heimlich etwas Schlaf nachholen – falls die Theissens dann wieder im Restaurant essen würden. »Ich schau mal«, sagte Janja. »Vielleicht schaff ich's. Darf ich sagen, dass du mich eingeladen hast?«

»Natürlich!« Bea lächelte. Damit verabschiedeten sie sich.

Janja trabte gut gelaunt zum Treppenhaus zurück. Nach kurzem Zögern ging sie – statt nach oben in die siebte Etage – hinunter ins Foyer.

Jetzt war er geliefert! Keine Ahnung, wie er aus dieser Sache wieder rauskommen sollte. Wesley versuchte, höflich zu bleiben, selbst wenn dieser Kotzbrocken von Gründer, der da vor ihm stand, ihm das wirklich schwer machte. Also baute Wesley sich vor der Panzertür auf, wie er das früher bei Türstehern gesehen hatte, vor irgendwelchen Clubs, in die er nicht reingelassen worden war. Manche Türsteher waren ja trotzdem nett gewesen: *Komm wieder, wenn du achtzehn bist!* Aber sie waren eben auch wesentlich stärker als er gewesen: richtig harte Kerle, genau wie die Wachmänner hier.

Er selber gehörte jetzt zwar offiziell auch zum Wachkontingent, aber so eine Siebzig-Kilo-Portion wie er fiel da definitiv durchs Raster. Diese private Fachkraft vor einer Woche hatte ihn auf dem Weg zum Krankenhaus auch so komisch angeschaut – als ob sie gar nicht glauben konnte, dass er eine echte Wache war.

Nun – eigentlich war er das ja auch nicht. Als ob *er* diese Panzertür schützen könnte! Wenn diese Tür ein Bewusstsein hätte, würde sie ihn auslachen. Es war längst Schichtwechsel, und Lederer war schon gegangen, aber Grübl und Fritsche waren immer noch nicht da, um Lederer und Wesley abzulösen. Als Neuling musste Wesley alleine auf sie warten. Zurzeit war also ausgerechnet er, die Nullnummer der Mannschaft, der einzige Wachmann hier vor Ort.

Die Panzertür befand sich auf Ebene 10 im Versorgungskomplex. Es war der Hauptzugang zum Wasserreservoir IV. Dass jetzt ausgerechnet hier einer dieser Gründer-Typen vor ihm stand, die kein Nein akzeptierten, war Pech. Vielleicht war das schon immer sein Erfolgsrezept gewesen – keinen Widerspruch zu dulden –, vielleicht war er genau dadurch so reich geworden, dass er sich eine Suite in diesem Bunker für sich und seine Familie leisten konnte. Und jetzt sagte so eine halbe Portion wie Wesley zu ihm Nein.

Aber nicht nur Wesley hatte Pech, auch die Familie des Mannes. Der Frau und den beiden Kindern war die Situation total unangenehm. Trotzdem schwiegen sie. Vermutlich würde der Mann sich noch mehr aufregen, wenn sie sich einmischten. Er hatte Wesley gegenüber mehrmals seinen Namen betont. So als müsste er diesen Namen kennen. So als müsste jeder ihn kennen.

»Ich bin Timothy Hamlin, Junge!«

Vielleicht war der Typ im *Rat der Gründer*. Das würde die Sache noch komplizierter machen. Mit denen durfte sich Wesley auf keinen Fall anlegen. Nicht als blinder Passagier in diesem Bunker. Aber momentan hatte er keine andere Wahl. Würde er Hamlins Wunsch nachgeben, hätte er Böhn am Hals – und mit *dem* durfte er es sich auch nicht verscherzen.

Wesley musterte Hamlin. Dass sich jemand überhaupt so aufregen konnte! Wegen einer Kleinigkeit. Hamlins Wutanfall war wie aus dem Nichts gekommen. Wenn Wesley seine Uniform ausgefüllt hätte wie sein Bruder oder wie ein Lederer oder Buchele, dann würde die Sache hier garantiert anders laufen. Wesley hatte mal den Fehler gemacht, sich ungefragt Lederers Zahnpasta auszuleihen. Lederers Blick hatte gereicht, dass Wesley sich fast in die Hosen gemacht hätte. Dieser Hamlin war bestimmt noch mal dreißig Kilo schwerer als Lederer, nur eben von der fetten Sorte. Es war also nicht so, dass Wesley Angst vor ihm hatte. Außer, der Typ stolperte und fiel auf ihn, dann würde er ihn platt walzen. Dummerweise konnte Wesley keinen Schritt mehr zurück machen – da war die Panzertür.

Vermutlich war der Mann gar kein komplettes Arschloch, auch wenn er sich gerade so benahm. Er wollte nur seine Familie herumführen. Ein kleiner privater Sightseeingtrip. Seine Kinder hatten bestimmt Angst – es waren Zwillinge, ein Mädchen und ein Junge um die zwölf –, seine viel jüngere Frau hatte wahrscheinlich auch Angst. Kein Wunder bei dem, was draußen passiert war. Jetzt wollte der Mann sie vermutlich beruhigen, indem er ihnen zeigte, dass sie hier im Bunker in Sicherheit waren. Für sehr, sehr lange Zeit. Wesley verstand das total. In so einer Situation wünschte man sich einen starken Vater – und als Vater oder Ehemann wollte man wahrscheinlich genau das auch sein: stark für alle.

Trotzdem war Wesleys Mitgefühl begrenzt. Er kannte diese Art Typen aus dem Café, wo er nach der Schule gearbeitet hatte. Sie benahmen sich, als hätten sie einen natürlichen Anspruch auf alles in der Welt. Und es waren vor allem Männer. Die Sorte Mann, die einem viel zu viel Trinkgeld gab – meistens um vor einer Frau anzugeben –, allerdings auch nur, wenn man als Kellner unterwürfig genug war.

Dieser Hamlin hier hatte es auch erst mal mit Geld versucht. Wesleys erstes Nein hatte ihm noch ein Lächeln ins Gesicht gezaubert. Es war armselig. Was war denn Geld hier drinnen wert? Selbst wenn es Silberunzen waren oder Goldstücke. Sollte er da ein Loch reinbohren und sie sich um den Hals hängen?

E-Liquids, Hasch oder Koffeintabletten, oder wenigstens Schokolade: Das wäre etwas anderes gewesen – damit konnte man hier handeln, nur versteckt natürlich.

Doch auch da hätte Wesley Nein gesagt. Er hatte klare Anweisungen – die Wachen durften niemanden ohne Böhns ausdrückliche Erlaubnis zu den Wassertanks lassen. Es war zu riskant, selbst wenn Wesley nicht glaubte, dass dieser Typ hier vorhatte, seine Familie zu ertränken und dann hinterherzuspringen.

Nein, Hamlin wollte ihnen einfach nur diesen Wasserspeicher zeigen. Der ja auch tatsächlich eindrucksvoll war. Wesley hatte noch nie so einen großen unterirdischen See gesehen, und das war nur einer von sechs.

Immer wieder hatte der Mann gesagt: »Das ist doch keine große Sache. Es bleibt auch unter uns!«

Und immer wieder hatte Wesley Nein sagen müssen.

Es war, als würde jedes Nein wie ein Tennisball an dem Mann abprallen. Wesley hatte sogar überlegt, die Familie zum nächsten Wasserspeicher weiterzuschicken – vielleicht hätten sie da mehr Glück …

Aber dann hätte der Kollege dort das gleiche Problem, selbst wenn der womöglich besser damit umgehen konnte. Trotzdem würde es auch ihm den Tag versauen. Außerdem hatte Böhn ihm von Anfang an klargemacht: Wenn er hier nicht seinen Mann stehe, verdiene er auch nicht den Schutz der Kameraden.

Das Problem war nur: Wesley war nicht sein Bruder, auch kein Lederer oder Wyslich. Er konnte mit einer Espressomaschine umgehen, nicht mit einem Gewehr oder einer Pistole. Er war sich nicht mal sicher, ob er noch wusste, wie er seinen Taser bedienen musste, sollte es darauf ankommen.

Beim Anblick Hamlins war Wesley schon fast so weit, an schlechtes Karma zu glauben. Was natürlich Quatsch war. Wenn, war es eher Murphys Gesetz: Was schiefgehen kann, geht schief. Er befand sich hier in diesem Bunker, obwohl das nicht vorgesehen war – und das auch noch mit falscher Identität. Das musste einfach irgendwann auffliegen. Erst diese private Fachkraft, die sich verlaufen und dabei sein falsches Namensschild bemerkt hatte. Und jetzt hatte er den Penner hier an der Backe!

Wie er es gedanklich auch drehte, Wesley hatte keine Chance. Hamlin hatte anfangs versprochen, dass niemand etwas davon erfahren würde, sollte Wesley ihn unerlaubterweise hineinlassen – und jetzt sagte er das genaue Gegenteil: dass er sich über Wesley beschweren würde. Ihm war also grundsätzlich nicht zu trauen. Weswegen Wesley ihn jetzt erst recht nicht reinlassen konnte.

Selbst wenn der Typ sein ursprüngliches Versprechen hielt – also nichts zu verraten –, was war mit seinen Kindern? Die würden es ihren Freunden erzählen. Und irgendein Freund würde wiederum seinen Eltern davon erzählen. Dann würden die hier irgendwann auftauchen und ebenfalls den Wasserspeicher besichtigen wollen. Und Wesley hätte wieder ein Problem …

Nein, er durfte kein Risiko eingehen. Böhn schützte ihn unter Vorbehalt – und wenn Böhn ihm einen Befehl gab, musste Wesley ihn ausführen. Böhn suchte vielleicht nur nach Gründen, um ihn wieder loszuwerden.

Dabei hatte Böhn es ihm sogar besonders leicht gemacht – Wesley sollte nur diesen bescheuerten Wasserspeicher bewachen. Das war ja das Absurde daran: Böhn hatte ihm diesen Job zugeteilt, weil er hier am wenigsten auffallen würde und weil er nicht wirklich eine Ausbildung dafür brauchte.

Das mit dem Nicht-Auffallen hatte er schon mal verkackt. Diesem Gründer hier fiel er gerade sehr auf. Wenn ausgerechnet der herausfinden sollte, dass Wesley eigentlich gar nicht hier sein durfte – diesen Gedanken wollte er lieber nicht zu Ende denken.

Wesley atmete tief durch und versuchte es noch einmal: »Ich kann Sie und Ihre Familie hier nicht reinlassen, Herr Hamlin. Es geht einfach nicht. Es gibt ein Protokoll und daran muss ich mich halten. Natürlich können Sie sich darüber beschweren. Vermutlich wird man Sie dann sogar herumführen. Aber *ich* kann das nicht tun.«

»Verlass dich darauf, Junge! Dass ich mich über dich beschweren werde!«

Wesley antwortete nicht. Auch wenn es ihn ärgerte, dass der Mann ihn jetzt sogar duzte. Doch dem Namen und dem Akzent nach war er Amerikaner – vielleicht bekam er die Unterscheidung von Du und Sie im Deutschen nicht auf die Reihe. Auch das war egal, Worte brachten Wesley hier sowieso nicht mehr weiter. Er war immer höflich geblieben, immer sachlich, er hatte sich sogar entschuldigt, dass er Hamlin nicht weiterhelfen konnte. Vermutlich war genau das der Fehler: Er war zu nett gewesen.

Jetzt konnte er nur noch auf Grübl und Fritsche warten, die hoffentlich bald hier auftauchen würden und dann souveräner mit der Situation umgingen als er. Sie würden den Mann mit ihren Killerblicken ansehen, sodass er dann hoffentlich tot umfallen würde. Oder sich wenigstens verziehen würde.

Jetzt berührte der Typ ihn schon fast. Es lagen nur noch Zentimeter zwischen ihnen. Wesley konnte richtig sehen, wie Hamlin überlegte, handgreiflich zu werden. Wesleys Hand wanderte zu dem Taser an seinem Gürtel. Die Frage war nur, ob der ihm aus dieser kurzen Distanz überhaupt etwas bringen würde. Hamlin wegzustoßen fiel jedenfalls aus. Hundertvierzig Kilo Fett musste man erst mal zum Rollen bringen.

Und im nächsten Moment wurde dieser Tag – obwohl er sowieso schon im Eimer war – noch schlimmer: Jetzt tauchte auch diese Private hier auf!

Wesley lag es auf der Zunge, sie zu fragen, ob sie sich etwa schon wieder verlaufen hätte. Doch dann sagte sie: »Entschuldigung, wenn ich störe, Mister Hamlin. Aber ich habe eine wichtige Nachricht für Hauptmann Böhn.«

»Ist das hier etwa Böhn?«, fragte Hamlin sarkastisch.

»Nein«, antwortete die Private freundlich, so als hätte sie seinen spöttischen Unterton gar nicht wahrgenommen. Dann schaute sie Wesley an: »Sie sind doch sein Fahrer gewesen, richtig? Gabriel Meyer. Sie haben uns hierhergebracht.«

Wesley wusste nicht, worauf das Mädchen hinauswollte, nur dass sie log.

»Ja ...«, erwiderte er vorsichtig – auch wenn das mehr wie eine Frage klang.

Die Frau des Bewohners zog ihre Kinder besorgt an sich. »Ist etwas passiert?«

»Nein, nein«, antwortete die Private nett, dann schaute sie wieder Wesley an. »Herr Theissen möchte sich beim Hauptmann bedanken. Und auch bei Ihnen, Herr Meyer. Und Ihnen beiden sein Mitgefühl aussprechen. Die ganze Familie möchte das.«

Die Frau, die Zwillinge, der Mann – alle fixierten jetzt die private Fachkraft, dieses Mädchen, das ebenfalls sehr jung war, vermutlich sogar noch jünger als Wesley. Die Private ließ sich davon nicht aus der Ruhe bringen. Obwohl keiner sie gefragt hatte, erklärte sie Hamlins Familie: »Vanessa Theissen konnte im letzten Moment noch in den Bunker gebracht werden. Herr Meyer hier und ein Kamerad von ihm haben sich freiwillig gemeldet und sie gerade noch ausfindig gemacht. Hauptmann Böhn hätte das vermutlich verbieten müssen, er hat die Rettungsaktion aber genehmigt.« Dann schaute das Mädchen wieder Wesley an. »Es tut mir sehr leid, dass Ihr Kamerad es nicht geschafft hat.«

Obwohl sie log, kam Wesley ihr Mitgefühl echt vor. »Danke«, sagte er.

Frau Hamlin schluckte berührt und warf ihrem Mann einen Seitenblick zu. »Das tut uns leid«, sagte sie.

»Danke«, sagte Wesley etwas verblüfft.

Dann meldete sich der kleine Junge zu Wort: »Können wir gehen, Dad? Du hast doch gesagt, wir dürfen noch *Time Jump* ausprobieren.«

»Nein, hab ich nicht. Ich habe nur versprochen, dass wir noch ins Medienzentrum gehen«, sagte Hamlin jetzt, als wäre er ein ganz anderer als der, der sich vorhin noch mit Wesley angelegt hatte. »Die AR ist noch nichts für euch!«

Die Schwester des Jungen sagte: »Wir können es ja zusammen ausprobieren? Und wenn es wirklich nichts ist, hören wir sofort auf, versprochen.«

»Na gut«, sagte Hamlin und strich seiner Tochter über den Rücken. Er tat es etwas ungelenk mit der linken Hand, und Wesley bemerkte erst jetzt, dass Hamlins rechte Hand verkrüppelt war: Die Finger waren krallenartig zusammengekrümmt, der ganze Arm hing etwas steif und nach innen gedreht von seiner Schulter herab.

Die Familie machte sich ohne weitere Worte davon. Nur Hamlins Frau drehte sich noch mal um und deutete ein Lächeln an, wie um sich bei Wesley zu entschuldigen. Der war immer noch ganz baff. Er starrte die private Fachkraft an.

Sie lächelte. »Ich habe übrigens ganz allein hier hergefunden«, sagte sie. Bevor Wesley etwas entgegnen konnte, drehte sie sich um und ging zurück in Richtung Treppenturm, der zum Foyer führte.

Wesley kam sich plötzlich wie der letzte Vollidiot vor. Nicht dass er sich vorher wie ein Nobelpreisträger gefühlt hätte …

»Hey!«, rief er der Privaten hinterher.

Sie drehte sich im Gehen um. »Ja?«

»Wie heißt du?«, fragte Wesley.

»Janja«, sagte sie. Dann ging die Beleuchtung hinter ihr aus und die vor ihr an, als sie sich wieder umdrehte und davonspazierte.

9

Es war der schönste Tag bisher, seit sie im Bunker war. Janja ertappte sich dabei, wie sie die Treppen fast schon hochtänzelte. Sie spürte sogar die Muskeln um ihren Mund herum: Sie lächelte – sie konnte gar nicht anders. Hätte jemand sie gefragt, ob sie glücklich wäre: In diesem Moment war sie es. Sie hatte dem Wachmann aus der Klemme geholfen. Damit waren sie sozusagen quitt.

Außerdem hatte sie eine Freundin gefunden. Vielleicht noch nicht ganz, sie waren erst dabei, sich anzufreunden. Aber dafür mussten sie sich eigentlich nur noch ein paarmal treffen. Dass Bea zwanzig Jahre älter war, machte ihr nichts aus. Bea anscheinend auch nicht. Im Gegenteil, Janja hätte sogar gerne eine ältere Freundin gehabt. Jemand, den sie um Rat fragen konnte, der ihr vielleicht sogar mal helfen konnte – und sei es nur mit einer kleinen Aufmunterung.

Das mit Wesley war ein glücklicher Zufall gewesen. Darüber war Janja besonders froh. Sie hatte mit ihm reden wollen, um das Missverständnis mit seinem Namensschild aufzuklären. Und um ihm zu sagen, dass er ihretwegen nichts zu befürchten hatte. Sie hätte auch erwähnt, dass sie sich vor Frau Theissen verplappert hatte – aber dass sie das wieder hinbiegen werde. Doch dazu war es dann gar nicht gekommen – ausgerechnet wegen Timothy Hamlin.

Hamlin war einer der einflussreichsten Männer in diesem Bunker. Auch er war im *Rat der Gründer*. Eigentlich war seine Suite hier nur ein Sicherheitsnetz für den Notfall gewesen. Er hatte eine eigene Bunkeranlage auf Hawaii, hatte aber geschäftlich viel in Frankfurt zu tun – und somit Glück im Unglück gehabt bei Kriegsausbruch. Jetzt hatte er wohl seine Frau und Kinder herumführen wollen – und Wesley verweigerte ihnen den Zutritt zum Wasserreservoir IV.

Es war unglaublich. Anscheinend wusste Wesley nicht, mit wem er es da zu tun hatte. Hamlin war zwar selber kein Politiker – die Gründer hier im Bunker kamen alle aus der Industrie und Hochfinanz. Aber Hamlin hatte in den USA ein sehr einflussreiches *Political Action Committee* gegründet und mit diesem Super-PAC dem letzten US-Präsidenten ins Amt verholfen. Viele Gerüchte rankten sich um ihn: zum Beispiel, dass er auch gute Kontakte zum russischen Präsidenten hätte – und dass er in einem Luxuswohnhaus in Manhattan, direkt am Central Park, minderjährige Zwangsprostituierte beherbergte. Angeblich nicht nur für sich, er verleihe sie auch an Gleichgesinnte, darunter an einen Prinzen des englischen Königshauses und an besagten US-Präsidenten, den er nun wegen geheimer Sexvideos unter Kontrolle hätte.

Was Janja zu Hamlin gesagt hatte, war ihr spontan eingefallen. Ihre Überlegungen zu Wesleys falschem Namensschild hatten plötzlich eine plausible Geschichte ergeben. So würde Janja das auch vor Frau Theissen klarziehen: Wesley hatte die Uniform des Verstorbenen zugeteilt bekommen und bloß vergessen, das falsche Namensschild abzunehmen. Zack, ganz einfach, Ende der Verschwörungstheorie.

Janja gab, immer noch lächelnd, den Zugangscode für die

Suite ein. Als sie die Tür hinter sich schloss, war ihr Glücksmoment zu Ende. Vanessas Stimme aus dem Familienzimmer fuhr ihr wie ein Stromschlag durch den Körper. Janja hatte darauf gezählt, dass Vanessa noch ein paar Stunden im Medienzentrum bleiben würde. Nun war sie in Erklärungsnot. Sie nahm sich eine Sekunde, um sich zu sammeln. Dann klopfte sie leise an die Durchgangstür, bevor sie das Familienzimmer betrat.

»Wo warst du, Janja?« Frau Theissen musterte sie, als könne sie sich noch nicht entscheiden, ob sie irritiert oder enttäuscht war. So als hätte Frau Theissen Janja dabei ertappt, wie sie heimlich deren Gesichtscreme benutzte.

Janja warf Herrn Theissen einen kurzen Seitenblick zu, um dessen Stimmung herauszuspüren. Er wirkte eher abwesend, in Gedanken woanders. »Ich habe Vanessa gesucht«, antwortete sie seiner Frau.

»Dann hast du mich ja jetzt gefunden«, sagte Vanessa mit einer Fröhlichkeit in ihrer Stimme, die nicht gelogen, aber auch nicht ganz echt war.

»Ja«, sagte Janja. Leider, dachte sie.

»Wo genau hast du mich denn gesucht?«, fragte Vanessa nun mit übertriebenem Interesse. »Hast du dir nicht denken können, dass ich im Medienzentrum war?«

Janja zögerte. Sie durfte nicht zugeben, dass sie Vanessa dort gesehen hatte. Sie hatte im Gespräch mit Bea gehofft, dass Vanessa noch ein paar Stunden dort bleiben würde. Sodass Janja genügend Zeit hätte, um die Angelegenheit mit Wesley zu klären – und Vanessa dann zu einem späteren Zeitpunkt im Medienzentrum abzuholen. Was sie getan hatte, war in den Augen ihrer Dienstherren unverzeihlich: Sie hatte sich für ein paar Stunden einfach freigenommen – eigenmächtig, ohne sich vorher eine Erlaubnis einzuholen. Jetzt blieb ihr keine andere Möglichkeit, als zu lügen. »Ich war im Wellnessbereich, in der Bibliothek und im Foyer. Jetzt wollte ich noch in die Cafés, aber vorher nachfragen, ob die Herrschaften ein Dessert wünschen.« Sie schaute Herrn Theissen an.

»Nein danke, Janja. Für mich nicht. Ich habe gleich noch eine Sitzung.« Er sah seine Frau an. »Du?«

Frau Theissen schüttelte den Kopf.

»Na gut. Dann hätten wir das wohl geklärt.« Vanessa lächelte versöhnlich. Aber Janja wusste, dass sie ihre Lüge durchschaut hatte. »Würdest du das bitte entsorgen?« Vanessa deutete auf den mit einer Silberkuppel zum Warmhalten bedeckten Teller an ihrem Platz. »Und mir was Frisches holen. Ich hätte Lust auf etwas Einfaches. Eine Pizza vielleicht.«

Janja nickte. »Natürlich.«

»Du kannst sie mir in mein Zimmer bringen.« Vanessa stand auf und verließ den Raum.

Darauf wandte Janja sich wieder Frau Theissen zu. »Haben Sie noch einen Wunsch, Madame?«

»Fürs Erste nicht, geh nur.«

Als Janja die Tür hinter sich ins Schloss zog, hörte sie noch, wie Frau Theissen sagte: »Habt ihr die Funkverbindung schon wiederherstellen können?«

Dann eilte Janja aus der Suite und fing an zu rennen. Sie wurde nur langsamer, wenn sie auf den Fluren jemandem begegnete. Aber die Fachkräfte, die ihr entgegenkamen, schienen zu sehr mit ihren eigenen Aufgaben beschäftigt, um sie zu beachten. Gründer traf Janja keine in den Fluren an.

Bevor sie ins *Riva* ging, schaute sie im Medienzentrum vorbei. Aber Bea war nicht mehr da. Janja fragte den Krankenpfleger, der ihren Dienst übernommen hatte, ob er Vanessa Theissen aus der AR herausgeholfen hätte. Er schüttelte den Kopf.

Während sie im *Riva* auf die Pizza wartete, überlegte Janja, ob Bea Vanessa gesagt haben könnte, dass Janja sie dort bereits gesucht hätte. Das war natürlich möglich. Bea schien ein Mensch zu sein, der sich gerne unterhielt. Vielleicht redete sie aber auch nicht mit jedem so wie mit Janja. Vielleicht sprach sie mit Gründern und deren Kindern nur das Nötigste. Doch selbst wenn sie Vanessa etwas erzählt hätte, wäre es nicht Beas Schuld, wenn Janja deswegen noch Ärger bekäme.

Wenn Vanessa sie auflaufen lassen wollte – dann hätte sie gerade eben vor ihren Eltern die beste Gelegenheit dazu gehabt. Sie hätte nur Janjas Lüge aufdecken müssen. Aber anscheinend reichte es Vanessa, dass sie etwas gegen Janja in der Hand hatte – einen Trumpf, den sie bei Bedarf immer noch ausspielen könnte.

Vor der Tür zu Vanessas Zimmer beruhigte sich Janja ein wenig. Sie hoffte nur, dass die Pizza noch heiß genug war. Als sie nach einem Klopfen eintrat, war Vanessa über ihren Zeichenblock gebeugt. Janja stellte den Pizzateller auf den Couchtisch und ein Fläschchen Chiliöl daneben. »Was möchtest du trinken?«, fragte sie.

Vanessa klappte das Deckblatt des Blocks zu und legte den Bleistift darauf. »Ich hab noch, danke.« Sie deutete auf ihr Wasserglas. »Aber bleib bitte. Möchtest du ein Stück?«

Janja zögerte.

»Du musst nicht höflich sein. Nimm nur«, sagte Vanessa.

Jetzt blieb Janja nichts anderes übrig. Sie bedankte sich und nahm eine Pizzaecke vom Teller. Es war köstlich. Sie würde die ganze nächste Woche daran denken müssen, wenn sie ihre eigenen spartanischen Mahlzeiten zu sich nahm. Dann fragte Vanessa plötzlich wie aus einem Hinterhalt: »Warum hast du gelogen?« Der freundliche Ton ihrer Stimme wurde nur einen Hauch kälter.

»Entschuldigung?«, fragte Janja. Vanessa konnte sie immer wieder überraschen. Janja ärgerte sich über ihre Gutgläubigkeit. Wenn Vanessa freundlich zu ihr war – wie jetzt gerade mit der Pizza –, dann dachte Janja immer, dass sie es auch bleiben würde.

»Na komm«, sagte Vanessa. »Das kannst du mit meinen Eltern machen, aber nicht mit mir. Ich weiß, dass du gelogen hast. Du hast mich in der Bibliothek gesucht? Ernsthaft? Hast du mich überhaupt schon mal ein Buch lesen sehen?«

Janja suchte nach einer glaubwürdigen Antwort. Sie wusste, dass Vanessa sie durchschaut hatte. Aber sie durfte es nicht zugeben, nicht mal unter vier Augen. Vanessa konnte sehr hinterhältig sein. Janja würde es nicht wundern, wenn sie ihr Gespräch gerade heimlich aufzeichnete.

Vanessa seufzte. »Nein, hast du nicht. Und im Wellnessbereich? Glaubst du, ich steh darauf, dass mir irgendwelche Fettsäcke in der Sauna auf die Titten glotzen? Dafür müsste ich nicht mal das Stockwerk verlassen. Da kann ich auch gleich ein paar Türen weiter bei ›Tiny Tim‹ Hamlin anklopfen.«

Janja war jetzt den Tränen nahe und hasste sich dafür. Warum konnte sie es nicht einfach wegstecken, wenn jemand wie Vanessa nur Verachtung für sie übrighatte? Es war ja nicht so, dass Janja ihre Freundin sein wollte. Aber leider konnte Vanessa bei ihr immer wieder auf einen unsichtbaren Nerv drücken.

Plötzlich war sie es leid: »Ich habe einen Wachmann gesucht. Ich bin ihm vor einer Woche begegnet, und er trug dasselbe Namensschild wie die Wache, die dich reingeholt hat, als alle in den Bunker mussten. *G. Meyer*. Aber G. Meyer ist bei der Aktion gestorben.«

Jetzt musste Vanessa erst mal schlucken. Auch wenn sie schnell ihre Fassung wiederfand: »Und? Hast du diesen Wachmann gefunden? Während du angeblich das ganze *Hotel* nach mir durchsucht hast!«

Anscheinend hatte Janja nun bei Vanessa einen Nerv getroffen. »Ja«, sagte sie und wartete.

Wieder sagte Vanessa: »Und?« Diesmal etwas nachdrücklicher.

Nun probierte Janja vorsichtig die Lüge aus, die sie später Frau Theissen unterstreuen wollte: »G. Meyers Uniformen wurden anscheinend an andere Wachen ausgegeben. Die Wache, die ich getroffen habe, hatte nur das Namensschild noch nicht entfernt.«

»*Bullshit!*«, sagte Vanessa.

»Entschuldigung?«, sagte Janja.

»*Entschuldigung!*«, äffte Vanessa sie nach. »Lüg mich nicht an! Dann musst du dich auch nicht entschuldigen. Die Wache, die gestorben ist, hieß Gabriel Meyer. Der Junge, den du getroffen hast, ist sein Bruder Wesley. *Ich* habe ihn hier reingebracht. Weil er sonst draußen verreckt wäre, wie der Rest der Menschheit.«

Das wiederum musste Janja erst mal verarbeiten. Sie hatte also gar nicht so falschgelegen mit der Geschichte, die sie für Tiny Tim Hamlin zusammengereimt hatte.

Jetzt schien Vanessa sogar den Tränen nahe. »Ist er ein Freund von dir?«, fragte Janja.

»Wer – Wesley?«, fragte Vanessa.

»Nein. Sein Bruder. Gabriel Meyer.«

»Gabriel ist tot!«, rief sie mit brüchiger Stimme.

Also war er ein Freund gewesen – oder sogar mehr als das. Janja überlegte, Vanessa ihr Mitgefühl auszusprechen und noch etwas Nettes über Gabriel Meyer zu sagen. Sie hatte ihn sympathisch gefunden im Humvee, auf dem Weg zum Bunker. Mutig war er auch gewesen. Aber Janja fürchtete, dass Vanessa nicht gerade dankbar reagieren würde.

Und sie hatte recht. »Halt dich von seinem Bruder fern!«, sagte Vanessa jetzt.

»Warum?«, fragte Janja, ohne vorher darüber nachzudenken.

»Warum!? Weil er illegal hier ist! Wenn du anfängst, mit ihm rumzumachen, wird noch jemand auf ihn aufmerksam!«

»Ich habe nicht mit ihm rumgemacht«, sagte Janja überrascht.

»Umso besser. Geh ihm einfach aus dem Weg! Und jetzt lass mich in Ruhe!«

Janja ging zur Tür. Sie wollte schon rausgehen, doch dann drehte sie sich noch mal um. Sie konnte Vanessa genauso gut jetzt fragen, denn wahrscheinlich gab es dafür keinen richtigen Zeitpunkt: »Warum hasst du mich eigentlich?«

Vanessa hatte sich wieder ihrem Zeichenblock zugewandt und schaute jetzt überrascht auf. »Ich weiß gar nicht, ob ich dich hasse«, antwortete sie.

»Dann verachtest du mich nur?« Sie hatte die Pizza nicht mal angerührt.

»Darüber müsste ich erst mal nachdenken. Aber das bist du mir nicht wert, Janja. Ich sag dir auch, warum. Hast du dich mal gefragt, warum *du* mit uns in den Bunker gekommen bist?«

Mit dieser Frage hatte Janja nicht gerechnet. Sie sagte etwas unsicher: »Weil meine Mutter deinen Vater darum gebeten hat. Dass sie mir ihren Platz überlassen darf.«

»Diese Bitte hätte er ihr ausschlagen können. Du bist erst seit einem Jahr bei uns und lange nicht so gut ausgebildet wie deine Mutter. Bei Weitem nicht!«

»Aber ich bin jünger«, sagte Janja. »Und deiner Familie damit länger von Nutzen.«

»Ich bitte dich!« Vanessa atmete verächtlich aus. Sie drehte den Bleistift in ihren Fingern, dann drückte sie dessen Spitze leicht gegen ihren Daumen. »Deine Mutter war siebzehn, als du zur Welt gekommen bist. Sie ist gerade mal so alt wie diese Krankenschwester heute im Medienzentrum. In dreißig Jahren hätte deine Mutter immer noch weitere zehn oder fünfzehn Jahre für uns arbeiten können.«

»Was willst du damit sagen?«, fragte Janja.

»Ja, was will ich damit sagen?«, kam es zurück. »Denk doch mal darüber nach!«

Das tat Janja in ihrem Arbeitszimmer, als sie den Fisch entgrätete, den Vanessa zurückgegeben hatte. Es war nicht ganz einfach, weil er jetzt kalt war. Er schmeckte trotzdem hervorragend. Janja hatte nur Anspruch auf eine warme Mahlzeit am Tag, aber heute verzichtete sie gerne darauf. Selbst wenn dieser Fisch kalt war, schmeckte er hundertmal besser als die warmen Gerichte, die man den Fachkräften zu essen gab.

Wieder war Janja den Tränen nahe. Sie hoffte, dass dies nicht ewig so weitergehen würde. Aber sie musste sich unbedingt eine härtere Schale zulegen. Ihr durften nicht bei jeder Kleinigkeit gleich die Tränen kommen.

Vielleicht war Vanessa ja verbittert, weil sie gerade erst ihren Freund verloren hatte. Das wäre verständlich. Auch Vanessa war nur ein Mensch. Aber Janja wusste, dass sie sich damit was vormachte.

Vanessas Abneigung ihr gegenüber musste einen anderen Grund haben. Und es kam nur einer dafür infrage: Sie waren Schwestern. Oder vielmehr Halbschwestern, was aber nur ein schwacher Trost war.

10

Wesley konnte immer noch nicht glauben, dass der Streit vor dem Wasserspeicher so glimpflich ausgegangen war. Er wartete in der Schlange vor der Essensausgabe. Die Kantine bot Platz für dreihundert Leute und war ungefähr halb voll. Sie erinnerte ihn an die glanzlose Mensa der Gesamtschule, die er besucht hatte. Nur dass es hier keine Fenster gab, und der Boden war nicht Linoleum, sondern polierter Beton. Dafür war die Beleuchtung, anders als in den Gängen und Quartieren, erstaunlich hell. Es fühlte sich fast an wie Tageslicht und war richtig belebend.

Anfangs, wenn Wesley hier gegessen hatte, waren Wyslich, Buchele, Lederer und die anderen Wachen, die gerade schichtfrei hatten, in der Schlange an ihm vorbeimarschiert – mit einem freundlichen »Mahlzeit!«. Da sie auch andere Fachkräfte vor ihm überholt hatten, hatte Wesley das nicht hinterfragt – es waren ja alte Haudegen und er nur ein Niemand.

Inzwischen ließ er sich nicht mehr überholen. Es hatte eine Weile gedauert, bis ihm klar geworden war, dass die Kollegen sich einfach vordrängelten. Und es hatte ihn große Überwindung gekostet, einem begehbaren Kleiderschrank wie Buchele ein »Hey! Hinten anstellen!« zuzurufen. Doch es hatte funktioniert. Es kam ihm sogar vor, als hätten Buchele und die anderen genau darauf gewartet: wie lange Wesley dieses Spiel noch mit sich spielen lassen würde?

Jetzt standen er und Buchele nebeneinander an der Essensausgabe und schauten dabei zu, wie die Küchenhilfe eine Kelle voll dampfendem Chili con Carne aus dem gerade angelieferten, riesigen Kochtopf in die Mulden ihrer Tabletts schöpfte. Dazu gab es ballaststoffreiches Vollkornbrot, ein Elektrolytgetränk und als Nachtisch Obstsalat aus der Dose.

Meistens gab es Eintopf – der auch gar nicht übel war, nur immer sehr fetthaltig. Aber das hatte einen Sinn. Sich eine kleine Fettschicht zuzulegen, war wichtig bei der eher kühlen Durchschnittstemperatur im Bunker. Morgens vor Schichtbeginn aßen die Wachen die zugeteilten Müsliriegel und mittags gab es ein Eiweißgetränk mit hohem Haferanteil als Carb-Loader. Die Vitamine spritzte man ihnen wöchentlich nach dem Stubenappell, während Böhn ihre Quartiere auf Sauberkeit und Ordnung kontrollierte. Das Ganze lief routiniert und entspannt ab. Für Böhn war es ein Ritual, das dem Alltag der Wachmannschaft Struktur verleihen sollte.

Das Abendessen, oder vielmehr das warme Essen nach Schichtende, war der Höhepunkt des Tages. Heute hatte Wesley dafür sogar geduscht, das zweite Mal diese Woche. Einmal hatte er noch gut. Doch dieses eine Mal wollte er gegen ein paar Koffeintabletten tauschen, wofür er wiederum ein bisschen Schokolade ergattern könnte.

Als Buchele und er sich an den Tisch setzten, wo auch die anderen Wachen aus ihrem Gang saßen, sagte Wyslich gut gelaunt: »Hab gehört, du hast dich mit Tiny Tim angelegt. Du fängst an, mir zu gefallen, Junge!«

Für Wesley war es immer noch ungewöhnlich, dass er so direkt angesprochen wurde. Bevor er etwas darauf sagen konnte, meinte Wyslich weiter: »Na komm, iss! Du musst was auf die

Rippen kriegen. Da kannst du dir ausnahmsweise mal ein Beispiel an Tiny Tim nehmen.«

Es gab keine strikte Trennung der Tischbereiche, trotzdem saßen die meisten Krankenpfleger zusammen, genauso wie die Gärtner oder eben auch Wyslich, Buchele, Lederer und der Rest der Wachen. Wobei Buchele meinte, dass sich das noch ändern würde, wenn sich alle besser kannten.

Nur für die Führungskräfte gab es einen abgetrennten Bereich. Dort aß Böhn als Chef des Wachkontingents mit den Ärzten, Chemikern, Biologen und Ingenieuren, die darüber wachten, dass der Laden hier lief. Auch dazu hatte Buchele eine Meinung: dass Böhn garantiert lieber hier bei ihnen sitzen würde.

»Wie viele Klimmzüge schaffst du inzwischen?«, fragte Wyslich.

»Am Stück oder insgesamt?«, fragte Wesley zwischen zwei Bissen Chili zurück.

»Na, am Stück, du Pfeife.«

»Drei.«

»Gut. Nächste Woche schaffst du vier. Verstanden?«

Wesley nickte. Wyslich hatte ihn ein Pflänzchen genannt, das man vergessen hatte zu gießen. Zwar war Wyslich selber nicht so ein Koloss wie Buchele, dafür zäh wie ein Ringer. Im Gegensatz zu Wyslich fiel Wesley unter den anderen Wachen auf wie ein Pudel unter Schäferhunden. Sie waren einfach viel größer und breiter als er selber. Deswegen die Klimmzüge. Er musste kräftiger werden, wenn er nicht auffallen wollte. »Wer ist Tiny Tim?«, fragte er. »Meinst du diesen Hamlin?«

Wyslich lachte. »Na, wen sonst? Oder gab es noch eine zweite menschliche Kugel, die dich heute angepöbelt hat?«

»Alter«, sagte Frese, der ihnen gegenübersaß, grinsend. »Fat-Shaming ist total out.«

»Nicht, wenn man das letzte Nashorn auf Erden gefuttert hat. Wegen Arschlöchern wie Tiny Tim sind Nashörner nämlich auch out.«

Wesley mischte sich vorsichtig dazwischen: »Hat der was zu melden hier drinnen? Dieser Hamlin?«

Wyslich lachte wieder. »Sag mal, hast du in deinem früheren Leben auch mal Nachrichten geschaut? Oder nur gewisse Filme – über die wir hier beim Essen lieber nicht reden wollen?«

Wesley spürte, wie er rot wurde. Jetzt grinsten sie alle um ihn herum. Dann sagte Wyslich weiter: »Tiny Tim hat mehr Leute um ihr Geld betrogen, als die guten alten Inkas Jungfrauen geopfert haben. Der ist noch reicher, als er fett ist. Hier drinnen hat er vielleicht nicht so viel zu melden wie früher draußen. Aber er ist im *Rat der Gründer* und der engste Vertraute von Finck, dem Vorsitzenden. Ich würde mal sagen, er ist die Nummer zwei hier. Er oder Jonas Bayer. Den Namen kannst du dir auch gleich merken. Die beiden nehmen sich nicht viel, was ihren lieblichen Charakter und ihre armselige Schwanzlänge angeht.«

»Und wer ist dieser Jonas Bayer?«

Wyslich schaute zu Buchele rüber. »Das Einzige, das für ihn spricht, ist, dass er nur Bayer heißt und keiner ist. Buchele, das nimmst du mir jetzt nicht übel, oder? Du bist für mich da die große Ausnahme, das weißt du.«

Buchele stöhnte, dann sagte er in seinem typischen sonoren Bayrisch: »Dieser Scheißschwabe, jetzt fängt der schon wieder an!«

»Ich erklär's dir mal so«, sagte Wyslich zu Wesley, aber für alle gut hörbar. »Ich persönlich mag die Bayern nicht. Ich konnte die noch nie ausstehen. Ich krieg Tourette, wenn ich an die denke! Buchele hier mal ausgenommen. Doch dafür, dass ein Jonas Bayer diesen Namen hat – dafür tun mir sogar die Bayern leid.«

So wie Wyslich das sagte, schien er es tatsächlich ernst zu meinen. Dann knurrte Lederer dazwischen: »Nicht nur Nashörner sind out. Bayern auch. Koalabären sind out. Hessen sind out. Genauso Sachsen, Chinesen, Amerikaner, Katzenbabys, Kasachen und wer sonst noch alles!«

Bei Wyslich wusste man oft nicht, wie ernst er etwas wirklich meinte – aber für Lederer war dieses Thema anscheinend kein Witz. »Es gibt nur noch Überlebende!«, sagte er abschließend. »So wie uns.«

»Jetzt sei mal nicht so miesepetrig!«, hielt Wyslich dagegen. »Wegen dem bisschen Weltkrieg hier. Du musst mir nicht gleich den Appetit verderben.«

»Ich mein ja nur, Wyslich. Deine Witze funktionieren nicht mehr, wenn alle Witzfiguren tot sind. Hör auf, auf den Bayern rumzuhacken. Es gibt kein Bayern mehr. Es gibt gar nichts mehr da draußen! Krieg das endlich mal in deinen Kopf!«

»Meinst du wirklich?«, fragte Wesley schüchtern. »Dass da draußen alles kaputt ist?«

»Überleg doch mal. Das Ganze heißt nicht umsonst Weltkrieg. Okay, Russland ist so groß, dass da wahrscheinlich nicht jeder Quadratkilometer bombardiert wurde. Ich wüsste auch nicht, warum man ein Land wie die Mongolei plattmachen sollte. Oder, sagen wir mal, Burkina Faso. Die Antarktis hat's vermutlich auch nicht erwischt. Also viel Spaß, falls du's dir dort gemütlich machen willst – vor allem beim Hinkommen.«

»Jetzt hör mal auf mit dieser Depri-Kacke!« Wyslich seufzte theatralisch. »Die Weltmeere haben sicher nur Querschläger abbekommen. Oder die Gebirge. Abgelegene Inseln wie Island sind sicher ganz verschont geblieben. Oder wie Hawaii!«

Lederer unterbrach ihn: »In Hawaii waren fünfzig Nuklearsprengsätze stationiert. Hawaii ist platt! Darauf kannst du einen lassen.«

»Apropos lassen«, sagte Wyslich. »Darf ich dir vielleicht was von meinem Chili abgeben? Damit du endlich die Fresse hältst? Ich war nämlich gerade dabei, unsere Jungfrau hier aufzuklären.«

»Dann übernehm ich das mal, das geht schneller!«, sagte Lederer ernst. Er schaute Wesley an: »Die Sache ist ganz einfach, Junge. Wegen deiner Begegnung mit Tiny Tim heute brauchen wir einen anderen Posten für dich. Etwas, wo diese beiden Arschbacken Hamlin und Jonas Bayer garantiert nicht auftauchen. Sonst bist du nämlich im Arsch.«

»Ist dieser Jonas Bayer so gefährlich?«, fragte Wesley.

»Wie gesagt«, antwortete Lederer, »er ist die Nummer zwei oder drei unter den Gründern. Und sogar die Nummer dreihundertneunundneunzig könnte dir gefährlich werden!«

»Dann krieg ich das Wasserreservoir!«, sagte Frese dazwischen.

»Junge, hast du sie noch alle!«, sagte Wyslich. »Du bleibst gefälligst vor der Medikamentenausgabe! Wir brauchen dich da.«

»Aber ich selber nehm das Zeug doch gar nicht«, sagte Frese.

»Hm? Und warum brauchen wir dich da? Denk doch mal mit, Mann! Wenn irgendein Arzt auf die Idee kommt, dein Pipi zu untersuchen, findet er nichts.«

»Hey!«, meldete sich Buchele zu Wort. »Ich hab einen Posten

für unser Meyerchen hier.« Er schaute Wesley direkt an. »Da darfst du sogar jeden Tag duschen.«

»Dieses Sechzig-Sekunden-Gespritze nennst du Dusche?«, sagte Frese.

»Es ist nun mal eine Druckdusche. Musst du dir eben woanders einen runterholen, wenn dir das zu ungemütlich ist.« Wyslich klopfte Wesley auf die Schulter, sodass der sich verschluckte. »Aber keine Sorge, auch nach einer Druckdusche riechst du ja nach Schichtende wieder wie ein Veilchen im Wind!«

»Veilchen sind übrigens auch out«, knurrte Lederer.

»Oh Mann«, sagte Wyslich zu Frese. »Besorg mal ein bisschen Morphium. Ich glaub, der weint gleich.« Er deutete mit einem Nicken in Lederers Richtung.

Lederer grinste. »Frese hört dich nicht mehr.«

Wyslich stieß Frese an. »Wo schaust du denn hin?«

»Was?«, fragte Frese.

»Etwa die Rothaarige?«

»Na, da wird einem doch weich ums Herz, oder?«, sagte Frese.

»Das ist eine private Fachkraft, Frese! Lass die Finger von der. Such dir 'ne Krankenschwester oder 'ne Gärtnerin!«

»Warum denn?«, fragte Wesley.

»Na, weil es eine Private ist«, sagte Wyslich, als ob das alles erklären würde.

Wesley schaute zu dem Tisch rüber, wo die schöne Rothaarige mit den Köchinnen zusammensaß, die gerade Pause hatten. Eine davon hatte auch rote Haare, war ein bisschen älter, kräftiger, vielleicht ihre Schwester. Mit ihr unterhielt sie sich und die beiden lachten.

Wesley musste an Gabriel denken. Dann kam ihm Janja in den Sinn. Warum hatte sie ihm geholfen mit diesem Hamlin? Sie hatte ihn mit Namen angeredet, also kannte sie ihn. Er wandte sich an Buchele: »Was hat es denn mit den Privaten auf sich?«

»Du weißt doch, die sind mit einer Familie hierhergekommen. Eigentlich sind das Hausangestellte, meistens so junge hübsche Dinger wie die da. Dreimal darfst du raten, warum. Also, wenn du denkst, deine Zwölfstundenschicht ist hart, dann sei lieber dankbar. Diese jungen Frauen haben neben ihrer normalen Arbeitszeit auch noch vier Stunden« – Buchele malte ein Paar Anführungsstriche in die Luft – »*Bereitschaft.*«

Wyslich war jetzt fertig mit Essen und stand auf.

»Hey?«, fragte Wesley unsicher. »Soll ich darüber mit Böhn reden – wegen der Sache mit Tiny Tim?«

»Nee, lass Böhn da mal besser raus. Der hat gerade genug um die Ohren.« Wyslich warf einen Blick auf den abgetrennten Bereich der Führungsebene. »Das regeln wir schön selber. Keine Sorge. Wir passen auf dich auf, Meyerchen.«

»Isst der wirklich Nashorn …?«

»Jetzt garantiert nicht mehr. Aber früher. Hat Böhn mal erzählt. Und der weiß alles über diese reichen Säcke.« Wyslich seufzte. »Böhn ist der Beste! Ist zwar Offizier gewesen, aber trotzdem. Immer ganz vorne mit dabei. Wie dein Bruder ihm damals das Leben gerettet hat – das war ganz großes Kino! Ich krieg 'n Ständer, wenn ich nur daran denke.«

»Jetzt halt dich mal zurück«, sagte Buchele und schüttelte den Kopf.

»Ja, genau«, sagte Frese. »Was sollen denn die jungen Damen da drüben denken? Du versaust mir noch die Tour.«

»Dafür wirst du mir noch dankbar sein, Frese! Nimm die rothaarige Köchin, wenn du auf Rothaarige stehst. Nicht die andere.« Damit machte Wyslich kehrt und brachte sein Tablett zurück. Frese warf ihm noch eine Kidneybohne hinterher, verpasste ihn aber.

Warum hatte diese Janja ihm gegen Hamlin geholfen, fragte Wesley sich jetzt. Erhoffte sie sich umgekehrt einen Gefallen von ihm? Dass sie vielleicht nur nett war, kam ihm zwar auch kurz in den Sinn. Aber er hatte den Eindruck, dass hier keiner etwas umsonst machte. Auch Wyslich wollte ihn nicht nur aus Nettigkeit von seinem Posten im Wasserreservoir IV befreien. Andere Wachen hatten Aufgaben, die wesentlich unangenehmer waren. Aufgaben, die eher ein Anfänger wie Wesley, der hier eigentlich gar nichts zu suchen hatte, übernehmen sollte. In Wyslichs Augen wäre das nur fair.

Auch das fand Wesley erstaunlich: Für Wyslich, Buchele oder Lederer schien das hier nur ein Job zu sein. Und nicht mal ein tödlicher Job, also fast schon Urlaub.

Wenn er länger darüber nachdachte, war er sich bei keinem der Männer wirklich sicher, ob sie gerade einen Witz machten oder etwas ernst meinten. Außer bei Lederer. Der wirkte jedes Mal gleich mürrisch. Sonst war es irgendwie immer beides: als würden sie alles ernst meinen und trotzdem darüber Witze reißen.

Wesley dagegen spürte hier im Bunker einen ständigen Druck auf der Brust. Jeden dritten oder vierten Atemzug musste er bis zum Anschlag Luft holen, weil er immer das Gefühl hatte, zu wenig Sauerstoff zu kriegen. Es war nicht wirklich das Gefühl, gleich zu ersticken, aber die Light-Version davon. So wie er selber für die anderen die Light-Version seines Bruders war – das »Meyerchen« eben. Keiner hätte seinen Bruder so angeredet, oder höchstens nur ein Mal. Dabei meinten Wyslich und die anderen es gar nicht böse, wenn sie Wesley so nannten. Für sie war er inzwischen so was wie ein Maskottchen der Truppe. Und Gabriel ein Held, weil er so dreist gewesen war, einfach seinen Bruder mit in den Bunker zu schmuggeln. Nur, dass er dummerweise dabei gestorben war.

Wesley wusste nicht, ob er diese Männer bewundern oder fürchten sollte. Es waren Männer, deren Job es gewesen war, Menschen zu töten. Und diesen Job hatten sie zuverlässig erledigt, weil sie sonst selber gestorben wären. Genau aus dem Grund hatten die Gründer sie ja angeheuert: Die Wachleute waren Kämpfer. Man hatte sie lieber auf der eigenen Seite als auf der des Gegners. Es war ja nicht ausgeschlossen, dass es draußen noch Gegner gab. Leute, die vielleicht auch ganz gerne einen Platz in diesem Bunker hätten. Und mit diesen Kämpfern, die schon Menschen getötet hatten und es wieder tun würden, teilte Wesley jetzt ein Zimmer.

Wesley – das Pflänzchen, das man nicht genug gegossen hatte.

Gabriel wäre hier drinnen eher am richtigen Ort gewesen.

Nach drei Wochen im Bunker war Wesley mit den Nerven schon fast am Ende. Es war nur eine Frage der Zeit, bis er hier zertrampelt wurde. Entweder von einem wie Lederer, der vielleicht plötzlich die Schnauze voll von ihm hatte. Oder von einem wie Timothy Hamlin.

11

Nach vier Wochen stellte sich bei Janja eine Routine ein. Sie stand morgens vor der Familie auf, bereitete Kaffee für alle, richtete Kleidung her und half beim Anziehen. Dann begleitete sie die Familie in eines der Restaurants, wo es Frühstück gab. Dort übernahmen die Kellner den Service. Janja ging zurück zur Suite, reinigte die Bäder, machte die Zimmer und aß selber eine Kleinigkeit. Danach holte sie die Familie wieder ab. Sie brachte Frau Theissen in den Wellnessbereich, Vanessa ins Medienzentrum und Herrn Theissen meist in die Bibliothek, wo er sich mit den Schriften von Sun Tzu oder Machiavelli beschäftigte, um seinen Aufstieg im *Rat der Gründer* voranzutreiben.

Auch den Eingang zum Krankenhaus fand Janja mittlerweile ohne Lageplan. Wie jedes Mal hielt sie auch heute wieder Ausschau nach Bea – diesmal in der Kardiologie –, entdeckte sie aber nirgends. Sie fragte auch an der Medikamentenausgabe nach, doch der Apotheker dort sagte, er kenne keine Beatrice Wang. Im Schwesternzimmer der Inneren Medizin hatte sie letzte Woche das Gleiche gehört. Es war ihr unerklärlich. Bei jedem Botengang fragte Janja immer nur in *einer* Abteilung nach, denn sie durfte nicht zu spät zu den Theissens zurückkommen. Nun fehlte ihr nur noch die Orthopädie. Diese Abteilung würde sie beim nächsten Mal erkunden. Danach müsste sie wohl eine Anfrage im Büro der Verwaltung stellen und hoffen, dass sie damit kein Aufsehen erregte. Aber es konnte doch nicht sein, dass in diesem Bunker ein Mensch einfach verschwand – dessen Existenz danach jeder leugnete. Janja überlegte sogar, Vanessa ins Vertrauen zu ziehen. Sie könnte als Gründer-Tochter sicher etwas in Erfahrung bringen.

Als Janja sich auf dem Rückweg zum Krankenhauseingang unbeobachtet fühlte, öffnete sie die Packung Schlaftabletten. Sie überlegte, eine davon abzuzweigen. Für den Fall, dass sie heute wieder, wie letzte Nacht, eine Panikattacke kriegte. Sie kamen zwar nicht mehr so häufig wie in den ersten Tagen im Bunker, dafür umso geballter. Meistens wurde es ihr in der Schlafkammer zu eng. Dann zog sie die Matratze in das angrenzende Arbeitszimmer. Dort war es etwas besser, doch auch da schlief sie nicht automatisch wieder ein.

Janja zögerte. Eine Tablette für später zu nehmen, war Diebstahl. Außerdem fürchtete sie, morgen dann nicht rechtzeitig aufzuwachen. In den letzten vier Wochen hatte sie im Haushalt noch keine größeren Fehler gemacht. Vielleicht würde man ihr so was sogar verzeihen. Aber sie wollte es nicht darauf ankommen lassen.

Dass ihre Nächte so schlaflos waren, wunderte Janja. Sie war tagsüber ständig müde. Oft fühlte sich ihr Hirn an wie in Watte gepackt. Stimmen hörte sie dann wie durch einen Schleier. Sie freute sich jeden Tag auf Dienstschluss und darauf, sich dann ins Bett zu legen. Aber dann konnte sie nicht einschlafen – es war verrückt. Vielleicht würde es Frau Theissen gar nicht bemerken, wenn nur sieben Tabletten statt acht in der Packung wären. Es konnte ihr ja auch egal sein. Sobald diese sieben verbraucht waren, würde Janja ihr wieder neue holen. Doch hier im Bunker hatte Frau Theissen so wenig zu tun, dass selbst ein

Ärgernis eine willkommene Abwechslung sein konnte. Es war schon absurd!

Während Janja noch über die möglichen Konsequenzen eines Diebstahls nachdachte, spürte sie, wie eine Hand sie plötzlich am Arm packte und wegzog. Als sie aufschreien wollte, presste sich eine zweite Hand über ihren Mund. Eine Tür ging auf und sie wurde hindurchgezerrt. Dann fiel die Tür ins Schloss und Janja wurde losgelassen.

»Fang nicht an zu schreien!«, sagte der Wachmann.

Janja wischte sich über den Mund. Dann rieb sie sich den Arm. »Was –?«

»Warum hast du mir mit Hamlin geholfen?«, unterbrach er sie. Es war Wesley.

Janjas Herz schlug heftig, aber sie beruhigte sich wieder ein bisschen. Sie fragte sich, wann genau das gewesen war. Dass sie Wesley aus der Klemme geholfen hatte, lag erst ein paar Tage zurück, aber die Zeit schien zu verschwimmen im Bunker. Janja konnte nicht mal sagen, ob heute Montag oder Dienstag war. Nicht dass das eine große Rolle gespielt hätte. »Wäre es dir lieber gewesen, ich hätte es nicht getan?«

»Antworte mir!«

Sie seufzte. Janja war mehr genervt, als dass sie sich misshandelt fühlte. Trotzdem hatte sie nicht vor, Wesley diesen Überfall zu verzeihen. »Weil ich es konnte, deswegen. Und weil Timothy Hamlin ein gefährlicher Mann ist.« Dann legte sie eine ordentliche Portion Spott in ihre Stimme: »Aber anscheinend nicht so gefährlich wie du! Was kommt denn jetzt als Nächstes? Willst du mich … verprügeln?«

»Nein!« Wesley schnaufte empört aus. »Natürlich nicht.«

»Natürlich nicht?«, äffte Janja ihn nach. »Wie komm ich da

bloß drauf? Nachdem du mir den Mund zugehalten und mich in eine Putzkammer gezerrt hast?!« Sie ließ den Blick wandern, sah aber nur einen Besen und einen Wischer. Beides befand sich allerdings hinter Wesley. Sie müsste also erst mal an ihm vorbeikommen, um an die Geräte zu gelangen.

Wesley wirkte nur kurz verunsichert. Dann gab er sich wieder ruppig: »Warum bist du überhaupt da gewesen? Du wusstest, dass ich im Wasserreservoir IV arbeite – weil ich es dir gesagt hatte. Es war also kein Zufall. Du hast irgendetwas von mir gewollt!«

Janja schüttelte den Kopf. Sie ließ ihn eine Weile zappeln. Es gab eine Atmosphäre des Misstrauens in diesem Bunker, die anscheinend jeden einfing. »Ich wollte mich bei dir entschuldigen!«, sagte sie schließlich. »Was ich zum Glück nicht getan habe.«

Wieder wirkte Wesley irritiert. »Wofür denn entschuldigen?«

»Na, dafür, dass ich gedroht hatte, mich über dich zu beschweren, du Idiot! Aber keine Sorge – ich werde mich auch jetzt nicht über dich beschweren! Aber zerr mich nie wieder in eine Putzkammer! Ist das klar?«

»Ich wollte nur in Ruhe mit dir reden.«

Janja lachte auf. »Ach so, na dann! Kleiner Tipp für die Zukunft: Normalerweise geht das *so* ... ›Hi, schön, dich wiederzusehen, darf ich mal in Ruhe mit dir reden?‹« Sie verschränkte die Arme vor der Brust und sah Wesley herausfordernd an.

Seine Antwort überraschte sie: »Dann hättest du Nein sagen können.«

»Na, so was Blödes aber auch! Eine Frau, die Nein sagt – das ist ja wirklich das Allerletzte! Kann ich jetzt gehen?« Sie wollte an ihm vorbei zur Tür, aber Wesley versperrte ihr den Weg.

»Du weißt, dass ich nicht der bin, dessen Uniform ich trage?«

»Ja«, sagte Janja. »Das weiß ich.«

»Dann weißt du auch, dass ich eigentlich nicht hier sein dürfte.«

»Ja, auch das weiß ich inzwischen.«

»Du könntest mich jederzeit verraten!«

»Könnte ich – tue ich aber nicht.«

»Und warum nicht?«

Janja trat jetzt ganz nah an ihn heran. »Ich sag es dir, wenn du mir versprichst, mich in Zukunft in Ruhe zu lassen«, flüsterte sie. »Also keine Putzkammern mehr! Verstanden?«

Wesley blieb ganz ernst. »Okay.«

»Weil *ich* sonst Ärger kriege«, sagte Janja. »Von Vanessa Theissen. Wobei Ärger ein noch viel zu sanftes Wort dafür ist.«

Damit hatte Janja ihn überrascht. Wesley fragte: »Ist das die Familie, für die du arbeitest? Die von Vanessa?«

»Ja.«

»Wie geht es ihr?«

»Vanessa oder der ganzen Familie?«

»Die Eltern kenne ich nicht. Vanessa meinte nur, dass sie ihr nicht geholfen hätten bei dem, was wir vorhatten. Nämlich mich hier reinzuschmuggeln.«

»Ja, das kann ich mir auch nicht vorstellen.« Janja biss sich auf die Unterlippe und versuchte, sachlich zu bleiben: »Vanessa geht es nicht so gut. Nicht dass sie mir ihr Herz ausschüttet. Aber es ist offensichtlich. Sie verbringt die meiste Zeit im Medienzentrum. Sie hat eine private Box. Bei dem Run, der da herrscht, ist das eine kluge Entscheidung gewesen.«

»Spielt sie dieses Spiel? *Time Jump?*«, fragte Wesley.

»Es ist kein Spiel, hat man mir gesagt.« Janja musterte ihn.

»Es soll eine Alternative Realität sein – was auch immer das heißen mag.«

Wesley rieb sich das Gesicht. Er wirkte auch müde – so wie sie. Vielleicht konnte er ebenfalls nicht schlafen.

»Das heißt, dass es sich täuschend echt anfühlt«, sagte er. »Sodass das Gehirn diese Alternative Realität tatsächlich für echt hält. Nur das mit der Nahrungsaufnahme haben sie noch nicht perfektioniert.«

»Woher weißt du das?«, fragte Janja.

»Mein Bruder war beim Militär. Dort wurden die Beta-Versionen von diversen Alternativen Realitäten getestet. Zu Trainingszwecken für die Soldaten. Es gab eine ziemlich perfekte Replikation des Kriegsgebiets an der türkischen Außengrenze. Um sich für den Einsatz dort vorzubereiten. Gabriel hat mir davon erzählt.«

»Das durfte er doch bestimmt nicht«, sagte Janja.

»Na, so ein Pech aber auch.«

Janja schnaufte verächtlich aus. »Kann ich jetzt wieder gehen? Ich verspäte mich sonst.«

Wesley nickte. »Klar.« Er wollte einen Schritt zur Seite machen, aber es war zu eng hier.

Janja blieb stehen. Etwas hielt sie zurück. »Es tut mir wirklich leid um deinen Bruder.«

»Danke«, sagte Wesley. »Grüß Vanessa von mir.«

Janja schaute ihn etwas genauer an. »Besser nicht«, sagte sie. »Sie hat gesagt, ich soll mich dir nicht mehr nähern. Weil du hier nicht auffallen darfst.«

»Da hat sie natürlich recht. Dann pass gut auf sie auf. Sie hat meinen Bruder geliebt und ich schulde ihr mein Leben.«

Das waren große Worte. Aber es stimmte. Janja nickte. Wesley stellte sich mit dem Rücken an die Regalwand, um sie vorbeizulassen.

»Tut mir leid, ich hätte dich nicht so grob anfassen dürfen«, sagte er.

»Du hättest mich überhaupt nicht anfassen dürfen!«

»Ja.« Wesley seufzte. Es schien ihm wirklich leidzutun. »Vielleicht kann ich das irgendwann wiedergutmachen.«

Janja nahm die Hand wieder vom Türknauf und sagte: »Kannst du schlafen?«

Wesley lachte verblüfft auf. Er überlegte einen Moment. »Na ja. Geht so. Nicht wirklich gut.«

»Und was machst du dagegen? Ich meine, nimmst du irgendwas?«

Wesley schüttelte den Kopf. Sie berührten sich fast in der engen Kammer. Er sagte: »Ich denke an meinen Bruder. Meine Eltern. Meine Freunde. Die Schule. Mein Leben draußen. Mein *früheres* Leben. Ich denke über die Zerstörung draußen nach. Ob es vielleicht irgendwo noch einen Flecken Erde gibt, der verschont geblieben ist. Den stell ich mir dann vor. Und wie ich dorthin kommen könnte.«

Janja dachte darüber nach. »Glaubst du, so einen Flecken gibt es noch?«

»Meine Kollegen behaupten es. Nur das Hinkommen ist schwierig. Europa ist ja zerstört. Und da müsste man erst mal durch.« Wesley seufzte. »Ich will mir nichts vormachen. Also konzentriere ich mich auf meine Erinnerungen. Ich versuche, mich an alles zu erinnern. An jede Erinnerung, die ich schon vergessen habe. Weil ich das Gefühl habe, dass sonst alles umsonst war – ich meine, dass mein Bruder sein Leben für mich gelassen hat.«

Janja schluckte. Sie musste an ihre Mutter denken. »Hast du manchmal auch das Gefühl, hier nicht genügend Luft zu kriegen?« Sie schaute Wesley in die Augen. Er war ihr gar nicht mehr so unsympathisch.

Wesley nickte. »Jeden Tag. Wenn ich allein bin. Ist man hier ja oft. Ich atme dann so tief ein, wie es geht, halte kurz die Luft an, dann atme ich wieder aus. Das hilft ein bisschen. Ungefähr eine Minute.« Er lachte.

»Ich hab das Gefühl auch nur, wenn ich allein bin«, sagte Janja. »Dabei bin ich eigentlich ganz gerne allein. Aber hier drin ist das anders.«

»Ja, geht mir genauso.« Wesley lächelte jetzt. »So, ich muss wieder auf meinen Posten. Tut mir leid, dass ich so ein Arschloch war. Ich hoffe, du kommst wegen mir nicht zu spät zurück.« Er zögerte kurz, dann schob er noch nach: »Es hat mich gefreut, dich näher kennenzulernen.«

Nun musste Janja lachen. »Um ehrlich zu sein – mich hat's nicht gefreut! Aber vor zehn Minuten fand ich dich noch um einiges blöder als jetzt gerade.«

Wesley versuchte, ein Grinsen zu verstecken. »Okay, das hab ich wohl verdient.«

Janja zögerte. Aber als er die Tür öffnen wollte, sagte sie: »Seh ich dich jetzt öfter hier? Also im Krankenhaus – nicht in dieser Besenkammer.«

»Kann sein«, sagte er. »Man hat mich vom Wasserreservoir IV abgezogen, wegen Tiny Tim Hamlin. Nicht dass der dort noch mal auftaucht. Den Dienst hier vor der Medikamentenausgabe hab ich mit einem Kollegen getauscht. Aber nicht dauerhaft.«

»Weil du mich hier abfangen wolltest?«, fragte Janja. Wieder musterte sie Wesley.

»Ja. Aber das hab ich ja jetzt erledigt«, sagte er.

Janja nickte. »Na dann, vielleicht bis bald!« Sie langte an ihm vorbei und machte die Tür auf. Dann lugte sie in den Gang. »Ich glaube, die Luft ist rein.« Sie machte Wesley ein Zeichen, dass sie rauskonnten.

Als sie in den Gang trat, marschierte er an ihr vorbei. »Ja, mach's gut«, sagte er noch.

»Warte mal!«, rief sie ihm flüsternd hinterher und er blieb stehen. »Kennst du eine Beatrice Wang? Sie arbeitet hier als Krankenschwester, aber ich hab sie schon länger nicht mehr gesehen. Jeder, den ich hier nach ihr frage, sagt, er hätte den Namen noch nie gehört. Dann beschreibe ich sie – sie ist halb Asiatin und *müsste* hier jemandem aufgefallen sein. Aber alle zucken nur die Schultern.«

»Das ist ja seltsam«, sagte Wesley, und sie spürte, er sagte das nicht nur so dahin. Er schaute sich nach links und rechts um. Sie waren noch alleine in diesem Gang. »Ich kann dir nichts versprechen, aber ich hör mich mal um. In Ordnung?«

Janja nickte. »Danke.«

Dann drehte Wesley sich um und machte sich ohne weitere Worte davon. Die anderen Wachen trugen ihre Uniform wie eine zweite Haut. Wesley wirkte in seiner wie ein Komparse in einem Schultheaterstück, der kurzfristig für einen Größeren eingesprungen war. Janja hoffte, dass er sich noch an die Uniform gewöhnen würde.

Wenn er sich hier auf Dauer durchmogeln wollte, musste er das unbedingt.

12

Wesley fühlte eine enorme Erleichterung. Er konnte zum ersten Mal richtig durchatmen in diesem Bunker.

Janja würde ihn nicht verraten.

Er glaubte ihr. Auf dem Rückweg vom Krankenhaus war er so erleichtert, dass er für ein paar Augenblicke sogar seinen Bruder vergessen hatte. Gewöhnlich war Gabriel in seinen Gedanken so präsent wie ein Geist, der ihn ständig begleitete. Nicht dass Wesley an Geister glaubte. Überhaupt nicht. Aber er träumte dauernd von Gabriel. Auch tagsüber. Sein Fehlen hinterließ ein Loch in seinen Gedanken. Diese Gewissheit, dass es Gabriel nicht mehr gab auf dieser Welt, nicht mal mehr Überreste von ihm – Wesley konnte es immer noch nicht fassen. Wie gern würde er nur noch ein Mal mit seinem Bruder reden! Oder – wenn er einen Wunsch frei hätte – nur noch ein Mal zusammen sturmfrei haben wie früher, wenn die Eltern im Herbst über ihren Hochzeitstag verreist waren.

Sich eine Pizza in den Ofen schieben und dann vor der Streamingwand im Wohnzimmer essen. Ewig aufbleiben und lachen, bis sie völlig übermüdet ins Bett fielen.

Alles, was Wesley wollte, war, nur noch ein Mal ein paar Stunden Zeit mit ihm zu verbringen. Manchmal träumte er sich dann noch ihre Eltern dazu: wie sie zusammen einen dieser Ausflüge machten, über die er früher so geschimpft hatte –

stundenlange Wanderungen durch die ach so schöne Natur, bis einem die Füße wehtaten.

In seinen Erinnerungen kam ihm das jetzt vor wie eine verlorene Idylle. Genau das war es ja auch. Diese Idylle war damals schon stark angekratzt von der Klimaveränderung. Das hatte ihre Mutter immer betont: »Ihr müsst das noch sehen, bevor es das nicht mehr gibt!« Damit meinte sie ihre geliebten Berge, die durch Gletscherschwund und Muränenabgänge immer mehr erodierten.

Wesley schluckte seine Gefühle runter, als ihm auf Ebene -2 jemand entgegenkam. Es war Obermüller, ein großer rothaariger Wachmann. Wesley sah ihn gelegentlich beim Appell, aber nie in der Kantine, sie hatten einen gegenläufigen Schichtdienst. Die vor ihm angehenden Lampen hatten ihn schon lange vor ihrer tatsächlichen Begegnung angekündigt. Jetzt nickten die beiden sich zu, ohne ein Wort zu wechseln – dann gingen sie aneinander vorbei und jeder seines Weges.

Vielleicht war es diese fast anonyme Begegnung oder kurz davor die Erinnerung an seine Familie – im nächsten Moment hatte eine klare Angst Wesleys gute Laune abgelöst.

Frese hatte seinen Dienst mit ihm getauscht. Nicht umsonst natürlich. Jetzt stand Wesley vor der Tür, zu der nur ein Teil der Wachmannschaft eine Zugangsberechtigung hatte. Seine hatte er Frese gegeben. Würde sie ein zweites Mal funktionieren, wenn Wesley sie jetzt eingab – obwohl Frese schon auf seinem, also Wesleys Posten war?

Er hoffte es, aber vergeblich. Die dicke Stahltür, die sich so erstaunlich leicht bewegen ließ – auch wenn sie aussah, als wären mindestens zwei Gewichtheber dafür nötig –, blieb verschlossen.

Kurz hoffte Wesley noch, dass er sich nur vertippt hatte. Aber er traute sich nicht, den Code erneut einzugeben – vielleicht löste er dann einen Alarm aus?

Ob das eine unsinnige Furcht war oder nicht, konnte Wesley nicht beurteilen, weil er bei jeder Entscheidung, die er fällte, Böhns Mantra im Kopf hatte: Du darfst nicht auffallen! Also blieb er vor Schreck erst mal so reglos stehen, dass sogar die Beleuchtung über ihm wieder ausging, weil der Sensor keine Bewegung mehr registrierte.

Die absolute Dunkelheit um ihn herum schnürte ihn sofort ein. Zwar bekam er noch genügend Luft, aber das Atmen fühlte sich jetzt noch schwerer an, als es ihm sowieso schon vorkam hier drinnen. Es war vielleicht nur ein bisschen schwerer, aber als er darüber ins Nachdenken geriet, wurde es gleich noch ein wenig anstrengender.

Wesley versuchte, sich damit zu beruhigen, dass es nicht nur ihm allein so ging. Auch Janja hatte ihm gerade von ihren Angstattacken erzählt. Doch das war keine Hilfe. Sosehr er sich auch einredete, dass es nur eine Angstattacke war – er hatte trotzdem das Gefühl, dass er gerade anfing zu ersticken. Die Dunkelheit hier im Bunker war anders als die draußen. Schwärzer, zäher – auch sie hatte etwas Geisterhaftes.

Plötzlich konnte Wesley sich nicht mehr bewegen. Es fühlte sich an wie einer dieser Momente im Schlaf, wo man träumte, dass der ganze Körper gelähmt war. Vielleicht war das hier mehr als eine Angstattacke – vielleicht verlor er gerade seinen Verstand! Oder verloren sie hier drinnen vielleicht alle ihren Verstand – nach dem, was draußen passiert war? Genau genommen hatten sie alle ein gigantisches Trauma erlitten. Und kein Einziger von ihnen war deswegen in Behandlung.

Vor ein paar Minuten noch – nach der Begegnung mit Janja – hatte er sich in Sicherheit gewähnt: Janja würde ihm keinen Ärger machen und auch einem Timothy Hamlin würde er in Zukunft mithilfe von Gabriels Kameraden aus dem Weg gehen können. Bis der ihn irgendwann wieder vergaß. Aber was war, wenn er jetzt Frese nicht rechtzeitig ablöste?

Frese hatte zwar mit ihm getauscht, weil ihn der Wachdienst im Krankenhaus langweilte und er sich jetzt schon nach Abwechslung sehnte, und sei es nur in der Müllverwertung. Doch eigentlich war Frese auf die Schätze aus, die Wesley in den letzten Wochen im Tausch gegen Essensrationen und Dusch-Voucher angespart hatte: die Koffeintabletten, das Fläschchen THC-Öl, die hochprozentige Zartbitterschokolade, die eine erstaunlich stimmungsaufhellende Wirkung hatte, wenn man sie nicht gewohnt war. Im schlimmsten Fall müsste er jetzt *alles* davon an Frese abgeben. Je nachdem, wie sauer der war.

Frese würde sie dann bei anderen Fachkräften – weiblichen Fachkräften – gegen Gefälligkeiten eintauschen: etwas, das Wesley selber noch nicht gewagt hatte.

Angeblich war Böhn bei seiner Anstellung nach Verbesserungsvorschlägen für den Bunker gefragt worden. Fast alles davon war umgesetzt worden. Nur einen Wunsch hatte Finck ihm verwehrt: den nach einem Bordell für seine Männer. Wyslich hatte das als lustige Anekdote erzählt – wie der *Rat der Gründer* das erst für einen Witz gehalten und dann entschieden abgelehnt hatte. Nun organisierte sich das von selber. Eine Art Hausfrauenstrich.

Frese war nicht der Einzige, der sich darüber freute. Bezahlt wurden solche Gefälligkeiten in der Regel über das Kreditsystem, mit dem man persönliche Stromguthaben anhäufen und auch weitergeben konnte. Aber Frese hatte ihm erzählt, dass selbst eine schnelle Nummer hart erarbeitet werden musste. Er durfte sich dafür eine Woche lang neunzig Minuten täglich, bei Stufe 10, auf dem Ergometer abstrampeln. Und wenn man noch Lust auf Extras hatte, musste man sich was einfallen lassen. Oder eben schwarz bezahlen, beispielsweise mit THC-Öl – im Bunker gab es ja außer dem Kreditsystem kein richtiges Geld. Wozu auch? Jede Fachkraft bekam das zugeteilt, was für sie vorgesehen war, und mehr brauchte man nicht zum Leben. Zumindest theoretisch nicht.

Ein Schimmern löste Wesley aus seiner Starre. Nach einer Weile war die Dunkelheit um ihn herum nicht mehr absolut. Vor ihm glühten fast zum Greifen nahe ganz schwach drei rote Punkte. Kurz fragte sich Wesley, ob er sich das nur einbildete. Dann streckte er die Hand aus – und die Bewegungsmelder ließen das Licht über ihm angehen. Die roten Punkte waren wieder weg.

Aber Wesley ließ die Hand ausgestreckt. Er wartete, bis das Licht erneut ausging. Danach dauerte es eine Weile, bis die roten Punkte wieder sichtbar wurden. Wesley machte mit immer noch ausgestreckter Hand einen Schritt darauf zu. Wieder ging das Licht an, doch Wesleys linke Hand hatte bereits die Wand berührt.

Einen Meter rechts von ihm befand sich die Tür, durch die er eigentlich gewollt hatte und deren Code er sich nicht getraut hatte, nochmals einzugeben. Links davon, direkt vor ihm, war nur Wand. Aber dieses Stück Wand war eine Spur glatter als die Wand einen Meter noch weiter links. Und zwischen der glatten und nicht ganz so glatten Fläche verlief ein unscheinbarer Riss, der einem gar nicht auffiel.

Während Wesley ihn mit suchenden Augen wiederfand, ging erneut das Licht über ihm aus. Nach einer Weile sah er die drei Punkte wieder. Sie befanden sich nur Zentimeter über seiner linken Hand, die immer noch die irgendwie zu glatte Wand berührte. Wesley konzentrierte sich auf diese drei Punkte, dann auf seine linke Hand, dann wieder auf die Punkte – und als beim schnellen Umgreifen das Licht wieder anging, traf er sie trotzdem.

Ein leises, sattes Klicken folgte. Die glatte Wandfläche schob sich nach innen und dann zur Seite. Dahinter dimmte sich ein sanftes, warmes Licht hoch. Was es zum Vorschein brachte, war so ungeheuerlich, dass Wesley schon wieder glaubte zu träumen. Plötzlich war er unsicher, ob er den Raum überhaupt betreten sollte. Aber was konnte schon passieren? Sollte es sich tatsächlich um einen Traum handeln, würde er sich den Kopf an der Wand anhauen. Dann hätte er wenigstens was zu lachen. Aber wenn es den Raum *wirklich* gab – dann *musste* er ihn unbedingt betreten!

Oder war das eine Falle? Käme er vielleicht nie wieder da raus? Doch was für eine Falle sollte dies sein, wenn es fast schon unmöglich war, hineinzustolpern?

Als Wesley sich entschied, einzutreten, fuhr die Tür wieder zurück, und er schlug sich tatsächlich den Kopf an. Danach wartete er erneut auf die Dunkelheit. Er brauchte noch zwei weitere Versuche, bis er die drei roten Punkte wieder traf. Und beim zweiten Versuch, als die Wand endlich aufging, konnte er noch erkennen, dass es an der Stelle eine leichte Schattierung gab. Wenn man also genau wusste, wonach man suchte, konnte man sie auch bei Licht und ohne die leuchtenden Punkte erkennen.

Dann ging Wesley hinein. Was er vorfand, war ein mindestens hundert Quadratmeter großer Raum mit einer bestimmt drei Meter hohen Decke. Es war das genaue Gegenteil des klaustrophobischen Quartiers, das er mit Wyslich, Buchele und inzwischen auch Lederer bewohnte, nachdem Reichert sich in der Dusche aufgehängt hatte.

Es gab eine riesige Fensterwand. Natürlich war sie nicht echt – hinter dem Glas war ein Meer zu sehen und entfernt eine Insel, der man sich mit diesem Raum langsam näherte. So als wäre man auf einer Jacht, nur ohne Wellengang. Auch die Bar und die Sitzecken aus cremefarbenem Leder wirkten wie der Loungebereich einer Luxusjacht. Es gab sogar einen Whirlpool hier drin. Er sah unbenutzt aus. Oder gut geputzt. Wesley konnte keinen Fingerabdruck auf den Armaturen erkennen.

Zum Spaß drückte er auf *Fill* und stellte die Temperatur auf vierzig Grad ein. Nichts passierte. Erst jetzt bemerkte er, dass die geheime Tür in der Wand sich wieder geschlossen hatte. Doch hier drinnen war der Schließmechanismus klar erkennbar. Darüber befanden sich drei Monitore, die den Gang draußen zeigten: das Bild direkt vor der Tür – wo Wesley so lange gestanden hatte – sowie den Blick nach links und nach rechts. Man konnte also sehen, wer sich näherte und wer von draußen hereinwollte – was eigentlich heißen musste, dass man demjenigen hier drinnen auch den Zutritt verwehren konnte.

Hinter der Bar fand sich die übliche Ansammlung an Whiskey, Wodka, Wermut und anderen Spirituosen. In mehreren Kühlschränken lagerten alle möglichen kalten Getränke. Wesley gönnte sich eine Cola. Eine würde schon nicht auffallen. Dann hörte er plötzlich ein Blubbern und Zischen und erschrak fürchterlich. Bis er bemerkte, dass es vom Whirlpool kam, der sich jetzt doch füllte.

Wesley stand mindestens eine Minute davor, dann drückte er einen weiteren Knopf und das Wasser fing an zu sprudeln. Er nahm einen Schluck Cola. Es war die beste Cola seines Lebens. Dann konnte er einfach nicht widerstehen. Er zog seine Uniform aus und stieg in das heiße Wasser.

Er hatte vielleicht drei Mal in seinem früheren Leben in einem Whirlpool gesessen. Damals, als die öffentlichen Schwimmbäder noch geöffnet hatten. Jedes Mal war er ein wenig enttäuscht gewesen. Vor dem Einsteigen hatte er sich immer so viel mehr davon erwartet. Immer war es okay gewesen, sehr angenehm sogar – aber ungefähr so, wie wenn man ein Mädchen küsst, in das man nicht wirklich verliebt ist.

Dieser Whirlpool war im Vergleich dazu die Liebe seines Lebens. Es war großartig hier drin. Wesley spürte, wie er müde wurde – wie auf eine angenehme Art alle Kraft aus ihm wich und er sich dem Schlaf näherte, als würde er in Zeitlupe auf Watte fallen. Er lachte und sagte zu sich selber: Jetzt fehlt nur noch die richtige Musik!

Tatsächlich ertönte danach Musik. Er musste das Wort laut ausgesprochen haben. Wäre es die *richtige* Musik gewesen – ein Lieblingslied von ihm –, hätte er womöglich wieder an seinem Verstand gezweifelt. Aber es war ein düsterer Jazz aus Trompeten-, Klavier- und Bassklängen. Fürs Erste gab Wesley sich damit zufrieden. Dann musste er an Reichert denken. Er war, nach einem gehässigen Kommentar, von einem Gründer geohrfeigt worden und hatte zurückgeschlagen. Es hatte Zeugen gegeben und der Gründer bestand auf einer Bestrafung. Sie fiel völlig unverhältnismäßig aus: Der *Rat der Gründer* bestimmte, dass Reichert aus dem Bunker verbannt werden sollte.

Böhn hatte vergeblich dagegen protestiert. Zuletzt hatte er

darauf bestanden, dass wenigstens auch der Gründer bestraft würde – immerhin hatte er Reichert zuerst geohrfeigt. Böhn rechnete nicht damit, dass der *Rat der Gründer* ihm da folgte. Aber er hoffte, dass der *Rat* daraufhin ein milderes Urteil über Reichert fällen würde. Dass dieser sich aufhängte, während Böhn noch am Verhandeln war, beendete die Streitsache. Es war ein erster Akt der Rebellion gewesen, aber seitdem der einzige geblieben.

Eine halbe Stunde später, mit einer zweiten Cola vor sich und in einen weichen Frotteebademantel gehüllt, schaltete Wesley auf karibische Klänge um, denn er wollte auf andere Gedanken kommen. Er setzte sich auf einen Barhocker und blickte auf das täuschend echte Meer draußen, mit der täuschend echten Insel, die sich auf halbem Weg zum Horizont befand. Das Licht über dem Meer hatte jetzt die Färbung eines sonnenerfüllten Spätnachmittags. Wenn man lange genug schaute, sprang sogar eine Delfinfamilie aus dem Wasser. Beim ersten Mal musste Wesley unwillkürlich auflachen, weil es fast schon zu viel des Guten war. Er war noch nie in so einer Umgebung gewesen. Nicht in so einer Bar, auf hoher See, und schon gar nicht in einer Luxusjacht auf dem Weg zu einer geheimnisvollen Insel. Er wusste nicht, ob er sich freuen oder weinen sollte, und er fragte sich, ob sein Bruder von diesem Raum gewusst hatte.

Jemand wie Frese wusste garantiert nichts davon, sonst hätte er die Bar schon längst leer gesoffen.

Wie auch immer – auf jeden Fall war es ein geheimer Ort, den er gut brauchen konnte in diesem Bunker.

13

Janja war immer noch verstört von der Rede, die sie gestern gehört hatte. Die Gründer hatten im Ballsaal des *Hotels* zum ersten Mal groß miteinander gefeiert. Janja war mit einem Tablett voller Champagnergläser lächelnd durch die Reihen geschlichen. Dann war Jonas Bayer im Smoking zu den Musikern auf die Bühne gestiegen, um eine Rede zu halten. Seine Stimme war kräftig und trotzdem demütig, ganz im Gegensatz zu seinen Worten – die für Janja so völlig unerwartet kamen, dass sie sie immer noch in Erinnerung hatte.

»Wir haben die Welt verloren, aber nicht unser Leben. Und wir sind nicht allein!« Bayer hielt kurz inne, um dann noch drängender nachzulegen: »Unser Schicksal ist nicht jahrzehntelange Einsamkeit, sondern Gemeinschaft!« Langsam ließ er den Blick über das Publikum wandern, während hinter ihm auf der Bühne das Orchester auf seinen Einsatz wartete. »Heute kommen wir das erste Mal hier zusammen. Dies ist unser neues Forum! Hier werden wir gemeinsam diskutieren, beten, aber auch gemeinsam tanzen und feiern – so wie heute!« Damit deutete Bayer auf die Musiker.

Ein großer Applaus folgte. Dann sprach er weiter: »Ich bitte euch – seht diesen Bunker, unser *Hotel*, nicht als einen Ort des Rückzugs, sondern des Neubeginns! Seht es als unser Rom, das nur aufsteigen konnte, weil Troja unterging. Dies ist nicht das

Ende der Menschheit, nicht ihr Untergang, dies ist ein Neuanfang! Gott wird uns dabei helfen! Nur wenige Menschen haben diese Tragödie überlebt – aber die besten haben sie überlebt! Wir haben sie überlebt! Und so wird aus der Asche dieser Tragödie einmal eine bessere Menschheit, eine klügere Menschheit, eine edlere Menschheit wiederauferstehen! Darauf lasst uns anstoßen!« Bayer hob sein Glas und alle auf der Tanzfläche folgten seinem Beispiel.

Zum Abschluss seiner Rede wurde er noch mal laut, wie ein Trainer, der seine Mannschaft anpeitscht: »Und jetzt lasst uns feiern!« Wieder brach jubelnder Applaus aus. Danach setzte das Orchester ein.

Es spielte Swing, Musik aus einem anderen Jahrhundert. So hatte der ganze Ball gestern auf Janja gewirkt. Wie aus einem früheren Jahrhundert. Sie fragte sich, ob die Rede überhaupt für ihre Ohren und auch für die der anderen anwesenden Fachkräfte bestimmt war. Zählten sie auch zu den »besten Menschen«, die diese Katastrophe überlebt hatten? Jonas Bayer hätte sie vermutlich nur milde angelächelt, wenn sie ihn dies gefragt hätte. Sie war hier nur ein Helferlein, so unbedeutend wie eine Komparsin in einer Massenszene eines großen, teuren Films.

Erst später erfuhr Janja, dass Bayer nur der Ersatzredner war. Ursprünglich hatte Herwig Finck, der Vorsitzende im *Rat der Gründer*, zu den Anwesenden sprechen sollen. Aber er war krank und deswegen in seiner Suite geblieben. Sofern man sie überhaupt so nennen konnte – Finck hatte als Einziger eine ganze Etage im *Hotel* für sich.

Doch auch Finck hatte diese Rede nicht geschrieben. Das hatte ihr Dienstherr getan, Herr Theissen. Janja erfuhr das, nachdem der Ball zu Ende war und sie das Ehepaar Theissen zurück in ihre Suite begleitete. Weil Finck überraschend verhindert war, hatte Theissen sich Hoffnungen gemacht, dass er für ihn die Rede halten dürfte. Immerhin hatte er sie ja auch geschrieben. Für Theissen wäre das die Chance gewesen, unter den Gründern mehr Einfluss zu gewinnen. Ein paar Unzufriedene wünschten sich nämlich Wahlen – der *Rat der Gründer* war für sie ein willkürliches Gremium und nicht demokratisch legitimiert. Diese Rede selber zu halten, wäre eine hervorragende Wahlkampfmöglichkeit für Theissen gewesen. Aber Hamlin hatte sich für Bayer als Ersatzredner eingesetzt und damit auch Finck überzeugt. So war Theissen nichts anderes übrig geblieben, als gute Miene zum bösen Spiel zu machen und Bayer auch noch seine Rede zu überlassen, was er als doppelte Niederlage empfand.

Was Janja so irritierte an der Rede, war weniger deren Inhalt. Dass einige Superreiche sich für etwas Besseres hielten als »gewöhnliche Menschen«, oder zumindest so taten, das war Janja nicht neu – nach einem Jahr im Dienst der Theissens. Dass jemand seinen Überlegenheitsanspruch fast schon arierhaft in die Menge rief, das hatte sie hier zum ersten Mal erlebt. Auf den Empfängen der Theissens früher hatte sie zwar gelegentlich ähnliche Wortfetzen aufgeschnappt, aber die waren in Ironie gekleidet und immer schon leicht alkoholgetränkt gewesen. Vor allem wurden sie in Small-Talk-Lautstärke, wenn nicht gar hinter vorgehaltener Hand geäußert.

Wobei Herr Theissen persönlich, ihr Dienstherr – und Vater, wenn Vanessa richtiglag –, sich selber noch nie so geäußert hatte. Ihm schien immer klar zu sein, dass zu seinem Erfolg und Reichtum auch eine große Portion Glück gehört hatte – vor allem das Glück, in die richtige Familie geboren zu sein. Jetzt riss er zwar gelegentlich die gleichen Sprüche wie früher seine angetrunkenen Freunde aus der schlagenden Studentenverbindung. Er tat das sogar nüchtern. Allerdings ohne selber daran zu glauben. Nur weil er wusste, dass er damit beim hiesigen Publikum den richtigen Ton traf. Dieser Opportunismus erschreckte Janja am meisten.

Auch heute würde Jonas Bayer wieder eine Rede halten. Denn auch heute gab es eine Feier. Es war aber das komplette Kontrastprogramm zu dem pompösen Ball für die Gründer gestern. Die Feier fand in der Kantine der Fachkräfte statt. Entsprechend trug Bayer heute Jeans, ein weißes Hemd und ein graues Sportsakko anstelle eines Smokings.

Janja war zum ersten Mal in der Kantine. Frau Theissen hatte ihr sogar freigegeben, um beim Aufbau der Feier mitzuhelfen. Ein paar Wachmänner schoben noch die Tische von der Raummitte zur Wand. Die Tische im abgetrennten Bereich, der sonst dem Führungspersonal vorbehalten war, ließen sie stehen. Heute durfte jeder dort Platz nehmen: jeder, der nicht mehr tanzen wollte oder nicht mehr stehen konnte, denn trinken, so hieß es, durften alle so viel sie wollten.

Während das Küchenpersonal an der Essensausgabe eine Bar improvisierte, machte Janja Sandwiches, zusammen mit ein paar anderen privaten Fachkräften. Nach jedem fertig belegten Brot ließ sie den Blick durch die große Kantine schweifen. Sie füllte sich langsam, aber nirgends sah sie Bea, nur Männer und Frauen, die sich nützlich machten: Einige stiegen auf Leitern, um die Glühbirnen aus jeder zweiten Lampe zu drehen, damit die Beleuchtung partygerechter wurde, andere stellten Lautsprecher auf für die Musik und ein paar Frauen dekorierten

Tische mit Plastikblumen und kleinen Schalen voll gesalzener Nüsse. Das Ganze hatte etwas von einer Schulfeier, die in der Turnhalle stattfand. Es war unglamourös, aber familiär, und jeder hoffte insgeheim, dass die Party ein Erfolg wurde.

Auch dazu hatte Herwig Finck, der Vorsitzende im *Rat der Gründer*, die Idee gehabt: Es sollte ein Dankeschön sein an alle Fachkräfte – die überrascht und froh waren um diese Abwechslung.

Als die Vorbereitungen zu Ende gingen und die Kantine voller Menschen war, stieg Jonas Bayer auf einen Tisch und ließ sich ein Mikro geben. Als Erstes richtete er den Fachkräften Grüße von Finck aus, der bedauerlicherweise wegen eines Rückenleidens verhindert war. Seine Rede heute war ganz anders als die gestern. Bayer fasste sich kurz und nahm keine großen Worte in den Mund. Er biederte sich auch nicht als Freund der kleinen Leute an. Er sprach wie ein netter Chef auf einer Betriebsfeier. Er bedankte sich im Namen aller Gründer bei allen Fachkräften, selbst wenn er nicht jeden namentlich nennen könne. Aber jeder hier habe einen großen Anteil am Gelingen dieses Projekts – womit er vor allem den reibungslosen Ablauf des Alltags im Bunker meinte, den die Fachkräfte gewährleisteten. All dies verdiene große Anerkennung, und deswegen hoffte Bayer abschließend, dass auch diese Party ein Erfolg würde: damit man sie monatlich wiederholen könne – worauf die anwesenden Fachkräfte zu klatschen anfingen.

Für die meisten war es wohl eine sympathisch hölzerne Rede, die ehrlich rüberkam, und auch Janja war schon so weit, ihre Besorgnis wegen der gestrigen Rede beiseitezuschieben. Diese Rede hier stammte vermutlich von Bayer selber. Vielleicht war er ja die Stimme der Vernunft im *Rat der Gründer*. Vielleicht hatte er gestern die Gründer auch nur deswegen auf ihren Status als Elite eingeschworen, weil Finck als Strippenzieher im Hintergrund das so wollte. Dass es dringend nötig war, die Moral der Gründer zu heben, konnte Janja an Frau Theissen und Vanessa sehen.

Janja ließ sich jetzt von dem Applaus um sie herum anstecken und klatschte ebenfalls – bis sie Wesley an ihrer Seite bemerkte, der ihr einen spöttischen Blick zuwarf.

»Was?«, fragte sie, als die Musik anging.

»Nichts!«, rief er zurück.

Janja musste gegen die Lautstärke anreden: »Und warum schaust du so komisch?«

Er beugte sich jetzt zu ihr, damit sie ihn besser hören konnte. »Wegen der Rede. Ich fühl mich ein bisschen, als hätte mir ein Sportlehrer gerade den Po getätschelt.« Er schüttelte den Kopf und grinste.

Auch Janja sprach ihm jetzt ins Ohr: »Dann hättest du die Rede von gestern mal hören sollen!«

Wesley stutzte. »Hab ich was versäumt?«

»Kommt drauf an.« Janja deutete zu dem Tisch, von dem Bayer gerade runtergestiegen war und hinter dem er sich jetzt noch mit Böhn unterhielt. »Wenn du dich von dieser Rede hier schon belästigt fühlst, dann eher nicht.«

Wesley lachte. »Willst du tanzen?«

Mit der Frage hatte Janja nicht gerechnet. »Wir wären die Einzigen.« Sie deutete auf die frei geräumte Mitte der Kantine.

»Irgendwer muss ja mal anfangen.«

»Du darfst doch nicht auffallen«, sagte Janja ausweichend.

Wesley zuckte die Schultern. »Du hast es gerade gehört. Wenn die Party kein Erfolg wird, wird sie nicht wiederholt.

Die Alternative zum Partyfeiern ist Arbeiten. Also?« Er hielt ihr seine Hand hin. »Oder tanzt du aus Prinzip nicht?«

Janja schüttelte den Kopf. »Ich bin noch nicht in Stimmung.«

Wesley nickte. »Möchtest du vielleicht ein Bier? Oder was anderes?«, fragte er.

»Ja. Gerne ein Bier.« Janja begleitete ihn zur Bar. Bea war immer noch nirgends zu sehen. Aber in dem schummrigen Licht war es auch schwer, jemanden zu erkennen. Janja schwankte zwischen Enttäuschung und Hoffnung, Bea doch noch zu finden. Vielleicht hatte sie später mehr Glück.

»Suchst du immer noch deine Freundin?«, fragte Wesley, dem ihre Blicke anscheinend auffielen.

»Ja.« Janja zögerte, ihn zu fragen, ob er sich schon umgehört hätte – vermutlich hatte er ihr das nur aus Höflichkeit versprochen bei ihrer Begegnung im Krankenhaus.

Aber dann sagte Wesley: »Der Kollege, mit dem ich die Schicht getauscht hatte, hat ein bisschen rumgefragt. Anscheinend ist deine Freundin befördert worden. Wie es aussieht, arbeitet sie jetzt exklusiv für den Oberheini hier. Der Arme hat's ja wohl gerade am Rücken.« Wesley grinste wieder.

Vor ihnen standen noch drei andere Wartende an der Bar. »Für Finck? Warum hat mir das denn niemand gesagt?« Janja musterte Wesley. »Jeder, den ich im Krankenhaus gefragt habe, hat nur komisch rumgedruckst, wenn ich ihren Namen erwähnte.«

»Hm«, machte Wesley. »Vielleicht waren sie nicht sicher, ob sie dir das erzählen dürfen – und dann haben sie lieber gar nichts gesagt.«

Janja dachte darüber nach. Das war möglich. Wegen der misstrauischen Grundstimmung hier im Bunker. Ein paar

Fachkräfte hatten sich schon über die langen Arbeitszeiten beschwert und waren dafür prompt unter Arrest gestellt worden.

Wesley ließ sich zwei Bier geben und reichte ihr eine Flasche. »Komm, lass uns tanzen. Du beschreibst mir dabei, wie Bea genau aussieht, und wir suchen sie.« Er grinste wieder. »Ganz unauffällig. Wir tanzen einfach die ganze Tanzfläche ab. Vielleicht hat sie ja heute Abend freibekommen und ist auch hier und du hast sie nur noch nicht entdeckt.«

Janja lachte eher aus Höflichkeit. »Du musst ja wirklich gut tanzen können.«

Wesley sagte plötzlich schüchtern, fast schon ernst: »Nein, überhaupt nicht. Ich bin der Typ, der auf Partys am Rand steht und sich wünscht, er *könnte* gut tanzen. Und der sich auf dem Heimweg dann vorstellt, wie es gewesen wäre, mit einem der hübschen Mädchen zu tanzen.«

Seine Ehrlichkeit traf Janja völlig unerwartet. Hatte er ihr gerade ein Kompliment gemacht? Sie sagte: »Heißt das, wenn ich Ja sage, ramponierst du mir die Füße? Wie schlecht bist du denn?«

Jetzt musste Wesley wieder lachen. »Sei lieber froh, dass du nicht barfuß da bist.«

Janja hielt ihm ihre Flasche hin. »Trinken wir doch erst mal unser Bier.«

Er stieß mit ihr an, dann stellten sie sich an den Rand der Tanzfläche, die nun nicht mehr ganz leer war, und Janja beschrieb ihm, wie Bea aussah. Dabei ließ sie den Blick durch die Kantine wandern, aber es kam ihr fast aussichtslos vor, hier jemanden zu finden.

»Kennst du sonst niemanden hier?«, fragte Wesley. »Nur diese Bea und mich?«

»Niemanden wirklich gut. Wir Privaten sind ja relativ isoliert. Ich kenne einige Restaurantmitarbeiter flüchtig und ein paar Leute von der Instandhaltung. Aber mit Bea, da hat es irgendwie *Klick* gemacht. Es war so, als könnten wir uns anfreunden.«

Wesley nickte nachdenklich, dann bemühte er sich um ein aufmunterndes Lächeln. »Ich würde dir ja meine Kollegen vorstellen. Aber ich weiß nicht, ob das eine gute Idee ist. Die sind etwas ruppig.« Er zeigte auf einen Tisch im abgetrennten Bereich, wo etwa zehn Wachleute zusammensaßen. »Und ich glaube, sie sind vor allem auf eins aus. Jedenfalls reden sie so.«

Janja musterte ihn irritiert. »Danke für die Warnung. Und du bist das nicht?«

Wesley senkte kurz den Blick, als würde er gerade rot werden, was in der schummrigen Beleuchtung aber gar nicht aufgefallen wäre. Dann sagte er: »Interessante Frage. Du meinst, weil ich dich zum Tanzen aufgefordert habe? Ich wollte mir nur später auf dem Weg ins Quartier sagen können: So, jetzt weißt du, wie das ist. Mit einem hübschen Mädchen zu tanzen. Und musst es dir nicht mehr nur vorstellen.«

Janja lächelte abwehrend. Wieder überraschte sie seine Ehrlichkeit. Sie überforderte sie ein wenig. »Entschuldige bitte«, sagte sie ausweichend. »Aber ich schau mich noch mal nach Bea um, okay?«

»Na klar«, sagte Wesley schnell und prostete ihr zu. »Viel Erfolg.«

Er blieb in der Nähe der Bar stehen, während sie langsam an der Essensausgabe entlangging und dann weiter in Richtung Eingang. Dort angekommen, hatte sie Bea immer noch nicht gefunden. Wenn es stimmte, was Wesley sagte, und Bea jetzt für Finck arbeitete, dann hatte sie wahrscheinlich doch nicht freibekommen. Janja schaute zurück und sah, wie Wesley jetzt zwischen zwei Wachmännern stand, die mindestens einen Kopf größer waren als er und fast doppelt so breit. Sie hatten ihren Spaß und Wesley lachte mit ihnen mit. So wie jemand, der ihnen ihren Spaß gönnte, auch wenn er selber dessen Zielscheibe war.

Janja ging die Wandseite neben dem Kantineneingang ab. Auch da hatte sie kein Glück. Die Leute standen zu zweit oder in kleinen Grüppchen zusammen und unterhielten sich mit Bierflaschen oder Weingläsern in der Hand. Aber niemand davon war Bea. Janja entdeckte ein paar Kellnerinnen, mit denen sie sich schon mal unterhalten hatte, aber sie wirkten so vertieft in ihr Gespräch, dass Janja sich nicht dazwischendrängen wollte.

Als sie die nächste Wand abschritt, sah sie durch die mäßig gefüllte Tanzfläche, wie Wesley von der Essensausgabe auf den Kantineneingang zusteuerte. Gelegentlich blieb er stehen und schaute auf die Tanzenden. Dann machte er wieder ein paar Schritte in Richtung Eingang.

Dort holte Janja ihn ein. »Gehst du schon?«

Wesley zögerte kurz. »Hab mir gedacht, ich genieß die Ruhe im Quartier, bevor die anderen stockbesoffen zurückkommen. Partys sind noch nie so mein Ding gewesen.«

»Und was ist mit Tanzen?«, fragte Janja. »Hast du etwa einen Korb bekommen?«

»Nein.« Wesley lachte leise. »Einer am Tag reicht mir.«

Janja schaute ihn lange an. Die Musik wurde leiser, dann wurde ein uralter Song angespielt. Als der erste Refrain kam – *»Ba de ya, say, do you remember? Ba de ya, dancing in September…«* –, sagte sie: »Na komm, dann bringen wir's hinter uns!«

»Sicher?«, fragte Wesley und sie nickte. Auf der Tanzfläche musste er lachen. Er beugte sich wieder zu ihr vor: »Du tanzt ja mindestens so schlecht wie ich!«

Janja sagte: »Jetzt kennst du mein Geheimnis!«

»Das ist ja Wahnsinn!«, sagte Wesley. »Ich schäm mich richtig mit dir!«

»Du hast es nicht anders gewollt!«

»Zum Glück ist das Lied gleich zu Ende!«, rief Wesley und jetzt musste auch Janja lachen.

»Auf den Schock brauch ich erst mal ein Sandwich«, sagte Wesley, als das Lied ausklang. »Magst du auch eins?«

Janja blieb mitten auf der Tanzfläche stehen und lächelte ihn an. »Ich hab eine bessere Idee. Komm mit!«

14

Wesley hatte keine Ahnung, was Janja vorhatte. Er folgte ihr aus der Kantine und durch den Gang, wo anfangs noch ein paar Fachkräfte in Grüppchen herumstanden. Oder sie saßen paarweise gegen die Wand gelehnt am Boden, um sich abseits der Tanzmusik besser unterhalten zu können. Im Treppenturm steuerte Janja dann Ebene 0 an. Wohin genau sie ihn führte, wollte sie immer noch nicht sagen. Sie lächelte nur. »Du hast doch Hunger, oder?«

Wesley war mit zwölf mal mit seinem Bruder in ihre Schule eingestiegen. Mehr aus Zufall, weil sie in der einbrechenden Dunkelheit auf ihren Fahrrädern ein Kellerfenster entdeckt hatten, das nur angelehnt war. Also waren sie über den Zaun geklettert und eingestiegen. Sie hatten die ganze Schule für sich gehabt, auch wenn die meisten Räume abgesperrt waren, bis auf den Musiksaal.

Erst liefen sie mit leuchtenden Smartphone-Taschenlampen die Gänge entlang, dann zogen sie sich zwei heiße Kakao aus dem Getränkeautomaten und Gabriel setzte sich damit ans Klavier und Wesley schnappte sich eine Gitarre. Sie taten so, als könnten sie die Instrumente auch spielen, während sie damit die schiefsten Klänge produzierten, und dabei lachten sie sich kaputt. Sie rechneten die ganze Zeit über damit, dass der Hausmeister auftauchen und ihnen einen ordentlichen Anschiss verpassen würde – was aber der halbe Spaß an der Sache war und was dann schließlich auch passierte.

In diesem Moment hatte Wesley neben Janja ein ähnliches Gefühl wie mit der Taschenlampe in seiner alten Schule. Der Gang auf Ebene 0 des Bunkers war ausgestorben. Janja gab den Code an der Tür zur Lobby ein. Auch die Lobby war leer. Sie wirkte wie ein frisch renoviertes Geisterhaus in der Nacht. Wesley trat fast schon ehrfürchtig ein. Es war das erste Mal seit seiner Ankunft, dass er sich wieder im innersten Kern des Bunkers befand.

Damals war ihm der Luxus zwar aufgefallen, aber es hatte in dem Augenblick keine Rolle gespielt. Jetzt war der Luxus so überwältigend, dass Wesley nach vier Schritten stehen blieb, so als würde ihn eine unsichtbare Kraft zurückhalten, während Janja den Schließcode an der Tür eingab.

»Was machen wir, wenn wir erwischt werden?«, fragte er.

»Wobei?«, sagte Janja ganz unschuldig. »Ich habe auf dem Heimweg von der Party ein verdächtiges Geräusch gehört, und du warst die erste Wache, die ich getroffen habe. Also habe ich dich gebeten, mit mir zusammen nachzusehen. Weil ich mich allein nicht getraut habe.« Sie wartete eine Sekunde, dann lächelte sie. »Ich armes, ängstliches Mädchen.«

Sie machte ein Gesicht, als wäre sie die Unschuld in Person, und er musste unwillkürlich lachen. Sie gefiel ihm immer besser. »Ja, genau – vor allem du!«

Janja lachte jetzt mit ihm. Dann führte sie ihn in eine riesige Bibliothek, die bis auf die gelblich schimmernde Notbeleuchtung an der Wand dunkel war. Am anderen Ende des Lesesaals öffnete Janja eine Tür, und dahinter kam ein Billardzimmer mit drei Tischen zum Vorschein, ein Pool-, ein Dreiband- und ein

Snookertisch. Links davon an der Wand waren drei Sitznischen aus Leder, rechts von den Tischen eine Bar aus glänzendem altem Holz. Auch die Wände waren mit dunklem Holz verkleidet. Große Spiegel hingen an jeder Wandseite und auch die Bar war verspiegelt.

»Die Theke ist aus einem berühmten Café in Paris. *La Closerie des Lilas*«, sagte Janja, als sie dahinter verschwand.

Wesley ließ den Finger über ein graviertes Namensschild wandern, das ganz links an der Theke angebracht war: *E. Hemingway*. Dann folgte er Janja vorsichtig in eine gastronomische Küche, die mindestens so groß war wie der Billardraum selber und so sauber und aufgeräumt wie aus einem Werbeprospekt für Restauranteinrichtungen.

Janja öffnete einen sehr großen Kühlschrank. Sie nahm ein riesiges Stück rohen Schinken heraus, das man noch eindeutig als halbe Hinterseite eines Schweins erkennen konnte. Es war mächtig schwer, Janja brauchte beide Arme dafür. Dann befestigte sie den Schinken in einer Schneidemaschine und ließ hauchdünne rötliche Fleischscheiben elegant auf einen Teller fallen. In einem Schrank fand sie Weißbrot. Dann zog sie eine Schublade auf und entnahm ihr zwei Messer.

Ihre Bewegungen waren geschmeidig. Sie machte nur ein Sandwich, aber das hatte fast schon etwas Tänzerisches – obwohl sie gar nicht tanzen konnte. Er hätte sich am liebsten hingesetzt und ihr nur zugeschaut. »Kann ich dir helfen?«, fragte er.

Sie deutete auf einen zweiten Kühlschrank. »Du kannst mir die Butter geben.«

Er brauchte eine Weile, bis er sie in dem großen Kühlschrank fand. Er holte auch eine Schale mit eingelegtem gebratenem Gemüse heraus. »Darf ich?«

»Wenn du magst«, antwortete Janja nach einem kurzen Blick zur Seite.

Wesley fingerte eine Olive aus der Schale. »Was sagen wir, wenn wir hier beim Essen erwischt werden? Hast du dafür auch eine Ausrede?« Er spuckte den Olivenkern in seine Handfläche und wusste nicht, wohin damit.

Janja reichte ihm ein Sandwich und fing an, ein zweites zu schmieren. »Hab nicht gedacht, dass du so ein Schisser bist. Vielleicht sagen wir lieber, dass *ich* dich beschützen musste …« Sie zwinkerte ihm zu.

Wieder musste Wesley lachen. Dass Janja hübsch war, war ihm vorher schon aufgefallen. Aber jetzt war sie mehr als das. Es war, als hätte sie bisher hinter einem halb durchsichtigen Vorhang gestanden, den er heute erst beiseitegeschoben hatte. Er biss in sein Brot und sagte gut gelaunt mit vollem Mund: »Ha, ha. Sehr witzig.«

Janja lachte leise. Sie drehte sich mit dem zweiten Sandwich zu ihm um und biss hinein. »Wenn wir erwischt werden, dann höchstens von einem Kollegen, der die gleiche Idee hatte. Dem lassen wir einfach noch was übrig. Oder hast du vor, den ganzen Schweinehintern da alleine zu verspeisen?« Sie wischte sich ein paar Krümel aus dem Mundwinkel.

Wesley betrachtete das Weißbrot in seiner Hand. »Nicht, nachdem du ihn Schweinehintern genannt hast.« Er grinste sie an und hoffte, dass er dabei nicht wie ein Vollidiot aussah. Aber dann senkte er lieber doch den Blick. Drei leicht gewellte, etwas versetzt übereinanderliegende Scheiben Schinken lagen auf seinem Brot. Man konnte auch die schwungvoll gestrichene Butter darunter erkennen, wie Sand am Meer, der von der zurücklaufenden Brandung glatt gespült wurde. Dieses Sandwich kam ihm vor wie ein kleines Kunstwerk, fast zu schade, um es zu essen. Er hätte viel, viel länger als Janja gebraucht, um es so herzurichten. Vermutlich hätte er es überhaupt nicht geschafft. Janja dagegen ging es ganz beiläufig von der Hand.

Sie nickte ihm zu. »Na komm. Lass es dir schmecken!«, sagte sie auffordernd. Sie war mit ihrem Sandwich beinahe fertig und hielt den Rest davon hoch, wie um ihm damit zuzuprosten.

Er aß weiter. Es war so köstlich, dass Wesley sich fragte, wie viele Parmaschinken wohl in diesem Bunker gelagert waren. Wann würde der Parmaschinken ausgehen? Wie lange konnte man ihn überhaupt lagern, ohne dass er schlecht wurde? Oder konnte man aus den Schweinen hier in der Untergrundfarm Nachschub herstellen, der genauso lecker war?

»Schmeckt gut, oder?«, fragte Janja.

»Der absolute Wahnsinn!«

Janja schien sich darüber zu freuen. »Magst du noch eins?«

Wesley nickte. »Soll ich uns inzwischen ein Bier zapfen?«

»Eine glänzende Idee!«, sagte Janja mit einem ironischen Augenfunkeln, dann schmierte sie das nächste Sandwich.

Wesley ging aus der Küche hinter die Bar im Billardraum und nahm zwei der Gläser, die umgedreht neben den Zapfhähnen aufgereiht waren. Dem Namen nach hatten sie hier belgisches Bier, das Feinste vom Feinen. So was hatte er noch nie getrunken.

»Spielst du Billard?«, rief ihm Janja aus der Küche zu.

»Na ja«, rief Wesley zurück. »Ungefähr so gut, wie ich tanze.«

»Ich auch. Wir sind ja ein tolles Paar!«

Er kam mit den zwei Gläsern Bier zurück in die Küche und reichte eines Janja, die ihm dafür ein Sandwich gab. »Bist du öfter hier – weil du dich so gut auskennst?«, fragte Wesley.

»Vanessas Vater spielt hier gelegentlich Billard. Meistens allein. Um zu üben. Während der Barkeeper Gläser poliert und ihm dabei zuschaut. Manchmal spielt er auch mit Jonas Bayer.«

»Mit ihm oder gegen ihn?«, fragte Wesley.

»Gut beobachtet. Ich dachte, du kennst Vanessas Vater nicht.«

»Nein. Aber ich hab diesen Bayer heute reden hören. Der sieht mir nicht aus wie ein Mann fürs Miteinander.«

»Wie meinst du?«

»Der Typ ist ein Machtmensch. Er klingt wie ein Politiker. Und die gibt's hier drin nicht. Auch keine hohen Militärs. Die Gründer hier sind anscheinend alles Wirtschaftsbosse oder Erben. Ich glaube, dass dieser Bayer noch Aufstiegschancen wittert. Ist nur so ein Gefühl.«

Janja schien darüber nachzudenken. »Du meinst, es gibt Leute, die nach einem Atomkrieg noch an Aufstiegschancen denken?«

»Na klar.«

»Du hältst nicht viel von deinen Mitmenschen, kann das sein?«

»Schau doch mal nach draußen. Dann weißt du, warum. Worüber reden die beiden denn, wenn sie Billard spielen?«

»Über Politik«, sagte Janja. »Dass es hier noch kein klares politisches System gibt und welches wohl am besten geeignet wäre, um die Ordnung im Bunker langfristig zu sichern.«

»Sind sie schon zu einem Ergebnis gekommen?«

»Ich glaube nicht.« Janja senkte den Blick, als wollte sie sicherheitshalber noch mal ihre Erinnerungen durchforsten.

Dass sie schön war, war das eine. Doch was sie dachte, war mindestens so interessant. Also fragte er: »Und was ist deine Meinung dazu?«

Janja zuckte mit den Schultern und biss von ihrem Sandwich ein Stück ab. »Ich bin nur das Hausmädchen.«

Wie eine Pokerspielerin, die sich nicht ins Blatt schauen lässt. »Und das langt dir?«, fragte er. »Dass du reichen Leuten die Sandwiches schmierst?«

»Gerade hab ich dir eins geschmiert!«

»Ja, stimmt«, sagte Wesley. Er hatte sie herausfordern, aber nicht beleidigen wollen. »Wahrscheinlich bin ich nur neidisch. Ich kann mir gar nicht vorstellen, wie das ist. Wenn man jemanden hat, der alles für einen macht. Wie früher als Kind, wo sich die Eltern um alles gekümmert haben. Diese Gründer kommen mir vor, als ob sie in einer anderen Welt leben. Ich meine nicht: wie Aliens oder so. Aber wie die alten Römer, findest du nicht? Die schauen mich immer an, als würden sie sich gerade fragen, wie man nur so leben kann wie ich – so einfach, so arm. Als wäre *ich* ein Alien für *sie*.« Wesley musterte Janja. »Oder bilde ich mir das nur ein?«

Janja schüttelte den Kopf. »Ich weiß, was du meinst. Auch wenn sie mich anders anschauen. Weil ich als Dienerin ja irgendwie dazugehöre. Auch wenn ich aus ihrer Sicht nicht den gleichen Stellenwert habe wie sie selber.«

Wesley wischte sich mit dem Daumen über den Mund und trank einen Schluck Bier. »Sogar Vanessa hat mich so angeschaut. Also, mich jedenfalls. Bei meinem Bruder war das sicher eine andere Sache.«

Er wollte sich gerade nach Vanessa erkundigen, als Janja sagte: »Hast du dich mal gefragt, was wäre, wenn wir nicht die ganze Arbeit für sie machen würden? Ich meine, wenn die alles selber machen würden, wären wir überflüssig. Wir hätten keinen Platz hier im Bunker. Hast du daran schon mal gedacht?«

»Verteidigst du die gerade?«, fragte Wesley.

»Wirklich nicht!«, antwortete Janja fast schon empört. »Aber auch wenn das System hier das falsche ist, verdanken wir ihm unser Überleben. Oder etwa nicht? Ich finde, das darf man nicht vergessen.«

»Ist ja interessant«, sagte Wesley wertfrei. »So hab ich das noch gar nicht betrachtet.«

»Magst du noch ein Sandwich? Oder hab ich dir gerade den Appetit verdorben?«

»Da musst du schon härtere Geschütze auffahren!« Er grinste Janja an. »Ich hätte sogar sehr gerne noch mal so ein Reiche-Leute-Brot mit Schweinehintern!« Plötzlich hörte er ein Klacken und legte sofort den Lichtschalter um. Er machte Janja ein Zeichen, leise zu sein.

Sie ging in die Hocke, um hinter dem Herd zu verschwinden. Der Strahl einer Taschenlampe wanderte durch das Billardzimmer. Wesley schaute am Kühlschrank um die Ecke, rüber zum Durchgang zur Bar. Schließlich war wieder ein Klacken zu hören: die Tür zur Bibliothek, die zurück ins Schloss fiel.

Wesley schlich vor zum Durchgang und ins Billardzimmer. Es war menschenleer. Er öffnete die Tür einen Spaltbreit und sah, wie der Strahl der Taschenlampe sich entfernte, in Richtung Foyer. Als er sich umdrehte, war Janja an seiner Seite. »Glück gehabt«, sagte er.

»Tut mir leid. Jetzt hätte ich dich fast in Schwierigkeiten gebracht.« Janja blickte ihn etwas unsicher an.

»Ach was«, sagte er. »Ich bin freiwillig mitgekommen.« Er schob sich den letzten Bissen seines Sandwiches in den Mund. »Außerdem sind es sehr leckere Schwierigkeiten.«

Sie mussten beide erleichtert kichern. Wesley spuckte dabei

ein paar Brotkrümel aus. Er hielt sich die Hand vor den Mund, weil er nun lachen musste – und noch mehr lachen musste, als Janja sagte: »Du kannst ja wirklich gar nichts. Nicht tanzen, nicht Billard spielen – nicht mal essen!«

»Wohin gehen wir?«, fragte Janja, als sie die Treppe zur Ebene -2 hinuntertrabten. Nun ging es ihr so wie ihm vorhin.
»Wart's ab«, sagte Wesley. Es gefiel ihm, sie zappeln zu lassen. Und ihr schien es auch zu gefallen. »Aber das Warten lohnt sich, glaub mir.« Vor der Tür blieb er stehen. »Nicht bewegen. Du musst ganz still stehen bleiben.«
Janja nickte, und sie warteten, bis das Licht über ihnen ausging und die drei roten Punkte aufglimmten. Es war schon aufregend, einfach neben ihr zu warten.
»Siehst du?«, flüsterte er.
»Was ist das?«, fragte Janja.
Statt zu antworten, streckte er seine Hand aus und griff nach den drei Punkten, doch nur das Licht über ihren Köpfen ging wieder an, sonst passierte nichts.
»Mist, Vorführeffekt, sorry«, sagte er und suchte die Schattierung auf der zu glatten Wand, fand sie und legte seine Finger darauf. Diesmal öffnete sich die Wand. »Bitte nach Ihnen«, sagte er grinsend und machte eine übertriebene Handbewegung, wie ein Butler in einem uralten Film.
Janja trat ein und er folgte ihr gespannt. Er musste sich zurückhalten, um ihr nichts zu erklären – jedes Wort würde nur spoilern, was sie sowieso gleich selber entdeckte. Aber als die Tür sich hinter ihnen schloss, erschrak sie ein wenig, und Wesley zeigte auf den Schließmechanismus unter den Monitoren. »Wenn man da draufdrückt, geht sie wieder auf.«

»Was ist das hier?« Janja deutete auf den Ozean, der jetzt im Vollmondlicht schimmerte, mit der Insel vorm Horizont. Dann fiel ihr Blick auf den Whirlpool.

»So was wie eine Jacht«, sagte er und spazierte hinter die Bar. »Nur keine echte. Aber besser als gar keine, oder? Magst du noch ein Bier?«

Janja nickte, und er erzählte ihr, wie er diesen Raum gefunden hatte, während er eine Flasche aus dem Kühlschrank holte und zwei kleine Gläser vollschenkte. »Meine Theorie ist: Irgendjemand hat sich diesen Raum hier bauen lassen, weil er ihn an seinen Lieblingsort erinnert – also an seine Jacht. Und wenn ihn das *Hotel* zu sehr deprimiert, kommt er hierher.« Wesley schob ihr ein Glas rüber und Janja trank einen Schluck.

»War er schon mal da?« Janja blickte sich automatisch zur Tür um. »Also der Besitzer.«

»Keine Ahnung«, sagte Wesley. »Ich glaube nicht. Jedenfalls nicht, seit ich zum ersten Mal hier war. Das war kurz nachdem wir uns im Krankenhaus wiedergesehen hatten.«

»Als du mich in die Putzkammer gezerrt hast?«

»War nicht mein stärkster Moment, geb ich zu. Aber ich hab mich entschuldigt! Soll ich noch mal?«

Janja prostete ihm theatralisch zu. »Schon okay.«

»Jedenfalls, da war der Raum absolut sauber. Keine Fingerabdrücke, keine leeren Flaschen, kein Müll. Vielleicht will er sich diese Jacht für schlechte Zeiten aufheben, wer weiß?«

Janja ließ den Blick wieder durch den Raum wandern und staunte dabei immer noch wie ein kleines Mädchen, was sie irgendwie noch sympathischer machte. »Aber – wenn es dein Raum wäre, würdest du den Zugang nicht irgendwie sichern? Über Fingerabdruck oder Gesichts- oder Spracherkennung?«

Wesley machte Musik an. Es gab nur Jazz zur Auswahl, aber davon alle Stilrichtungen. Er suchte etwas Leichtes und tippte auf *Bossa Nova*, weil da auf dem Display Palmen, Strand und junge Leute mit Cocktails zu sehen waren. »Darüber hab ich auch nachgedacht«, sagte er. »Aber man findet den Raum ja nur, wenn man weiß, wonach man sucht. Oder wenn man wie ich genau hier eine Panikattacke kriegt. Vielleicht hat ihm das damals als Sicherheit gereicht.«

»Was meinst du mit ›damals‹?«, fragte Janja.

»Vielleicht hat es der Besitzer ja nicht in den Bunker geschafft? Und war deswegen noch nicht hier drin? Das wäre auch eine Möglichkeit.«

»Ja«, sagte Janja nachdenklich, so als wolle sie noch etwas hinzufügen. Aber sie schwieg.

Wesley überlegte kurz, ihr zuzuprosten, um keine Stille aufkommen zu lassen. Doch er entschied sich dagegen und hörte einfach auf die Musik, während er hinter der Bar stehen blieb und einen Schluck aus seinem Glas nahm. Eine Frau fing nach einem ewig langen Intro an, auf Portugiesisch zu singen. Es hörte sich fremd und geheimnisvoll an.

Schließlich sagte Janja: »Ich dürfte eigentlich auch nicht hier sein. Hier im Bunker. Meine Mutter hat mir ihren Platz überlassen. Ich habe nie hinterfragt, wieso ihr das erlaubt wurde. Aber anscheinend hatte sie eine Affäre mit Vanessas Vater gehabt und ich war das Ergebnis. Es ergibt sonst keinen Sinn, dass ich an ihrer Stelle in den Bunker durfte. Zumindest sagt das Vanessa und ich glaube ihr.«

Jetzt war Wesley erst mal sprachlos. »Wow«, sagte er, und nach einer Pause: »Aber wenn er dein Vater ist … das macht dein Leben mit Vanessas Familie bestimmt nicht leichter.«

»Nein!« Janja lachte freudlos auf, und Wesley stellte sich vor, wie sie ein Sandwich für Herrn Theissen zubereitete, der ihr Vater war, es vor ihr aber nicht zugab. Diese Wahrheit stand immer zwischen ihnen, wie ein Schatten, den man fast fühlen konnte. Klar, solche Väter gab es auch. Nur weil sein Vater ihn geliebt hatte, hieß das nicht automatisch, dass alle Väter ihre Kinder lieben.

Nachdem sie eine Weile geschwiegen hatten, wusste Wesley immer noch nicht, was er jetzt tun sollte. Am liebsten hätte er Janja in den Arm genommen, um sie zu trösten. Sie wirkte in diesem Moment wie der einsamste Mensch auf der Welt. Also sagte Wesley, immer noch hinter der Bar: »Hey, wie wär's, wenn wir uns diesen Raum teilen? Du kannst hierherkommen, wann immer du willst. Du weißt ja jetzt, wie es funktioniert. Aber es muss unser Geheimnis bleiben, okay?«

Janja schaute verblüfft auf. Damit hatte sie wohl nicht gerechnet. Er auch nicht. Es war ihm so rausgerutscht. Aber er bereute es nicht.

Janja sah ihn über die Bar hinweg ernst an. »Danke.«

Wesley lächelte, weil er wollte, dass auch sie wieder lächelte. »Hand drauf?« Er hatte eine ironische Geste im Sinn: Sie würden sich die Hände schütteln, er würde dabei grinsen und nach ein paar Sekunden würde auch Janja sich ein Grinsen nicht verkneifen können.

Aber so kam es nicht. Als Janja ihm die Hand reichte und er sie ergriff, spürte er, wie das Lächeln aus seinem Gesicht wich. Die Berührung war ganz anders, als er sie sich vorgestellt hatte. Janja schaute ihm dabei in die Augen, als wollte sie seine Seele darin finden. Auf einmal war es, als wären sie die beiden letzten Menschen auf dieser Welt.

Dann küsste sie ihn unvermittelt. Sie machte einen Schritt nach vorne und plötzlich spürte er ihre Lippen ganz warm und auch ihre Zunge. Er war so überwältigt davon, dass er eine Sekunde brauchte, um den Kuss zu erwidern – und im nächsten Augenblick war es schon wieder vorbei. Denn genauso plötzlich löste sich Janja von ihm, drehte sich um – und bevor er auch nur ein Wort sagen konnte, war sie aus der Jacht verschwunden, und die Tür verschloss sich wieder hinter ihr.

15

Dieser Kuss ging ihm nicht mehr aus dem Kopf. Noch stärker hatte sich Janjas Blick in seine Erinnerung gebrannt: diese intensive Art, wie sie ihn angeschaut hatte, bevor sie die Jacht fast fluchtartig verlassen hatte.

Doch es verging eine ganze Woche, ohne dass er die Jacht erneut aufsuchen konnte. Somit hatte er auch keine Chance, Janja wiederzusehen. Es machte ihn fast wahnsinnig. Aber Lederers Erkrankung hatte eine Kettenreaktion ausgelöst.

Lederer hatte Erkältungssymptome und die Ärzte mussten eine Virusinfektion ausschließen. Also kam er in Quarantäne. Gleichzeitig versuchten die Mediziner zurückzuverfolgen, ob Lederer sich bei einem anderen Bewohner angesteckt hatte. Anscheinend war es die erste fiebrige Erkrankung im Bunker und damit eine große Sache. Da sie hier eingeschlossen waren, waren sie zugleich vor allen Krankheiten geschützt, die es draußen gegeben hatte – außer vor denen natürlich, die jemand hier eventuell eingeschleppt hatte, wissentlich oder unwissentlich. Deswegen schob das Krankenhauspersonal nun Doppelschichten und untersuchte alle Angestellten – und das in deren Freizeit, was lange Wartezeiten zur Folge hatte.

Diese ewige Warterei nach der Arbeit war *ein* Grund, warum Wesley in dieser Zeit nicht in die Jacht konnte. Sie war gerade der einzig mögliche Treffpunkt für ihn und Janja. Ansonsten musste er darauf hoffen, dass es demnächst wieder eine Kantinenfeier gab – was ja noch gar nicht sicher war. Ebenso unsicher war es, ob Janja die dann auch besuchen dürfte.

Vielleicht wurden die Gründer momentan ebenfalls medizinisch untersucht, doch genau wusste das weder Wyslich noch irgendjemand anders, den Wesley in der Warteschlange fragte. Im Krankenhaus selber begegnete ihnen kein Gründer. Wyslich vermutete, dass diese wie immer eine Sonderbehandlung erfuhren und in ihren Suiten untersucht wurden.

Ein weiterer Grund, warum Wesley die Jacht nicht aufsuchen konnte: Jemand musste Lederers Schichten übernehmen und Wesley war einer von drei Freiwilligen. Somit arbeitete er momentan sechzehn Stunden am Tag statt der normalen zwölf Stunden. In den restlichen acht Stunden zu entwischen, war so gut wie unmöglich, ohne dass es die Kollegen bemerkten.

Zudem wollten sich Wyslich, Buchele und die anderen für seinen Einsatz erkenntlich zeigen, wenn er spätabends im Quartier auftauchte. Sie luden ihn ein, mit ihnen Karten zu spielen. Es war das erste Mal, dass sie ihm so entgegenkamen, es war eine Art Ritterschlag. Wesley konnte die Einladung nicht ablehnen – selbst wenn ihm Gesellschaftsspiele eigentlich nicht lagen. Aber Wyslich spendierte ihm sogar den Einsatz und Frese das Bier für den Abend.

Nach vier weiteren Tagen bot sich ihm endlich die Gelegenheit, sich unbemerkt davonzustehlen. Frese und Wyslich waren da noch im Waschraum. Statt von dort aus in die Kantine zu gehen, marschierte Wesley weiter und steuerte den Treppenturm an, der ihn zurück auf Ebene -2 führte. Doch gerade, als er die geheime Tür öffnen wollte, sprang die Durchgangstür zur Müllverwertung daneben auf.

Buchele stand – so ernst, wie Wesley ihn seit Gabriels Tod nicht gesehen hatte – vor ihm. Im Gegensatz zu Wesley selber dachte Buchele gar nicht daran, ihn zu fragen, was er hier noch suchte. Dafür zeigte ihm Buchele eine Ziplock-Tüte. Darin befand sich ein menschliches Auge, sogar der Sehnerv hing noch vertrocknet daran. Wesley war sprachlos. Ihm wurde übel. Kein Wunder, dass Buchele gerade anderes im Kopf hatte, als ihn zu fragen, was er hier machte.

»Hat dieser Junge – Nicki – im Müll gefunden«, sagte Buchele.

»Ach du Scheiße!«

»Das kannst du laut sagen.« Es war sicher nicht das erste Leichenteil, das Buchele in seinem Leben gefunden hatte, aber hier in diesem Kontext schien das sogar ihm Sorgen zu bereiten.

»In welchem Müllbereich hat Nicki es gefunden?«, fragte Wesley.

»Im Sammelbecken. Es lässt sich nicht mehr zurückverfolgen, aus welchem Stockwerk es kam.« Buchele schüttelte den Kopf. »Ich muss zu Böhn!«

Wesley war völlig überfordert von dem Anblick. Er konnte keinen klaren Gedanken fassen. Er nickte. »Soll ich deine Schicht übernehmen?« Dann fiel ihm wenigstens noch eine Notlüge ein, um zu vertuschen, warum er eigentlich hier war: »Ich war gerade auf dem Weg zu euch. Ich hab mein Buch in der Aufseherkabine vergessen.«

»Nicht nötig«, sagte Buchele. »Ich hab den Betrieb gestoppt. Du kannst gleich mitkommen. Böhn wird auch mit dir reden wollen. Ob dir irgendwas aufgefallen ist in letzter Zeit.«

Somit konnte Wesley wieder nicht in die Jacht. Stattdessen stand er mit Buchele in Böhns Büro. Es war genauso klein wie das Vier-Mann-Quartier, das Wesley mit Wyslich, Buchele und Lederer teilte. Der Raum hatte etwas Provisorisches: Von der Decke hing eine gelblich schimmernde Glühbirne, an den Wänden klebten Lagepläne des gesamten Bunkers. Die Einrichtung war äußerst karg: ein Spind, ein Aktenschrank, ein Metallstuhl vor einem Schreibtisch mit integriertem Computer und einer externen Festplatte als Back-up.

Böhn schlief hier anscheinend auch, dafür gab es ein Feldbett. Die graue Wolldecke darauf war sauber zusammengelegt. Nur ein paar Falten in dem kleinen weißen Kissen am Kopfende verrieten, dass es benutzt war.

Die Wände waren mit Ausrüstungskisten vollgestellt. Wesley fiel erst jetzt auf, dass nirgendwo ein Foto hing oder ein anderes Andenken an ein früheres Leben. Es lag auch kein Buch herum. In diesem Raum gab es nur das Allernötigste und das waren praktische Dinge. Buchele hatte in ihrer Stube ein Kruzifix über der Tür angebracht, aber auch so was suchte man hier vergeblich.

Böhn betrachtete das Auge, nachdem er es mit einem Teelöffel vorsichtig aus der Ziplock-Tüte geholt hatte.

»Weiblich oder männlich?«, fragte Buchele.

»Keine Ahnung. Ich bin kein Mediziner. Vielleicht wüssten die das.«

»Wie wurde es überhaupt entfernt?«, fragte Wesley und wunderte sich selber darüber. Was für eine Frage? Aber irgendwie lag sie auch auf der Hand.

»Normalerweise würde ich sagen: mit einem Löffel«, antwortete Böhn. »Das ist eine durchaus gängige Foltermethode. Aber es gibt keine Kratzspuren am Augapfel.« Böhn lehnte sich zurück. Er rieb sich das Gesicht. Seine Ärmel waren akkurat bis über die Ellbogen hochgekrempelt. Ein Barcode war auf sein Handgelenk tätowiert. »Deswegen vermute ich mal: mit Unterdruck«, sagte er weiter. »Es wurde herausgesaugt. Jemand hat seinen Mund auf das Auge gelegt und wie an einer Zigarette gezogen, nur wesentlich stärker.«

»Was?!«, fragte Wesley. »Und wer macht so was?«

»Zum Beispiel der Islamische Staat früher. Oder mexikanische Drogenkartelle. Als Bestrafung. Geheimdienste machen so was eher nicht. Um jemanden zum Reden zu bringen, gibt es bessere Methoden. *Waterboarding* und andere *Enhanced Interrogation Techniques*.«

»Glauben Sie …« Wesley schluckte und zeigte auf das Auge. Er suchte nach den richtigen Worten. »Derjenige lebt noch … dem das da gehört?«

»Das hängt davon ab, wie pervers der Typ ist, der das gemacht hat. Ich glaube nicht, dass der Täter eine Frau ist. So was Perverses machen in der Regel nur Männer.«

»Was tun wir jetzt?«, fragte Buchele, um Sachlichkeit bemüht.

»Opfer suchen, Täter finden – dann sehen wir weiter.«

Buchele nickte, als wäre damit alles geklärt.

Aber für Wesley war noch gar nichts geklärt. »Was geschieht dann mit dem Täter?«

»Das hängt wohl davon ab, wer es ist. Erinnere dich an Reichert. Der Gründer, der ihn geohrfeigt hatte, ist nicht bestraft worden. Aber darum kümmern wir uns später. Bis dahin kein Wort über die Sache! Verstanden, Meyer? Das hier bleibt erst mal unter uns! Ihr werdet also nicht mit Wyslich und den anderen darüber reden. Was ist mit diesem Jungen, der bei euch in der Müllverwertung arbeitet? Nicki.«

»Machen Sie sich keine Sorgen, Hauptmann«, sagte Buchele.

»Der hat mir schon versprochen, dass er das für sich behält, bevor ich ihm was androhen konnte. Er weiß ja, was für ihn als Illegalem auf dem Spiel steht. Deswegen kam er auch direkt zu mir. Kein Mitarbeiter in der Müllverwertung hat das zu Gesicht bekommen.«

Böhn nickte zufrieden. »Gut. Ich kümmere mich um die Sache. Ihr habt ab sofort wieder ganz normal Dienst.«

Auf dem Rückweg ins Quartier, als sie außer Hörweite von Böhns Büro waren, warf Wesley einen Seitenblick auf Buchele. »Was hältst du davon?«

Buchele dachte nicht lange darüber nach. »Böhn wird der Sache auf den Grund gehen. Ich werde genau das davon halten, was er mir sagt, das ich davon halten soll. Das empfehle ich dir auch.«

Wesley schluckte seine Bedenken runter. Was sollte er auch tun? Er konnte mit niemandem darüber reden. Sonst brachte er auch den anderen damit in Schwierigkeiten. Aber das Bild von dem menschlichen Auge in der Ziplock-Tüte würde er nicht mehr loswerden, das wusste er.

Zwei Tage später gelang es ihm endlich, unbemerkt die Jacht zu betreten. Als er den Mechanismus betätigte, hoffte er noch, dass die Geheimtür nicht sofort aufgehen würde. Noch am Abend der Feier hatte er mit Janja ausprobiert, was geschah, wenn man hineinwollte, aber sich schon jemand im Raum befand. Dann ließ sich die Tür von außen nicht mehr öffnen, und in der Jacht ging für eine Sekunde das Licht aus, um zu signalisieren, dass draußen jemand stand und hineinwollte. Denjenigen konnte man dann auf dem Monitor sehen und über den Türmechanismus reinlassen, wenn man das wollte.

Genau so stellte Wesley es sich jetzt vor: Die Tür würde sich nicht sofort, aber ein paar Sekunden später öffnen und dann würde Janja ihm gegenüberstehen. Sie würden sich nicht gleich um den Hals fallen und küssen. Doch sie würden sich still freuen, sich endlich wiederzusehen. Dann könnten sie die halbe Stunde oder Stunde, die sie hatten, gemeinsam verbringen, bevor jeder wieder seiner Wege gehen musste.

Nur ging die Tür leider sofort auf. Er war zwar wieder in der Jacht – was tausendmal besser war als in seinem Quartier –, trotzdem fehlte etwas. Seit er zusammen mit Janja hier gewesen war – insbesondere nach ihrem überraschenden Abschiedskuss –, fehlte Wesley jemand, mit dem er diese Jacht teilen konnte. Janja fehlte ihm. Er vermisste sie.

Vor zwei Jahren, an einem Herbsttag, der so herrlich war, dass Wesley ihn immer noch vor Augen hatte, war er mal kilometerweit mit dem Rad am Mainufer entlanggefahren. Die Landschaft wirkte an jenem Tag überhaupt nicht zerbrechlich. Sie schien so robust wie in seiner frühen Kindheit. Es war ein Tag, an dem man sich keine Sorgen um die Welt machen musste. Dennoch kam ihm dieses Gefühl damals nicht ganz echt, nicht wirklich erlebt vor – eben weil er es mit niemandem teilen konnte. Seine beiden besten Kumpels hatten damals fast gleichzeitig eine Freundin gefunden und er sah sie eigentlich nur noch in der Schule. Wäre damals am Main irgendein Mädchen bei ihm gewesen oder einer seiner Freunde, hätte er am nächsten Tag nur sagen müssen: Weißt du noch – gestern? Und sie hätten beide gewusst, was damit gemeint war. Das gemeinsame Erlebnis jenes perfekten Tages wäre in der Ewigkeit ihrer Freundschaft wie eintätowiert geblieben.

Wesley schaute jetzt lange auf das Fenster der Jacht, das den

Ozean zeigte und die Brandung, die sich in der Abendsonne vor der Insel brach. War das da ein Einbaum, der ihm von der Insel her entgegenkam?

Dieses Fenster erzählte eine eigene Geschichte, aber wessen Geschichte? Wer hatte sie so erlebt oder sich so gewünscht? War es eine wahre Geschichte, weil er sie hier sehen konnte? Oder war sie nur perfekt inszeniert wie dieses vermeintliche Fenster, das nur aus Pixeln hinter einer glasähnlichen Beschichtung bestand?

Erst als er sich an die Bar setzte, bemerkte Wesley die halbe Tafel Schokolade, die dahinter auf der Arbeitsfläche neben dem Spülbecken lag. Janja hatte etwas mit einem Filzstift auf die Verpackung geschrieben: *Danke schön. Lass es dir schmecken! J.*

Er konnte sich nicht daran erinnern, dass er vor Janja erwähnt hatte, wie sehr er Schokolade mochte. Allerdings fiel ihm auch niemand ein, der Schokolade nicht mochte. Er öffnete die Verpackung und brach vorsichtig eine Ecke ab. Dann schob er sich die Schokolade in den Mund und ließ sie auf seiner Zunge schmelzen. Es war köstlich und zugleich mehr als das, weil es ein Geschenk war. Ein Geschenk von Janja.

Wesley fand einen Stift, dessen Farbe zwar nicht ganz auf der glänzendweißen Innenseite der Verpackung haftete, der aber kleine Tropfen formte, die dennoch als Schrift erkennbar waren. Er schrieb: *Danke! Den Rest heb ich mir für nächstes Mal auf. W.*

Dann schrieb er noch etwas darunter: *Wie geht's dir?*

Eine halbe Stunde lang blickte er noch aufs Meer, dann machte er sich auf den Rückweg in sein Quartier.

Den ganzen nächsten Tag überlegte Wesley, wie er sich bei Janja revanchieren könnte. Dann hatte er Glück, als einer Küchenhilfe ein Sack Bohnen zu Boden fiel und er ihr beim Aufsammeln helfen konnte.

Die Bohnen waren steinhart und hatten eine schöne Marmorierung: ein Rot, das ins Lila überging und von weißen, welligen Streifen durchzogen war. Eine Handvoll Bohnen ließ er unbemerkt in seine Hosentasche gleiten.

Dann hatte er noch einmal Glück und gewann gegen Wyslich und Lederer, der aus der Quarantäne entlassen worden war, im Pokern. Er knöpfte ihnen ihre Zahnstocher ab, die sie ihm gerne überließen, da sie dafür ihre Nikotintabletten behalten durften. Aber sie wunderten sich, was er damit vorhatte. Er hatte ja selber einen Zahnstocher.

Wesley sagte, dass er sich damit einen Speer basteln würde, während er die beiden gewonnenen Zahnstocher in seine Brusttasche steckte. Damit erntete er wie erwartet ein Kopfschütteln von Wyslich. »Unser Meyerchen. Jetzt dreht er langsam durch.« Aber damit war das Thema erledigt.

Später, als die anderen schon schliefen, machte Wesley seine Stirnlampe auf kleinster Stufe an. Mit einem Stück Zahnseide verband er die drei Stocher sternförmig miteinander, dann schob er die Bohnen, die er am Vortag an seinem Arbeitsplatz vorsichtig durchbohrt hatte, auf die Zahnstocher-Enden, bis an jedem nur noch ein kleines Stück Plastik herauslugte. Die Enden wiederum zündete er im Waschraum an, damit Wyslich und die anderen nicht aufwachten von dem Geruch schwelenden Plastiks. Dann versiegelte er vorsichtig mit der Schmelzmasse das jeweils obere Bohnenloch.

Das Ergebnis hatte er sich schöner vorgestellt. Es war zwar als Stern aus marmorierten Bohnen erkennbar. Doch der Stern sah ungefähr so kunstvoll aus, als hätte er ihn als Zweitklässler im Werkunterricht kurz vor Weihnachten hergestellt. Trotzdem hinterlegte er ihn zwei Tage später in der Jacht. Dazu schrieb er: *Wie du siehst, kann ich auch nicht basteln …* Schließlich malte er noch ein Smiley daneben.

Bei seinem nächsten Besuch hatte Janja eine weitere Schokoladenhälfte für ihn hinterlegt. Diesmal stand auf der Verpackung: *Macht nichts. Ist trotzdem schön. Hau rein!*

Er musste lachen. Er aß die Hälfte der Schokolade. Dann schrieb er auf die Verpackung: *Der Rest ist für dich.*

Am nächsten Tag stand auf der nun leeren Tüte: *Selber schuld.* Daneben hatte Janja jetzt ein Smiley gemalt.

Wesley fand in einer der Schubladen einen Schreibblock und einen Bleistift mit Radiergummi am stumpfen Ende. Er schrieb einfach drauflos: wann er vermutlich wiederkommen könne und ob sich das mit Janjas Freizeit decken würde, und falls nicht, wann sie denn frei hätte? Den Kuss erwähnte er nicht. Er schrieb aber, dass er sich jedes Mal, wenn er vor der Geheimtür stand, wünschte, dass sie nicht sofort aufgehen würde, sondern erst ein paar Augenblicke später – wenn Janja ihm öffnete.

Als er sich noch mal durchlas, was er geschrieben hatte, war es ihm irgendwie peinlich. Er wollte das Blatt aus dem Block reißen und wegschmeißen. Doch er wusste nicht, wohin damit. Er wollte auch keinen Müll hinterlassen.

Also drehte er den Bleistift um und radierte die Wörter Buchstabe um Buchstabe wieder aus.

16

Janja drehte sich auf die Seite und legte den Stern aus Bohnen neben ihr Kissen, ohne ihn aus der Hand zu geben. Sie musste immer lächeln, wenn sie ihn ansah. Er fühlte sich auch gut an in ihrer Hand – die Bohnen wellig, glatt, hart, keine war wie die andere, trotzdem ähnelten sie sich wie Geschwister. Es war Jahre her, dass Janja zuletzt so ein persönliches Geschenk bekommen hatte. Ihr Großvater hatte ihr früher kleine Flöten geschnitzt, auch Tiere und Figuren zum Spielen, oder er hatte ihr Muscheln mitgebracht, wenn er vom Fischen zurückkam. Dieser Stern war bei Weitem nicht so kunstvoll. Aber das spielte keine Rolle. Es war *ihr* Stern. Wesley hatte ihn für sie angefertigt. Das machte ihn besonders.

Lächeln musste Janja über den Kommentar, den er ihr auf der Schokoladenverpackung hinterlassen hatte. Sie konnte sich gut vorstellen, wie Wesley den Stern gebastelt hatte: wie oft er ihm runtergefallen war bei dem Versuch, die drei dünnen Stifte mit dem kleinen Stück Garn zu verbinden – wie er leise fluchend eine Bohne am Boden suchte, die ihm beim Auffädeln runtergefallen war – und wie er nach getaner Arbeit sein kleines Werk betrachtete und sich wünschte, dass es so schön geworden wäre, wie er es sich vorgestellt hatte, bevor er damit angefangen hatte. Wobei sie es genau deswegen mochte – weil es eben nicht perfekt war. Es war, als hätte Wesley ihr ein Fotoalbum voller

Schnappschüsse geschenkt, die ihn unbeobachtet zeigten, so wie er wirklich war, nicht gestellt.

Janja musste an den kleinen Jungen denken, den sie vor zwei Jahren an der Kreuzung vor der Eisdiele gesehen hatte: der immer verzweifelter wurde, weil kein Auto anhielt, um ihn über die Straße zu lassen – während das Eis in seiner Hand schmolz und dicke braune Tropfen über seine Finger liefen. Sie hatte den Jungen gefragt, warum er das Eis nicht einfach essen würde, bevor es weiter schmolz, und er hatte geantwortet, dass er es nicht für sich gekauft hätte.

Als Janja wie eine Schülerlotsin den Weg für ihn frei machte, lief der Junge los und so schnell er konnte nach Hause – und während sie ihm hinterherschaute, wurde sie dieses ahnungsvolle Gefühl nicht los, dass er noch ausrutschen oder das Eis ihm aus der Hand fallen würde. Janja war kurz davor, den Blick abzuwenden, weil sie die Spannung nicht mehr aushielt, als ihre Freundin Letizia auf ihrem Fahrrad direkt vor ihr anhielt. Danach hatte Janja den Jungen aus den Augen verloren und nie wiedergesehen. Sie hatte sich erst jetzt und hier an ihn erinnert.

Sie zog die Bettdecke beiseite und stand vorsichtig auf. Dann öffnete sie den Reißverschluss ihres Kopfkissens und versteckte den Stern darin.

Barfuß schlich sie durch den Flur der Suite. Die beiden Bäder waren leer, auch das Familienzimmer. Janja horchte an der Schlafzimmertür. Dahinter war es genauso ruhig, es schien auch kein Licht unter der Tür hindurch. Die Herrschaften schliefen.

Nur Vanessa war nicht da, sondern wieder im Medienzentrum, wie die letzten Nächte auch. Sie hielt sich nicht mehr an den Rhythmus von Tag und Nacht, der im *Hotel* vorgegeben wurde. Warum sollte ich – ohne Tageslicht?, war ihr Argument gewesen, als ihre Eltern ihr diesen Regelbruch untersagen wollten. Schließlich begnügten die sich damit, dass Vanessa wenigstens an einer gemeinsamen Mahlzeit am Tag teilnahm. Gewöhnlich war es das Frühstück. Janja setzte darauf, dass es auch diesmal so sein würde.

Heute war sie nicht die einzige private Fachkraft, die sich aus einer Suite stahl. Die andere kannte Janja flüchtig. Es war Elroe Kidane. Sie war vielleicht Mitte zwanzig und gerade damit beschäftigt, im Flur ihre Sneakers anzuziehen. Janja konnte sich noch rechtzeitig in die Nische des nächsten Eingangs drücken. Sie wollte selber unentdeckt bleiben, aber auch die Kollegin nicht in Verlegenheit bringen. Wenn es Elroe genauso ging wie ihr, war sie so schon paranoid genug. Als Elroe sich bückte, um ihre Sneakers zuzuschnüren, lief Janja um die Ecke und ins Treppenhaus. Die Tür dort schloss sie fast wie in Zeitlupe hinter sich, um keinen Lärm zu machen, dann trippelte sie genauso geräuschlos die Stufen hinunter.

Drei Etagen tiefer stellte sie erleichtert fest, dass das Licht in den Stockwerken über ihr nicht wieder anging – Elroe also anderswo unterwegs war. Trotzdem fühlte Janja eine Komplizenschaft mit Elroe, weil sie anscheinend nicht die Einzige mit einem heimlichen Nachtleben war. In dieser beklemmenden Umgebung hatte das etwas Beruhigendes.

Vor der Geheimtür auf Ebene -2 schloss Janja die Augen. Es war inzwischen das vierte Mal, dass sie allein die Jacht aufsuchte. Wieder hoffte sie, dass die Tür nicht sofort aufgehen würde, sobald sie die Hand auf den Türöffner legte, und wieder schlug ihr Herz dabei schneller.

Dieses Mal war es tatsächlich so: Die Tür blieb verschlossen. Doch statt sich zu freuen, bekam Janja keine Luft mehr. Plötzlich war sie sich sicher, dass Wesley entdeckt worden war. Dass sie beide ihr Glück überreizt hatten. Es konnte nicht sein, dass sie diesen geheimen Raum für sich behalten durften. Es wäre einfach zu schön, um wahr zu sein.

Doch dann ging die Tür auf und Wesley stand vor ihr. Der Druck, den Janja gerade noch in ihrer Brust gespürt hatte, fiel von ihr ab wie eine Achterbahngondel, die von der höchsten Kuppe in die Tiefe rauscht. »Hallo«, sagte sie mit belegter Stimme. Am liebsten hätte sie Wesley so begrüßt, wie sie sich beim letzten Mal von ihm verabschiedet hatte – mit einem langen, weichen Kuss. Doch stattdessen sagte sie, so als hätte es diesen Kuss nie gegeben: »Hast du dich mal gefragt, woher der Ausdruck ›Mir fällt ein Stein vom Herzen‹ kommt?«

»Äh, nein«, antwortete Wesley verblüfft.

»Egal. Ich hatte gerade so eine Eingebung. Darf ich reinkommen?«

Wesley lachte und machte einen Schritt zur Seite. »Aber bitte!«

»Ich habe immer das Gefühl, dass ich erwischt werde, wenn ich hierherkomme«, sagte Janja, während die Tür sich hinter ihr lautlos zurück in die Verankerung schob. »Geht dir das auch so?«

Sie sah den Hauch eines Lächelns in seinem Gesicht. »Ich weiß, was du meinst«, sagte er. »Magst du vielleicht ein Bier auf den Schock?« Er ging hinter die Bar und schob einen Schreibblock beiseite. Dann grinste er: »Oder lieber was Stärkeres?«

»Ein Wasser«, sagte sie. Sie setzte sich auf den Barhocker ihm gegenüber. »Ich stör dich hoffentlich nicht?« Sie deutete auf den Schreibblock. »Führst du Tagebuch?«

Wesley schüttelte verlegen den Kopf. »Ich weiß gar nicht mehr, was ich da aufschreiben wollte.«

Janja spürte, wie er fast automatisch ihrem Blick auswich, sich aber zwang, ihr in die Augen zu schauen. Wieder wollte sie ihn küssen – aber wie?

Dann lächelte er: »Danke für die Schokolade!«

»Du hast dich schon bedankt. Jetzt fehlt mir nur noch ein Weihnachtsbaum …«

»Was?«

»Das ist doch ein Weihnachtsstern, den du mir da gebastelt hast, oder?«

»Äh, nein.«

Janja stutzte. »Was denn dann? Ein japanischer Wurfstern mit Kindersicherung?«

Wesley wurde rot. »Nein, es ist einfach …« Er suchte nach den richtigen Worten. »… ein Stern. Aus Bohnen und Zahnstochern.« Er hielt sich eine Hand vors Gesicht. »Oh Mann.« Er wurde nicht nur ein bisschen rot, sondern richtig.

Es machte ihn noch sympathischer. Janja nahm ihm das Glas Wasser ab, das er für sie eingeschenkt hatte und immer noch in der Hand hielt.

»Dann ist es der schönste Stern aus Bohnen und Zahnstochern, den ich jemals geschenkt bekommen habe!« Sie lächelte und auch Wesley musste jetzt wieder grinsen.

»Klar«, sagte er. »Weil es der einzige ist.«

Sie hätte jetzt Ja sagen können und lachen und damit wäre das Thema erledigt gewesen. Aber es hätte nicht annähernd ihre wahren Gefühle wiedergegeben. Selbst wenn sie einen ganzen Lagerraum voll selbst gebastelter Geschenke von irgendwelchen Verehrern besessen hätte – dieser Stern wäre immer noch ihr Favorit. Aber das konnte sie unmöglich zugeben. Oder doch? Wesley schaute sie an, als würden sie sich schon immer hier treffen. Er schenkte sich den Rest aus der Wasserflasche in sein Glas und trank einen Schluck.

»Ich muss dir was gestehen«, sagte Janja. Sie seufzte. »Ich hoffe, du bist mir nicht böse deswegen. Aber ich hab mich hier mal ein bisschen umgeschaut.« Sie machte eine 360-Grad-Drehung auf ihrem Barhocker. »Willst du wissen, was ich gefunden habe?«

Sie rutschte lächelnd von ihrem Barhocker und ging rüber zu dem Wandschrank beim Whirlpool. Sie schob die sauber zusammengefalteten Handtücher zur Seite, die neben den Hygieneartikeln lagen. Dann öffnete sie die kleine Schublade dahinter, nahm das schwarze Lederetui heraus und legte es vor Wesley auf die Bar. Sie wartete darauf, dass er es aufklappte. Doch wenn er neugierig war, ließ er es sich nicht anmerken.

Also zeigte sie ihm die Maske. Ein grünes Lämpchen wies auf den Ladestatus hin. Es erlosch, als Wesley die Maske herausnahm. Seine Neugier siegte also doch noch.

»Das ist eine AR-Maske«, sagte er erstaunt. »Ich dachte, die gibt's nur im Medienzentrum.«

»Die hier ist anders. Damit braucht man keinen Anzug. Du musst sie mal ausprobieren!«

»Hast du schon?«, fragte Wesley.

Janja nickte.

»Und?«

»Wenn ich's dir erzähle, ist es keine Überraschung mehr.«

Wesley schien darüber nachzudenken. Dann sagte er mit einem Schulterzucken: »Okay.«

Sie hatte mit mehr Begeisterung gerechnet. Aber ihre Enttäuschung verflog schnell, als sie ihm dabei half, die Maske überzuziehen. Wie konnte er jetzt schon begeistert von etwas sein, das er noch gar nicht ausprobiert hatte? Sie führte ihn hinter den Whirlpool, wo das simulierte Fenster vom Boden bis zur Decke reichte. Es zeigte die Rückseite der Jacht und den Ausgang auf Deck. »Bist du bereit?«, fragte sie.

»Wenn du es bist«, antwortete Wesley etwas unsicher.

Janja nahm seine Hand. Sie fühlte sich unbeschreiblich an. Wie ein Energiespeicher. Janja lief es kalt und warm den Rücken runter. Sie fragte sich, ob es Wesley gerade genauso ging. Am liebsten hätte sie seinen Nacken gestreichelt, um es herauszufinden.

Stattdessen räusperte sie sich und sagte: »Ich führe jetzt deinen Daumen zu dem Schalter direkt unter deinem rechten Ohr. Wenn du ihn umklappst, bist du in der AR. Drückst du ihn zurück in die Ausgangsposition, bist du wieder hier. Ich bleibe die ganze Zeit bei dir, keine Angst. Auch wenn du mich nicht siehst.«

»Okay«, sagte Wesley.

»Dir passiert nichts, keine Sorge.«

Er legte mit ihrer Hilfe den Schalter um, und das Erste, was er danach sagte, war ein lautes »Heilige Scheiße!«.

Sie lachte. »Ja. So ging's mir auch. Hörst du mich?«

Wesley nickte. »So als wärst du in meinem Kopf.«

Janja führte Wesleys Hand weg von seinem Ohr, was gar nicht so einfach war. »Entspann dich.« Sie tätschelte seine Schultern – bestimmt zwei Sekunden länger als für diese beruhigende Geste nötig. Dann sagte sie: »Es reicht, wenn du deine Bewegungen denkst, du musst sie nicht machen. Auch wenn du etwas sagen willst, musst du es nicht aussprechen, sondern nur denken. Probier's mal aus – in der AR hörst du es dann trotzdem laut und deutlich.«

»Okay, aber wenn ich dir was sagen will – wie hörst du das dann?«

»Das musst du laut sagen. Aber jetzt bin ich still. Probier's einfach mal – lass dich treiben!«

Wesley machte zögernd einen Schritt nach vorne und streckte die Hand aus, so als wolle er sich an der Reling festhalten. Danach bewegte er sich nicht mehr. Vermutlich merkte er gerade, dass es funktionierte, was sie ihm gesagt hatte. Es war ja auch unglaublich. Janja hatte selber noch so viele Fragen. Wie die Maske in der AR unterscheiden konnte, was bloß ein stummer Gedanke und was ein gedachter Ausspruch war. Das war ihr immer noch ein Rätsel. Sie schätzte, dass Wesley gerade am Heck der Jacht angelangt war, so wie sie, als sie die Maske ausprobiert hatte. Am Heck führten ein paar Stufen runter zu einer kleinen Plattform, vor der ein motorisiertes Schlauchboot festgemacht war.

Janja hatte bei ihrem Ausflug in die AR überlegt, einzusteigen und zur Insel zu fahren. Aber sie hatte keine Ahnung, wie man ein Motorboot steuerte. Was, wenn es ihr auf halber Strecke absoff? Sollte sie dann zurückschwimmen zur Jacht? Oder einfach den Schalter an der Maske wieder in die Ausgangsposition bringen und das Spiel von Neuem beginnen? Sie war sich nicht sicher und hatte keine Lust, einem Hai zu begegnen und in Panik zu geraten. Selbst wenn es nur ein fiktiver Hai war.

Also war sie bloß an der Reling entlang zum Bug vorgelaufen, hatte sich auf eine Liege gesetzt und erst dort gemerkt, wie warm die Sonne sich anfühlte. Sie hatte ihre Bluse ausgezogen und den Wind auf ihrer Haut gespürt, als würde er sie wirklich berühren. Auch die Sonne spürte sie auf ihrer Haut. Sogar die salzige Meerluft konnte sie riechen.

Wesleys Finger tasteten plötzlich hektisch an der Maske herum. Janja ging schnell zu ihm.

»Warte, ich helf dir!« Sie legte den Schalter wieder um. Dann half sie Wesley, die Maske abzunehmen. Er atmete schwer.

»Alles okay?«, fragte sie.

»Das ist mir zu heftig!«, sagte er.

»Was hast du gesehen?«

Er beugte sich vor und stützte die Hände auf den Knien ab. »Die Jacht. Das Meer. Ich bin einmal herumgelaufen. Also um die Jacht. Es ist wirklich unglaublich. Aber es ist nicht real! Es ist, als würde man träumen. Aber einen fremden Traum, keinen eigenen Traum. Ich hab auf einmal Angst gehabt, dass ich den Schalter nicht mehr finde. Dass ich da nicht mehr rausfinde. Kennst du das, wenn du im Schlaf träumst, dass du wach bist, dich aber nicht bewegen kannst – so als wärst du gelähmt? So hab ich mich gerade gefühlt.«

Janja legte eine Hand auf seine Schulter. Er war immer noch ganz aufgewühlt. Aber jetzt richtete er sich wieder auf. Während sie ihre Hand zurückzog, sagte sie: »Komm her.« Sie umarmte ihn. Sie wusste nicht, ob sie das mehr für ihn oder für sich tat, aber in diesem Augenblick war ihr das egal. Sie drückte ihn sanft an sich, und als sie endlich seine Hände auf ihrem Rücken spürte, hätte sie alles für ihn getan. Es fühlte sich so gut an. Es kam ihr vor, als habe sie sich noch nie so geborgen gefühlt wie in diesem Moment. Dann spürte sie, dass er eine Erektion bekam, und fast hätte sie gelacht. Stattdessen nahm sie seine Hand und führte ihn zur Bar. Überstürzen mussten sie das Ganze nun auch wieder nicht.

Die Maske legte Janja auf halbem Weg auf die Marmorablage des Whirlpools. »Deswegen gibt es im Medienzentrum die

Betreuer. Entschuldige. Ich hab nicht bedacht, dass das auch schieflaufen kann. Geht's wieder?«

Wesley streckte die Hand nach seinem Wasserglas aus, aber er zitterte zu sehr. »Na ja. Jetzt weißt du wenigstens, dass ich wirklich ein Schisser bin.«

Janja nahm wieder seine Hand in ihre. Sie schüttelte den Kopf. »Nein, bist du nicht. Du bist alles andere als ein Schisser.« Sie streichelte ein paarmal über seine Hand und Wesley schien sich wieder zu beruhigen. Er schaute auf ihre Hand, die auf seiner Hand lag, und als Janja sie etwas unsicher wegzog, sagte er:

»Ich hab mich so gefreut, dich wiederzusehen. Jedes Mal, wenn ich hergekommen bin, hab ich gehofft, dass du schon da bist.«

Was er sagte, war genau das, was sie sich erhofft hatte – trotzdem war Janja nicht sicher, wie sie darauf reagieren sollte. Wesley war ja ziemlich durcheinander.

»Willst du dich vielleicht hinlegen?« Sie deutete auf die Ledercouch. Gleich darauf wollte sie sich schon auf die Zunge beißen. Hinlegen? Könntest du vielleicht noch deutlicher werden, du dumme Gans?!

Doch Wesley fragte nur: »Kommst du mit?« So als wären es nicht fünf Meter, sondern fünf Kilometer bis zur Couch.

Sie verkniff sich ein Lächeln. Nicht, weil sie sich über ihn lustig machte. Es war nur, dass Wesley plötzlich so unschuldig wirkte. Er war nicht mehr der Typ, der bei jedem zweiten oder dritten Satz ironisch die Augenbrauen hob. Der versuchte, so rüberzukommen, als wäre ihm alles egal. Janja nickte. »Natürlich komm ich mit.«

Sie rutschten von ihren Barhockern und ließen sich auf der Ledercouch nieder. Fast gleichzeitig legten sie ihre Füße auf den Tisch davor. Ihre Schultern berührten sich nicht, aber es passte gerade mal ein Stück Papier dazwischen. »Besser?«, fragte sie.

»Ich bin immer noch ganz platt«, sagte Wesley. »Das alles ist doch Wahnsinn, oder? Wir sind hier in einem Berg eingeschlossen. Die Welt da draußen ist nur noch Schutt und Asche. Ohne Schutzanzug würde man keine zwei Minuten dort überleben. Und hier sitzen wir in einem Raum, der aussieht wie eine Jacht – und wenn ich diese Maske da aufsetze, bin ich tatsächlich auf einer Jacht. Mitten auf dem Meer! Und ich kann mich in ein Motorboot setzen und zu einer Insel fahren und dort wahrscheinlich rumlaufen und wilde Tiere beobachten, und das Einzige, worauf ich aufpassen muss, ist, dass mir keine Kokosnuss auf den Kopf fällt!« Er lachte kurz ungläubig auf. »Das muss ich erst mal ein bisschen sacken lassen.«

»Die Frage ist, ob es auch wehtut, wenn die Kokosnuss dir virtuell auf den Kopf fällt«, sagte Janja mit einem Lächeln.

Wesley beugte sich irritiert nach vorne. »Das tut es garantiert! Aber egal, ob es wehtut oder nicht!«, er zeigte auf das Fenster mit dem Ausgang zum Heck, »das da draußen ist nicht echt!«

»Aber es fühlt sich echt an«, sagte Janja. »Jetzt versteh ich immerhin, warum Vanessa die ganze Zeit im Medienzentrum ist. Je länger man sich in der AR aufhält, desto selbstverständlicher wird sie wahrscheinlich. Es ist wie mit einem Computerspiel früher oder einem packenden Buch oder einer Serie, von der man sich eine Staffel nach der anderen anschaut. Oder wenn ich früher im Kino war und ein Film hat mich wirklich berührt – dann war es fast so, als wäre ich Teil dieses Films, irgendein Komparse ganz hinten im Bild.« Sie deutete auf die Maske. »Aber hiermit ist man wirklich *in* dem Film. Und er ist echt. Und man hat auch noch die Hauptrolle! Das ist doch Wahnsinn!«

»Ja. Aber eben nicht *echt*«, sagte Wesley.

»Du bist so eine Spaßbremse.«

Jetzt lachte er wenigstens wieder, als er antwortete: »Oh, tut mir leid, das liegt wahrscheinlich daran, dass vor zwei Monaten die Welt untergegangen ist.«

Janja merkte erst, als sie aufwachte, dass sie überhaupt eingeschlafen waren. Sie schreckte von der Couch hoch und weckte Wesley damit auf.

»Wie spät ist es?«, fragte er.

»Ich muss sofort zurück!«, sagte sie. »O Gott! Hoffentlich können wir hier überhaupt raus!« Sie ging zu den Monitoren, die zeigten, was draußen auf dem Gang los war. »Scheiße!«, rief sie und hielt sich sofort die Hand vor den Mund.

Wesley stand da schon neben ihr. »Die hören uns nicht, keine Angst. Ich hab das Audio abgestellt.« Eine Gruppe Arbeiter war auf dem Weg zur Müllverwertung. Ein schlecht gelaunter Wachmann ging hinter ihnen.

»Was machen wir jetzt?«, fragte Janja.

»Ich geh zuerst raus – sobald die durch die Tür zur Müllverwertung sind. Wenn die Luft rein ist, mach ich dir ein Zeichen, und du kommst nach. Wenn uns jemand auf dem Weg nach oben fragt, was wir machen, hast du dich verlaufen, und ich bin so nett und bring dich zurück.« Er zwinkerte ihr zu. »Das hat doch schon mal ganz gut geklappt.«

»Da sind wir fast erwischt worden!«

»Die Betonung liegt auf ›fast‹«, sagte Wesley.

Da war es wieder: dieses ironische Zwinkern. »Das musst du

dir mal abgewöhnen«, sagte Janja und deutete auf seine Augenbrauen. »Das sieht aus, als hättest du einen nervösen Tick.« Sie zog ihre Schuhe an.

»Ich weiß gar nicht, was du meinst«, erwiderte Wesley, während er sein Uniformhemd sauber in die Hose steckte. »Das hab ich jahrelang vorm Spiegel geübt. Das sieht doch total cool aus!«

Es war der Beginn der Frühschicht – das hieß, in der Regel schliefen die Theissens noch. Janja beruhigte sich ein wenig. Auf Ebene 3 ließ sie sich im *Café Flore* ein paar Croissants einpacken, als Alibi, falls die beiden doch schon wach wären. Dann würde sie sagen, dass sie nicht hatte schlafen können und die Zeit genutzt hätte, ihnen eine kleine Freude zu bereiten.

»Was ist mit dir?«, fragte sie Wesley.

»Mach dir um mich mal keine Sorgen!«

»Du kriegst doch bestimmt auch Ärger!«

»Vielleicht auch nicht. Jetzt bringen wir erst mal dich zurück. Dann geh ich wieder runter und lös Buchele ab. Das ist der, der für mich eingesprungen ist.«

»Der Wachmann? Der sah nicht gerade glücklich aus.«

»Ich hab noch ein paar Nikotintabletten«, sagte Wesley. »Der Anblick bringt ihn garantiert zum Lächeln.«

Sie waren schon kurz vorm Ziel, als Vanessa auf Ebene 7 vor ihnen um die Ecke bog. Janja erstarrte – aber Wesley reagierte sofort. Er schob sie in die Eingangsnische einer Suite und joggte auf Vanessa zu.

Dabei rief er flüsternd, so als hätte er genau sie gesucht: »Vanessa!«

»Wesley?«, hörte Janja ihre verblüffte Stimme. Vanessa klang müde und abgekämpft, wie immer nach einer Nacht im Medienzentrum. »Was machst du hier? Spinnst du? Was, wenn dich jemand sieht?«

»Ich wollte wissen, wie es dir geht. Wir haben uns, seit wir hier sind, nicht gesprochen.«

»Komm mit!«, sagte Vanessa.

Dann hörte Janja Schritte, die leiser wurden, und schließlich eine Tür. Sie riskierte einen Blick um die Ecke und sah noch, wie Vanessa mit Wesley im Treppenhaus am anderen Ende des Gangs verschwand. Janja eilte zur Suite der Theissens.

Vor der Tür fiel ihr ein, was sie vergessen hatten. Sie spürte völlig unerwartet, wie ihr fast die Tränen kamen. Es hatte nach der Feier zwei Wochen gedauert, bis sie sich wiedergesehen hatten. Wer konnte sagen, wie lange es bis zum nächsten Mal dauern würde?

Janja straffte sich und zog ihre Fleecejacke, die beim Laufen hochgerutscht war, glatt. Dann bemerkte sie das Smiley auf der Papiertüte mit den Croissants. Es hatte hochgezogene Augenbrauen. Sie hatte die Tüte nur kurz Wesley gegeben, weil sich ihre Schnürsenkel wieder gelöst hatten.

Neben dem Smiley stand nur: *Morgen? Gleiche Zeit?*

Mehr hatte er nicht schreiben müssen.

17

Es war der Waschraum, in dem sich Reichert aufgehängt hatte. Für Wesley hatte er seitdem etwas Beklemmendes. Die anderen gingen pragmatischer damit um. Sie waren an Tote in den eigenen Reihen gewöhnt. Links von ihm stand Frese, rechts Lederer. Buchele war noch unter der Dusche und Wyslich schon gegangen. Nur Balidemaj war noch da. Über ihn wusste Wesley so gut wie gar nichts, außer dass er rötlich-blondes Haar hatte, wie alle Wachen extrem gut in Form war und dass er – obwohl er erst Anfang zwanzig war – die Augen eines alten Mannes hatte, der schon zu viel gesehen hatte. Aber das traf auf den Großteil der Wachen zu. Wie bei den meisten von denen kannte er von Balidemaj eigentlich nur dessen Namen.

Nach einem prüfenden Blick in den Spiegel spuckte Balidemaj jetzt einen Batzen Zahnpasta in die Waschschüssel vor ihm. Wasserhähne gab es nicht, nicht hier bei ihnen. Der Trick war, genau in den Ausguss zu treffen, um Wasser zu sparen. Man musste seine Waschschüssel sauber hinterlassen. Balidemaj nahm einen kleinen Schluck aus seinem Kanister zum Nachspülen. Dann schürzte er seine Lippen und schoss einen Wasserstrahl hinterher, um die letzten Schaumspritzer im Ausguss zu beseitigen. Mit seinem Lappen rieb er die restliche Feuchtigkeit von der Metallfläche.

Wie die meisten Wachen rasierte auch Wesley sich deshalb

trocken. Manche nutzten ihre Duschzeit, um sich wenigstens ein Mal in der Woche nass zu rasieren. Wesley hatte das bei seinem eher spärlichen Bartwuchs nicht nötig. Die Klinge kratzte zwar, aber es war auszuhalten. Und er hatte extra gewartet, bis Wyslich weg war – aber auch Frese nahm die Steilvorlage gerne auf. »Unser Meyerchen! Ist das deine zweite Rasur, seit du hier bist, oder schon die dritte?«

Wesley verzog das Gesicht, als er die Klinge von der Nase zur Oberlippe runterzog. »Ich würde ja lachen, aber dann schneid ich mich noch«, sagte er.

Dabei hatte er tatsächlich ein Grinsen im Gesicht, den ganzen Tag schon. Er kriegte es einfach nicht weg – sogar hier drinnen nicht, wo er sonst immer das Gefühl hatte, Reichert zu begegnen, selbst wenn er nicht an Geister oder so was glaubte. Aber hier im Bunker fing er anscheinend damit an. Doch heute machte ihm nicht mal der Schlafmangel was aus, trotz Doppelschicht, die er hatte fahren müssen, um sich bei Buchele dafür erkenntlich zu zeigen, dass der für ihn eingesprungen war.

Frese, der sich neben ihm rasierte und dabei im Vergleich zu ihm Geräusche machte wie ein Rasenmäher, der sich durchs Unterholz grub, schien seine aufgekratzte Müdigkeit zu bemerken, als er ihm einen Blick zuwarf.

»Da denkt wohl jemand wieder an sein Mädchen, hm? Jetzt sag uns endlich, wie sie heißt! Und ob sie 'ne hübsche Freundin hat.«

Wesley lachte und verursachte damit einen kleinen Schnitt an seinem Kinn. »Wir haben uns nur unterhalten!«

»Vorher oder nachher?«

»Die ganze Zeit.«

»Die ganze Nacht?« Ob Freses Empörung gespielt oder echt

war, konnte Wesley nicht sagen. »Nur unterhalten? Meyerchen! Dann ist das ja 'ne traurige Geschichte.«

Lederer gab etwas Wasser aus seinem Kanister auf seine Zahnbürste, um sie zu reinigen. »Sagt ausgerechnet der, dem mal 'ne Frau dabei eingeschlafen ist!«

Frese grinste. »Was ist daran traurig?«, sagte er. »Sie hat mir vorher noch viel Spaß gewünscht.«

Nur Balidemaj fand diese Sprüche nicht komisch. Auch wenn Wesley kaum was von ihm wusste, er hatte noch nie einen sarkastischen Kommentar von Balidemaj gehört. Er schien ein ernsthafter Mensch zu sein. Und keiner, der sich in Zynismus flüchtete. Er packte seine Hygieneartikel zurück in seinen Kulturbeutel.

»Es ist hoffentlich nicht die Kleine von der Feier«, sagte Lederer mit einem Blick in den Spiegel, der dort Wesley traf.

Bevor Wesley antworten konnte, sagte Frese: »Jetzt fängt der auch noch an! Hat dich Wyslich angesteckt?« Frese äffte Wyslich nach: »›Lass bloß die Finger von den Privaten!‹, bla bla bla ...«

Wyslichs Warnung hatte Wesley für sich schon abgehakt. Dass die privaten Bediensteten nicht nur zum Putzen hier waren, mochte stimmen, aber das traf nicht bei Janja zu, wenn sie Theissens Tochter war. Hätte Theissen seine Töchter angefasst, wäre er noch vor Kriegsausbruch tot gewesen, dafür hätte Gabriel gesorgt.

»Wyslich hat sich die Regeln nicht ausgedacht«, sagte Lederer. »Böhn auch nicht. Aber er muss sie durchsetzen! Und für uns gibt's keine Sonderbehandlung. Die Gründer haben da eine klare Linie gezogen. Es gibt das *Hotel* – und unseren Bereich. Wenn ein Gründer sich eine Kellnerin krallt oder eine Krankenschwester, ist das eine Sache. Aber wir nehmen uns nichts von denen. Alles im *Hotel* ist tabu. Auch die Privaten.«

»Ist ja gut«, sagte Frese. »Dann hör einfach weg, okay? Und du erzähl mal von deinem Mädel!« Er schaute Wesley an.

»Da gibt's nicht viel zu erzählen«, sagte Wesley. »Sie ist nett und ich mag sie.«

Frese lachte. »Und wie hast du das rausgefunden? Als ihr euch gegenseitig die Nägel lackiert und euch aus euren Poesiealben vorgelesen habt?«

»Frese ist nur neidisch, weil er für Sex zahlen muss«, sagte Lederer.

»Jetzt halt doch mal die Schnauze und lass unseren jungen Freund hier ausreden!«

»Das war's schon – es ist nichts gelaufen«, sagte Wesley grinsend.

»Dafür grinst du mir zu breit!«, sagte Frese zu Wesleys Spiegelbild, während Balidemaj mit seinen Sachen an ihnen vorbei zu den Pissoirs ging.

»Natürlich ist nichts gelaufen«, sagte Lederer. »Sonst hättest du längst alles ausgepackt. Ich weiß noch, wie Frese seine Jungfräulichkeit verloren hat. Der hat schon angefangen zu reimen, wenn er an die Frau nur gedacht hat. Dabei hat die kaum durch die Tür gepasst.«

Frese lachte. »Ich mag's eben, wenn sie kräftig sind. Außerdem, wer sagt denn überhaupt, dass unser Meyerchen noch Jungfrau ist? Bist du noch Jungfrau, Meyerchen?«

»Das würde dir so passen, dass ich darauf antworte.«

»O Gott, er ist noch eine! Das ist ja unglaublich. Überlebt das Ende der Welt, aber ist noch Jungfrau! Du musst die Kleine unbedingt knallen! Hör bitte auf mich!«

»Das ist nicht witzig, Frese!«, sagte Lederer ernst, und dann zu Wesley: »Also hör bitte nicht auf ihn!«

Wesley wusste, dass Lederer es nur gut meinte. Private waren eben tabu und höchstens Böhn konnte etwas daran ändern. Wenn überhaupt.

Etwas anderes verunsicherte Wesley genauso sehr. Wenn Theissen Janjas Vater war, dann kontrollierte er womöglich auch, mit wem sie sich hier drinnen einließ – auch wenn er sie offiziell nicht als seine Tochter anerkannte. Er würde also nicht nur sich in Gefahr bringen, wenn er Janja weiterhin traf, sondern auch sie.

Wesley legte seine Rasierklinge auf die Waschschüssel und nickte Lederer zu. »Okay.«

Der klopfte ihm im Vorbeigehen auf die Schulter. Dann schubste er Frese an. »Komm! Geben wir dem Kleinen mal ein bisschen Freiraum. Nicht dass er sich noch mal schneidet.«

Als die beiden den Waschraum verließen, kam Buchele aus der Dusche. Er rubbelte sich mit seinem Mikrofasertuch die kurzen Haare trocken.

»Wenn du meinen Rat willst – nichts gegen Frese, aber hör auf Lederer.« Er band sich das Tuch um die Hüfte.

Wesley nickte, um das Thema zu beenden. Er drückte ein Stofftaschentuch auf die kleine Wunde an seinem Kinn und sagte: »Weißt du schon was Neues wegen dem Auge?«

Buchele lehnte sich an den Türstock. »Böhn hat dem *Rat der Gründer* davon berichtet.«

»Wie haben sie reagiert?«

»Ein paar waren sehr schockiert. Ein paar waren es nicht.«

»Und was heißt das?«

»Momentan heißt das noch gar nichts – außer, dass vier Gründer anscheinend kein Problem damit haben, wenn man ihnen ein mit dem Mund aus der Augenhöhle gesaugtes menschliches Auge präsentiert.«

Wesley dachte darüber nach. »Und wie geht's jetzt weiter?«

Buchele lachte freudlos auf. »Darüber will sich der *Rat der Gründer* erst mal beraten – wie der Name schon sagt.«

Wesley betrachtete den Blutfleck auf seinem Taschentuch. Dann schaute er wieder Buchele an. »Hier wird jemand gefoltert, vielleicht sogar getötet. Und offenbar juckt es niemanden und niemand stellt Nachforschungen an. Sag mal, ist dir das egal?«

»Wir machen hier nicht die Regeln«, sagte Buchele. »Wir befolgen sie. Dafür dürfen wir hier leben.« Damit wandte er ihm den Rücken zu. »Mach's wie ich. Kümmer dich um deine Angelegenheiten. Und vergiss die Private, mit der du dich eingelassen hast!«

Wesley ging zur Tür – das wollte er so nicht stehen lassen. Er rief Buchele hinterher: »Mein Bruder hat sich auch nicht an die Regeln gehalten!«

»Und deswegen ist er auch tot«, sagte Buchele, ohne sich umzudrehen.

18

Den ganzen Tag lang konnte Janja an nichts anderes denken. Es war ein Wunder, dass sie bei der Arbeit keine Fehler machte. Einmal fiel ihr beim Staubwischen fast eine Jugendstilvase runter – aber Janja konnte sie gerade noch festhalten. Danach konzentrierte sie sich auf jede Kleinigkeit: dass die Kopfkissen akkurat aufeinandergestapelt waren, wenn sie das Bett machte; dass jede Zahnbürste im Bad im richtigen Becher steckte, jedes Weinglas im Familienzimmer glänzend poliert war. Es durfte ihr einfach kein Fehler unterlaufen – nichts durfte ihr dazwischenkommen, denn sie wollte heute Nacht zur verabredeten Zeit in der Jacht sein.

Als sie Stunden später endlich ihre Hand auf den Türöffner legte, fühlte sie sich wie eine Marathonläuferin im Ziel. Sie freute sich richtig, dass die Geheimtür sofort aufging. Sie war also früher dran als Wesley. Sofort überlegte sie, womit sie ihn überraschen könnte. Mit einem Cocktail und der passenden Musik? Wie in einer dieser uralten Sitcoms – wo der Mann nach einem stressigen Tag von der Arbeit heimkam und die Frau ihn umsorgte, als hätte er gerade ein Erdbeben oder ein Attentat überlebt? Es hätte etwas Ironisches: altmodisch, aber auch schön heimelig.

Doch so gut kannten sie sich noch nicht. Sie hatten sich nur ein paarmal gesehen und waren gerade erst dabei, eine gemeinsame Ebene zu finden. Janja fiel kein einziger Junge von früher ein, der sich auch diese alten Fernsehserien angeschaut hätte. Die Jungs in ihrem Internat hatten ihre Freizeit mit Fantasy- oder Kriegsspielen verbracht, wenn sie allein waren. Oder mit YouTube-Videos. Wahrscheinlich wüsste Wesley nicht mal, worauf sie anspielte, wenn sie plötzlich mit einem dekorierten Cocktail vor ihm stünde. Sie hätte ihm das mit den alten Serien erst mal erklären müssen.

Etwas Besseres fiel ihr aber auch nicht ein. Mit jeder Minute, die verging, wurde sie noch unsicherer, worüber sie sich überhaupt unterhalten sollten, wenn Wesley endlich hier wäre. Sie konnte ihn ja nicht mit einem Kuss empfangen, oder doch?

Irgendwann war sie fast erleichtert, dass er nicht auftauchte. Es war ihr erstes richtiges Date und es wäre womöglich eine Katastrophe geworden.

Trotzdem wartete sie noch eine weitere Stunde – mit dem Rücken zur Bar und dem Blick auf die Monitore am Eingang. Aber sie wurde immer müder. Sie hinterließ Wesley eine Nachricht: dass ihm wohl etwas dazwischengekommen war und sie es deswegen morgen zur gleichen Zeit noch mal versuchen werde.

In der nächsten Nacht lag ihre Nachricht immer noch auf der Bar, wo sie Wesley sofort hätte auffallen müssen. Eine Antwort fehlte. Und die Schokolade, die sie gestern mitgebracht hatte, war nicht angerührt worden.

Auch in der nächsten Nacht kam sie mit einem mulmigen Gefühl und wenig Hoffnung hierher. Sie wartete wieder zwei Stunden und hinterließ eine weitere Nachricht. Dann schlich sie zurück durch die Gänge und Treppenhäuser, bis sie schließlich wieder auf der Matratze in ihrer Kammer lag.

Was mochte passiert sein? Gab es wieder einen Krankheitsfall und Wesley musste Doppelschichten schieben? Oder hatte sich der Dienstplan seiner Kollegen geändert und er konnte sich nicht mehr aus dem Quartier stehlen? Dass seine falsche Identität aufgeflogen war, kam ihr auch in den Sinn. Sie begrub den Gedanken schnell wieder. Manchmal, wenn sie unsicher war, wurde sie abergläubisch. Sie wollte es nicht heraufbeschwören.

In der nächsten Nacht konnte Janja die Suite nicht verlassen. Frau Theissen hatte Schwierigkeiten, einzuschlafen. Sie kam zu ihr in den Arbeitsbereich und Janja bereitete ihr einen Tee.

»Hättest du Lust auf eine Partie Backgammon?«

Es war nicht nur ungewöhnlich, sondern völlig neu, dass Frau Theissen etwas Derartiges vorschlug. Janja zögerte. Sie sagte, dass sie das Spiel noch nie gespielt hätte. Es schien ihre Herrin nur zu bestärken. Frau Theissen erklärte ihr geduldig die Regeln, dann spielten sie eine Probepartie, bis Janja mit dem Spielfeld und den Steinen vertraut war. »Du musst mich auch nicht gewinnen lassen.«

»Das tu ich nicht«, sagte Janja sofort.

Frau Theissen lächelte. Das kam in letzter Zeit häufiger vor. Auch dass sie so aufmerksam gegenüber Janja war. »Ich weiß«, sagte sie. »Jetzt noch nicht. Aber ich bin keine gute Spielerin. Das wirst du bald merken. Deswegen sag ich es.«

Am nächsten Morgen schickte Frau Theissen sie ins Krankenhaus, um ihre Tabletten auffüllen zu lassen. »Ich nehme sie nicht jede Nacht«, sagte sie. »Aber ich finde es beruhigend, wenn sie neben dem Bett liegen. Der Tee gestern hat auch geholfen.«

Natürlich musste sich Frau Theissen vor ihr nicht rechtfertigen. Das wussten sie beide, aber sie hatte anscheinend Gesprächsbedarf. Janja nutzte die Chance und erzählte ihr von Bea. Über Wesley wollte sie noch nicht reden, vielleicht irgendwann mal, je nachdem, wie sich das Verhältnis zu ihrer Herrin weiterentwickelte.

Bea, sagte Janja, würde ja inzwischen für den Vorsitzenden Finck persönlich arbeiten – wegen dessen Rückenleiden. Ob Frau Theissen ihr vielleicht Grüße ausrichten könne, wenn sie heute Abend zum Empfang für die Familien des Gründerrats gehen werde. Natürlich nur, falls Bea ihr in Fincks Etage zufällig über den Weg laufen sollte.

»Selbstverständlich mache ich das, Janja«, sagte Frau Theissen. »Gerne sogar.«

In der kommenden Nacht, nach ihrer Rückkehr vom Empfang, schlief Frau Theissen wieder ohne Probleme ein. Allerdings hatte sie so viel getrunken, dass Janja es als unpassend empfand, sie vorher zu fragen, ob sie Bea auf dem Empfang begegnet war. Also gab sie sich einen Ruck und fragte Vanessa nach ihr, bevor diese ins Medienzentrum aufbrach. Nachts war dort in der Regel am wenigsten los. Zwar hatte Vanessa ihre eigene Box und hätte jederzeit spielen können, aber Vanessa schottete sich immer weiter ab und wollte sogar auf dem Weg dorthin möglichst keinem Menschen begegnen.

»Die Krankenschwester?«, fragte sie. »Du meinst die hübsche Asiatin mit den langen Haaren? Nein, die hab ich nicht gesehen. Mir ist auch nicht aufgefallen, dass Herwig Finck Schmerzen hatte. Ich hab ihn selten so gut gelaunt gesehen wie heute. Getanzt hat er auch. Sogar mit meiner Mutter – und das will was heißen!«

Nachdem Vanessa ins Medienzentrum gegangen war, wartete Janja noch eine halbe Stunde, um ganz sicherzugehen. Dann brach sie auf. Aber auch diesmal war Wesley nicht in der Jacht. Sie schrieb ihm, dass er sich bitte melden solle. Dass sie sich Sorgen mache. Zwischenzeitlich suchte sie den Raum nach Hinweisen ab, ob Wesley vielleicht doch einmal da gewesen war. Aber sie hatte die Flaschen in den Kühlschränken nicht gezählt. Jetzt merkte sie sich die leeren, die danebenstanden, weil das leichter war, es waren sechs.

Die Gläser, die sie bei ihrem überstürzten Aufbruch zurückgelassen hatten, hatte Janja bei ihrem nächsten Besuch abgespült und zurückgestellt. Falls Wesley danach noch eines benutzt hatte, hatte er es zwischenzeitlich sauber gemacht. Selbst die Handtücher im Wandschrank lagen noch genauso gefaltet und unbenutzt neben den Bademänteln. Die AR-Maske lag voll aufgeladen in ihrem Etui. Auf den Armaturen am Whirlpool fanden sich keine sichtbaren Fingerabdrücke.

Kurz dachte Janja daran, dass Wesley ihr *in der* AR eine Nachricht hinterlassen haben könnte. Da sie dieselbe Maske benutzt hatten, wäre das zumindest möglich. Nur war es wenig wahrscheinlich, nachdem er sich dort nicht wohlgefühlt hatte. Würde er die AR ein zweites Mal ausprobieren – und das ohne sie?

Bei ihrem nächsten Besuch in der Jacht sah Janja dann doch auch draußen auf Deck nach. Sie fand den Liegestuhl, auf dem sie sich gesonnt hatte, noch genauso vor, wie sie ihn zurückgelassen hatte: leicht zur Seite geschoben, die Rückenlehne zurückgeneigt, den Sonnenschirm ganz hoch gestellt. Janja stieg die Stufen hinab zum Beiboot. Auch hier entdeckte sie nichts Auffälliges. Sie machte die Leine los und den Motor an.

Dann fuhr sie rüber zur Insel – was erstaunlich einfach war, so als hätte sie das schon öfter getan. Etwa zwanzig Meter vom Ufer steuerte sie das Boot parallel den Strand entlang, bis sie zu einer Steilküste kam. Hier wehte ein kräftiger Wind. Die Brandung war laut und die Luft feucht von der Gischt, immer wenn sich die Wellen am Fels brachen.

Ein Mann in Jeans und weißem Hemd stand auf einem Felsen und blickte aufs Meer hinaus. Als er ihr Boot entdeckte, winkte er so vehement wie ein Schiffbrüchiger. Sie erschrak so sehr, dass sie eine 180-Grad-Wende machte und Vollgas gab. Nachdem sie sich beruhigt hatte und der Abstand groß genug war, drehte sie das Boot vorsichtig wieder um.

Der Mann saß genauso da wie zuvor. Er hatte indische Gesichtszüge und schulterlanges, leicht welliges Haar. Als er Janja erneut entdeckte, machte er dieselben Bewegungen wie zuvor: Aufstehen, Winken, Rufen, dabei den Mund mit den Händen abschirmend – es war, als würde er sie zum ersten Mal sehen.

Janja fuhr ein weiteres Mal davon und nach einer Weile wieder zurück. Das Ganze begann von Neuem. Der Mann gehörte also zur AR. Er war aber kein aktiver Teilnehmer, und die Maske erkannte, ob man diesen Spielweg – ein Schiffbrüchiger bittet einen um Hilfe – einschlagen wollte oder nicht. Wollte man das nicht, blieb der Mann passiv am Felsen zurück.

Vermutlich ließ sich diese Figur sogar nachjustieren. Bea hatte ihr erzählt, dass man das Erscheinungsbild der Avatare in *Time Jump* nach Belieben verändern konnte, auch ihren Charakter. Man konnte sogar reale Personen in die AR hochladen, wenn man genügend Daten von ihnen hatte.

Als Janja bei Sonnenuntergang das Beiboot wieder an der Jacht festmachte, fand sie in dem kontrastreichen Licht tatsächlich eine fast unscheinbare Spur von Wesley. Allerdings eine alte: zwei Handabdrücke, wo er sich an der Reling festgehalten hatte. In unregelmäßigen Abständen fand sie weitere Handabdrücke an der Reling – dort, wo er sich auf seinem Rundgang um die Jacht kurz abgestützt hatte. Janja war trotzdem froh darüber. Es bestätigte ihr zumindest, dass dies ihre gemeinsame AR war und auch sie für ihn Spuren hinterlassen konnte, oder eine Nachricht.

Janja zog ihre Bluse aus und rollte sie zusammen. Sie legte sie wie einen Kreis auf die Sonnenliege. Dann löste sie die Feststellknöpfe vom Sonnenschirm der Liege und platzierte sie wie Augen in die obere Hälfte des Kreises. Mit einem zusammengerollten kleinen Handtuch formte sie einen Smiley-Mund. Sie zog ihm noch die Mundwinkel nach unten, bevor sie den Schalter an der Maske betätigte.

Auf dem Rückweg schaute Janja im Medienzentrum vorbei. Diesmal waren sogar nachts zwei Drittel der Boxen belegt. In der Tag- und der Spätschicht arbeiteten mittlerweile fünf Betreuer: zwei Krankenschwestern, zwei Techniker und ein Mann am Empfang, der nur die Belegzeiten koordinierte – in der Nachtschicht jetzt waren es immer noch drei Betreuer. Nachdem sie selber die AR ausprobiert hatte, konnte Janja den Andrang verstehen. Sie fragte nach Vanessa, gab ihren Berechtigungscode ab und wartete auf dessen Überprüfung. Dann sagte der Koordinator, dass Vanessa noch mehr als drei Stunden Aufenthaltszeit eingetragen hatte.

Janja bedankte sich. Als sie nach draußen ging, begegnete ihr Elroe, die private Fachkraft, die sie neulich nachts im Flur gesehen hatte. Elroe nickte ihr zu und Janja hielt ihr die Tür auf. Dann sagte Janja nach kurzem Zögern: »Entschuldige! Ich hab mich dir noch gar nicht richtig vorgestellt. Ich bin Janja. Wir leben auf derselben Etage.« Sie reichte ihr die Hand.

»Elli«, sagte Elroe distanziert.

Janja zog etwas beschämt ihre Hand zurück. »Ich weiß. Wir sind uns schon ein paarmal über den Weg gelaufen.«

Elli lächelte kühl. »Schön, dich kennenzulernen, Jan… Janja?«

»Ja. Richtig.« Janja lächelte zurück.

Elli deutete auf die Boxen, von denen eine gerade geöffnet wurde. »Ich hab's leider eilig. Du sicher auch.«

»Natürlich«, sagte Janja. Sie konnte noch sehen, wie ein Betreuer einem Spieler aus seinem Anzug half, dann fiel die Tür hinter Elli zu.

Zurück in der Suite, fand Janja Frau Theissen in ihrem Arbeitsbereich, wo sie sich einen Tee bereitete. Janja hatte sofort Schuldgefühle und wollte ihr zur Hand gehen. Aber Frau Theissen winkte ab. »Schon in Ordnung. Möchtest du auch?« Sie zeigte auf die Kanne.

Janja war zu verblüfft, um sofort zu antworten. »Gern«, sagte sie schließlich.

»Ich habe einen Kater, ich habe zu viel getrunken. Aber es war ein schöner Empfang. Wir haben sogar getanzt!«

»Das freut mich«, sagte Janja.

»Ach, und diese Krankenschwester – das ist ja eine bezaubernde Person. Und eine fantastische Physiotherapeutin, wusstest du das? Herwig hat getanzt wie ein Zwanzigjähriger.« Sie schmunzelte. »Zwar wie ein Zwanzigjähriger mit zwei linken Füßen – trotzdem, es grenzt fast an Wunderheilung, was sie da geleistet hat. Bea, richtig?«

»Ja«, sagte Janja. »Beatrice Wang. Hat Vanessa auch getanzt?«

Frau Theissen winkte ab. »Die konnte es kaum erwarten, wieder in ihre Parallelwelt abzutauchen.«

»Kamen Sie dazu, Bea Grüße von mir auszurichten?«, fragte Janja.

»Natürlich«, antwortete Frau Theissen mit einem Lächeln. »Aber sie konnte sich gar nicht an dich erinnern, Schätzchen. Zucker?« Sie schob ihr die Schale mit dem braunen Kandis rüber.

Auch in der kommenden Nacht traf sie Wesley nicht in der Jacht an. Das Handtuch-Smiley lag draußen in der AR unberührt auf der Sonnenliege. Zurück im Innenraum, schlug Janja den Schreibblock auf, um Wesley diesmal eine längere Nachricht zu hinterlassen. Sie stutzte, als sie sah, dass die oberste Seite schon beschrieben, aber jedes Wort wieder ausradiert worden war.

Janja nahm den Bleistift und fing an, die Druckstellen zu schraffieren. Als sie Wesleys Worte wiedererkannte – die er ihr anscheinend nicht hatte sagen wollen, die dann aber doch nach seinem ersten Ausflug in die AR aus ihm herausgeplatzt waren –, fasste Janja neuen Mut. Sie durchsuchte noch einmal den ganzen Raum. Und diesmal fand sie einen Hinweis, dass Wesley zwischenzeitlich da gewesen war.

Es standen nicht mehr nur sechs, sondern sieben leere Bierflaschen neben dem Kühlschrank. Aber Wesley hatte ihr keine Nachricht hinterlassen. Dabei musste er *ihre* Nachrichten gesehen haben. Was bedeutete das? Hatte er das Interesse an ihr verloren? Eine andere kennengelernt? Anscheinend war sie ja nicht gerade bemerkenswert. Sogar Bea hatte sie schon vergessen.

Aber wortlos stehen lassen wollte Janja sein Schweigen auch nicht. Sie riss das schraffierte Blatt aus dem Block und legte es zerknüllt daneben. Dann schrieb sie trotzig etwas auf das darunterliegende Blatt: *Vielleicht sehen wir uns ja auf der nächsten Feier.*

Sie wollte aus dem einen Punkt schon drei Punkte machen. Aber dann schrieb sie stattdessen noch etwas dazu:

Oder auch nicht!

19

Der Wachdienst im Wasserreservoir war angenehmer gewesen, doch die Arbeit in der Müllverwertung hatte auch Vorteile. Einer davon: Ein Timothy Hamlin würde hier nie auftauchen. Dafür war der Gestank zu übel. Obwohl man sich sogar daran gewöhnen konnte, fand Wesley.

Ein weiterer Vorteil: Er hatte Gesellschaft – nette Gesellschaft, nicht so ruppig wie die Ex-Soldaten, mit denen er sonst seine Zeit verbrachte. Da war Asiya, die Chemikerin, ihr Freund Severin, ein Recycling-Experte, und Walter, der bestimmt schon fünfzig war, mit einem Gesicht wie aus Leder und einem Bauch so hart und groß wie ein Medizinball. Er bediente die Gerätschaften und regelte den Abtransport des Mülls. Doch das Highlight hier war eindeutig Nicki. Er war so etwas wie das Maskottchen der Gruppe. Wobei Nicki mit mehr Respekt behandelt wurde als Wesley von seinen Kollegen im Wachdienst, für die er nur »das Meyerchen« war.

Doch Nicki war auch anders, viel, viel tougher. Er war erst zwölf – sagte er zumindest –, dabei kannte er vermutlich mehr Schimpfwörter als der Rest von ihnen zusammen. Mindestens einmal pro Schicht musste Wesley laut loslachen, wegen der ungewöhnlichen Aneinanderreihung dieser Schimpfwörter. Allein deswegen vermutete er, dass Nicki älter war als zwölf, doch wer konnte das schon nachprüfen? Vielleicht hatte Nicki sein wahres Alter auch selber vergessen. Es gab ja eigentlich keinen Grund, dass er sie deswegen anlog. Denn im Gegensatz zu Wesley hatte Nicki ganz offiziell im Bunker bleiben dürfen. Auch er hatte sich hier reingeschmuggelt.

Wie genau, das kaufte ihm keiner so richtig ab. Die Geschichte klang zu simpel. Angeblich hatte er es auf das Gelände des *Le Grand* geschafft, nachdem die ersten Wachen am Zaun sich aus dem Staub gemacht hatten. Nicki hatte sich nur was zu essen zusammenklauen wollen. Doch dann war die Panik ausgebrochen und keiner hatte ihn beachtet. So hatte er sich noch vor dem Lockdown in den Bunker gemogelt – und gefunden hatte man ihn erst sieben Tage später.

Sein Gestank hatte ihn verraten. Nach eigenen Angaben hatte Nicki vor zwei Jahren das letzte Mal geduscht, kurz bevor er aus einem Kinderheim abgehauen war. Dass er hier als Müllsortierer mithelfen könne, hatte er Böhn selber vorgeschlagen. Mit Müll kannte Nicki sich aus wie wahrscheinlich keiner hier, Profis wie Walter oder Severin mal ausgenommen. Aber Nicki hatte sich zwei Jahre lang nur von Müll ernährt – wenn auch von dem besten Müll, den es in der Gegend gab, Fünf-Sterne-Müll, wie er es nannte, der direkt aus den Villen kam.

Böhn hatte diesen Vorschlag wohl erst für einen Scherz gehalten, aber Nicki war es ernst damit. Er bestand darauf, sich seinen Aufenthalt im Bunker zu verdienen – so als wäre das nichts weiter als ein unglückliches Missverständnis, dass er überhaupt hier gelandet war.

Nicki schlug auch vor, in der Müllverwertung zu schlafen – es würde ihn an sein Zuhause erinnern, womit er einen Abfallcontainer meinte, den er eines Nachts geklaut und in den Wald gezogen hatte, um sich daraus eine Notunterkunft für Regentage zu bauen.

Es waren Ausschmückungen wie diese, über die Wesley stolperte. Wie viele Regentage, die diese Bezeichnung verdienten, hatte es in den letzten zwei Jahren im Frankfurter Raum gegeben? Man brauchte keine zwei Hände, um sie abzuzählen.

Aber was machte das schon? Nickis Geschichte war so unglaublich wie amüsant. Und Nicki hatte auch nicht zu viel versprochen: Er arbeitete sich mit einer Geschwindigkeit durch die täglichen Müllmengen, dass sogar Walter beeindruckt war. Außerdem war Walter natürlich froh darüber, dass er sich nun nicht mehr selber die Hände schmutzig machen musste. Severin ging es bestimmt ähnlich.

Auf Böhns Frage, ob ihn der Gestank denn nicht stören würde, hatte Nicki nur gemeint, dass er ja sonst wohl kaum selber so riechen würde. Auch das war ein Lacher. Man musste den kleinen Kerl einfach mögen. Gleichzeitig kam man ihm besser nicht zu nahe.

Laut Buchele hatte es Böhn wohl am meisten beeindruckt, dass Nicki keinen Funken Angst vor ihm gezeigt hatte. Auch schien Nicki die komplette Zerstörung der Welt da draußen recht sportlich zu nehmen. »Schon scheiße irgendwie, aber kann man ja nichts machen«, hatte er mit einem Schulterzucken geantwortet, als Wesley ihn mal darauf angesprochen hatte.

Diese Gleichgültigkeit hatte Wesley ihm ebenfalls nicht ganz abgekauft. »Und was ist mit dem Wald, wo du gelebt hast – vermisst du den gar nicht?«

Nicki hatte es schließlich doch zugegeben. Ja, das tat er – was für Wesley bewies, dass die coole Nummer, die Nicki hier abzog, nur gespielt, das mit dem Wald aber echt war. Wesley glaubte Nicki dessen Geschichte ungefähr zu sechzig Prozent. Das reichte völlig. Nickis Lügen musste Wesley nicht aufdecken. Davon hatte er selber genügend zu verbergen.

Gelegentlich hatte er ein schlechtes Gewissen wegen Nicki. Wesley stieg ja nur aus seiner engen, gläsernen Aufseherkabine zu ihm ins Auffangbecken hinunter, wenn Nicki ihm ein Zeichen machte, weil er im Müll etwas Verdächtiges entdeckt hatte. Manchmal fanden sich dort Medikamente. Die mussten genauso wie Essensreste aussortiert werden, um den Recycling-Kreis nicht zu kontaminieren. Aber auf so was wie das Auge, das Buchele in einer Ziplock-Tüte zu Böhn gebracht hatte, war Nicki bisher nur ein Mal gestoßen.

Während Nicki also die kompostierbaren Materialien aus dem restlichen Dreck klaubte – damit Asiya sie mit Würmern anreichern konnte, die den Zersetzungsprozess beschleunigten –, bestand Wesleys Job vor allem daraus, den anderen beim Arbeiten zuzuschauen. Selbst wenn er deswegen ein schlechtes Gewissen hatte – sein Posten war definitiv zu angenehm, um ihn dafür aufzugeben.

Nicht dass ein Walter oder Severin sich über ihn beklagt hätten. Ihnen war ja nicht klar, dass Wesley die Identität seines Bruders angenommen hatte, um im Bunker zu bleiben. Auch Nicki wusste das nicht. Aber Wesley fand, dass Nicki sich im Vergleich zu ihm auf fast schon anständige Art hier reingestohlen hatte – und jetzt arbeitete Nicki sich die Finger dafür blutig, dass er hierbleiben durfte. Selbst wenn das Nicki wirklich Spaß machte – denn so sah es tatsächlich aus, so emsig, wie er sich durch den Müll grub. Aber vielleicht war ja auch das nur eine Show: Wesleys Job würde ihm vermutlich noch viel mehr Spaß machen.

Insgeheim schämte sich Wesley ein bisschen, dass er jetzt erst merkte, wie privilegiert er war. Alles, was er tun musste, war aufpassen, dass hier keine krummen Dinger abliefen. Dass hier intern nichts geklaut und von extern nichts entsorgt wurde. Genau ein Mal war so etwas bisher passiert: mit dem Auge.

Bisher hatte Wesley sich in diesem Bunker für den Underdog gehalten. Buchele und der Rest der Wachtruppe waren in allem um Lichtjahre erfahrener und besser als er. Die Gründer waren sowieso fein raus. Sie hatten hier alles finanziert und durften sich nun bedienen lassen. Das war anscheinend der Lauf der Welt – auch nach dem Ende der Welt. Er selbst dagegen fühlte sich als ein Betrüger, der auf Pump hier lebte – weil die Kollegen seinem toten Bruder einen Gefallen taten.

Janja hatte recht gehabt: Es gab keinen Grund, die Gründer für ihre Dekadenz zu verachten. Wenn die sich nicht bedienen lassen und ihr Zeug selber wegräumen würden, hätten alle anderen hier nichts zu tun. Gut möglich, dass dies hier das falsche System war. Aber es hielt auch ihn am Leben.

Was Wesley etwas verwunderte, war, dass Nicki so viel redete. Er hatte sich ihm als »Überlebenskünstler« vorgestellt. »Sternzeichen Ratte. Aber mit dem Herz einer Kakerlake!« Er sagte ständig solche Sachen und hatte auch für seinen Redeschwall eine Erklärung: Die letzten Jahre hätte er ja vor allem Selbstgespräche geführt – jetzt gab es anscheinend etwas aufzuholen.

Trotzdem schien es Wesley fast, dass Nicki sich mit seinem Gerede die anderen eher vom Leib halten wollte. Sogar Asiya, die auf eine vertrauenerweckende Art hübsch war und so hilfsbereit, als wäre sie mit einer Handvoll jüngerer Geschwister aufgewachsen. Sie war mit ihren dreißig Jahren so ziemlich das genaue Gegenteil von Furcht einflößend und der Typ junge

Lehrerin, in die man heimlich verliebt war und die einen begeistern konnte, obwohl der Unterrichtsstoff einen eigentlich langweilte.

Wesley hatte das Gefühl, dass Nicki nicht mal Asiya traute. »Ich mach das schon«, war seine Standardantwort, wenn jemand anders ihm zur Hand gehen wollte. »Ich ruf dich, wenn ich Hilfe brauche«, schob er meist noch hinterher, so als fürchte er, Severin oder Walter mit seinem Fleiß vor den Kopf zu stoßen.

Darüber musste er sich eigentlich keine Gedanken machen. Für die anderen war Nicki ein Gewinn. Sogar Jonas Bayer war zufrieden, nachdem Böhn ihm ein Video gezeigt hatte, auf dem zu sehen war, mit welchem Eifer Nicki in der Müllverwertung unterwegs war.

Vielleicht hatte Nicki wirklich zu lange alleine gelebt, dachte Wesley. Wenn er tatsächlich im Wald, unter Brücken, in der Kanalisation oder in Müllcontainern gehaust hatte, musste er sich vermutlich erst wieder an Gesellschaft gewöhnen. Als er Nicki jetzt, fünf Minuten vor Dienstschluss, durch die Glasscheibe seiner Aufseherkabine beobachtete, kam ihm seine Begegnung mit Vanessa vor einer Woche in den Sinn.

Vanessa stand hier alles zur Verfügung, was dieser Bunker überhaupt zu bieten hatte. Nicki dagegen hatte gar nichts, außer einem kümmerlichen Schlafplatz neben dem Müll und dem Essen, das er darin fand. Aber beide – Vanessa genauso wie Nicki – waren vermutlich noch einsamer als Wesley in den letzten Tagen, seit er versuchte, Janja zu vergessen. Was ihm nicht gelang. Aber er bemühte sich. Er musste es. Und es war eine Qual.

Was Vanessa anging, war es leicht, in ihr nur ein reiches, verzogenes Mädchen zu sehen. Ihre Arroganz machte es einem noch leichter. Doch für Gabriel war sie eine zerbrechliche Seele gewesen, die ohne Liebe aufgewachsen war – wie Nicki sicher auch, wenn er erst in einem Heim gelandet und dann auch noch daraus abgehauen war.

Bei ihrer letzten Begegnung hatte er den Eindruck gehabt, dass es Vanessa noch unglücklicher machte, wenn sie ihn sah. Auch er war oft traurig und dachte häufig an seinen Bruder. Vanessa hatte ihm schließlich erzählt, dass es ihr gelungen war, eine Version von Gabriel in *Time Jump* hineinzureplizieren. Sie hatte aber noch gar nicht richtig mit dem Spiel angefangen, sondern verbrachte ihre Stunden in der AR damit, Gabriels Avatar zu verbessern. Sie hatte für sich einen eigenen Erzählstrang entwickelt. Unweit der Höhle, in der sie sich mit anderen verstecken muss, hat sie am Fluss einen bewusstlosen Fremden gefunden. Nun trat Vanessa anscheinend immer auf dieselbe Art in die AR ein: Es ist frühmorgens, die anderen schlafen noch, sie schleicht aus der Höhle und zum Fluss. Dort füllt sie ihren Ledersack mit Wasser und sammelt unterwegs ein paar Beeren, während sie zu dem Lager im Wald geht, das sie für den Fremden errichtet hat – der von Tag zu Tag, von Spielzeit zu Spielzeit immer mehr zu Gabriel wird, nicht nur äußerlich, auch vom Charakter her. Das war ihr Leben hier im Bunker. Schlafen, essen, trinken – all das tat Vanessa nur, um wenigstens in der AR mit Gabriel zusammen zu sein. Sie erschuf sich und ihm dort tatsächlich eine eigene, alternative Welt. Deswegen ertrug sie es auch nicht, Wesley gegenüberzutreten. Weinend hatte sie ihm erklärt: Selbst wenn er nichts dafür konnte – er war ein Symbol dafür, dass Gabriel im *wahren* Leben tot war. In der AR konnte Vanessa das vergessen.

Nun hoffte er, dass Janja ihn vergessen würde. Wenn es ihm schon nicht gelang, sie zu vergessen … Er war eine Gefahr für Janja. Er war hier nur geduldet. Er durfte keinen Fehler machen, der zu seiner Entdeckung führte. Auch Janja durfte sich keine Fehler erlauben. Ihn weiterhin heimlich zu treffen, war definitiv einer. Wie er bestraft würde, sollte er vor den Gründern auffliegen, war klar: Man würde ihn aus dem Bunker werfen. Er könnte nicht so charmant wie Nicki behaupten, es wäre nur ein dummes Missverständnis, dass er hier gelandet war – und dann hinterherschieben, dass er selbstverständlich für seinen Aufenthalt hier arbeiten würde …

Für Wesley war dieser Zug schon lange abgefahren. Er hatte sich bis jetzt hier durchgemogelt und tat das immer noch. Vor den Gründern konnte er deswegen seine Karten nicht mehr auf den Tisch legen. Im Gegensatz zu Nicki hatte er sie betrogen.

Es gab noch einen Grund, warum er sich den Gründern nicht mehr stellen konnte: Böhn und seine Leute schützten ihn, indem sie sein Versteckspiel mitmachten! Er trug also auch für sie eine Verantwortung. Sollte er entdeckt werden, würde er jeden mit ins Verderben reißen, der ihn unterstützt hatte. Was mit renitenten Wachen passierte, hatte man an Reichert gesehen. Reichert hatte sich ja nicht umgebracht, weil er etwa an einer Depression litt. Er hatte sich umgebracht, um seiner Bestrafung zu entgehen.

Es hing alles miteinander zusammen. Eine Private als Freundin zu haben, war eben verboten, wieso auch immer. Dies erschien einem vielleicht nur wie ein kleines Vergehen. Aber es war ein Stein, der eine ganze Lawine ins Rollen bringen konnte. Am Ende würde nicht nur er bestraft werden, – sondern auch die Wachen – und, was am schlimmsten war: Janja.

Weil er das auf keinen Fall zulassen konnte, durfte er sie nicht mehr sehen. Im Prinzip war es ganz einfach. Und eben ungeheuer schmerzhaft. Mit jedem Treffen brachte er Janja in Gefahr. Sie nicht wiederzusehen, war das Beste, was er für sie tun konnte. Er hatte ihr das schreiben wollen. Aber wie? Letztlich war es besser, gar nichts zu sagen: sich wie ein Arschloch zu benehmen, das sie einfach versetzt hatte – sie zu *ghosten*, auch wenn ihn das selber unglücklich machte. Doch dann würde sie ihn irgendwann hassen und schließlich vergessen.

Schon als er in der Jacht auf der Couch neben Janja eingeschlafen war, hatte er sich ein Leben ohne sie gar nicht mehr vorstellen können. An diesen Moment zu denken, tat immer noch weh – fast so weh, wie an den einen Kuss zu denken. Und es wurde nicht einfacher – wenn er zum Beispiel nachts in seiner Koje lag und sich fragte, was für einen Sinn das alles hier überhaupt noch hatte. Ging es im Leben wirklich nur ums pure Überleben?

Wenn er Nicki fragte, würde der das wahrscheinlich bestätigen. Nicki arbeitete auch jetzt noch weiter, obwohl Walter ihm schon zum zweiten Mal signalisiert hatte, dass Feierabend war.

Als Wesley über die Leiter aus seiner Kabine hinunterstieg, saß Nicki endlich auf seiner Pritsche. »Soll ich dir was zum Abendessen besorgen?«, fragte Wesley, während Asiya und Severin schon nach draußen gingen. Walter schloss hinten noch die Gerätschaften ab.

»Nein, danke«, meinte Nicki. »Hier gibt's genug.« Er deutete auf den Container mit den Essensresten, die auf keinen Fall in den Kompost gelangen durften.

»Ich weiß nicht, ob ich das könnte. Ekelst du dich gar nicht davor? Anderer Leute Reste zu essen – die diese halb abgenagt in den Müll geworfen haben?«

»Das kann jeder, wenn er muss«, sagte Nicki. »Hier wird sowieso zu viel weggeworfen. Wart's mal ab. In einem Monat hab ich so einen Bauch wie Walter. Außerdem bin ich das gewöhnt.«

Wesley lachte ungläubig. »Und wieso schläfst du hier? Wir könnten dich bestimmt auch irgendwo anders unterbringen.«

»Das ist schon in Ordnung«, sagte Nicki. »Hier geh ich niemandem auf den Sack – und keiner geht mir auf den Sack. Aber weil du gerade da bist – hast du mal was von *Time Jump* gehört? Asiya und Severin haben das erwähnt, aber ich hab's nicht ganz verstanden.«

Wieder lenkte Nicki von sich ab, dachte Wesley. Es war, als wäre sein Gerede, genau wie sein Gestank, eine unsichtbare Rüstung, die er sich bei Bedarf anlegte. Genauso auffällig fand Wesley, dass Nicki das gefundene Auge mit keinem Wort mehr erwähnt hatte. Als hätte er es nie gefunden. Anscheinend war Wesley der Einzige hier, der an ein Verbrechen hinter diesem Fund dachte.

»Das ist so was wie ein Computerspiel, nur in echt«, sagte Wesley. »Es simuliert unsere Welt in fünfzigtausend Jahren. Deswegen der Name, *Time Jump*.«

»Und worum geht's in dem Spiel?«, fragte Nicki. »Kannst du mir ruhig spoilern, ich werd's ja sowieso nie spielen.«

Wesley nickte. Er ganz sicher auch nicht. Obwohl er gerne seinen Bruder wiedersehen würde. »In Level 1 findest du dich anscheinend in einer Art Steinzeit wieder, mit wilden Tieren, Höhlenmenschen und so weiter. Es ist unbequem und gefährlich. Du bist Teil einer Sippe von etwa hundertzwanzig Menschen, die gerade dabei ist, zu groß zu werden. Deswegen verbannen die Stammesältesten etwa dreißig jüngere Stammesmitglieder, die darauf in die Fremde ziehen müssen, um dort einen neuen Stamm zu gründen – falls sie ihre Reise überleben sollten, was nicht sicher ist.«

»Und was, wenn man nicht überlebt?«, fragte Nicki.

»Dann tippt man auf *Reset*. Praktisch, was?«

»Was passiert in Level 2?«

Wesley ging zur Tür. »Erzähl ich dir nächstes Mal. Da geht's dann in Richtung Science-Fiction. Mit Raumschiffen und so weiter. Ziemlich abgedreht, aber vielleicht auch gar nicht so weit hergeholt.«

»Hey«, rief Nicki ihm hinterher. »Walter hat den Abtransport vergessen.« Er deutete auf die Container mit den nichtrecycelbaren Stoffen an der Wand. »Gestern auch schon. Vielleicht erinnerst du ihn mal dran.«

Wesley machte ein Daumen-hoch-Zeichen, bevor er durch die Tür und raus auf den Gang trat.

20

Sie brauchte einfach Gewissheit. Um einen Schlussstrich zu ziehen. Janja trabte dicht am Geländer die Stufen hinab. Ob sie jemandem auffiel, war ihr heute egal. Aber die Arbeitskräfte, die ihr nach Schichtwechsel von unten entgegenkamen, zeigten sowieso keinerlei Neugierde. Was kein Wunder war nach zwölf Stunden in der Schweinezucht oder einer der Hydrofarmen oder im Kanalsystem. Interessierte Blicke wie in den ersten Wochen begegneten Janja kaum noch in den Gängen. Auch sie hatte sich anfangs noch bei jeder Unbekannten, die ihr über den Weg lief, gefragt, ob sie eine Rolle in ihrem neuen Leben hier spielen würde. Es hatte was von Schuljahresbeginn gehabt, wo die meisten neuen Mitschüler oder Lehrer noch ein Geheimnis umgab. Doch inzwischen wusste jeder hier, mit wem er dienstlich zu tun hatte. Sollte sich nach dem dritten Hallo oder schüchternen Lächeln noch kein Gespräch mit einem Fremden ergeben haben, hörte auch dieser Fremde auf, einen zu grüßen. Irgendwann gab es keinen Grund mehr dafür.

Hier und jetzt war das Janja nur recht. Sie hatte nicht viel Zeit. In der Suite hatte sie nur eine knappe Nachricht hinterlassen: dass sie in etwa einer Stunde wieder zurück sei. Was genau sie erledigen musste – darauf war sie nicht eingegangen. Die Konsequenzen interessierten sie nicht, nicht jetzt. Sie musste einfach herausfinden, was passiert war. Es ließ ihr keine Ruhe.

Dass Wesley gerade Schichtende hatte, wusste Janja von Elli. Sie hatten sich angefreundet, nachdem Janja ihr in einer riskanten Situation hatte helfen können. Ellis Lover, ein Dienstkoordinator, hatte Elli in ihrer Suite aufgesucht und sich überstürzt wieder davonmachen müssen, als Ellis Herrschaften verfrüht aus dem Casino zurückkehrten.

Jetzt spürte sie wieder diese unglaubliche Wut in sich. Sie kam in Schüben, Janja hatte sogar schon einen Streit deswegen angefangen: mit einem Installateur, der den Abfluss in einem der Bäder reparieren sollte und nicht wirklich motiviert bei der Sache gewesen war. Janja hatte das in dem Moment für eine absolute Unverschämtheit gehalten und total überreagiert. Sie hatte den Mann so kalt abserviert, wie sie das früher bei ihrer Mutter beobachtet hatte – der Mann hatte danach völlig sprachlos vor ihr gestanden. Zehn Minuten später war der Abfluss repariert gewesen.

Auch über sich selber hatte Janja sich in den letzten Tagen oft geärgert, meist wegen irgendwelcher Kleinigkeiten. Etwa wenn sie in ein Zimmer kam und vergessen hatte, was sie dort eigentlich suchte. Immer spukte Wesley in ihrem Kopf herum. Sie konnte sich gar nicht mehr auf die Arbeit konzentrieren. Endlos dachte sie darüber nach, ob sie irgendeinen Fehler gemacht, Wesley irgendwie vor den Kopf gestoßen hatte. Vielleicht, indem sie ihn ohne Vorwarnung in die AR geschickt hatte? Was anderes wollte ihr einfach nicht einfallen. Aber so schlimm konnte das doch nicht gewesen sein, denn Wesley hatte sich danach immerhin mit ihr verabreden wollen!

Jetzt wollte Janja sich nicht mehr den Kopf darüber zerbrechen, sie hatte nur noch vor, diese Sache abzuhaken. Sie wartete auf Ebene -2 auf Wesley – keine zwei Schritte entfernt von der

Geheimtür zur Jacht. Dass Wesley kurz erschrak, als er aus der Müllverwertung kam und sie bemerkte, fühlte sich wie ein erstes kleines Erfolgserlebnis an. Janja kam gleich auf den Punkt: »Warum gehst du mir aus dem Weg?«

»Wer sagt das denn?«, antwortete Wesley kühl.

»Spiel nicht auf Zeit. Wenn du mich nicht mehr sehen willst, okay – aber ich hab ein Recht darauf, den Grund zu erfahren!«

Wesley seufzte. »Es ist viel los gewesen in letzter Zeit.«

Janja musterte ihn. Sie glaubte ihm kein Wort. »Tatsächlich?«

»Ja. Und ich hab jemanden kennengelernt. Wir sind jetzt zusammen.«

Janja nickte. Sie beherrschte sich, obwohl die Wut in ihr noch größer wurde. »Es wäre das Einfachste der Welt gewesen, mir genau das zu schreiben. *Sorry, ich hab jemanden kennengelernt, ich hoffe, wir können Freunde bleiben – oder auch nicht – bla bla bla!* Warum hast du das nicht getan?«

»Ich war zu beschäftigt.«

»Mit deiner neuen Freundin?«

»Auch.«

»Du hinterlässt mir eine Nachricht, ob wir uns wiedersehen können – superromantisch –, danach hilfst du mir auch noch aus der Klemme, als Vanessa kommt, und dann? Lernst du zufällig jemanden kennen und hast nicht mal Zeit, auf meine Nachrichten zu antworten – obwohl du neulich sogar in der Jacht warst, aber ohne sie! Dass ihr in jeder freien Sekunde Sex habt, kann also nicht der Grund sein!« Janja fixierte Wesley mit einem Blick, dem er nicht ausweichen konnte. »Ich will wissen, was passiert ist! Was hab ich getan, dass du dich wie ein Arschloch benimmst? Mich einfach ghostest!«

»Nichts. Ich hab nur das Interesse verloren.«

»Und wann genau? Auf dieser Feier hast du mich noch angebaggert wie ein Idiot – lass uns tanzen, lass uns tanzen! War dir da nur langweilig? Und jetzt ist plötzlich dieses Mädchen aufgetaucht? Wie heißt sie denn, die Gute? Oder musst du dir erst noch einen Namen ausdenken?«

Wesley stöhnte genervt. »Janja. Es tut mir leid, dass ich dir nicht geschrieben habe. Ich hab nicht gedacht, dass dir das so wichtig ist.«

Sie konnte es nicht glauben. »Sag mal, willst du mich jetzt komplett verarschen? War das nicht offensichtlich nach all den Nachrichten, die ich dir in der Jacht hinterlassen habe?! Ich hab die doch nicht aus Höflichkeit geschrieben! Ich hab mir Sorgen um dich gemacht!«

Wesley zuckte mit den Schultern. »Wie gesagt, sorry.«

Janja musste jetzt lachen, sie konnte nicht anders. »Sorry? Sorry?! Na dann! Du willst mich also nicht mehr sehen?«

»Nein.«

»Und die Jacht?«

»Gehört dir.«

»Und wo trefft ihr euch dann – bei ihr?«

»Ja. War's das? Die Kantine hat nicht ewig auf.« Wesley steuerte die Tür an, die ins Treppenhaus führte, aber Janja ließ ihn nicht vorbei. Sie packte ihn am Arm und drückte so fest zu, wie sie konnte. Leider hatte sie relativ kurze Fingernägel. Wesley schien auch nicht wirklich beeindruckt zu sein. Was sie noch wütender machte.

»Gut!«, sagte sie. »Dann stell sie mir bei der nächsten Feier bitte vor. Ich werd auch nicht sagen, was für ein Arschloch du bist. Im Gegenteil, ich werd ihr sogar sagen, dass du richtig nett bist. Süß. Vielleicht manchmal etwas zu bemüht cool, aber nicht so schlimm. Ich sag ihr auch nicht, dass du noch Jungfrau bist.«

»Was?!«

»Ooh! Schämst du dich etwa? Musst du nicht. An deiner Stelle würde mir was anderes Sorgen machen! Hattest du als Kind auch schon unsichtbare Freunde? Oder ist diese Schlampe hier die erste? Verarsch mich nicht! Verkauf mich nicht für blöd! Ich will, dass du mir in die Augen schaust und mir sagst, dass du mich nicht mehr sehen willst – weil du mich nicht mehr magst oder nie gemocht hast oder jetzt langweilig findest oder was auch immer! Aber sag es mir ins Gesicht! Vorher lass ich dich nicht gehen.«

Wesley schloss die Augen. Janja konnte ihn ausatmen hören. Auch er stand jetzt unter Strom. Gut!

»Alles klar. Wenn du unbedingt willst«, sagte er schließlich. »Ich liebe dich! Okay? Da hast du's! Ich liebe dich! Bist du jetzt zufrieden? Ich weiß, das kann man auch netter sagen. Aber ich *darf* das nicht! Weil wir uns nicht mehr treffen dürfen! Es ist zu gefährlich!«

Damit hatte Janja nun auch wieder nicht gerechnet. Aber das wollte sie sich nicht anmerken lassen. »Wieso?«, fragte sie. »Bist du vielleicht ein Werwolf? Überlass es gefälligst mir, zu entscheiden, was zu gefährlich für mich ist und was nicht! Hast du verstanden?«

»Ja, hab ich, aber du anscheinend nicht! Du entscheidest hier nämlich gar nichts – und ich auch nicht. Wir haben hier beide nichts zu melden, Janja. Ich begehe einen Regelbruch, wenn ich mich mit dir treffe. Was mir ja schnurzpiepegal wäre, wenn ich dich damit nicht reinziehen würde!«

Janja wollte etwas sagen, aber Wesley ließ sie jetzt nicht mehr zu Wort kommen: »Ja, ich weiß!«, sagte er. »Daran hab ich auch schon gedacht: Dann dürfen wir uns eben nicht erwischen lassen! Bisher hat das doch auch geklappt, oder? Ja, aber wir waren oft genug kurz davor! Das wird nicht ewig so weitergehen. Irgendwann sind wir fällig! Wir können nicht ständig Glück haben. Das ist statistisch unmöglich.«

Janja verschränkte die Arme vor der Brust. »Oho, ein Mathematiker! Statistisch unmöglich? Bist du fertig? Danke! Hast du vielleicht mal daran gedacht, dass es mir auch *schnurzpiepegal* sein könnte, ob ich hier die Regeln breche oder nicht!?«

Wesley machte einen Schritt auf sie zu. Sein Gesicht war jetzt direkt vor ihrem. »Ja, das hab ich, Janja. Es sollte dir aber nicht egal sein! Ich fliege hier raus, wenn es blöd läuft. Und wenn es noch blöder läuft, du gleich mit! Und komm mir jetzt nicht mit dieser Romeo-und-Julia-Nummer – Liebe ist stärker als der Tod und der ganze Quatsch! Ich stell dir gerne jemanden vor, der dir mal sagt, worum es in diesem Scheißbunker hier wirklich geht! Gleich da hinten, beim Müll – der Typ ist erst zwölf oder dreizehn und der Müll ernährt ihn, der Müll ist sein Zuhause. Und der Junge ist sogar scheißdankbar dafür. Denn nicht mal *so* ein Leben ist da draußen noch möglich! Weißt du, was passiert, wenn du hier verbannt wirst – in den paar Minuten deines Lebens, die dir dann noch bleiben, sobald sich da draußen die Luke hinter dir schließt? Dann steht Julia neben Romeo, und sie wird von Sekunde eins an bereuen, wie naiv sie gewesen ist! Dann geht's nämlich nur noch ums Überleben und das hat sie verkackt. Da hilft ihr auch die ganze große Liebe nicht mehr!«

Janja wollte sich das nicht mehr länger anhören. Es war eine Unverschämtheit. Wesley behandelte sie wie ein kleines Kind.

Sie schlug ihm, so fest sie konnte, mit der flachen Hand ins Gesicht.

Als Wesley sie verblüfft anstarrte, tat sie es noch einmal. Sie holte ein drittes Mal aus, aber diesmal fing er ihre Hand ab.

»Was soll das denn?!«, fragte er.

»Ich hasse dich! Bist du jetzt zufrieden? Ich hasse dich!« Sie zog ihre Hand zurück, aber Wesley ließ sie nicht los.

»Nein«, sagte er. »Bin ich nicht.«

21

Wesley stand als Letzter unter der Dusche – die anderen hatten sich schnell davongemacht, weil er es dann war, der aufwischen musste. Ihm war das nur recht, so hatte er seine Ruhe.

Doch als er endlich allein war, musste er wieder an Reichert denken. Wie der sich mit einem Gürtel um den Hals an der Duscharmatur aufgehängt hatte – im Sitzen! Wie sehr musste man sterben wollen, um das auf diese quälende Art durchzuziehen? Die Antwort war einfach: weil an die Erdoberfläche verbannt zu werden ein noch viel qualvollerer Tod gewesen wäre.

Die Feuchtigkeit in dem hell gefliesten Raum war so neblig dick, als schwebten Wassertropfen in der Luft. Wesley hatte sich schon eingeseift und abgewaschen und hatte noch für eine gute halbe Minute warmes Wasser. Es war nur ein Tröpfeln, ein leichter, angenehm warmer Regen. Er schloss die Augen, stützte sich mit den Händen an der Wand ab und dachte an Janja.

Denken war schon nicht mehr das richtige Wort dafür. Es war eher so, als wäre sie unsichtbar bei ihm, und das ständig. Sogar wenn Nicki unten im Müll etwas Ungewöhnliches fand und einen Kommentar dazu abgab, der Wesley zum Lachen brachte – etwa wie vorhin über einen Stiefelabsatz inmitten einer weggeworfenen Portion Pasta –, selbst dann füllte es sich an, als würde Janja direkt neben ihm sitzen und mit ihm lachen. So, als müsste er nur eine winzige Kopfbewegung machen in seiner kleinen Aufseherkabine und sie wäre wieder in seinem Blickfeld.

Ihr zweiter Kuss war der längste Kuss seines Lebens gewesen. Janja war nicht das erste Mädchen, das er geküsst hatte, aber Janja zu küssen war etwas ganz anderes. Es war so besonders, dass Wesley bisher noch gar nicht auf die Idee gekommen war, irgendwelche Knöpfe oder Reißverschlüsse an ihrer Kleidung zu öffnen. Nicht dass er darauf keine Lust gehabt hätte – oh nein! Es war eher das Gefühl, es damit nicht eilig zu haben. So, als hätten sie noch alle Zeit der Welt vor sich. Als könnten sie, wann immer sie sich küssten, damit selber die Zeit anhalten.

In der dritten Nacht – sie trafen sich jetzt immer nachts – hatte Janja ihn mit einem Candlelight-Dinner überrascht. Es gab wieder den guten Schinken aus der Küche hinter dem Billardraum, dazu das italienisch eingelegte Gemüse, geräucherten Lachs und sogar Salat und frisches Brot. Es war köstlich und irgendwie auch unglaublich, was die Leute in den Restaurants hier zurückgehen ließen. Aber so war ein Schwarzmarkt im *Hotel* entstanden, mit dem sich die Restaurantmitarbeiter etwas dazuverdienten.

Sie hatten die Fenstersimulation in der Jacht auf Abendstimmung am Meer programmiert. Darüber legten die versteckten Lautsprecher im Raum einen Geräuschteppich aus Wind, dem Kreischen von Möwen und dem Schlagen der Wellen gegen die Jacht, was den Eindruck der Echtheit der Fensterbilder noch verstärkte.

Manchmal passierte es allerdings auch, dass ihnen diese Künstlichkeit zu viel wurde. Nicht dass sie sich eine realistische Landschaft mit Plastikmüll und toten Tieren im Meer herbeigewünscht hätten – doch es gab nicht mal den Hauch einer

Hässlichkeit in dieser falschen Welt, die sich da in einer Dauerschleife vor ihnen abspielte. Keine Unschärfe, kein schiefer Horizont – die Schönheit der Videos war so perfekt, dass man gelegentlich das Gefühl hatte, einen animierten Bildschirmschoner aus zu stark retuschierten Fotos zu betrachten. In solchen Momenten hatte dieser Anblick nichts Tröstliches mehr, sondern bewirkte das genaue Gegenteil. Man sah plötzlich vor seinem inneren Auge die wahre Welt da draußen aufblitzen, die nur noch grau und dunkel, kalt, giftig und tot war.

Das ging ihnen beiden so, und dann umarmten sie sich noch fester, küssten sich noch verzweifelter und wärmten sich gegenseitig, bis es sich wieder anfühlte, als brauchten sie nichts anderes, nur einander.

Auch konnten sie stundenlang nebeneinanderliegen und sich anschauen, ohne ein Wort zu sagen. Bis entweder Janja oder er anfing zu lächeln. Oder sie küssten sich mit offenen Augen. Dann war es so, als würde Janja ihn hypnotisieren. Jedes noch so kleine Farbfeld in ihrer Iris wurde dann wie ein Land, auf das er aus größter Höhe hinabstürzte.

Manchmal redeten sie auch nur, die ganze Nacht lang. Janja erzählte von ihrer Mutter, von der sie so wenig wusste, die so streng gewesen war und fremd, so als hätte sie all ihre Liebe dafür aufgespart, Janja das Leben zu retten.

Oder sie beschrieb ihm Vanessas Vater, in dem sie vergeblich nach einer Ähnlichkeit suchte, wenn sie ihn im Konferenzraum des *Hotels* nach einer Gründerratssitzung oder im Billardzimmer abholte.

Am liebsten erzählte Janja von ihren Großeltern. Sie hatten in einem slowenischen Hafenstädtchen eine Wohnung mit Dachterrasse und Blick aufs Meer gehabt. Dort betrachtete sie als kleines Mädchen auf dem Schoß ihrer Oma den Sonnenuntergang und ließ sich erst ins Bett tragen, wenn es ganz dunkel geworden war.

Frühmorgens, nach vielleicht zwei Stunden Schlaf, war Wesley ein Wrack aus purer Müdigkeit. Aber er musste nur an eine Kleinigkeit der vergangenen Nacht denken – an Details wie Janjas Fingerspitzen, wenn sie seine Fingerspitzen berührten, sodass es sich anfühlte, als würde Energie zwischen ihnen fließen; oder an eine Haarsträhne, die Janja sich hinters Ohr klemmte; an ihre Hand, die so klein wirkte in seiner Hand; oder ihre Ohrläppchen, die so weich waren. Dann war alle Müdigkeit in Wesley plötzlich wieder weggewischt.

Später in seiner Aufseherkabine zog er seine Kappe tief in die Stirn, sodass es von unten im Müllbecken so aussah, als säße er über irgendwelche Dienstpläne gebeugt. Dann hörte er über das Lautsprechersystem den Maschinenlärm oder die gedämpften Stimmen der anderen, wie sie langsam ineinander übergingen und schließlich ganz verschwammen, während er einschlief.

Er und Janja machten auch Ausflüge in der Nacht. Einmal hatte er Rudroffs Schicht übernommen und Janja die Tür zum Wasserreservoir IV mit den Worten geöffnet: »So – jetzt kannst du mal sehen, was Tiny Tim versäumt hat ...«

Ein anderes Mal ließ eine private Fachkraft, die Janja aus dem *Hotel* kannte, sie beide in eine der Hydrofarmen hinein. Wenn man sich dort an einer ganz bestimmten Stelle rücklings auf den Boden legte und die Augen nur einen Spalt weit öffnete, dann konnte man sich vorstellen, in einem Wald zu sein, weil dann die verschiedenen Grüntöne über einem ineinanderflossen und das grelle Licht über den Pflanzen nicht mehr wie Wärmelampen, sondern wie ein sommerlich bedeckter Mittagshimmel wirkte. Auch das hatte zwar etwas Trauriges an sich. Doch mit Janja war alle Traurigkeit erträglich.

Janja. Die Liebe seines Lebens. Sie kannten sich zwar noch nicht lange. Aber *das* wusste er bereits.

Buchele riss ihn aus seinen Träumen. »Wir haben einen Vermissten!«, rief er in die Dusche.

Das Wasser versiegte. Wesley drehte sich zu ihm um. »Der, dem das Auge fehlt?«

»Nein. Jemand anders!«

Böhn besetzte alle Zugänge zum *Hotel* mit jeweils zwei Wachen. Der Rest der Mannschaft durchkämmte systematisch die Außenhülle des Bunkers: als Erstes die Quartiere, dann alle Arbeitsbereiche. Böhn befahl jeder Fachkraft, an ihrem Platz zu bleiben, bis sein Befehl über Lautsprecher wieder aufgehoben würde. Dabei spielte es keine Rolle, ob man ein gewöhnlicher Putzer war oder ein Chemiker mit Professorentitel.

Böhn gab keine Erklärungen dazu ab. Er musste sich auch keine Fragen anhören – was Wesley immer wieder erstaunlich fand, wobei er als Fachkraft vermutlich ebenso wenig nach einem Warum gefragt hätte. Böhn wirkte jetzt wie ein alter Krieger, der eine Meute Gleichgesinnter hinter sich hatte. Man musste schon besonders stark oder besonders dumm sein, um sich mit so jemandem anzulegen.

Oder arrogant. Im Krankenhaus traute sich ein Arzt, ihm zu widersprechen. Worauf Böhn nur meinte, dass das doch ganz leicht zu verstehen sei: »Wer gerade im Krankenhaus ist, bleibt da – und wer reinwill, muss warten.« Dabei verströmte er den Enthusiasmus eines Bierzeltschlägers, der nur darauf wartete, dass man ihm einen Grund gab, durchzuziehen.

Trotzdem ließ der Arzt nicht locker: »Und wer sich nicht an Ihre Anweisung hält?«

»Der kriegt sein Abendessen in der Arrestzelle serviert – falls er's bis dahin schafft.«

Damit war die Diskussion beendet.

Die Suche nach dem Vermissten hatte ganz oben auf Ebene 30 begonnen. Dort befand sich die Wachstation. Sie ähnelte dem Turm eines U-Boots, war aber noch im Berg verborgen. Wesley sah die Station zum ersten Mal. Oder vielmehr erhaschte er nur einen kurzen Blick hinein, weil er in einer der hinteren Reihen des Suchtrupps stand. Doch er konnte ein mechanisch bedienbares Periskop erkennen, einen offenen Waffenschrank und drei Personen, mit denen Böhn sich unterhielt. Dazu hörte er noch eine unsichtbare vierte Stimme. Außerdem konnte er den Zugang an die Erdoberfläche sehen. Er bestand aus zwei schweren Stahlluken mit kleinen Sichtfenstern. Dazwischen befand sich eine Dekontaminationsschleuse und hinter der Außenluke das Gipfelplateau, unter dem sich der Bunker verbarg.

»War jemand schon mal da draußen?«, fragte Wesley.

Rudroff neben ihm unterdrückte ein Husten. »Nicht dass ich wüsste. Reichert hat sich vorher aufgehängt. Kannst dich ja mal freiwillig melden!« Rudroffs Grinsen ging in ein Krächzen über, als er doch husten musste. Er war ein kleiner zäher Kerl, der bei Einsätzen früher die Spähtrupps angeführt hatte. Dabei hatte er als speziell ausgebildeter Nahkämpfer auch die höchste Tötungsquote gehabt. Wie die meisten anderen Wachen war er ebenfalls erst Mitte zwanzig, sah aber im Gesicht zehn Jahre älter aus durch die ständige Sonneneinstrahlung im Krieg an der türkischen Außengrenze.

Von Ebene 30 arbeiteten sie sich dann Stockwerk für Stockwerk nach unten vor, bis sie auf Ebene -5 im Kontrollraum des Kanalisationssystems waren. Das Absuchen der Kanalrohre selber schob Böhn noch hinaus. Es war zwar kein schlechter Ort, um eine Leiche zu verstecken, aber loswerden konnte man sie dort auch nicht. Da hätte man in der Müllverwertung mit den verschiedenen Häckselgeräten und Verbrennungsöfen bessere Chancen.

»Wen genau suchen wir eigentlich?«, fragte Wesley.

»Hast du nicht zugehört? Einen Gründer!«, sagte Rudroff.

»Ja. Dreiundfünfzig Jahre alt, ein Meter achtzig groß, siebzig Kilo, nackenlanges, grau meliertes, nach hinten gekämmtes Haar. Er hat ein Muttermal unter dem rechten Ohrläppchen. Aber hat er auch einen Namen?«

»Macht das einen Unterschied? Er ist ein Gründer. Er fällt dir sofort auf.«

»Sag mal, Rudroff – ich bin wirklich nicht der neugierigste Mensch der Welt, aber interessiert es dich denn gar nicht, wen genau wir hier suchen?«

»Meyer! Jetzt denk doch mal nach! Wenn es sich um irgendeinen unwichtigen Typen handeln würde, hätten sie uns den Namen wahrscheinlich gesagt.«

»Du meinst …«

»Ja, mein ich! Und jetzt Schnauze.«

»… einer von ganz oben?«

Rudroff schüttelte den Kopf. »Du bist echt unglaublich! Wenn ich mit siebzehn noch so blöd gewesen wäre, hätt's mich wahrscheinlich gleich nach der Grundausbildung erwischt, und ich wär jetzt seit sieben Jahren tot!«

Böhn verstärkte die Suche und schickte sogar Taucher in die Wasserreservoirs. Die Becken waren so tief, dass man von der

Oberfläche nicht bis zum Grund schauen konnte, nicht mal mit ultrastarken Leuchtmitteln. Aber auch die Tauchgänge blieben erfolglos, zum Glück. Scheinbar rechnete Böhn gar nicht mit einem Toten oder einem Mord – nicht bei dem Mann, um den es sich handelte. Was diesen Vermissten betraf, ging Böhn anscheinend davon aus, dass sie ihn höchstens als Schnapsleiche irgendwo im *Hotel* finden würden.

Trotzdem hatte die Suche hier im äußeren Kern des Bunkers einen Sinn. Buchele raunte es Wesley im Vorbeigehen zu. Böhn war es vom *Rat der Gründer* untersagt worden, die Spur des im Müll gefundenen Auges weiterzuverfolgen. Anscheinend war es vor allem Hamlin, der sich dagegen wehrte. Wesley war fassungslos, als er das hörte. Ein Verbrechen war verübt worden. Es gab sogar Spuren. Aber Nachforschungen wurden untersagt. Das konnte eigentlich nur eines bedeuten: dass jemand von ganz oben damit zu tun hatte. Wenigstens schien es, als ob Böhn der Sache trotzdem nachgehen wollte. Doch die Suche hier im äußeren Kern blieb ergebnislos. Also kam als Nächstes das *Hotel* dran. Dort würde es länger dauern. Das *Hotel* war zwar ein kleinerer Bereich als der äußere Kern, aber die Gründer sollten sich so wenig wie möglich gestört fühlen. Man konnte nicht einfach in jede Suite reinstürmen und die Zimmer durchsuchen. Jonas Bayer würde sie als Vertreter des Gründerrats begleiten und sie den Bewohnern der jeweiligen Suite zuvor ankündigen.

Deswegen mussten die Wachleute ihre Uniformen auch gegen Zivilkleidung tauschen. Böhn warnte seine Männer davor, sich im *Hotel* irgendwie danebenzubenehmen. Ein Schimpfwort würde reichen – und das Abendessen gäbe es tatsächlich in der Arrestzelle.

Wesley und Rudroff – der ja kränkelte – lösten derweil Hahn

und Prokop ab, die an der Stahlpforte zwischen Außenbereich und Hotellobby während der Suche Wache geschoben hatten. Es war Wesley nur recht, dass Böhn ihn nicht mit den anderen ins *Hotel* schickte. Auf eine zufällige Begegnung mit Timothy Hamlin konnte er gut verzichten. Aber etwas anderes bereitete ihm jetzt Sorgen. Es war nur eine Ahnung, doch sie grenzte fast schon an Aberglaube.

Er wartete, bis Böhn – der dabei als Einziger noch seine Uniform trug – mit seinem Wachtrupp in der Lobby des Hotels verschwand. Dann suchte er nach einer Ausrede, die Rudroff ihm abkaufen würde, damit er sich unauffällig davonstehlen konnte. Denn je länger die Suche im *Hotel* andauerte und je länger sie ergebnislos blieb, desto sicherer war sich Wesley, den Aufenthaltsort des Vermissten schon zu kennen.

22

Ausgerechnet Jonas Bayer. Dass gerade er ihr aus der Klemme helfen würde, damit hatte Janja nun wirklich nicht gerechnet.

Wobei das nicht seine Absicht gewesen war. Bayer war nur vorbeigekommen, um mit Theissen zu reden – gerade in dem Moment, als Theissen in der Küche vor ihr stand, fast schon über ihr, während sie an dem kleinen Tisch hockte wie eine Schülerin, die beim Abschreiben erwischt worden war.

Theissen hatte sich mal wieder über ihre unerlaubte Abwesenheit aufgeregt, in jener Nacht, in der sie sich mit Wesley versöhnt hatte. So als hätte sie mit ihrer Abwesenheit damals ein Kapitalverbrechen begangen: »Warum hast du uns nicht geschrieben, *wohin* du gehst?«

Vielleicht hackte er nur deswegen darauf herum, weil sie sich sonst keine Fehler erlaubt hatte, und das machte sein Genöle noch unerträglicher.

Über seinen väterlich besorgten Tonfall ärgerte sich Janja am meisten. Auch wenn sie froh sein konnte, dass er sie für so naiv hielt. Wenn sie hier das schuldbewusste Mäuschen spielte, würde sie am besten davonkommen. Aber sie hatte keine Lust mehr auf diese Rolle.

»Ich hatte nicht damit gerechnet, dass Sie und Madame so schnell wieder zurück sind.«

Theissen seufzte, so als wäre es ihm fast schon zu anstrengend, seine Enttäuschung in Worte zu fassen. Dann wurde sein Ton strenger. »Das habe ich dich nicht gefragt. Ich will endlich wissen, *wo* du warst!«

Janja schwieg. Sie konnte ihm ja nicht die Wahrheit sagen. Außerdem fand sie es inzwischen lächerlich, dass sie sich hier für jeden Schritt rechtfertigen sollte.

Theissen rieb sich die Stirn. »Ich warte, Janja.« Er sagte das wieder, als würde er es gut mit ihr meinen.

Da platzte der Ärger aus ihr heraus: »Ich hab es vergessen! Das ist doch schon Tage her!«

Es war ein Affront. Wenigstens verschwand jetzt diese pseudoväterliche Sorge aus seiner Stimme. »Wie bitte?!«

Janja musste den Reflex unterdrücken, die Augen zu verdrehen. »Was wollen Sie denn von mir hören?«

»Die Wahrheit!«, sagte er leise, aber scharf. »Du verheimlichst uns etwas. Ich bin nicht blind.«

Es kostete sie richtig Kraft, nicht loszulachen. Die *Wahrheit*! Das sagte ausgerechnet er. Es fiel ihr immer schwerer, ihre Wut zurückzuhalten. Janja konnte sich gar nicht mehr erinnern, wann sie diese besondere Wut auf ihren Vater, oder vielmehr ihren Erzeuger zum ersten Mal gespürt hatte: Es war mehrere Wochen her. Wahrscheinlich hatte sie diese Zeit gebraucht, um Vanessas Bemerkung zu verdauen, dass ihre Mutter eine Affäre mit Theissen gehabt hatte.

Eines Tages, als sie Theissen in der Bibliothek zum Essen abholte und er von seinem Buch aufschaute, da hätte sie ihm am liebsten ins Gesicht gebrüllt: Du blödes Arschloch! Sie hatte sich selber gewundert, wie unvermittelt diese Wut in ihr hochgekommen war. Seitdem musste sie aufpassen, dass sie ihm so was nicht tatsächlich ins Gesicht schrie. Bei jeder Begegnung stand es unausgesprochen zwischen ihnen: dass er ihr Vater war, sie aber verleugnete.

Immerhin hatte sein schlechtes Gewissen gereicht, um ihr das Leben zu retten. Aber dass es irgendwann mal so was wie eine familiäre Beziehung zwischen ihnen gäbe – das würde nie passieren. Dann sagte er etwas, womit er sie immer drankriegte: »Ist dir eigentlich klar, was für ein Privileg es ist, hier mit uns in diesem Bunker zu sein? Deine Mutter hat ihr Leben dafür gegeben!«

Es war ihr wunder Punkt. Selbst wenn Theissens Siegtreffer armselig war, tat er trotzdem weh.

Janja hatte sich eine Theorie zurechtgelegt: Weil Theissen nicht zugeben wollte, ihr Vater zu sein, hielt er sich natürlich für einen schlechten Vater. Doch niemand will sich auf Dauer schlecht fühlen. Also versuchte er, sie mit seiner zur Schau gestellten Enttäuschung und der vorwurfsvollen Stimme dazu zu bringen, sich ihm gegenüber dankbar zu zeigen. Damit er sich wieder gut fühlen konnte. Denn wenn sie beteuerte, wie dankbar sie ihm sei, dann war er doch großzügig genug. Dann war es doch gar nicht mehr nötig, sich auch noch als ihr Vater zu bekennen. So hätte er es bestimmt gerne gesehen. In seinen Augen benahm er sich ihr gegenüber ja fast schon wie ein Heiliger. Das blöde Arschloch.

Und jetzt trat er auch noch nach: »Janja! Ich will nicht bereuen müssen, dem Wunsch deiner Mutter nachgegeben zu haben. Verstehst du mich? Ist es zu viel verlangt, dass ich wissen möchte, wo du warst!«

Er fixierte sie mit einem Blick und Janja biss sich auf die Unterlippe. In diesem Augenblick ging die Durchgangstür zum Familienzimmer auf. Frau Theissen schaute herein. Hinter ihr stand Jonas Bayer. Es war sofort klar, dass es für sein Erscheinen einen ernsten Anlass gab.

Worum es ging, konnte sie in ihrer Schlafkammer mithören. Sie hatte die Lautsprecher in allen Zimmern manipuliert, nachdem sie zufällig ein Gespräch zwischen den Theissens mitbekommen hatte – Theissen, der seine Frau gefragt hatte: »Woher weiß sie, dass diese Krankenschwester jetzt angeblich für Finck arbeitet? Diese Information kann sie nur von einer Wache haben. Das heißt, sie spioniert hier herum!«

»Sie hat sich eben mit dieser Frau angefreundet«, hatte Frau Theissen erwidert. »Und jetzt will sie wissen, wo sie abgeblieben ist. Gib nicht ihr die Schuld an diesem Debakel, sondern deinem …« Sie machte eine Pause, wie um nach dem richtigen Wort zu suchen – in das sie dann all ihre Verachtung packte: »… deinem *Freund*! Der hat einen Fehler gemacht. Einen großen Fehler!«

Das konnte nur eines bedeuten: dass Bea in Schwierigkeiten war. Seit Janja diese Vermutung hatte, spionierte sie tatsächlich. Mit einem Knopf im Ohr verfolgte sie jedes noch so langweilige Gespräch der Theissens in der Suite. Doch bis auf diese eine Ausnahme hatten sie sich nie wieder zu Bea geäußert.

Aber Jonas Bayer tat es jetzt: »Finck ist immer noch nicht aufgetaucht. Der Teppich ist auch verschwunden. Ist er in eurer Suite?«

»Finck oder der Teppich?«, fragte Theissen, ohne seine Verachtung für Bayer zu verbergen.

Bayer seufzte nur, um Geduld bemüht.

»Weder noch«, schob Theissen nach.

»Ganz sicher, Robert? Das *Hotel* wird durchsucht. Zwei von Böhns Männern stehen schon vor eurer Suite – um sich hier umzuschauen. Es wäre äußerst unangenehm für dich, wenn sie den Teppich hier finden würden.«

»Warum sollte ich ihn hier verstecken? Das würde man doch riechen.«

»Na, zum Beispiel, um Punkte beim Chef zu sammeln!«, sagte Bayer. »Glaubst du, es ist mir nicht aufgefallen, dass du Fincks Nummer zwei werden willst?«

»Was ist daran so schlimm? Du willst das doch auch.«

Bayer lachte leise. »Na gut. Dann hast du ja nichts zu befürchten. Dein Mädchen soll Böhns Männer durch die Zimmer führen.«

Das war ihr Stichwort. Janja nahm den Knopf aus ihrem Ohr und stand auf. Als sie ihren Namen hörte, kam sie aus ihrer Kammer in den Flur der Suite. Theissen deutete auf zwei Männer in hellen Kakis und weißen T-Shirts. Sie waren selbst ohne ihre Uniformen sofort als Wachen zu erkennen.

Während Theissen mit einem Kopfschütteln Jonas Bayer nach draußen vor die Suite folgte – vermutlich, um dort mit Böhn zu sprechen –, schlug der eine Wachmann vor: »Fangen wir hinten an!«

Janja kannte den Mann vom Sehen. Er hatte normalerweise im Krankenhaus Dienst. Es war die Wache, mit der Wesley mal seine Schicht getauscht hatte. Janja ging voraus zum Badezimmer der Herrschaften. Der zweite Wachmann inspizierte es, nachdem sie die Tür geöffnet hatte. Der, den sie aus dem Krankenhaus kannte, blieb neben ihr stehen.

»Soll ich Wesley etwas ausrichten?«, fragte er leise. »Wenn ich schon mal hier bin?«

Im ersten Moment glaubte Janja, dass sie es sich eingebildet hatte. So müde, wie sie war, ertappte sie sich in letzter Zeit öfter bei Selbstgesprächen – in denen die Stimmen ihrer gedachten Gesprächspartner fast schon real klangen. Aber jetzt war sie nicht allein.

»Entschuldigung?«, fragte sie unverfänglich nach.

Der Mann fing an zu grinsen und sprach leise weiter: »Ich bin Frese. Wesley und ich sind Zimmernachbarn.«

Da kam die andere Wache wieder aus dem Bad. Janja zeigte dem Mann das zweite Badezimmer, das Vanessa vorbehalten war, das aber auch Janja nachts benutzen durfte, wenn sie mal aufs Klo musste. Für die Körperpflege hatten die privaten Fachkräfte einen Sammelwaschraum auf jeder Etage.

Janja blieb jetzt mit im Raum, um dem Wachmann auszuweichen, der Frese hieß. Aber danach konnte sie ihm nicht mehr aus dem Weg gehen. Sie musste Frese Vanessas Zimmer zeigen, während die andere Wache das Schlafzimmer der Theissens durchsuchte.

»Find ich gut, dass du es nicht zugibst«, sagte Frese in Vanessas Zimmer, ohne zu ihr rüberzuschauen. Er schritt einmal den Raum ab, öffnete die Schranktüren und warf einen kurzen Blick unters Bett. »Ich habe euch zwei auf der Feier in der Kantine gesehen«, sagte Frese weiter, ganz beiläufig. »Und neulich musste ich nachts mal raus – da ist Wesley gerade aus seinem Quartier geschlichen.« Als er mit seiner Suche fertig war, kam er zu ihr an die Tür. »Ich will nichts von dir, keine Sorge. Aber in den nächsten Tagen müsst ihr besser aufpassen. Jedenfalls bis wir diesen Finck gefunden haben.«

Janja überlegte, ob sie Frese sagen sollte, was sie vorhin gehört hatte. Aber das war riskant. Sie brauchte mehr Zeit, um darüber nachzudenken. Um abzuschätzen, was für Konsequenzen das haben konnte – nicht nur für sie selber, auch für Wesley.

Und sie wusste nicht, ob sie Frese trauen konnte. Da müsste sie erst mal Wesley fragen. Also beschloss sie zu warten, bis sie Wesley wiedersehen würde.

Draußen im Flur war jetzt Freses Kollege zu hören. »Wir sind hier durch«, sagte er, vermutlich zu Bayer. »Frese?!«

»Ich hab's gleich!«, rief Frese in Richtung der offenen Zimmertür. Dann wandte er sich wieder ihr zu. »Botschaft angekommen?«, fragte er freundlich.

»Welche Botschaft?«, sagte Janja mit völlig unbewegtem Gesicht.

Er musterte sie amüsiert. »War nett, mit dir zu plaudern. Auch wenn du nicht gerade gesprächig bist.«

Damit ging er an Janja vorbei aus Vanessas Zimmer und verschwand aus ihrem Blickfeld – nur um kurz darauf wieder im Türrahmen zu stehen.

»Kleiner Tipp. An deinem Pokerface musst du noch arbeiten!«

23

Die Geheimtür zur Jacht blieb verschlossen, obwohl seine Hand die drei rot schimmernden Punkte berührte. Wie er es geahnt hatte: Es musste jemand in der Jacht sein. Aber wäre es Janja, würde sie jetzt wissen, dass er hier draußen stand, und ihm öffnen. Dass ihm nicht geöffnet wurde, konnte nur eines bedeuten: dass der wahre Besitzer sich gerade in der Jacht befand.

»Machen Sie auf!«, rief er. »Bitte!« Wenn jemand drinnen war, musste der ihn jetzt bemerken. Sicherheitshalber rief er noch mal – »Hallo? Aufmachen!« –, in der Hoffnung, dass derjenige nur in der AR beschäftigt oder gerade nicht allein war und deswegen nicht öffnete.

Doch Wesley glaubte nicht wirklich daran. Seine ungute Ahnung bestätigte sich gerade. Dummerweise erwartete ihn Rudroff in ein paar Minuten zurück. Wesley hatte ihm gesagt, dass er nur mal kurz pinkeln müsse. Ihm blieb nicht viel Zeit, um sich zu überlegen, wie er weiter vorgehen sollte.

Aber wie er es auch drehte – er musste es einfach Böhn melden. Die Jacht als Zufluchtsort für sich und Janja konnte er sowieso abhaken, jetzt, wo sie nicht mehr reinkonnten. Böhn nichts zu sagen, war einfach zu riskant. Die Wachtrupps suchten nicht irgendwen. Sie suchten den wichtigsten Mann in diesem Bunker: Herwig Finck, den Vorsitzenden im *Rat der Gründer*.

Das hieß, die Suche würde auf jeden Fall so lange fortgesetzt werden, bis man ihn fand. Irgendwann würden sie die Jacht entdecken und spätestens dann wäre Wesley geliefert. Es gab leere Flaschen mit Fingerabdrücken und DNA-Spuren. Allein das würde reichen, ihn zu überführen – und dann hätte auch Janja ein Problem, weil ihre Spuren ebenfalls zu finden waren.

Die nächste Frage war, *wann* er sich bei Böhn melden sollte. Er konnte ja nicht einfach ins *Hotel* rennen und »Ich weiß, wo er ist!« rufen.

Aber das erledigte sich von selber, als er auf Ebene 0 zurück zur Stahlpforte joggte. Buchele lief ihm entgegen. »Böhn will dich sprechen«, sagte er. »Wir haben was gefunden.«

Damit hatte Wesley nicht gerechnet. »Wo, im *Hotel*?«, fragte er.

»Ja«, sagte Buchele. »Komm einfach mit.«

»Warum will er mich sprechen?«

Buchele schluckte. »Es ist wieder ein Auge gefunden worden. Es sieht genauso aus wie das andere. Es war in Fincks Etage.«

Wesley erstarrte. »Nur ein Auge oder noch mehr?«

Buchele schüttelte den Kopf. Ob das eine stumme Antwort war oder Fassungslosigkeit, ließ sich nicht erraten. »Komm einfach mit«, wiederholte Buchele.

Während Wesley ihm in Böhns Büro folgte, fragte er sich, ob er überhaupt noch die Möglichkeit hatte, sich zu stellen. Er versuchte es aber, noch bevor Böhn die Tür hinter ihnen schließen konnte: »Ich muss mit Ihnen reden. Allein.«

»Nicht jetzt«, sagte Böhn.

»Es ist wichtig!« Auch wenn es ihm Ärger einbringen würde, Wesley musste ihm widersprechen. Dann würde es Buchele eben auch mitkriegen. Er sagte: »Ich weiß, wo Finck ist.«

Böhn stutzte. Auch Buchele schaute ihn verblüfft an. Wesley erzählte ihnen in groben Zügen von der Jacht und wie er zufällig darauf gestoßen war. Nur Janja erwähnte er mit keinem Wort.

»Versteh ich das richtig?«, fragte Böhn. »Du hast einen geheimen Raum in diesem Bunker gefunden und das für dich behalten? Um ihn in deiner Freizeit zu nutzen?«

Wesley gab das notgedrungen zu – es stimmte ja auch. Dann erzählte er von dem Schließmechanismus und dass er keine Ahnung hatte, wie sie jetzt in diesen Raum gelangen sollten.

Buchele bot an, einen Blick darauf zu werfen. Vielleicht ließ sich der Mechanismus irgendwie zurücksetzen. Ansonsten könnte er als Sprengstoffexperte vor Ort schon mal die Möglichkeit einer gewaltsamen Öffnung abwägen.

Buchele brauchte Stunden, um die Geheimtür ohne Sprengung aufzubrechen. Böhn wechselte in dieser Zeit kein Wort mit Wesley. Aber er sah immer wieder zu ihm rüber, so als würde er gerade überlegen, wie hart er Wesley für die Sache bestrafen müsse. Dann bekam Buchele die Tür endlich auf und sie sahen die Leiche.

Auf den ersten Blick wirkte es, als hätte Finck sich mit einem Jagdgewehr erschossen. Sein nackter großer Zeh zeigte auf absurde Weise – fast so, als wäre es inszeniert – auf das am Boden liegende Gewehr. Von Fincks Schädel war nicht viel übrig. Das meiste klebte an der Fenstersimulation hinter ihm. Es hing wie ein blutiger Lavaregen über der Insel im Meer.

Als Böhn die Leiche sah, war er bei Weitem nicht so schockiert wie Wesley bei diesem Anblick. Aber er wirkte traurig – was Wesley überraschte. Nur ein Mal hatte er Böhn bisher traurig erlebt: am Tag seiner Ankunft hier im Bunker, nachdem Wesley ihm von Gabriels Tod berichtet hatte.

Böhn deutete nachdenklich auf Fincks Leiche. »Ohne diesen Mann wäre keiner von uns noch am Leben.«

»Er hat den Bunker bauen lassen«, sagte Buchele zu Wesley. Die Erklärung war unnötig, doch das spielte keine Rolle. Wesley war gerade damit beschäftigt, gegen seinen Brechreiz anzukämpfen. Dann meinte Buchele zu Böhn: »Das mit dem Jagdgewehr gefällt mir nicht. Es ist ja nicht das einzige, das wir heute gesehen haben.«

»Viele Gründer sind Adlige«, sagte Böhn. »Die jagen nun mal gern.«

Buchele schien seinen sarkastischen Unterton nicht zu bemerken. Oder er ignorierte ihn. »Die Frage ist, was sie hier im Bunker jagen wollen. Ich hoffe, nicht uns.«

»Das hoffe ich auch. Für sie.«

»Shit!«, sagte Buchele.

»Was?«, fragte Böhn.

Wesley schaute auf und folgte Bucheles Blick. Aus dem Whirlpool ragte das eine Ende eines zusammengerollten Teppichs. »Shit!«, stimmte Böhn Buchele zu.

»Ist das …?«, fing Wesley an.

»Was glaubst du denn? Dass Finck hier seinen Teppich reinigen wollte?« Böhn packte den eingerollten Teppich am Kopfende und Buchele ergriff das hintere Ende. Sie zogen ihn aus dem Pool und legten ihn vorsichtig auf den Boden. Es war schon zu erkennen, dass sich darin ein Mensch befand. Nur in welchem Zustand – das war noch offen. Böhn atmete tief durch. Doch Buchele blieb ganz nüchtern. »Soll ich?«

Böhn nickte. Wesley näherte sich vorsichtig. Buchele bückte sich und rollte den Teppich langsam auf. Danach konnte Wesley nicht anders, er musste sich übergeben.

»Und ich hab gedacht, der IS ist grausam«, war alles, was Böhn dazu sagte. Er begutachtete die Frauenleiche. Dass ihre Augen fehlten, war nicht die einzige Grausamkeit, die man ihr angetan hatte. Dann setzte sich Böhn auf einen der Barhocker und musterte Fincks Leiche.

Wesley schaute von Böhn zu Buchele. Böhn wirkte trotz seiner ruhigen Art, sich zu bewegen, so wütend, als würde er gleich ausrasten. Buchele schien das mit seiner eigenen ruhigen Art auszugleichen, sodass es eben nicht dazu kam, dass Böhn ausrastete. Böhn schien ihm dankbar dafür zu sein. Die beiden waren mehr als Arbeitskollegen, die sich schon jahrelang kannten. Die beiden Männer wirkten so vertraut miteinander wie Brüder.

»Ich war mal auf dieser Jacht«, sagte Böhn jetzt. »Auf der echten. Das hier sieht wirklich haargenau so aus.« Er rieb sich das Gesicht, als versuche er, einen schlechten Traum zu vergessen. »Scheiße! Ich will gar nicht dran denken, was das für Folgen haben wird.«

»Wieso hat er sich umgebracht?«, fragte Wesley.

»Soll das ein Witz sein?«, fragte Böhn und schaute ihn an, als wäre er schwer von Begriff. »Wieso bringt sich einer wohl um? Weil er sich so schlecht fühlt, dass er lieber tot wäre als am Leben. Die Welt da draußen ist im Eimer. Früher oder später schlägt das wohl jedem aufs Gemüt, sogar hier drinnen. Das Problem ist nur – er hat sich nicht erschossen. Du hast ihn erschossen!«

»Was?!«

»Oder war etwa sonst noch jemand hier in diesem Raum – außer dir und Finck?«

»Nein, aber – warum sollte ich ihn denn töten?«

»Na, ich vermute mal, er hat das dieser Krankenschwester

angetan.« Böhn deutete auf die schwer entstellte Frauenleiche, die jetzt auf dem entrollten Teppich lag.

»Und du wolltest sie rächen!«, ergänzte Buchele.

Wesley lachte reflexartig auf. »Das ergibt doch überhaupt keinen Sinn! Warum hätte ich euch dann hierhergeführt?«

Böhn glitt elegant von seinem Barhocker. »Weil du ein siebzehnjähriger Idiot bist, der vorher noch nie jemanden getötet hat und sich entsprechend dämlich anstellt!« Er deutete auf die Bar, die Couchecke, den Whirlpool und die jetzt blutgetränkte Insel am simulierten Horizont. »Finck hat mit diesem Bunker den bestmöglichen Rückzugsort für den absoluten Worst Case geschaffen. Erzähl mir bitte nicht, dass ausgerechnet er sich umgebracht hat!«

»Aber Sie haben es doch selber gerade gesagt! Die Welt ist im Eimer – davor kann man nicht die Augen verschließen. Nicht mal hier in diesem Luxusbunker. Früher oder später schlägt das jedem aufs Gemüt! Oder er hat es bereut, was er dieser Krankenschwester angetan hat, und sich deswegen umgebracht. Wie dieser Epstein vor Jahren. Der sich im Knast umgebracht hat.«

»Der hat sich nicht getötet, weil er seine Taten bereut hat. Sondern weil er erwischt wurde und keine Lust hatte, im Knast dafür zu leiden. Du hast doch sicher gehört, was dort mit Sexualstraftätern passiert.«

»Ich hab ihn nicht erschossen!«, sagte Wesley mit Nachdruck. »Ich hab noch nie jemanden erschossen! Ich weiß noch nicht mal, wie man mit so einem Scheißteil umgeht!« Er zeigte auf das Gewehr am Boden.

»Jetzt hör auf, rumzuölen, Meyer! Steh wenigstens dazu! Niemand kann mir erzählen, dass das hier nicht inszeniert war!« Böhn ging neben dem Gewehr in die Hocke.

Buchele schüttelte den Kopf. Wesley ging zu ihm rüber. »Glaubst du das etwa auch? Dass ich das war?«

»Du hast uns hierhergeführt. Und gesagt, dass du öfter hier warst. Als Einziger neben Finck.«

Wesley konnte es nicht fassen. »Aber nur weil ich den Tatort kenne, bin ich doch noch nicht der Mörder! Was ist mit der Unschuldsvermutung? Ihr müsst doch erst mal beweisen, dass ich das war!«

»Wir müssen gar nichts, Meyer. Es gibt hier keine Gerichtsbarkeit. Falls du es vergessen hast – wir leben hier nicht mehr in der Bundesrepublik Deutschland. Die Welt da oben – das *war* mal der deutsche Staat. Jetzt ist da nichts mehr, nur noch verbrannte Erde. Demokratie, Gerechtigkeit – das sind nichts als Ideen! Aber sogar die sind in diesem Krieg verbrannt. Der wichtigste Mann in diesem Bunker ist tot. Was er eventuell an Verbrechen begangen hat, ist nebensächlich. Die Leute hier, die für ihre Sicherheit viel Geld bezahlt haben – die Gründer –, wollen Antworten. Die einfachste ist, dass du ihn getötet hast! Vielleicht aus Rache, vielleicht aus Neid. Und du bist nun mal der Einzige, der die Gelegenheit dazu hatte.«

Wesley wollte schon wieder dagegen anreden, aber dann blieb er stumm. Ein unglaublicher Gedanke kam ihm in den Sinn. Konnte Janja das getan haben? Hatte sie zufällig herausgefunden, was mit Bea passiert war – und ihre Freundin rächen wollen?

Wesley konnte sich das nicht vorstellen. Nicht dass Finck seinen Tod nicht verdiente, falls er wirklich derjenige war, der Bea so zugerichtet hatte. Aber dass Janja Finck tötete – vielleicht sogar, um sich selber zu schützen, weil er sie womöglich in der Jacht erwischt hatte –, nein, das war für ihn unvorstellbar.

Aber es war nicht absolut auszuschließen. Er würde Janja fragen müssen. Bis er Gewissheit hatte, musste er aufhören, sich zu wehren. Er schluckte. »Und wie geht es jetzt weiter – wenn es hier keine Gerichtsbarkeit gibt?«

»Gute Frage«, sagte Böhn. Dann schaute er Buchele an. »Wir lassen alles so, wie es ist. Bayer, Theissen und die anderen aus dem Gründerrat sollen sehen, was wir gesehen haben.« Böhn schüttelte den Kopf, irgendwie fassungslos und doch gefasst.

Während Böhn den Wachleuten mitteilte, dass die Suche jetzt zu Ende war, begleitete Buchele Wesley ins Quartier. Wesleys Spind war da schon leer. Seine Sachen lagen, in einen Seesack gepackt, auf der abgezogenen Matratze seiner Koje.

»Nimm dein Zeug und komm mit!«, sagte Buchele.

Wesley schulterte den Seesack und folgte ihm in den Gang. Dort sagte Buchele: »Du hast uns ausgenutzt.«

Wesley schwieg. Was hätte er darauf sagen sollen?

Buchele schien sich jetzt um Geduld zu bemühen. »Glaub nicht, dass ich kein Verständnis für dich hätte. Junger Kerl wie du. Verliebt sich hier in dieses Mädchen – die nur dummerweise die Falsche für ihn ist. Dann hat er auch noch mehr Glück als Verstand und stolpert in diesen geheimen Raum. Es ist ja rührend, dass du die Kleine nicht erwähnt hast. Aber die Tatsache bleibt, dass du was mit einer Privaten am Laufen hast – obwohl Böhn das untersagt hat und du mehrmals deswegen gewarnt wurdest. Aber dass du diesen Raum hier für dich behalten hast – darüber werden die Kameraden noch weniger begeistert sein.«

»Warte mal«, sagte Wesley. »Das mit der Jacht findest du schlimm? Und die Krankenschwester?! Jemand hat sie zu Tode gequält! Und dieser Finck ist auch tot. Aber dass ich euch die Jacht verheimlicht habe – *das* findest du schlimm?«

Buchele schnaufte verächtlich. »Ich bin mit achtzehn Soldat geworden. Ich weiß nicht mal, wie viele Tote ich schon gesehen habe. Aber ja – dass du uns hintergangen hast, nach all dem, was wir für dich getan haben – das finde ich schlimm!«

Wesley verstand es nicht. »Was hätte ich denn tun sollen? Sofort Meldung machen – nachdem ich die Jacht entdeckt hatte?«

»Ja. Ganz genau.«

»Dann hätte sie doch niemand nutzen können!«

Buchele dachte kurz darüber nach. »Vielleicht. Oder wir hätten sie alle genutzt, wer weiß? Wir werden es nicht mehr herausfinden. Und dir scheint immer noch nicht klar zu sein, was wir hier für dich riskiert haben. Nicht nur ich oder Frese, wir alle, auch Böhn! Wir waren mal Soldaten – aber in einer Demokratie, die es nicht mehr gibt. Jetzt sind wir Söldner und haben unsere Auftraggeber betrogen. Weil wir verheimlicht haben, dass du hier reingeschmuggelt wurdest. Du hast doch Böhn gerade eben gehört: Ohne Finck und die anderen Gründer wären wir alle nicht mehr am Leben. Wie soll ich es dir erklären? – du scheinst ja wirklich schwer von Begriff zu sein. Vielleicht so: Stell dir vor, du hast ein Geschäft und nur einen Angestellten – der dir seinen Job verdankt. Und den du auch anständig behandelst. Wenn der dich betrügt, fragst du dich vielleicht auch, ob er sein Glück überhaupt verdient hat. Es stimmt, wir haben das auch für deinen Bruder getan. Aber wir haben es auch getan, weil wir ein Team sind, eine Truppe. Einer für alle, alle für einen. Das klingt für jemanden wie dich vielleicht altmodisch. Aber nur deswegen ist jeder von uns hier überhaupt noch am Leben – nach dieser Höllentour im Nahen Osten. Und genau deswegen ist es dein

Bruder jetzt nicht mehr. Er hatte nämlich keine Unterstützung bei seinem Plan. Er hat es zwar geschafft, dich hier reinzubringen, aber zu mehr hat es nicht gereicht. Natürlich war er in einer Zwickmühle. Hätte er sich uns anvertraut, hätten wir ihm gar nicht helfen dürfen. Stell dir mal vor, jeder von uns hätte hier seinen … seinen Lieblingsmenschen reingeschmuggelt! Das hätte nicht funktioniert. Ein paar blinde Passagiere kann man den Bonzen hier vielleicht unterjubeln. Aber was ist mit den anderen? Wer verzichtet? Ich sag dir, wer – niemand! Wir sind *ein* Team, weil von uns keiner eine Sonderbehandlung erfährt.«

Es war schwer, Bucheles Blick standzuhalten. Aber Wesley schaffte es einigermaßen. Und da wurde Buchele laut. »Mein Gott, dein Bruder hat sein Leben für dich gegeben. Aber man kann nicht alles haben, Meyer! Wir hatten dir klar und deutlich unsere Regeln erklärt. Aber du hast dich nicht daran gehalten! Ich war schon mal drei Tage im Militärgefängnis, nur weil ich einen Knopf nicht ordentlich poliert hatte. Alles, was du tun musstest, war deinen Schwanz in ein anderes Loch stecken! Du hast das hier nicht verdient, Junge!«

Wesley wandte den Blick ab. Seine neue Unterkunft war etwa zwei auf zweieinhalb Meter groß: ein Feldbett, eine Wolldecke, ein Eimer für die Notdurft – immerhin mit Deckel –, dazu ein Krug mit Wasser. Mehr Mobiliar gab es nicht.

»Es ist keine Jacht«, sagte Buchele. »Aber die brauchst du jetzt auch nicht mehr.« Er war draußen geblieben, die Zelle war zu eng für zwei Personen. Dann klopfte er mit der flachen Hand zweimal gegen den Türstock, bevor er die Tür ins Schloss zog und absperrte.

»Buchele!«, rief Wesley. »Was wird jetzt aus mir?«

»Fang am besten schon mal an zu beten.«

24

Es herrschte Ausnahmezustand. Die Nachricht von Fincks Tod hatte eine ähnliche Wirkung wie der Bombeneinschlag ganz am Anfang, als für ein paar Stunden der Strom ausgefallen war und niemand wusste, wie es nun weitergehen würde.

Ein Eifersuchtsdrama! Janja hatte von Frau Theissen erfahren, dass der Täter eine männliche Fachkraft war. Dass er dieselbe Frau geliebt hatte wie der Gründerratsvorsitzende und erst die Frau getötet hatte – vor Fincks Augen – und dann Finck. Aber er hatte die beiden nicht nur getötet, sondern auf grausamste Weise gequält, um sie zu bestrafen.

Alle im *Hotel* waren verstört von diesen Nachrichten. Die ganze Woche über wurde keine Musik in den Restaurants gespielt. Alle Gründer trugen Schwarz, ein Lachen hörte niemand. Auch der Medienbereich blieb geschlossen. Vanessa war außer sich deswegen. Sie war die Einzige, von der Janja hörte, dass sie Zweifel an der Geschichte hatte.

»Finck stand auf Mädchen. Keine kleinen Mädchen, aber Teenager«, erzählte Vanessa. »Liebe und Eifersucht? Lachhaft! Wie auch immer, eine Frau Mitte dreißig war uninteressant für ihn. Selbst wenn sie so hübsch war wie diese Krankenschwester.«

Dass Bea die Tote war, traf Janja besonders. Ausgerechnet Bea! Sie waren gerade dabei gewesen, sich anzufreunden. Janja war sich sicher, dass daraus eine wirkliche Freundschaft entstanden wäre. Sie vermisste Bea jetzt schon wie eine Freundin. Und dann hatte sie auch noch so einen furchtbaren Tod gefunden.

»Woher weißt du das alles?«, hatte sie Vanessa gefragt, während sie ihr die Haare wusch.

»Woher ich das weiß?« Vanessa war noch rastloser und ungeduldiger, seit der Medienbereich geschlossen war. »Überleg doch mal. Ich habe nichts ausgelassen, bevor ich Gabriel kennenlernte. Hat nicht immer Spaß gemacht. Aber du hast eine gewisse Macht über diese Männer, wenn sie dich geil finden – das hat mir gefallen. Ich hab mich gehasst dafür, aber selbst das hat sich auf eine quälende Art gut angefühlt.«

Noch nie hatte sich Vanessa ihr so sehr anvertraut. Janja nahm sich trotzdem vor, vorsichtig zu sein. Nicht dass sie wieder in eine Falle tappte. Vanessa würgte ihr ja gerne eins rein, wenn Janja sich sicher fühlte.

Aber nicht heute.

»Wenn du glaubst, dass diese Geschichte nicht stimmt …«, fing Janja an. »Was, meinst du, ist dann passiert?«

»Finck hatte immer mehrere Mädchen. Tiny Tim hatte für sich und gute Freunde eine Art Privatbordell in New York, direkt am Central Park. Deswegen waren die beiden so dicke. Die meisten Mädchen dort kamen aus gutem Hause. Das waren keine Straßennutten. Tiny Tim hatte eine Vertraute, sie war so was wie seine Puffmutter. Sie besorgte die Mädchen. Diese Mädchen brauchten nicht unbedingt Geld, hatten aber gerne mehr davon. Oder sie wollten an einer guten Uni studieren. Harvard oder so. Aber sie hatten nicht die entsprechenden Noten dafür. Dafür fickst du dann auch mal jemanden wie Hamlin oder Finck. Ist zwar eklig. Aber dafür bekommst du dann deinen Studienplatz oder was auch immer.«

Janja konnte es nicht fassen. »Das ist ja widerlich.«

Vanessa lachte. »Und du bist echt süß, Janja. Hattest du überhaupt schon mal Sex?«

Janja schüttelte den Kopf. Sie nahm das Handtuch und massierte vorsichtig Vanessas nasse Haare.

»Wenn du auf den Mann deiner Träume gewartet hast …«, sagte Vanessa, »… dann hast du hier wohl Pech gehabt.«

Janja biss sich auf die Unterlippe. Sie hatte seit Wochen nichts von Wesley gehört. Der Zugang zur Jacht war seit Fincks Verschwinden abgesperrt. Ein Wachmann stand sogar im Treppenturm davor. Janja war in Erklärungsnot geraten, als sie ihm begegnete. Was machte eine Private auf Ebene -2, wo es nur noch in die Müllverwertung ging? Janja log, dass ihre Herrschaften einen Ring vermissten – vielleicht war er im Müll gelandet? Dürfte sie dort mal nachfragen?

Durfte sie nicht. Aber der Wachmann versprach, seinen Kollegen zu fragen, der dort Aufsicht hatte. Daraufhin erkundigte sich Janja vorsichtig nach Wesley. »Ich hab ihn auf der Kantinenfeier kennengelernt. Arbeitet er noch in der Müllverwertung?«

Darauf bekam sie keine Antwort – was noch beunruhigender war. Sie hatte einfach zu lange nichts von Wesley gehört. Nun war die Jacht gesperrt und Finck tot, Bea auch – und all das war gleichzeitig passiert. Zufall? Hoffentlich! Aber die Sorge, dass es keiner war, nagte an Janja.

Jetzt war sie eine von zwanzig Privatangestellten, die die Fachkräfte aus den Versorgungsbereichen zur großen Sporthalle des *Hotels* führten. Nicht nur die Gründer, alle im Bunker sollten sich von Finck verabschieden: vom Ratsvorsitzenden, dem

Visionär, der ihnen diese Zuflucht überhaupt erst ermöglicht hatte – dem Mann, dem sie alle so viel zu verdanken hatten. Deswegen konnte die Trauerfeier nicht im Ballsaal stattfinden. Die Sporthalle mit den Tennisplätzen und den Volleyball- und Basketballfeldern war der einzige Raum im ganzen Bunker, in dem so viele Menschen gemeinsam Platz hatten.

Viele Fachkräfte sahen das *Hotel* zum ersten Mal. Elli, die voranmarschierte, musste ihre Gruppe immer wieder auffordern, schneller zu gehen – die Gründer würden schon warten. Aber das Hotel war einfach zu beeindruckend. Allein die Gruppe aus der Lobby in den Gang zu führen, war schwierig gewesen. Immer wieder war jemand stehen geblieben und hatte den Blick ungläubig umherwandern lassen – wie hypnotisiert, so als könnte er gar nicht anders.

Als private Fachkraft nahm Janja den Luxus hier zwar noch wahr. Aber sie hatte sich schon früher, in der Villa der Theissens, daran gewöhnen können. Bei ihrem ersten Besuch dort war es ihr ähnlich ergangen. Es war für sie schon ein Kulturschock gewesen, so viele Reichtümer zum Greifen nahe zu sehen. Doch hier im Bunker war es noch mal was ganz anderes: Hier gab es Gemälde von Picasso, Modigliani, Richter, Van Gogh, Cézanne. Zweitausend Jahre alte griechische Statuen. Vitrinen mit alten Kronjuwelen und Münzen mit dem Abbild Julius Caesars. Sogar Schnitzkunst aus der Steinzeit befand sich hier, ein daumengroßer Säbelzahntiger und ein Mammut. Janja wusste, wie die anderen sich jetzt fühlten.

»Von wegen, die warten schon!«, sagte eine Männerstimme aus der Gruppe, als sie die Sporthalle endlich betraten. Die Restaurantmitarbeiter hatten schon Stühle für die Gründer aufgestellt. Aber niemand saß dort.

»Sie warten nicht *hier*!«, erwiderte Elli streng. Erst als die Fachkräfte aus den Versorgungsbereichen ihre Stehplätze eingenommen hatten, durften die Privaten ihre Familien holen.

Als die Gründer auf den Stühlen Platz nahmen, wurde der Sarg hereingetragen. Auch das war absurd, aber irgendwie passend. Es war ein echter Pharaonensarg. Ein Bestattungsinstitut fehlte im Bunker. Ein paar Handwerker hätten zwar bestimmt einen Sarg bauen können – aber die Gründer fürchteten wohl, dass sie damit Finck nicht gerecht wurden.

Jonas Bayer war der Träger links vorne, Theissen der Träger direkt hinter ihm. Seine Frau und Vanessa saßen in der ersten Reihe. Die Musik, die beim Hereintragen des Sarges ertönte, versetzte Janja einen Stich. Es war ein alter Bossa Nova mit eindringlichem Saxofon und diesem melancholischen portugiesischen Gesang. Es war ein Lied, das auch auf der Playlist in der Jacht zu finden war.

Als es endete, trat Bayer neben dem verschlossenen Sarg ans Mikrofon und hielt die erste Rede. Zwei weitere folgten noch. Eine davon hielt Theissen, der Fincks Verdienste aufzählte und ihn als Gründer, Bauherrn und stilles Oberhaupt dieses Bunkers würdigte – der ein großes Vakuum hinterlassen werde. Dann trat noch einmal Bayer ans Mikrofon – ungeplant anscheinend, denn Theissen wirkte überrascht, mit nur mühsam beherrschter Wut.

Bayer sagte: »Dies ist ein schrecklicher Verlust für uns alle. Die Todesumstände machen diesen Verlust noch schrecklicher. Aber wir haben den Mörder! Und er wird seine gerechte Strafe bekommen! Das verspreche ich euch. In einigen Tagen werden wir ihn euch an diesem Ort vorführen. Dann werden wir auch verkünden, was mit ihm geschieht. Es kann aber nur ein schwacher Trost für uns sein, denn Herwig Finck – unser Ratsvorsitzender und mein Freund seit frühester Jugend – ist unersetzlich. Trotzdem wird es ein Trost sein! Aber heute ist ein Tag der Trauer – nicht der Strafe. Deswegen lasst uns gemeinsam beten.« Er machte eine Geste mit den Händen und die Gründer standen von ihren Plätzen auf. Wie ein Priester sprach er das Vaterunser vor. Im Hintergrund bewegte Theissen zähneknirschend die Lippen dazu.

Während Janja sich auf der Trauerfeier fragte, was wohl aus Fincks privaten Fachkräften werden würde – und der ganzen Etage, die er im *Hotel* besessen hatte –, hörte sie plötzlich eine bekannte Stimme.

Der Wachmann stand plötzlich hinter ihr, ganz am Rand der letzten Reihe, und flüsterte ihr ins Ohr: »Hey.« Es war Frese.

Janja wusste nicht, wie sie reagieren sollte. Bei der Durchsuchung der Suite hatte sie so getan, als wüsste sie nicht, wovon Frese redete, nachdem er Wesley erwähnt hatte. Also blieb sie auch jetzt neutral.

»Hallo«, flüsterte sie eher höflich zurück. Sie bemühte sich, keine Miene zu verziehen.

»Ich hab eine Nachricht für dich«, sagte Frese leise. »Von Wesley. Sie haben ihn eingesperrt. Sie machen ihn für die Sache hier verantwortlich.«

Also stimmte ihre Befürchtung. Janja riss sich zusammen. Oder war das eine Falle? Sie schwankte zwischen Vertrauen und Misstrauen – doch dann sagte sie zu Frese: »Er hat das nicht getan!«

»Ja. Seh ich auch so. Der Junge kann nicht mal mit einer Spielzeugpistole umgehen, geschweige denn mit einem Jagdgewehr. Die Sache ist bloß, er streitet es gar nicht ab. Er gibt es zwar nicht zu, aber er sagt auch nicht, dass er es nicht gewesen ist. Und da kommst du ins Spiel. Nimm das jetzt nicht persönlich. Hast du Finck erschossen?«

»Was?!«

»Ich musste dich das fragen. Für Wesley. Er wird es dir später erklären.«

»Psst!«, machte jemand eine Reihe weiter und sie schwiegen einen Moment. Dann sagte Frese kaum hörbar: »Er vermisst dich. Und er liebt dich. Das soll ich dir noch ausrichten.«

»Danke. Was passiert jetzt mit ihm? Und was heißt das – er soll seine *gerechte* Strafe bekommen?« Bayer hatte es in seiner Rede so betont, als wäre es ein Schimpfwort.

»Noch ist es nicht so weit«, sagte Frese. »Immer positiv bleiben. Ich weiß, das klingt jetzt ätzend.« Janja spürte Freses Atem in ihrem Nacken, so leise sprach er. Dann drückte er ihr einen Zettel in die Hand. »Merk dir, was da draufsteht. Und mach es genau so!«

Sie ließ den Zettel ungelesen in ihrer Tasche verschwinden. Dann drehte sie sich zu Frese um. Aber er war schon verschwunden. Sie sah nur noch einen Uniformrücken, der eine Hintertür zuzog.

25

Sie waren in der Nacht gekommen. Wer genau, wusste Wesley nicht – sie hatten ihn im Schlaf überrascht und ihm einen Sack über den Kopf gezogen. Keiner der Männer hatte ein Wort gesagt. Hatte Buchele ihnen die Zelle aufgesperrt? Dass Frese es war, konnte Wesley sich nicht vorstellen. Frese hatte immer Verständnis für ihn gehabt. Außerdem wollte er ihm dabei helfen, Janja wenigstens noch ein Mal wiederzusehen.

Es waren mindestens vier gewesen: Einer hatte seine Hände festgehalten, der andere die Füße, ein dritter das Kissen auf sein Gesicht gedrückt – damit seine Schreie nicht zu hören waren. Der vierte hatte ihn dann mit Schlägen bearbeitet.

Nicht im Gesicht, wo sie Spuren hinterlassen hätten. Das wäre dem *Rat der Gründer* bestimmt nicht recht gewesen. Jeder sollte sehen, dass Wesley anständig behandelt worden war – bevor ein Urteil über ihn gefällt wurde.

Wofür er die Abreibung bekam, konnte Wesley sich denken: wegen der Jacht – weil er den anderen nichts davon erzählt hatte. Buchele hatte so was ja schon angedeutet.

Am nächsten Morgen hatte Wesley kaum aufrecht stehen können. Auch das Gehen war ihm schwergefallen. Essen konnte er erst recht nicht. Aber das waren nur Begleiterscheinungen. Sie hatten ihn nicht nur verprügelt. Es war mehr als das gewesen: Hinterhalt, Erniedrigung, das Gefühl absoluter Hilflosigkeit – vor allem das. Anderen so wehrlos ausgeliefert zu sein, war furchtbar.

Wesley versuchte zwar, sich damit zu trösten, dass es nur vier seiner Ex-Kollegen gewesen waren, nicht alle. Aber das half nicht. Er hasste sie alle dafür. Auch die, die diesen Überfall nicht verhindert hatten. Mit Ausnahme von Frese vielleicht.

Dass alle davon gewusst haben mussten, merkte Wesley am nächsten Tag, als die anderen Morgenappell hatten und er von Frese an ihnen vorbeigeführt wurde. Wesley versuchte, sich von dem Vorfall unbeeindruckt zu zeigen. Es schien ihm die einzige Möglichkeit zu sein, einen Rest an Würde zu bewahren: indem er so tat, als hätten ihn die Schläge gar nicht gejuckt – fast so, als hätte er damit schon gerechnet und sie in Kauf genommen. Also riss er sich zusammen und marschierte an den anderen vorbei, als wäre dies ein ganz normaler Tag für ihn. Dann machte er sich mit Nicki an die Arbeit.

Nicki war es auch, der ihm an seinem ersten Arbeitstag als Sträfling die Abläufe erklärte. Das war im Auffangbecken, das in etwa die Form und Größe des Zwanzigmeterbeckens hatte, wo er als kleines Kind vor Beginn der allgemeinen Wasserrationierung noch schwimmen gelernt hatte. In diesem Auffang- beziehungsweise Sortierbecken landete der gesamte ungetrennte Müll aus dem *Hotel*. Dass Müll im *Hotel* schon vorsortiert wurde, war laut dem *Rat der Gründer* den privaten Fachkräften nicht zumutbar. Außerdem hätte es die makellose Schönheit des *Hotels* beschmutzt, was wiederum den Gründern selber nicht zuzumuten war.

Deswegen wurde es hier getan. Nicki zeigte auf die Nahrungsreste im Sortierbecken und sagte: »Der Salat da – den legst du auf diesen Haufen. Der abgenagte Hühnerschenkel, der noch dran klebt, kommt auf einen zweiten Haufen. Ob du ihn vorher noch ganz abnagst, ist deine Sache.« Sie trugen jetzt beide Gummistiefel, Schürzen, klobige Arbeitshandschuhe und jeder einen Mundschutz. Nicki warf ihm einen Blick zu. »Wichtig ist, dass du das nichtkompostierbare Material aussortierst.«

»Sind das nur die Knochen?«, fragte Wesley.

»Auch Milchprodukte. Alles, was nicht kompostierbar ist, wird dem Schweinefutter untergemischt.« Nicki machte es Spaß, ihm die Arbeit zu erklären. Weniger aus Schadenfreude – mehr, weil ihm die Arbeit selber Spaß zu machen schien. Was Wesley sich allerdings immer noch nicht vorstellen konnte. Ihm machte diese Arbeit keinen Spaß. »Aus den Salatresten, Kaffeesatz, Eier- und Kartoffelschalen und so weiter wird der Kompost gewonnen – mithilfe von Würmern, das ist echt spannend«, sagte Nicki weiter. »Walter bringt den Kompost dann zu den Hydrofarmen.«

Wesley musterte Nicki. Was der davon hielt, dass Wesley jetzt ein Gefangener war – der bis zu seiner Verhandlung Arbeitsdienst verrichten musste –, ließ er sich nicht anmerken. Was die anderen davon hielten, konnte Wesley genauso wenig sagen. Walter, Asiya und Severin sprachen kein Wort mehr mit ihm. Er hatte mitbekommen, wie Buchele ihnen befohlen hatte, sich von Wesley fernzuhalten. Das taten sie jetzt.

Sein Abendessen nahm er in seiner Zelle ein. Meistens brachte Lederer es ihm. Wesley hatte keine Verletzungen im Gesicht, aber sein Körper schmerzte auch noch Tage nach dem Vorfall. Zudem war er übersät mit blauen Flecken. Doch die sah man nicht unter seinem Overall, den er jetzt anstelle einer Uniform trug.

Natürlich erwähnte Wesley seine Verletzungen nicht. Den Gefallen wollte er Lederer nicht tun. Sie redeten überhaupt nicht miteinander, wenn Lederer ihm das Essen brachte. Doch es war ein offensives Schweigen, das Wesley entgegenschlug, kein betretenes. Lederer schien fast darauf zu warten, dass Wesley den Vorfall ansprach. Aber Wesley zwang nur sein Essen runter und tat dabei so, als würde es ihm tatsächlich schmecken. Später, wenn Lederer weg war, kotzte er die Mahlzeit wieder aus, in den Eimer für die Notdurft. Wesley konnte sie anfangs noch nicht bei sich behalten. Erst ab dem dritten Tag wurde es besser. Da hatte er auch kein Blut mehr im Urin, die Bauchschmerzen wurden schwächer und die blauen Flecken fingen an zu verblassen.

Der Einzige, der noch mit ihm redete, war Frese – und Buchele in der Müllverwertung, wenn Wesley ihm nach Schichtende die seltsamen Funde des Tages meldete, falls es welche gab. Dabei starrte er Buchele immer direkt in die Augen. Sein ganzer Hass bündelte sich in diesen ein, zwei Minuten ihres Übergabegesprächs, und dieser Hass fühlte sich so gut an, dass Wesley sich sogar mit einem Lächeln in seine Zelle verabschieden konnte.

Ein paar Tage darauf spürte er, wie Asiya, Severin und Walter ihm heimliche Blicke zuwarfen. Sie wussten etwas. Was genau, sagte ihm Nicki später, und da erfuhr er zum ersten Mal von seiner geplanten Hinrichtung. Es sollte einen Schauprozess für die Gründer in der Sporthalle des *Hotels* geben. Auch alle abkömmlichen Fachkräfte hatten Anwesenheitspflicht. Danach würde es in der Sporthalle eine Liveübertragung geben, während Wesley auf Ebene 30 durch die Schleuse an die Erdoberfläche geschickt wurde. Ohne Schutzausrüstung, versteht sich.

So würde man im Bunker gleichzeitig mitverfolgen können, wie stark jetzt noch die Strahlung draußen war, oder vielmehr deren Wirkung.

Für ihn hatte das etwas vom alten Rom, wo man renitente Sklaven in die Arena des Kolosseums geschickt hatte, um sie zur Unterhaltung der Zuschauer von Löwen oder Krokodilen zerreißen zu lassen.

Wobei der Tod hier hoffentlich schneller und weniger schmerzhaft eintreten würde. Aber ein gewaltsamer Tod bei vollem Bewusstsein war wohl immer grausam. Schon in der Wartezeit.

Ausgerechnet da sagte Nicki zu ihm: »Ist ein Jammer, dass sie dich rauswerfen. Trotzdem, deine Laune drückt hier ganz schön auf die Stimmung.« Nicki warf einen vorsichtigen Blick zur Tür. Die anderen machten immer noch Pause.

Wesley musste lachen, er konnte nicht anders. Auch wenn er nicht wusste, ob das ein Witz sein sollte.

»Ich rede nicht von deiner Hinrichtung«, sagte Nicki weiter. »Sondern von der Abreibung, die du kassiert hast. Du bist immer noch beleidigt deswegen. Oder mehr als das. Damit musst du aufhören.«

Wesley schloss die Augen. Am liebsten hätte er Nicki eine geknallt – und das ärgerte ihn noch mehr als Nickis rotziger Kommentar. Wie oft hatte er solches Nach-unten-Treten gesehen: Irgendein Junge kriegt Schläge und am nächsten Tag haut er einem noch kleineren Jungen auf die Fresse. So was hatte Wesley immer schäbig gefunden. Jetzt war er selber kurz davor, so was zu tun. Er fühlte sich wie der allerletzte Dreck. Wie der letzte Dreck hatte er sich schon vorher gefühlt.

»Fang jetzt nicht an zu weinen!«, sagte Nicki. »Wenn dein Ex-

Kollege dich so sieht, dann steckst du erst recht in der Klemme. Auch wenn sie dich halb tot prügeln, du musst immer so tun, als wäre das *gar* nichts. Glaub mir. Ich sag das nicht so dahin. Sonst machst du dich nur noch mehr zur Zielscheibe.«

Wesley nickte. Er hasste sich zwar dafür, dass er so leicht zu durchschauen war – und er hasste Nicki dafür, dass der ihn durchschaut hatte. Wesley hatte ja stark sein wollen! Und auch gehofft, dass das so rüberkam. Aber anscheinend war ihm das nicht gelungen.

Trotzdem befolgte Wesley Nickis Rat. Er bemühte sich in den kurzen Momenten, wenn sie sich bei der Arbeit begegneten, um mehr Freundlichkeit Asiya und den anderen gegenüber. Er hörte sogar auf, Buchele bei Schichtende zu provozieren. Nur Nicki behielt er im Auge. Der Knabe war ein bisschen zu cool für seine zwölf Jahre. Diese Vermutung hegte Wesley ja schon länger.

Nachts konnte er nur schlafen, weil die Arbeit so anstrengend war. Wesley kam sich in seiner Zelle vor wie in die Enge getriebenes Wild. In jeder Minute musste er damit rechnen, erneut verprügelt zu werden. Der Gedanke an Janja – dass es sie überhaupt gab – war das Einzige, das ihm noch Hoffnung machte. Wesley wusste jetzt, dass er hier geliefert war. Doch wenigstens Janja würde weiterleben. Nur eines wünschte er sich noch: sie ein letztes Mal wiederzusehen. Um sich von ihr zu verabschieden. Um ihr zu sagen, dass er sie liebte und sich eine Zukunft für sie beide gewünscht hätte – dass sie ihn aber vergessen musste, um auch ohne ihn hier glücklich zu werden. Sofern das in diesem Bunker überhaupt noch möglich war.

Nur deswegen beherrschte Wesley sich. Ohne Janja würde sein ganzer Hass aus ihm herausquellen, bis er Buchele oder jemand anderen so sehr provozierte, dass der ihn dafür beim nächsten Mal nicht nur schlug, sondern totschlug. Im Ergebnis würde es auf dasselbe hinauslaufen: ob sie ihn nun hier im Bunker töteten – oder live dabei zusahen, wie er auf dem Gipfelplateau langsam verreckte.

Am vierten Tag seines Arbeitsdienstes sah Wesley, wie Asiya vor Schichtbeginn Nicki etwas zusteckte. Die beiden fühlten sich unbeobachtet. Er hatte sich schon früher über Nickis Gewohnheiten gewundert. Beispielsweise die Sache mit dem Klo. Walter ging etwa viermal in den zwölf Stunden, die sie Schicht hatten, aufs Klo. Auch Severin und Asiya gingen mindestens dreimal pro Schicht, dabei einmal gemeinsam, und vermutlich nicht zum Pinkeln. Bloß Nicki wartete immer bis zum Schichtende, um aufs Klo zu gehen: wenn die anderen schon weg waren und Wesley noch die Funde des Tages Buchele meldete.

Zwei Tage später mischte Wesley ein Antibiotikum, das er im Müll gefunden hatte, in einem günstigen Augenblick während einer Pause in Bucheles Essen. Als die Nebenwirkungen einsetzten, bot Wesley Buchele an, so lange hier für ihn aufzupassen, bis ein Ersatzmann gefunden war und seine Nachtwache übernahm. Nachts fanden keine Arbeiten in der Müllverwertung statt. Bucheles Job bestand dann allein darin, aufzupassen, dass niemand hier reinkam und irgendwelche Sabotageakte durchführte. Buchele nickte schließlich und machte sich auf ins Krankenhaus.

Asiya und die anderen waren da schon weg. Wesley nahm sich Nicki vor, kaum dass sie allein waren. Er kam gleich zur Sache. »Hast du Nasenbluten?«

»Was?« Nickis Stimme war ein bisschen höher als sonst. Die Frage kam wohl überraschend.

»Ich meine, hast du nachts Nasenbluten? Brauchst du deswegen Tampons?«, fragte Wesley.

»Wovon redest du?«

»Die rechte Tasche in deinem Overall – leer sie doch mal aus.«

Nicki schien keine Angst zu haben. Wesley hätte es nicht gewundert, wenn sie in diesem Moment ein Teppichmesser aus ihrem Ärmel gezaubert hätte.

»Warum verkleidest du dich als Junge?«, fragte er.

Nicki wartete ein paar Sekunden. Dann gab sie ihren Bluff auf und sagte: »Ist 'ne alte Gewohnheit. Hast du schon mal auf der Straße gelebt?«

»Nein«, antwortete Wesley.

»Als zwölfjähriger Junge hat man's da nicht gerade leicht. Aber als vierzehnjähriges Mädchen hast du's noch eine ganze Ecke schwerer.«

»Du bist vierzehn?«

Sie nickte. »Bald lässt sich das leider nicht mehr verheimlichen. Ein bisschen was muss ich ja essen. Die Scheißpubertät lässt sich nicht mehr rauszögern.«

»*Deswegen* wäschst du dich nicht – damit dir niemand zu nahe kommt?«

»Du bist ja 'n ganz Kluger«, sagte Nicki. »Und jetzt? Willst *du* mir zu nahe kommen, oder was?«

»Keine Sorge. Nicht mal, wenn du dich wäschst.«

Nicki lachte bitter. »Der Gestank hält nicht jeden ab. Du würdest dich wundern.«

»Ich wundere mich über gar nichts mehr«, sagte Wesley. »Aber danke, dass du mich mit diesen Perversen in einen Topf wirfst.«

»Und? Fühlst du dich jetzt besser? Jetzt, wo du was gegen mich in der Hand hast?«

»Nein. Ich fühl mich noch genauso beschissen wie vorher. Das liegt wohl an meiner Gesamtsituation hier, mit Arrestzelle und Hinrichtung und so.«

»Wirst du mich verraten?«

»Warum sollte ich?«, fragte er zurück.

»Um wieder Punkte zu sammeln bei deinen Kameraden? Nachdem du's bei denen so verkackt hast.«

»Bestimmt nicht. Keine Sorge, dein Geheimnis ist bei mir sicher.«

In dieser Nacht schlief Wesley zum ersten Mal wieder bis zum Morgen durch.

Nicki blieb am nächsten Tag bei ihrer Maskerade, sie wollte nichts riskieren. Wesley war es gleich. Er hatte anderes im Kopf. In der Müllverwertung übernahm Frese für ein paar Tage Bucheles Schicht. Das hieß, sein Wunsch würde wahr werden. Er dachte an Janja, wann immer er konnte. Sie war sein Rettungsanker geworden – sogar wenn sie nicht bei ihm war.

26

Auf diese Gelegenheit hatte Janja seit Wochen gewartet. Ein Arzt untersuchte Theissen. Er hatte Bauchkrämpfe und sich schon zum dritten Mal übergeben. Der Arzt beruhigte ihn: Theissen hatte Fisch gegessen und sich vermutlich nur den Magen verdorben. Trotzdem musste er in die Quarantänestation des Krankenhauses gebracht werden, solange man eine Virusinfektion nicht ausschließen konnte.

Der Arzt rief den Pfleger, der ihn in die Suite begleitet hatte und der gerade mit einer Sprühpistole die Räume desinfizierte. Der Mann half ihm dabei, die Trage aufzustellen und Theissen hinaufzuheben und anzuschnallen.

Frau Theissen war so aufgewühlt, dass sie zwei Beruhigungstabletten nehmen musste. »Kann ich Sie denn allein lassen?«, fragte Janja.

»Ja, Liebes. Ich leg mich ins Bett.«

Janja ging voraus. Sie durfte sich jetzt keinen Fehler erlauben. Ihr Plan war zu fragil. Also konzentrierte sie sich immer nur auf den nächsten Schritt und blendete ihr eigentliches Ziel dabei komplett aus. Sie öffnete für den Arzt und den Pfleger, die die Trage mit Theissen schoben, die Türen. Vorher warf sie jedes Mal einen prüfenden Blick in den nächsten Gang. Es sollten möglichst keine Bewohner von diesem Zwischenfall erfahren. Die letzten Pandemien waren noch zu präsent. Es war nicht auszuschließen, dass schon wegen eines Schnupfens eine Panik ausbrach.

Sie hatten Glück. Bis zur Lobby begegneten sie niemandem und Theissen hatte sich nur ein einziges Mal im Treppenhaus übergeben. Dort versiegelte der Arzt die Tüte mit dem Erbrochenen, und der Pfleger half ihm dabei, sich zu desinfizieren. Dann trugen sie Theissen unter großer Anstrengung die restlichen Stockwerke hinunter und schoben ihn schnell durch die Lobby zur Verbindungstür in die Außenhülle.

In der Lobby saßen drei Gründer an der Hotelbar und drehten sich zu ihnen um. Auf deren fragende Blicke erwiderte der Arzt, dass es sich nur um eine Lebensmittelvergiftung handeln würde. »Es ist wirklich nicht dramatisch – auch wenn es ein bisschen so aussieht.«

Die Gründer glaubten ihm. Oder hatten gerade Interessanteres zu bereden. Die bevorstehende Hinrichtung vermutlich.

Vor dem Krankenhaus wünschte Janja Herrn Theissen Gute Besserung. In diesem Moment tat er ihr tatsächlich leid, auch wenn sie immer noch eine riesige Wut auf ihn hatte. Er reagierte nur unmerklich auf ihre Worte. Er sah wirklich schlecht aus.

Der Arzt bedankte sich für ihre Hilfe. Dann fiel die Eingangstür des Krankenhauses hinter der Trage zu, und Janja war frei – zumindest für die paar Stunden, die Frau Theissen schlafen würde. Vanessa hielt sich an diesem Tag, wie an jedem Tag, seit das Medienzentrum wieder geöffnet war, in der AR auf.

Janja ging zügig zurück. Wann immer sie allein in den Gängen war, rannte sie. Sie klopfte an der Nachbarsuite und bat Elli offiziell um etwas Kaffee und – als sie unter sich waren – um einen Gefallen. Dann kehrte sie wieder um. Sicherheitshalber schaute sie auf dem Weg zurück in die Außenhülle noch im Medienzentrum vorbei. Dort erfuhr sie, dass Vanessa ihre Session noch lange nicht beenden würde.

Von allen Gründern war Vanessa inzwischen diejenige, die am meisten Zeit in der AR verbrachte. Wenn sie nach Stunden dort endlich zurück in die Suite kam und erschöpft ins Bett fiel, hatte sie den verträumt-kaputten Gesichtsausdruck eines Junkies, dem sein Hochgefühl noch in den Schlaf half.

Im Treppenturm, der zu den Arrestzellen des Wachkontingents führte, wartete Janja auf Frese. Eine halbe Stunde später stand er vor ihr.

»Ich gebe euch eine Stunde. Und vergiss nicht – ich riskier hier meinen Arsch für Wesley.«

»Warum hilfst du uns überhaupt?«

»Sagen wir mal, ich bin ein hoffnungsloser Romantiker. Und jetzt komm!«

Janja folgte Frese zu den Arrestzellen. Sie hielt die Spannung kaum noch aus. Als sie Wesley endlich gegenüberstand, lächelte er kurz – schüchtern, erleichtert, glücklich, alles zusammen –, und Janja freute sich so sehr, dass sie eine Hand auf ihren Mund pressen musste, um keinen Ton von sich zu geben, der sie und Wesley verraten könnte.

Dann sprang er auf und küsste sie – und Frese sagte: »Nicht hier, Freunde, sonst werd ich noch rot. Also los, die Zeit läuft, raus hier!«

Aber sie konnten sich noch nicht voneinander lösen. Sie berührte Wesleys Wangen, Augenbrauen, Nacken und küsste ihn noch mal fest und lang und voller Sehnsucht. Dann sagte sie »Komm!«, nahm seine Hand und zog ihn mit sich.

Sie liefen so schnell durch die Gänge, dass über ihnen immer zwei aneinander angrenzende Lampen gleichzeitig leuchteten.

Janja war völlig außer Atem, als sie am Eingang zur Hydrofarm den Code eingab. Aber sie war voller Energie. Allein Wesley zu sehen, gab ihr Kraft.

Als die Tür hinter ihnen zufiel, schlang sie ihre Arme um ihn und drückte sich, so fest sie konnte, an ihn. Sie krallte ihre Finger in den Stoff seines Overalls und hörte sein Herz schlagen. Tränen liefen ihr Gesicht hinunter und hinterließen einen nassen Fleck auf Wesleys Brusttasche. Dann löste sie sich von ihm und grub ihre Hand in sein Haar und küsste ihn. Sie wollte ihn küssen und küssen, aber sie hatten zu wenig Zeit.

Janja zog Wesley wieder mit sich, und sie rannten einen schmalen Gang zwischen zwei gigantischen Regalreihen entlang, wo Salatköpfe schichtweise und meterhoch übereinander wuchsen. Dann liefen sie in den nächsten Gang, wo menschenhohe Tomatenstauden endlos lang links und rechts von ihnen standen und wo man vom Eingang aus nicht gesehen wurde und sich am besten verstecken konnte. Dort schaute sie Wesley in die Augen. Er küsste sie kurz und heftig, dann machte sie seinen Overall auf und ließ sich von ihm ihr Unterhemd ausziehen. »Ich liebe dich!«, flüsterten sie wieder und wieder, als wären es die einzigen Worte, die sie noch kannten.

Dann waren sie nackt in diesem künstlichen Dschungel, wo man die warme, erdige Luft richtig schmecken konnte. Ihre Kleider lagen in einem wilden Durcheinander am Boden. Sie hielten einander fest und liebten sich erst im Stehen und dann im Liegen und es war wie eine glückliche Heimkehr nach viel zu langer Zeit.

Danach lagen sie atemlos aneinandergeschmiegt am Boden, Janja in Wesleys Arm, ein Bein auf seinem Körper, eine Hand auf seiner Brust. Sie hörte wieder sein Herz klopfen und war so glücklich wie noch nie und zugleich so traurig wie noch nie, weil die Zeit ihnen davonlief.

Sie durften kein Risiko eingehen und sie waren schon eine gefühlte Ewigkeit hier drin. Aber Janja konnte nicht aufstehen. Allein die Vorstellung, sich wieder von Wesley zu trennen, seine Haut auf ihrer nicht mehr zu spüren, tat ihr weh. Sie drückte sich noch fester an ihn und er nahm sie noch fester in den Arm. Dann legte sie sich auf ihn, und sie liebten sich wieder, als wäre es das letzte Mal, was es sehr wahrscheinlich auch war.

Danach zogen sie sich – mit Tränen in den Augen und trotzdem auch lächelnd – schnell wieder an. Sie eilten zum Ausgang, wo Janja den Code eingab, den sie von Elli bekommen hatte. Sie warf erst einen prüfenden Blick in den Gang, dann verschwanden sie wieder aus der Hydrofarm.

Zurück im Treppenturm, sagte Wesley: »Egal, was passiert: Alles, was ich will, ist, dass du glücklich bist. Auch ohne mich. Ich will, dass du das weißt. Und dich daran erinnerst.«

»So was darfst du nicht sagen!«

»Sie werden mich hinrichten.«

»Aber du hast weder Finck noch Bea getötet.«

»Natürlich nicht. Aber das spielt keine Rolle. Sie brauchen einen Schuldigen.«

»Und den wahren Mörder lässt man frei rumlaufen?«

Wesley nickte. »Ja. Er muss sehr mächtig sein.«

»Das ist nicht richtig!«

»Das ist hier vieles nicht.«

»Dann sag das bei deiner Verhandlung.«

Wesley lachte leise. »Ich bin mir nicht sicher, ob ich da überhaupt etwas sagen darf. Das wird ja ein Schauprozess und so inszeniert, dass ich auch aussehe wie der Schuldige.«

»Was ich nicht verstehe … in der Jacht waren nur Fincks und Beas Leiche, oder?«

»Ja, sie war in einen Teppich eingerollt. Um sie besser tragen zu können. Und sich nicht schmutzig zu machen. Sie war ja … schwer misshandelt worden.«

Janja schüttelte ungläubig den Kopf. »Ich glaube nicht, dass er sie alleine in die Jacht getragen hat. Finck hatte ein Rückenleiden. Morbus Bechterew. Mal ging es ihm besser, mal schlechter damit. Aber Bea hat mindestens fünfzig Kilo gewogen. Die hätte er sich unmöglich über die Schulter werfen können.«

»Bist du sicher?«

»Ja. Ich habe mit Vanessa geredet. Stell dir vor, sie hatte mal was mit ihm – bevor sie deinen Bruder kennenlernte.«

Wesley erstarrte kurz. Dann sagte er: »Ich muss zurück in die Zelle. Nicht dass Frese Ärger kriegt.« Er küsste sie. »Ich liebe dich!«

Janja drückte sich ein letztes Mal an ihn. Dann riss er sich von ihr los und lief zur Tür. Dort sagte er: »Vielleicht hab ich noch eine Chance!«

Hoffentlich, dachte Janja. Hoffentlich.

27

Wesley hockte sich in seiner Zelle auf das Feldbett. Dort blieb er reglos sitzen, bis das Licht über ihm ausging. Er hatte ein Hochgefühl gehabt nach Janjas Bericht über Fincks Rückenleiden. Finck musste einen Mittäter gehabt haben oder wenigstens einen Mit*wisser* – also jemanden, der Wesley entlasten konnte, wenn man ihn dazu brachte, die Wahrheit zu sagen. Doch jetzt war sein Hoch verflogen. Frese hatte ihn zurück auf den Boden geholt.

»Und wie soll dir das helfen? Glaubst du, dieser Typ meldet sich freiwillig und packt aus? So was wie polizeiliche Ermittlungen wird es hier nicht geben. Die Gründer brauchen ein Bauernopfer, um die ganze Sache zu vertuschen. Und dieses Bauernopfer bist du! Hier geht es nicht um so was wie Wahrheit oder Gerechtigkeit – also mach dir nicht zu viele Hoffnungen!«

Frese hatte recht. Er war der perfekte »Schuldige«. So konnten sich die Gründer weiterhin vormachen, dass zwar die Welt untergegangen war, aber die »besten Menschen« diese Katastrophe überlebt hatten. Dass jemand der Ihren – und auch noch ihr Anführer – so einen bestialischen Mord begangen hatte wie Finck an Bea, würde ihr kollektives Selbstbild empfindlich ankratzen. Das wollten Bayer, Theissen und Hamlin nicht zulassen. Lieber ließen sie dafür den wahren Mörder frei rumlaufen.

Aber wer war das – wer hatte Finck wirklich getötet? Wesley würde das vermutlich nicht mehr erfahren. Doch immerhin hatte er dank Frese Janja noch einmal wiedersehen dürfen. Nur eine Stunde hatten sie miteinander verbracht. In der Hydrofarm war es Wesley wie eine Ewigkeit vorgekommen. Nun war diese Ewigkeit vorbei. Es war furchtbar.

Wenn Wesley die Augen schloss, war es fast, als säße Janja noch bei ihm. Er hatte ihren Duft in der Nase, konnte sie fast spüren und er sah ihr Bild deutlich vor seinem inneren Auge. Es war so ein schöner und zugleich quälender Anblick. Wesley fühlte sich, als würde er ohne Janja kaum Luft bekommen. Er brauchte sie einfach. Warum konnte sie jetzt nicht bei ihm sein? Das fühlte sich so falsch an. Wesley musste sein Gesicht in seinen Händen vergraben, um nicht loszubrüllen.

Warum?! Wesley sprang auf und schlug mit der Faust gegen die Wand. Dann schlug er seine Stirn dagegen, um den Schmerz, den er fühlte, mit einem anderen Schmerz zu vertreiben. Danach massierte er seine Knöchel. Er hatte Tränen in den Augen, aber nicht deswegen. Er vermisste Janja.

Gerade mal zehn Minuten war sie jetzt weg, und sie fehlte ihm schon, wie ihm noch nie jemand gefehlt hatte. Wesley war kurz davor, seine Verzweiflung aus sich herauszubrüllen. Da wurde plötzlich die Zellentür geöffnet. Buchele stand vor ihm.

Er wartete ein paar Sekunden, bevor er sagte: »Wir haben vom Gründerrat die Aufgabe bekommen, die Leiche dieser Krankenschwester zu entsorgen. Böhn meint, dass dir diese Ehre zusteht.«

In der Müllverwertung sah Wesley als Erstes Nicki. Sie sah aus wie ein Todeskandidat, der auf seine Hinrichtung wartete. Mit einem Sack über dem Kopf und hinter dem Rücken gefesselten Händen saß sie mit dem Gesicht zur Wand.

Böhn stand unten im gekachelten Sortierbecken. Die Beleuchtung war gewohnt schummrig. Wesley erkannte erst auf den zweiten Blick, dass der große, zusammengerollte Teppich schon vor ihm am Boden lag.

»Was habt ihr mit ihm vor?«, fing Wesley an, aber Buchele unterbrach ihn sofort. Er deutete mit einer Kopfbewegung auf Nicki: »Krieg dich wieder ein. Je weniger er weiß, desto besser für ihn.« Dann rief er Nicki zu: »Gib mal einen Ton von dir, Kleiner!«

»Wesley?«, fragte Nicki in den riesigen Raum hinein. Durch den Sack über ihrem Kopf klang ihre Stimme gedämpft.

»Ja!«, sagte Wesley, ohne Böhn und Buchele aus den Augen zu lassen.

»Mir geht es gut«, sagte Nicki. »Wirklich.«

Wesley musterte erst Böhn, dann Buchele – der ihn jetzt mit einem Nicken aufforderte, mitzukommen. Also stieg Wesley hinter ihm in das Sortierbecken hinunter und näherte sich vorsichtig Böhn und dem Teppich zu dessen Füßen.

»Wie willst du die Leiche zerkleinern? Axt oder Säge?«, fragte Böhn.

»Was?! Soll das ein Witz sein? Kriegt die Frau nicht mal eine Beerdigung? Sogar ihr Scheißmörder hat eine bekommen!«

»Finck war nicht ihr Mörder.«

»Ach, stimmt!«, sagte Wesley. »Das war ja ich! Ihr habt sie doch nicht mehr alle! Hat sich wenigstens mal ein Arzt die Leiche angeschaut?« Er deutete auf den Teppich. »Gab es eine Obduktion?«

»Da hat wohl einer zu viel Krimis gesehen«, sagte Buchele.

»Nein, hab ich nicht!«, sagte Wesley. »Ich benutze nur mein Hirn. Ihr dürft das ja anscheinend nicht! Das haben sie schon geschickt angestellt, diese Gründer. Für die seid ihr bloß ein paar ausgediente Kampfmaschinen, die auf Befehl und Gehorsam getrimmt sind und die schön die Augen verschließen, wenn es ihnen befohlen wird. Gratuliere, ihr seid echt Helden! Ihr wollt, dass ich diese Leiche zerstückle? Die Frau ist zu Tode gequält worden! Reicht euch das nicht? Ich krieg echt Tourette, wenn ich euch nur sehe, ihr blöden Wichser –«

Er hätte noch weitergesprochen, wenn Buchele ihn nicht gestoppt hätte. Aber er stand so unter Strom, dass er Bucheles Faust kaum spürte. Außerdem, was hatte er noch zu verlieren?! Er bückte sich und rollte den Teppich auf, bis die Leiche zum Vorschein kam. Es war ein furchtbarer Anblick, noch furchtbarer als in der Jacht vor zwei Wochen, weil die Verwesung inzwischen weit fortgeschritten war. Anscheinend war die Leiche nicht mal gekühlt worden.

»Schaut euch das doch mal an!«, sagte er und spuckte etwas Blut aus. »Man hat ihr die Augen aus den Höhlen gesaugt, während sie vergewaltigt wurde, und dann hat man sie erwürgt! Und das war nur das Finale! Hier, schaut euch mal die Hand an. Man hat ihr jeden einzelnen Finger gebrochen! Das wollt ihr vertuschen? Ihr seid doch total krank! Ihr wollt die Leiche verschwinden lassen? Ihr solltet euch jeden einzelnen Gründer schnappen und ihn hierherzerren, damit er sie sich genau anschaut!«

Böhn seufzte. Dann nickte er Buchele zu. »Schalt die Verbrennungsanlage an.«

Der Leichengeruch war so stark, dass er sogar den Müll überdeckte. Übelkeit kam in ihm hoch, doch Wesley versuchte, sich das nicht anmerken zu lassen. Er schluckte ein paarmal, dann sagte er etwas ruhiger: »Ich verstehe ja, dass Sie schon viel Grausames gesehen haben – aber lässt Sie das hier komplett kalt?« Er deutete auf die tote Frau auf dem Teppich.

Böhn schaute ihm direkt in die Augen. Auch Wesley fixierte jetzt Böhn, so als könnte er dadurch dessen Gedanken lesen. Böhn wandte sich an Buchele, der den Verbrenner programmierte.

»Wie lange braucht das Ding?«

»Um warm zu werden? Paar Minuten.«

»Das dürfen Sie nicht!«, sagte Wesley zu Böhn – jetzt wieder flüsternd, fast flehend.

Böhn machte einen Schritt auf Wesley zu. Wesley musste sich dazu zwingen, stehen zu bleiben und nicht die Flucht zu ergreifen. »Ich glaube nicht, dass ich mich vor dir rechtfertigen muss, Junge«, flüsterte Böhn.

»Vor mir nicht. Aber vor sich selber!«

»Mir kommen gleich die Tränen.«

Plötzlich rief Nicki von hinten: »Meine Fresse! Sie können ihm doch nicht vorwerfen, dass er ein Gewissen hat!«

»Was mischst du dich da ein!?«, brüllte Buchele sie an.

Es schien Nicki nicht zu beeindrucken: »Ihr habt mir zwar einen Sack über den Kopf gezogen – aber nächstes Mal steckt ihr mir vielleicht noch Watte in die Ohren. Wenn ihr das mit dem Flüstern nicht hinkriegt!«

»Nicki, halt dich da raus!«, rief Wesley ihr zu. Er wollte nicht, dass sie sich auch noch um Kopf und Kragen redete.

»Hey! Ich bin auf deiner Seite, du Pfeife!«, sagte Nicki.

»Das hab ich schon verstanden. Halt dich trotzdem raus!«

Buchele kam von der Verbrennungsanlage zurück und baute

sich vor Wesley auf. »Bist du jetzt unser Gewissen?«, fragte er. »Ausgerechnet du? Spiel hier nicht den Heiligen!«

Wesley deutete wieder auf die Leiche. »Diese Frau ist ermordet worden – und auf so entsetzliche Art! Da müsst ihr doch was unternehmen! Sonst ist hier *kein* Menschenleben mehr was wert. Auch deins nicht!« Er suchte Böhns Blick. Aber Böhn starrte jetzt unschlüssig auf den Teppich.

Buchele ging kopfschüttelnd zurück ans Fußende des Sortierbeckens und öffnete das Rolltor zur Verbrennungsanlage.

»Hauptmann!« Es war das erste Mal, dass Wesley Böhn so ansprach. »Wyslich, Frese, Lederer und Buchele hier – das sind alles Leute, die sich wehren können. Ihr seid ein Team, eine Truppe – die Gründer werden sich garantiert nicht mit *euch* anlegen. Aber wenn einer von denen hier ungestraft irgendeine Fachkraft töten darf – dann war das nur der Anfang. Das muss Ihnen doch klar sein! *Ich* habe Finck *nicht* ermordet – auch wenn ich dafür büßen soll! Und ich versuche auch nicht, diese Schandtat hier zu verheimlichen!« Er zeigte erneut auf die Leiche, weil es ihm fast schien, als würden die beiden Männer sie gar nicht mehr wahrnehmen.

Aber Böhn sah ihn nun fast schon freundlich an. Wesley fiel erst jetzt auf, dass Böhn noch kein einziges Mal das Gesicht verzogen hatte wegen des Gestanks hier. Böhn sagte: »Gut, Meyer, dann sag doch mal, was du tun würdest – an meiner Stelle!«

Die Frage überraschte Wesley, aber noch mehr überraschte es ihn, dass er, ohne groß darüber nachzudenken, eine Antwort parat hatte: »Ernsthaft? Ich würde meine Männer nehmen, mit ihnen das *Hotel* stürmen und alle Verdächtigen festnehmen. Finck hat die Leiche nicht alleine in die Jacht getragen. Es gab einen Mittäter. Oder zumindest einen Helfer! Den müssen Sie dazu bringen, dass er Ihnen die Wahrheit sagt. Damit finden Sie auch den wahren Mörder von Finck.«

Böhn lächelte. »Und wer ist der Verdächtige? Derjenige, der ›Hier!‹ ruft, wenn ich das in die Runde frage? Mal abgesehen davon: Die Gründer sind bewaffnet! Wenn es –«

Wesley unterbrach ihn: »Aber das sind Jäger und keine Kriegsveteranen wie Sie!«

»Gut – und dann?« Böhn ging nicht mal darauf ein, dass Wesley ihm ins Wort gefallen war.

»Dann ermitteln Sie den Täter, stellen ein Gericht zusammen und machen ihm den Prozess. Aber ein faires, unabhängiges Gericht. Das braucht es hier. Sonst geht der ganze Laden vor die Hunde!«

Die Verbrennungsanlage gab jetzt ein fauchendes Geräusch von sich, als das Gas entflammte.

Böhn wandte sich wieder an Buchele. »Was meinst du dazu?«

»Was soll ich dazu sagen?«, antwortete Buchele. »Meyer ist ein Idiot. Ein naiver Idiot. Oder ein Visionär …«

Böhn sagte zu Wesley: »Weißt du, was das bedeuten würde? Für die Gründer? Wenn wir einem von ihnen den Prozess machen? Auch wenn es ein fairer Prozess wäre. Buchele, was gibt es gewöhnlich für so einen Mord? Lebenslang?«

»Mindestens zwanzig Jahre.«

Böhns Gesichtsausdruck war eine merkwürdige Mischung aus Belustigung, Neugierde und Traurigkeit. »Weißt du, was das bedeuten würde – unterm Strich?«, fragte er Wesley. »Es würde bedeuten, dass unser Leben genauso viel wert ist wie das der Gründer! Aber ist es das auch? Denk mal darüber nach, Junge. Wenn Finck mir diesen Job nicht gegeben hätte – dann wär ich doch selber nicht mehr am Leben. Und ohne mich würde auch Buchele nicht hier sein. Oder die anderen ›ausgedienten Kampfmaschinen‹. Ich hab ihnen diesen Job besorgt. Hätte Finck jemand anderen engagiert, hätte *der* seine Leute geholt. Ich schulde Finck alles!«

Es blieb ihm nicht viel Zeit, aber Wesley dachte darüber nach. Dann sagte er: »Eben! Aber Finck ist tot! Und jemand hat ihn getötet!«

Böhn lachte freudlos auf. »Für die Gründer entspricht das trotzdem nicht den Tatsachen. Dass unser Leben so viel wert ist wie ihres. Schon deswegen werden sie sich nicht darauf einlassen.«

»Dann müssen *Sie* sie dazu zwingen!«

Böhn schüttelte den Kopf. »Du bist wirklich naiv, Junge.« Er lachte leise.

Buchele, der jetzt neben ihm stehen geblieben war, rieb sich das Gesicht. Er war übermüdet, genau wie Böhn. Er wollte etwas sagen, aber Weseley ließ sich nicht bremsen. »Wissen Sie, warum sich Kannibalismus nie durchgesetzt hat? Als Gesellschaftsform? Weil es nicht funktioniert! Weil dann überhaupt niemand mehr sicher wäre! Vor niemandem!« Er zeigte erneut auf die Leiche zu ihren Füßen. »Ein ungesühnter Mord – das wäre nur der Anfang! Das garantiere ich Ihnen!«

Böhn seufzte. »Buchele, was meinst du?«

»Mir wird es richtig warm ums Herz, wenn ich dem Jungen so zuhöre. Kannibalismus als Gesellschaftsform – das ist echt witzig.«

Böhn lächelte jetzt. Wesley wandte sich an Buchele, auch wenn der einen Kopf größer war und mindestens vierzig Kilo schwerer. »Findest du das witzig?« Ihm war es egal, dass er keine Chance hatte gegen jemanden wie Buchele. Sollte der ihm eben noch eine knallen. Er war einfach zu wütend. Er ging in die Knie und zeigte auf die vielen grauenvollen Verletzungen an der Frauenleiche. Dann schrie er Buchele an: »Findest du das hier wirklich witzig, ja?!«

Natürlich war es nicht die erste Leiche, die Buchele sah. Vermutlich nicht mal die hundertste.

Und trotzdem nickte er jetzt Böhn zu, dann sagte er: »Nein. Finde ich überhaupt nicht.«

28

Dass es eine zweite Kantinenfeier gab, so kurz nach Fincks Tod, überraschte alle. Im *Hotel* herrschte immer noch Trauerstimmung. Trotzdem waren die Gründer scheinbar so großzügig, eine Party zu erlauben – das rechneten die Fachkräfte ihnen hoch an. Und genau deswegen hielt Janja das Ganze für einen politischen Schachzug. Theissen, Bayer und Hamlin planten Wesleys Schauprozess. Wesleys Unschuld sollte gar nicht erst Thema werden. Also rieben die Gründer den Fachkräften schon mal die eigene Großherzigkeit unter die Nase, um möglicher Kritik vorzubeugen.

Janja war überhaupt nicht nach Feiern zumute. Trotzdem war sie mitgekommen, Elli hatte sie überredet. Elli, die anfangs sehr vorsichtig gewesen war, die nicht viel älter als Janja selber war, sich aber nur langsam einer Freundschaft geöffnet hatte – bis es irgendwann *klick* machte, als Janja erwähnte, dass ihr Großvater Fischer gewesen war, wie Ellis Großvater auch. Und der Kongo, woher Ellis Familie stammte, hatte ebenfalls nur einen kleinen Küstenstreifen, genau wie Slowenien, es war also nur eine minimale Gemeinsamkeit, aber sie hatte den Anstoß gegeben.

Jetzt reichte Elli ihr ein Weinglas. Sie hatte fast schon etwas Majestätisches, so schön und stolz war sie, ohne dabei auch nur ansatzweise arrogant zu wirken.

Janja tat ihr den Gefallen, mit ihr anzustoßen. »In zwei Minuten geh ich«, flüsterte Elli. »Wenn jemand fragt – mir ist übel, ich hab mich kurz hingelegt.« Sie gab ihrem Lover, der vor der Getränkeausgabe wartete, ein Handzeichen. Er ging voraus zum Ausgang. Die beiden waren inzwischen fest zusammen, wenn auch heimlich.

»Und wo?«, fragte Janja. »Ich meine, wo hast du dich kurz hingelegt?«

Elli dachte nach. »Stimmt. Sag lieber, ich bin aufs Klo gegangen – und dass du besser mal nachschaust, weil ich schon so lange weg bin. So kannst du dich absetzen und mich warnen. Wir sind in der Hydrofarm.«

»In welcher?«

»Auf Ebene 7.«

Janja nickte. Die Party lief seit einer Stunde. Sie kam aber nicht in Schwung. Es waren weniger Leute da als bei der ersten Kantinenparty vor ein paar Wochen. Noch tanzte niemand, die Musik war zu leise. Die Leute standen in kleinen Gruppen zusammen, doch nur gelegentlich war ein Lachen zu hören. Es verstummte meistens gleich wieder, wie um die Gespräche der anderen nicht zu unterbrechen. Es lag an der misstrauischen Grundstimmung, die nach den zwei »Todesfällen« im gesamten Bunker noch intensiver geworden war.

Janja nahm einen Schluck aus ihrem Weinglas und ließ dabei unauffällig den Blick durch die Kantine schweifen. Sie dachte an Wesley, den sie erst wiedersehen würde, wenn der Gründerrat ihn in den Tod schickte.

Sie hatte die blauen Flecken auf seinem Körper erst bemerkt, nachdem sie miteinander geschlafen hatten, vor einer Woche. Wesley hatte es erst abgestritten – um sie nicht zu beunruhigen –, doch Janja hatte schließlich doch erfahren, dass er verprügelt worden war.

»Also«, sagte Elli jetzt angespannt. »Wir sehen uns!«

»Ja. Passt auf euch auf!«

Elli lächelte. Dann eilte sie über die leere Tanzfläche und verschwand hinter zwei Grüppchen, die sich vor der gegenüberliegenden Wand unterhielten.

Janja war jetzt froh um das Weinglas in ihrer Hand, während sie Elli hinterherschaute. Alleine fühlte sie sich fehl am Platz hier. Sie nahm eine Karaffe vom Tisch nebenan und füllte ihr Glas mit Wasser auf.

»Krieg ich auch etwas?«

Noch bevor sie aufschaute, wusste Janja, dass es Wesley war. Er stand an der anderen Seite des Tisches und hielt ihr ein leeres Glas hin. Er trug ein weißes T-Shirt und beige Kakis, die Uniform der Wachen, wenn sie dienstfrei hatten. Janja lächelte. Es war tatsächlich Wesley, der vor ihr stand – selbst wenn das unmöglich war.

Er schien zu wissen, was ihr gerade durch den Kopf ging. »Es ist okay«, sagte er. »Böhn hat mich aus dem Arrest genommen. Er hat seine eigenen Zweifel an der offiziellen Version. Das kann er bloß nicht zugeben vor den Gründern, solange er keine Beweise hat.«

Janja blickte sich kurz um, ob sie jemand beobachtete. Dann füllte sie Wesleys Glas auf. »Und wenn dich hier jemand sieht?«

»Die Fachkräfte wissen bisher nur, dass der Täter schon festgenommen wurde. Aber nicht, wie er heißt oder aussieht.«

Janja stutzte. Wieder ließ sie den Blick durch die Kantine wandern. Es stimmte. Niemand schien sich sonderlich für sie beide zu interessieren.

Trotzdem sagte Wesley jetzt: »Komm mit.« Er ging voraus und von den Tischen weg. In der Nähe des Ausgangs war weniger los. Dort lehnte er sich an die Wand, und sie stellte sich neben ihn, um den Saal im Auge zu haben. Sie taten so, als würden sie sich kaum kennen und nur höflich unterhalten. Sicher ist sicher.

Es tat Janja fast schon weh, sich so zurückzunehmen. Auch Wesley fiel es schwer, sie nur anzuschauen. Janja hatte das Gefühl, ihn küssen zu *müssen*, sollte sein Blick auch nur eine Sekunde länger an ihr hängen bleiben. Sie wollte allein mit ihm sein, unbeobachtet, ihn im Arm halten und küssen und alle Zeit der Welt dabei haben.

Wesley seufzte und warf ihr einen nachdenklichen Blick zu. Dann sagte er so ernst und eindringlich, dass es ihr Angst machte: »Ich muss dir etwas Wichtiges sagen. Aber du musst so tun, als wäre es bedeutungslos, okay? Du darfst heute nicht zurück ins *Hotel* gehen! Es ist zu gefährlich. Ich bring dich gleich ins Krankenhaus, und dort sagst du, dass dir übel ist. Du sagst, dass du dir nicht sicher bist, vielleicht hast du nur was Falsches gegessen, aber es fühlt sich an wie ein Magen-Darm-Virus. Dann kommst du auf jeden Fall erst mal in Quarantäne. Das gibt uns etwas Zeit. Ist Vanessas Vater wieder bei euch?«

Janja nickte. »Er hatte nur eine Lebensmittelvergiftung gehabt. Aber jetzt sag mir bitte, was los ist!«

Wesley schaute ihr in die Augen. »Ist dir aufgefallen, dass heute keine Wachen anwesend sind? Das hat einen Grund. Die halten gerade Kriegsrat. Wegen deiner Freundin und Finck. Außerdem läuft mindestens ein Täter noch frei herum. Böhn lässt seine Leute darüber abstimmen, wie sie jetzt vorgehen wollen. Er rechnet mit Widerstand, wenn sie denjenigen festnehmen, der Finck geholfen hat. Weil das ja vermutlich auch ein Gründer ist. Und die Wachen haben bei der Suche im *Hotel* Jagdgewehre gesehen. Wir wissen nicht, wie viele Gründer bewaffnet sind, aber es sind einige. *Deswegen* musst du hierbleiben! Wir haben keine Ahnung, was jetzt auf uns zukommt, verstehst du?«

Wesleys Worte drangen nur gedämpft zu ihr durch. Es war, als stünde eine unsichtbare Wand zwischen ihnen. Janja musste daran denken, wie sie Bea kennengelernt hatte. Sie war so entgegenkommend gewesen, freundlich und voller Energie, so anders als die meisten von ihnen, die sich an das Leben im Bunker erst gewöhnen mussten und die Stimmung hier bedrückend fanden, vor allem anfangs. Dass Bea tot sein sollte, war immer noch schwer vorstellbar.

»Nicht weinen«, sagte Wesley leise und fuhr ihr mit beiden Daumen sanft an den Augenwinkeln entlang über die Wangenknochen. Dann nahm er ihre Hand. Er führte sie zur Tür hinaus und in den Gang, der zum Glück menschenleer war. Von dort eilten sie zum Treppenturm und die drei Stockwerke hoch, bis sie auf der Ebene waren, die zum Krankenhaus führte.

Sie blieben stehen und warteten, bis das Licht über ihnen ausging. Janja spürte Wesleys Nähe und dass sein Gesicht langsam, ganz langsam noch näher kam. Sie konnte seinen Atem fühlen und dann seine Lippen. Dann küssten sie sich vorsichtig in der Dunkelheit, lange und sanft. Auch Janja bewegte sich so langsam und unmerklich, dass es eine glückliche Ewigkeit dauerte, bis sie ihre Arme um Wesley gelegt hatte.

Das Licht über ihnen blieb aus. Janja klammerte sich an Wesley, als würde sie ertrinken – als wäre er ihre einzige Rettung –, und auch er küsste sie, als wäre es das letzte Mal. Dann löste er sich von ihr – das Licht ging wieder an –, und er sagte: »Wir müssen weiter. Uns bleibt nicht viel Zeit!«

»Ich kann nicht!«, sagte Janja.

»Was? Warum?«

»Wegen Vanessa. Du würdest sie nicht wiedererkennen. Sie ist so dünn geworden! Sie isst kaum noch was, manchmal gar nichts. Gestern war sie siebzehn Stunden am Stück in der AR. Das wird sie nicht mehr lange durchhalten.«

Wesley dachte darüber nach, dann sagte er: »Sie hat ihre Eltern.«

»Nein, hat sie nicht, nicht wirklich. Die drei leben mehr aneinander vorbei als miteinander. Das war schon immer so, seit ich bei ihnen bin. Das weißt du doch auch von deinem Bruder.«

Wesley stöhnte auf. »Aber das ist nicht deine Verantwortung! Sie mag dich nicht mal!«

»Aber irgendjemand muss sich um sie kümmern! Du musst das doch verstehen! Ohne sie wärst du gar nicht mehr am Leben.«

Wesley schloss die Augen. Er ließ sich auf den Boden nieder und lehnte sich mit dem Rücken an die Wand. Janja setzte sich zu ihm. Sie schmiegte sich an ihn, bis er seine Arme um sie legte. Sie schloss die Augen, bis sie merkte, dass das Licht über ihnen wieder ausgegangen war.

»Was wird aus uns?«, fragte sie in die Dunkelheit hinein.

»Ich weiß es nicht«, antwortete Wesley. »Es ist nicht Böhns Idee gewesen, dass ihr Privaten keine Beziehungen haben dürft. Das haben die Gründer verboten. Aber wenn Böhn an ihrer Stelle für die Einhaltung dieses Verbots sorgt, ist er der Buhmann. Und die Gründer werden immer noch als Wohltäter betrachtet. Wie du schon sagst – wir sind ja auch nur ihretwegen alle noch am Leben. Das Ganze ist ein gigantisches Psychospiel. Weil wir ihnen unser Überleben verdanken, sollen wir auf ewig unterwürfig sein – bis wir jegliche Kritikfähigkeit verlieren. Die Gründer wollen uns als Sklaven, die sich auch noch über Peitschenhiebe freuen. Wahrscheinlich waren ihnen Roboter zu wartungsanfällig und von der Erscheinung her noch nicht menschlich genug.«

»Meinst du, die Beziehungsverbote werden aufgehoben?«

»Das hängt davon ab, wie die Festnahme läuft«, sagte Wesley. »Und ob die anderen Wachen überhaupt für eine Rebellion sind. Aber ich hoffe auch, dass die Arbeitszeiten humaner werden.«

»Glaubst du denn, dass Hamlin der zweite Täter ist?«

Wesley zuckte die Schultern. »Vanessa hat dir doch erzählt, dass er und Finck hebephil sind, also Teenager sexuell bevorzugen.«

Sie wartete, bis eine Küchenhilfe mit einem Tablett voller Sandwiches an ihnen vorbeigegangen war. Dann sagte sie: »Aber das passt doch dann nicht, dass Bea vergewaltigt wurde.«

»Doch. Da geht es weniger um den Sex als um die Unterwerfung.«

Sie konnte es immer noch nicht ganz glauben. »Aber Hamlin hat eine Frau und zwei Kinder ...«

»Ja«, sagte Wesley mit fast schon bitterer Euphorie. »Du hast sie doch gesehen. Seine Frau ist wesentlich jünger als er, keine dreißig. Und die Zwillinge mindestens zwölf. Früher war sie seine Gespielin, jetzt ist sie seine Tarnung. Aber egal, was für ein Schwein das ist, dieser Mittäter soll einen fairen Prozess kriegen. Gerade bei so einer Sache ist das wichtig, damit es nicht nach Lynchjustiz aussieht. Böhn hat ein Geschworenengericht im Sinn. Darin soll ein Querschnitt aller, die hier im Bunker sind, vertreten sein, also nicht nur Gründer. Alle Schichten müssen gleichwertig repräsentiert sein. Damit soll die Willkürjustiz hier endlich enden und ein demokratisches Justizsystem entstehen. Die Frage ist nur, ob die Gründer das widerstandslos akzeptieren werden. Aus ihrer Sicht sind wir Fachkräfte ja als Menschen weniger wert als sie. Womit wir wieder bei dem ursprünglichen Problem sind. Eigentlich geht es genau darum bei dem Prozess. Wie viel sind wir *Nicht-Milliardäre* überhaupt wert? So viel wie die Hühner oder die Schweine hier – die man bei Bedarf schlachtet?«

Janja rückte wieder dichter an Wesley heran. Dann sagte sie: »Wahrscheinlich sehen die Gründer das hier wie eine Art Neuauflage der Antike. Wie die Demokratie im alten Athen. Auch da gab es ja Sklaven – aber hier heißen wir nicht so.«

Wesley lachte freudlos auf. »Ja. Auch töten soll man uns natürlich nicht. Aber falls es mal passiert … muss man nicht gleich ein Riesending daraus machen.«

Sie schwiegen eine Weile. Dann sagte Janja: »Glaubst du denn, dass wir zwei hier mal eine Zukunft haben können?«

»Nur, wenn alle hier eine Zukunft haben.«

Wieder schwiegen sie. Janja dachte an ein Buch, das sie in der Schule hatte lesen müssen, kurz bevor ihre Mutter sie aus dem Internat genommen hatte. Es hieß *Hiroshima* und war ein Augenzeugenbericht aus der Sicht von sechs Überlebenden dieses allerersten Atombombenabwurfs, den die Welt erlebt hat. Es war eine furchtbare Katastrophe gewesen. Janja hatte es kaum glauben können, dass überhaupt jemand sie überlebt hatte. Aber einige wurden trotz dieser Katastrophe alt – sie überlebten sogar mehrere Jahrzehnte. Genau an diesen Gedanken klammerte sich Janja jetzt. Sie zögerte kurz, dann sagte sie: »Ich frage mich gerade, wie schlimm genau es da draußen ist. Glaubst du, man könnte vielleicht doch irgendwo überleben?«

»Du meinst, wir zwei?«

»Ja.«

Janja erzählte Wesley von John Hersey und seinem Buch, und er wartete, bis sie fertig war, bevor er sagte: »Hiroshima, das war eine Bombe in einer Stadt. Hier ist die ganze Welt zerbombt worden – vielleicht mit Ausnahme der Meere, der Wüsten und der Gebirge. Außerdem hatten diese Bomben eine wesentlich größere Sprengkraft als die zwei Bomben in Japan damals. 2019 hatten die Amerikaner ja den INF-Vertrag gekündigt und damit ein neues Wettrüsten mit den Russen in die Wege geleitet. Schon davor hatten die Amerikaner immer noch dreitausend Raketen mit Nuklearsprengköpfen. Selbst wenn sie nur die abgefeuert haben und die Russen ihren alten Bestand, reicht das für eine unfassbare globale Zerstörung. Aber es haben ja auch noch die anderen Atommächte ihr Arsenal abgefeuert. Ich meine, irgendwann wird da draußen vielleicht wieder ein Leben möglich sein. Aber wann genau …«

Wesley sprach nicht weiter, doch Janja wollte die Hoffnung noch nicht aufgeben, irgendwann einmal diesen Bunker doch noch verlassen zu können. Sie sagte: »Glaubst du denn, wir sind die Einzigen, die diesen Krieg überlebt haben? Es gibt bestimmt noch andere Bunker mit Überlebenden, klar. Aber das meine ich gar nicht – ich frage mich, ob irgendwo da draußen vielleicht noch jemand überlebt hat. Menschen, die auf dem Land wohnten, in einem abgelegenen Tal, sich in ihre Keller geflüchtet haben und vielleicht das Glück hatten, dass ihre Gegend nicht direkt getroffen wurde?«

»Ich weiß es nicht, Janja. Ich hoffe es. Aber ich will uns auch nicht zu große Hoffnungen machen. Ich denke, dass unsere beste Chance immer noch hier in diesem Bunker ist – wenn wir hier gerechte Regeln schaffen können, die für alle gelten. Ob es noch andere Überlebende gibt ... Böhns Leute arbeiten daran, die Funkverbindung wiederherzustellen, die bei dem letzten Einschlag zerstört wurde, kurz nachdem wir uns alle in den Bunker retten konnten. Aber sie haben es noch nicht geschafft.«

Danach schwiegen sie wieder. Janja war froh, dass ihnen wenigstens noch etwas Zeit blieb, bevor sie zurück ins *Hotel* musste. Frau Theissen hatte ihr erlaubt, bis elf auf der Party zu bleiben.

Sie legte ihren Kopf wieder auf Wesleys Schulter. Ohne ihn ansehen zu müssen, spürte sie, dass Wesley nach etwas Tröstlichem suchte, das er ihr noch sagen könnte – weil es ihm leidtat, dass er ihre Hoffnungen zerstört hatte.

»Schon gut«, sagte sie und schmiegte sich noch fester an ihn. In diesem Moment brauchte sie nicht mehr. Sie wollte einfach nur mit ihm zusammen sein, in seiner Nähe sein, und das war sie ja, wenigstens jetzt gerade. Dazu mussten sie auch nicht reden. Janja fühlte Wesleys Atem in ihrem Nacken, die Wärme seiner Umarmung, seine Hand, die wie in Zeitlupe durch ihr Haar strich. Es war in diesem einen Augenblick alles, was sie brauchte, um glücklich zu sein.

Dann sagte Wesley: »Ich habe ein neues Versteck gefunden. Es ist nicht so luxuriös wie unsere Jacht, aber wir hätten dort unsere Ruhe.«

Janja zog ihren Kopf zurück. Das Licht über ihnen ging wieder an. Sie schaute Wesley in die Augen. Dann lächelte sie. »Ich hab noch zwei Stunden. Was ist mit dir?«

Auch er lächelte sie jetzt an. »So ein Zufall. Ich auch.«

Es war ein Luftkanal auf Ebene 19. Wesley hatte den Zugangscode zur Wartungskammer von Frese. Sie erreichten den Raum über eine Leiter. Er war klein und karg und davor zweigten mehrere Luftschächte ab. Sie mussten aufpassen, dass sie nicht gegen die Konsole mit den Reglern stießen. Sie konnten sich auch nicht auf den Boden legen, die Betonoberfläche war rau, kalt und zu hart, außerdem fehlte es an Platz.

»Ich bin überhaupt nicht mehr in Form«, sagte Janja außer Atem. »Bei der kleinsten Anstrengung schlägt mein Herz schon wie wild.«

»Ja, geht mir genauso. Aber ich war noch nie groß in Form, deswegen ist mir das wohl noch nicht aufgefallen.«

»Das heißt aber nicht, dass du aufhören sollst, mir die Bluse aufzuknöpfen.«

»Da bin ich aber froh!«

Wesley küsste sie und sie ihn. Sie ließen sich Zeit. Bei ihrem ersten Mal in der Hydrofarm waren sie wild, schnell und leidenschaftlich gewesen. Und nach einer kurzen Pause dann noch wilder und noch schneller. Es war aufregend gewesen und voller Tragik, weil es ihr einziges Mal hätte sein können. Auch jetzt wussten sie nicht, wann und ob sie sich wiedersehen würden. Aber sie glaubten einfach daran. Sie gehörten zusammen. Sie waren ein Paar. So sehr, als wären sie nur eine Person. Es war unglaublich. Sie küssten sich und liebten sich, und der Raum war so kalt, dass sie sich noch enger aneinanderpressten, aber sie liebten sich sogar im Stehen ganz langsam, so als wollten sie es bis in alle Ewigkeit hinauszögern. Als sie kam, wollte Janja schreien vor Glück, vor Verzweiflung, aus Liebe, aber sie biss sich auf die Unterlippe, und Wesley küsste sie noch fester, bis sie erschöpft zu Boden sanken.

Dann begleitete Wesley sie zur Stahlpforte, dem Verbindungspunkt zwischen Außenhülle und *Hotel*. Bevor Janja ins Foyer ging, küssten sie sich ein letztes Mal – und dann noch ein letztes Mal. Der Abschied war furchtbar. Es hatte zwar etwas Schönes, wenn man jeden Augenblick leben musste, als wäre es der letzte – doch zugleich hatte es auch etwas Quälendes. Sie schafften es kaum, sich voneinander zu lösen. Sie waren füreinander das, was sie am Leben hielt.

29

Buchele bekam das Kommando im Außenbereich. Böhn wollte persönlich den Wachtrupp anführen und Hamlin im *Hotel* zur Befragung abholen. Mit Wesleys Hilfe hatte er einen Fingerabdruck von Hamlin an der Tür zum Wasserreservoir IV sichergestellt – als Hamlin damals versucht hatte, sich an Wesley vorbeizudrängeln. Der Abdruck war identisch mit einem auf Beas Gürtelschnalle. Das reichte als Verdachtsmoment, um Hamlin ohne juristische Willkür als Zeugen zu befragen.

Böhn wählte zwanzig Mann für die Mission aus – einer davon war Wesley. Ihn überraschte das am meisten. »Warum ich?«, fragte er Böhn. »Ich kann nicht schießen oder kämpfen, wenn es hart auf hart kommt.«

»Kämpfer habe ich genug, Junge. Aber du bist jetzt unser Gewissen. Hast du ein Problem damit?«

»Nein.« Also war er als Einziger unbewaffnet. Er hatte ein mulmiges Gefühl, nicht deswegen. In einem Feuergefecht wäre er bestimmt keine Hilfe für die anderen. Aber die Aktion selber bereitete ihm Sorgen. Äußerlich war es die Festnahme eines Verdächtigen, aber eigentlich war es eine Revolution. Und die meisten Revolutionen in der Geschichte hatte man blutig niedergeschlagen. Selbst die erfolgreichen endeten oft in einem Gemetzel.

Das schien jemanden wie Frese nicht zu stören. Er war voll

in seinem Element und bester Laune. »Willkommen zurück!«, sagte er zu Wesley.

Er meinte es so. Sogar Lederer und Wyslich, die ebenfalls Teil der Truppe waren, nickten Wesley zu. Dass er ihnen die Jacht vorenthalten hatte, war nicht vergessen, aber vergeben. Ob *er* ihnen die Schläge vergeben konnte, wusste Wesley noch nicht. Aber in Zeiten wie diesen konnte man nicht in die Zukunft planen. Ein Schritt nach dem anderen, war das Motto. Frese riss ihn aus seinen Gedanken. »Dir ist klar, dass du mir was schuldest, oder?«

»Warum?«

»Dank mir bist du jetzt keine Jungfrau mehr. Oder willst du mir erzählen, dass du und deine Kleine in der Stunde, die ich euch verschafft habe, Uno gespielt habt?«

»Denkst du, wir haben miteinander geschlafen? Wir sind doch nicht verheiratet.«

»Du verarschst mich, oder?«

»Ruhe!«, sagte Böhn leise. Es genügte, dass er den Mund aufmachte, und jeder war still. Böhn war auch der Einzige, der Uniform trug. Wesley und die anderen trugen wie bei der Suche nach Finck weiße T-Shirts und beige Kakis. Ihre Waffen hatten die anderen in einem speziellen Holster über dem Knöchel fixiert, sodass ihre Hosenbeine sie verdeckten. Sie sollten nicht wie Eindringlinge wirken. Eher wie ein paar sauber gekleidete Handwerker auf dem Weg zu einer Baustelle.

»Also noch mal, Männer. Wir bringen die Sache anständig hinter uns. Gewalt nur im Notfall. Die Festnahme muss transparent ablaufen, für jeden ersichtlich. Und fair. Weil das unser Ziel ist: Ab heute gibt es ein faires Miteinander in diesem Bunker. Fragen?«

Es gab keine. Jeder wusste, was er zu tun hatte. Mit Ausnahme Wesleys, der an so einer Aktion noch nie teilgenommen hatte. Deswegen klemmte er sich erst mal an Freses Fersen. *Learning by doing.*

Am Eingang des französischen Restaurants auf Ebene 4 bat Böhn den Oberkellner, der ein paar Namen und Uhrzeiten ins Reservierungsbuch eintrug, Jonas Bayer eine Nachricht zu überbringen. Bayer saß mit Hamlin schon an der Bar, während dessen Familie noch mit den Desserts beschäftigt war.

Böhn mitgezählt, waren sie inzwischen nur noch fünf Wachen. Die anderen waren Mann für Mann auf dem Weg hierher stehen geblieben, um in der Lobby und den Treppenhäusern die Ausgänge zu sichern, die als Fluchtwege infrage kamen.

Während der Kellner nach einem Blick auf Böhns Uniform versprach, umgehend wiederzukommen, machten sich Wyslich und Lederer auf zum Lieferanteneingang – falls Hamlin vorhatte, über die Küche zu verschwinden.

Doch er schien überhaupt nichts vorzuhaben. Er blieb auf seinem Barhocker und nahm einen Schluck aus dem Cocktailglas, das vor ihm stand. Er tat das etwas umständlich mit der linken Hand. Der rechte Arm hing schlaff an seiner Seite. In diesem Moment durchzuckte Wesley wie ein Stromschlag ein Gedanke. Hamlin konnte es nicht gewesen sein!

Wesley gab sich einen Ruck und ging einen Schritt auf Böhn zu. »Wir nehmen vielleicht den Falschen fest!«, flüsterte er. »Er kann beim Transport geholfen haben, aber dass *er* die Krankenschwester erwürgt hat, ist eher unwahrscheinlich. Schauen Sie sich seinen Arm an.«

»Eins nach dem anderen, Junge«, sagte Böhn trocken. »Jetzt gehen wir erst mal der Sache mit dem Fingerabdruck nach«, schob er noch hinterher, als Bayer in ihre Richtung auf den Restauranteingang zuging und dabei den Kellner, der ihn geholt hatte, auf halbem Weg wieder wegschickte.

Das Restaurant hatte etwa fünfzig Tische und war im Artdéco-Stil eingerichtet. Ungefähr ein Drittel der verspiegelten Bar und jeder zweite Tisch waren besetzt. In der Luft schwebte ein Geräuschteppich aus gepflegten Gesprächen und einem fast schon pianohaften Geschirrgeklimper.

»Was soll das, Böhn?«, fragte Bayer streng.

»Ich werde Ihren Kollegen Hamlin jetzt in mein Büro begleiten. Er wird verdächtigt, Finck dabei geholfen zu haben, die Leiche der Krankenschwester zu beseitigen. Außerdem hat Finck sich nicht selber getötet, sondern jemand hat versucht, seinen Tod wie Selbstmord aussehen zu lassen. Ob das ebenfalls Hamlin war, müssen wir auch prüfen. Dazu sind ein paar Gespräche nötig.«

Wesley versuchte, seine Überraschung vor Bayer zu verbergen. Aber der würdigte ihn sowieso keines Blickes. Er sagte zu Böhn: »Das können Sie nicht machen!«

Verschiedene Überlegungen schossen jetzt durch Wesleys Kopf. Böhn hatte – als er Fincks Leiche begutachtete – zwar schon geäußert, dass es ein fingierter Selbstmord war. Aber damals hatte er Wesley beschuldigt, Fincks Suizid inszeniert zu haben. Wesley hatte ja selber Zweifel gehabt, dass sich ausgerechnet der König dieser Bunkerwelt umgebracht hatte. Aufgrund eines schlechten Gewissens? Warum gerade jetzt? Dazu hätte er bei seiner Vergangenheit schon früher ausreichend Anlass gehabt.

Dann sagte Böhn: »Doch, das kann ich. Außer, Sie nennen mir einen triftigen Grund, warum ich es nicht tun sollte.«

Bayer lachte leise. »Böhn! Sie haben vom Gründerrat kristallklare Anweisungen, wie diese Angelegenheit zu handhaben ist. Haben Sie das vergessen?«

»Natürlich nicht. Ich sollte den wahren Tathergang vertuschen und dem jungen Mann hier die zwei Morde in die Schuhe schieben.« Böhn deutete auf Wesley. Der jetzt dasselbe mulmige Gefühl hatte wie vorhin, nur tausendmal verstärkt. Immerhin wusste er nun, warum Böhn ihn unbedingt mitnehmen wollte.

»*Das* ist der Wachmann, der diese grausame Tat begangen hat?!«, sagte Bayer mit Empörung in der Stimme.

Böhn seufzte. »Er war es nicht, Bayer. Der Junge fällt schon um, wenn ein Schmetterling an ihm vorbeifliegt. Er soll diese Krankenschwester zu Tode gequält und dann auch noch einen erwachsenen Mann in seine Gewalt gebracht haben? Einen Mann, der so mächtig ist, wie Finck es war? Und den würgt er dann, bis der das Bewusstsein verliert, damit er ihn mit dessen eigenem Jagdgewehr so erschießen kann, dass es wie Selbstmord aussieht? Wie hätte er denn überhaupt an das Jagdgewehr kommen sollen, mit dem Finck erschossen wurde? Und es gibt weder ein Motiv noch irgendwelche Beweise, dass er es war. Und das wissen Sie so gut wie ich!«

Wieder lachte Bayer und wieder packte er eine ordentliche Portion Spott in sein Lachen. Trotzdem wirkte es jetzt, als wolle er Zeit gewinnen. »Sie können Hamlin nicht verhaften! Selbst wenn er es gewesen ist. Er ist ein Gründer! Herrgott, er ist sogar im *Rat der Gründer*! Außerdem verbiete ich es Ihnen. Sie stehen unter meinem Befehl!«

»Nein«, erwiderte Böhn betont sachlich. »Finck hat mir diesen Job gegeben. Wenn überhaupt, schulde ich allein ihm meine Loyalität. Aber jetzt ist er tot. Was sein großes Glück ist, nachdem ich inzwischen erfahren durfte, was er alles verbrochen hat.«

Bayer wurde jetzt laut. »Sie können Hamlin trotzdem nicht einfach mitnehmen! Was Finck getan hat, ist durch seinen Tod gesühnt. Die zweite Tote ist nur eine Krankenschwester! Wir haben dreißig davon!«

»Und was genau soll das bitte heißen?«

»Stellen Sie sich nicht dumm, Böhn! Sie wissen genau, was ich meine!«

»Dann sprechen Sie es doch einfach aus. Dann fällt es mir womöglich leichter, Sie zu verstehen.«

»Sie zetteln hier einen Aufstand an!«

»Ich versuche, das eher zu vermeiden. Indem ich für Gerechtigkeit sorge. Sonst kann dieser Bunker hier nicht funktionieren.« Böhn verzog keine Miene, auch sein Tonfall blieb sachlich – aber seine Augen lächelten, das konnte Wesley sehen.

Bayer schüttelte den Kopf. »Dann tun Sie, was Sie nicht lassen können. Sie werden ja sehen, was Sie damit anrichten.«

Daraufhin wurde Böhns Stimme seltsamerweise etwas sanfter: »Ich möchte Hamlin – egal, was er getan hat – eine öffentliche Demütigung ersparen. Da er Ihr Freund ist … wollen Sie ihm die Nachricht überbringen? Dass er mit uns mitkommen muss. Wir können das hier diskret über die Bühne bringen.« Böhn deutete mit einem Nicken zu dem Tisch, an dem Hamlins Frau und Kinder noch über ihren Desserts saßen.

Bayer war überrascht von diesem Angebot, auch wenn er versuchte, sich das nicht anmerken zu lassen. »In Ordnung«, sagte er. Dann ging er zurück zur Bar.

Böhn warf Wesley einen Blick zu. »Hast du gesehen, wie der sich gefreut hat? Und wie er versucht hat, das zu verbergen? Er muss so tun, als würde er sich für seinen Freund einsetzen. Insgeheim ist er froh, dass es jetzt den erwischt.«

Wesley stutzte. Ihm wurde plötzlich klar, dass Böhn ihm mehrere Schritte voraus war. »Heißt das …?«, fing er an, aber Böhn hatte jetzt keine Zeit zu antworten. Er beobachtete Bayer, der auf Hamlin einredete.

Frese kam zu Wesley und raunte ihm grinsend ins Ohr: »Ganz schön verlogen, diese Bande, hm?« Er deutete mit einem Nicken auf die Gründer an den Tischen. »Schön, dass damit jetzt Schluss ist.«

»Wusstest du das schon?«, fragte Wesley. »Dass Bayer auch als Täter infrage kommt?«

Frese zuckte mit den Schultern. »Nein. Aber mich wundert hier gar nichts mehr.«

Hamlin schaute jetzt entsetzt in ihre Richtung. Seine Panik sah man ihm sogar hier, in zwanzig Metern Entfernung, an.

Frese deutete zur Bar, fast schon amüsiert. »Jetzt gibt es gleich einen Fluchtversuch.«

»Würde das nicht heißen, dass dann doch Hamlin schuldig ist?«

»Kommt drauf an, was dieser Bayer ihm gerade zugeflüstert hat.« Er deutete auf einen Stöpsel, den Böhn im Ohr hatte. »Wird alles aufgezeichnet.«

Böhn nickte dem Oberkellner zu. Der stand inzwischen wieder an der Bar und bediente ein Tablet, woraufhin leise Loungemusik anging. Dann nickte er zurück.

Als Hamlin vom Barhocker rutschte, um loszuhasten, stieß Böhn einen Pfiff aus, so als würde er einen Hund rufen. Von da an ging alles sehr schnell: Wyslich und Lederer standen links und rechts von Hamlin, kaum dass der von seinem Barhocker runter war, und fesselten seine teigigen, für den massigen Oberkörper zu kurzen Arme mit einem Kabelbinder hinter seinem Rücken.

»Aber wenn er es nicht gewesen ist, warum lässt Böhn ihn dann verhaften?«, fragte Wesley – worauf Frese nur antwortete: »Wart's ab! Unser Hauptmann wird sich schon was dabei gedacht haben.«

Der Barkeeper und die anderen Kellner betrachteten jetzt ungläubig das Schauspiel der Festnahme – so als wären sie nicht sicher, ob ihnen gerade jemand einen Streich spielte. Derweil steckte der Oberkellner in dem entstehenden Tumult Böhn das Tablet zu, das Böhn sofort an Frese weitergab, der es in seiner Uniform verschwinden ließ.

Die Kellner an den Tischen hielten in ihren Bewegungen inne. Doch Lederer schüttelte nur kurz den Kopf, und alle Männer im Raum, Kellner wie Gründer, schienen zu verstehen, dass es besser war, anstatt den Helden zu spielen einfach sitzen zu bleiben und dabei zuzuschauen, wie Wyslich den schwerfälligen Hamlin zum Ausgang schob.

Die gepflegten Gespräche an den Tischen waren inzwischen verstummt, ebenso das pianohafte Geschirrgeklimper.

»Das war ein großer Fehler, Böhn!«, sagte Bayer, gut hörbar für alle Anwesenden im Raum.

Und Böhn entgegnete: »Sie können Ihren Kollegen gerne begleiten, wenn Sie um seine Sicherheit besorgt sind. Ihm geschieht nichts – aber kommen Sie doch einfach mit. Als sein Anwalt.«

Hamlin warf Bayer einen flehenden Blick zu. Die anwesenden Gäste warteten gespannt auf Bayers Reaktion. Wesley ahnte jetzt, warum Böhn diesen Bayer als eigentlichen Hauptverdächtigen nicht direkt festnehmen wollte. Bayer war seit Fincks Tod Vorsitzender im *Rat der Gründer*. In die Enge getrieben, hätte er eventuell spontan einen Aufstand angezettelt. Böhns geschickter Frage musste er aber fast schon zwangsläufig nachkommen, sonst würde er vor den anderen sein Gesicht verlieren als wohlmeinender Anführer, als der er sich ausgeben wollte. Das alles hatte etwas von einem Pokerspiel, aber Böhn schien es zu gewinnen.

Stimmen wurden jetzt laut. Einer der Gäste rief: »Sie waren der beste Anwalt im ganzen Frankfurter Raum, Bayer. Helfen Sie ihm!«

Hamlin wehrte sich nicht mehr gegen seine Festnahme. Aber er protestierte mit starkem Akzent dagegen. Es wurde eine richtige Tirade. Er fing an, von seiner Großmutter zu erzählen, die als Bürgerrechtlerin angeblich schon Martin Luther King Jr. unterstützt hatte. Und das als Weiße! Wie absurd es war, dass er dieses Argument zu seiner Verteidigung anführte, schien ihm gar nicht aufzufallen. Vielmehr empörte er sich darüber, dass jetzt er als ihr Enkel hier abgeführt würde wie ein Verbrecher! Was irgendwie noch absurder war.

Die ersten Gäste standen nun doch von ihren Tischen auf. Nur die Männer. Wie ein Echo Hamlins rief jetzt einer von ihnen in den Raum: »Bayer, tun Sie was! Helfen Sie ihm!«

Aber Bayer zögerte. Da packte der Mann, der dazwischengerufen hatte, in einem Anflug von Heldenmut Böhn an der Schulter – was ein Fehler war: Lederer brachte den Angreifer sofort zu Boden, was beinahe so aussah, als wollte er den Fall des Mannes aufhalten.

»Zügig!«, sagte Böhn jetzt zu Wyslich und wandte sich dabei von Bayer ab.

Dann drehte Lederer dem Mann – nicht unsanft, aber doch energisch – die Hand auf den Rücken, bis der Mann vor Schmerz das Gesicht verzog. Die Botschaft war für alle eindeutig: Heldenmut lohnte sich hier nicht.

»Und – kommen Sie?« Böhn sah Bayer direkt in die Augen.

Fast alle männlichen Gäste im Restaurant waren aufgestanden. Die Kellner hielten sich immer noch im Hintergrund. Die männlichen Gründer eilten dagegen in ihren teuren Anzügen zum Eingang. Dabei beschwerten sie sich immer lauter über Böhns Vorgehen. Gleichzeitig bestärkten sie Bayer darin, Hamlin zu begleiten. Auch dessen Familie war jetzt auf den Weg zum Eingang – Wesley konnte die Kinder hören, wie sie nach ihrem Vater riefen, auch wenn ihre Stimmen die der Männer vor ihnen nicht übertönten.

Lederer holte die Pistole aus dem Holster unter seinem Hosenbein hervor. Er hielt sie neben dem Oberschenkel zu Boden gerichtet, aber das reichte, dass die empörten Restaurantgäste stehen blieben.

»Ich hab gesagt, nur im Notfall, Lederer!«, sagte Böhn.

»Ich schieße nicht. Ich zeige nur«, sagte Lederer.

Da hob Bayer die Hand, um die Gründer zu beruhigen. »Ich kümmere mich um die Angelegenheit«, sagte er mit seiner schmeichelnden Rednerstimme und ein Aufatmen ging durch die Menge.

Dann schritt Bayer mit ihnen in Richtung Treppenhaus. Böhn marschierte neben ihm und Frese voraus, um die Türen zu öffnen. Wesley blieb leicht versetzt dahinter und schirmte Hamlin auf der linken Seite ab.

Sie kamen nur langsam voran. Hamlin atmete heftig und sein Gesicht war rot. Die anderen Gründer wirkten ebenfalls außer Atem. Sogar Böhn schien angestrengt. Wesley legte im Gehen einen Daumen auf seine eigene Halsschlagader. Auch sein Herz raste. Die Aufregung, dachte er.

Die Restaurantgäste folgten ihnen wieder, allerdings mit gebührendem Abstand. Im Treppenhaus stießen Rudroff und Balidemaj zu ihnen, und Lederer blockierte die Tür, die zum Restauranteingang führte, am Knauf sicherheitshalber mit einer Feueraxt. Damit hatten sie die Meute im Restaurant erst mal abgehängt.

30

Die Befragung fand in Böhns Büro statt. Hier hatte auch Wesley seine Aussage zu Protokoll gegeben: dass er die Jacht mehrfach besucht und das vor den anderen verheimlicht hatte, dass er aber mit Fincks Tod und Beas Leiche nichts zu tun hatte. Jetzt wurde Tiny Tim Hamlin von Böhn befragt. Bayer war als dessen Anwalt mit anwesend.

Wesley wartete draußen mit Wyslich und Frese. Er hätte gerne mitgehört, was drinnen gesagt wurde, aber Bayer hatte darauf bestanden, dass diese erste Befragung hinter verschlossenen Türen stattfand – ohne weitere Zeugen. Dafür hatte er Böhn zugesichert, dass er dann die ganze Wahrheit erfahren würde.

»Was bringt uns das, wenn die Aussage nicht vor Zeugen stattfindet oder wenigstens von einem Unparteiischen protokolliert wird?«, fragte Wesley.

»Wer sagt denn, dass das nicht der Fall ist?«, meinte Wyslich mit einem Grinsen.

Frese hielt jetzt das Tablet hoch, das der Oberkellner Böhn im Restaurant zugesteckt hatte und das den Mitschnitt des Gesprächs an der Bar zwischen Bayer und Hamlin beinhaltete. Böhn hatte es zuvor via Bluetooth an einen Lautsprecher im Büro gekoppelt. So wurde das jetzige Gespräch aufgezeichnet.

»Lass mal mithören«, forderte Wyslich.

Aber da ging die Bürotür auf, und Böhn brachte Hamlin in den Gang, wo er zu Frese sagte: »Begleiten Sie den Mann zurück ins *Hotel*! Er hat belegen können, dass er mit der Sache nichts zu tun hat.«

»Ich warte noch auf eine Entschuldigung!«, sagte Hamlin zu Böhn.

Der wusste, dass er damit selber gemeint war, er sagte aber: »Die kriegen Sie bestimmt noch von Herrn Bayer.« Damit zog er die Tür wieder hinter sich zu.

Frese steckte Wyslich unbemerkt das Tablet zu, dann deutete er mit einer Hand den Gang entlang Richtung Treppenturm. Hamlin nickte und ging voraus. Der Schrecken steckte ihm nach der ganzen Sache immer noch in den Knochen. Er war mehr als froh, hier wieder rauszukommen, das sah man ihm deutlich an.

Als Frese mit Hamlin um die Ecke bog, schaltete Wyslich das Tablet von Stumm auf Laut, sodass sie jetzt mithören konnten, was Böhn mit Bayer besprach. Die einleitenden Worte hatten sie zwar verpasst, sich dafür aber gerade noch rechtzeitig zugeschaltet: Bayer hatte sich in Fahrt geredet, aber er blieb cool dabei, auch wenn man deutlich die Verachtung aus seiner Stimme heraushören konnte, die er Böhn entgegenbrachte.

Böhn, der für Bayer nun immer ein Verräter bleiben würde. Nur perlte diese Verachtung scheinbar wirkungslos an Böhn ab. Dessen Stimme blieb ganz neutral, völlig emotionslos: »Warum haben Sie das Hamlin angehängt?«

»Ich wollte mich absichern.«

»Und damit das Leben eines anderen zerstören?«

»Normalerweise wäre es nie dazu gekommen. Wenn *Sie* die Jacht nicht gewaltsam geöffnet hätten, wäre der Ort ein Grab geblieben für Finck und diese Krankenschwester. Die beiden wären einfach verschwunden. Ein Rätsel für alle. Irgendwann hätte sich eine Legende daraus gebildet. Oder es wäre vergessen worden.«

»Dann bleiben Sie bei dem, was Sie gesagt haben?«

»Ja«, sagte Bayer. »Ich habe Finck aus alter Freundschaft geholfen, die Leiche in die Jacht zu schleppen. Er war selber dazu nicht in der Lage, nicht allein. Die Leiche in seiner Suite zu zerkleinern und Stück für Stück im Müll zu entsorgen, konnte ich ihm gerade noch ausreden.«

»Weil es nicht funktioniert hätte«, ergänzte Böhn.

»Richtig. Der Müll wird ja kontrolliert. Leider hatte Finck da ein Auge schon weggeworfen. Er hatte es vergessen. Den Gürtel der Krankenschwester habe ich danach noch Hamlin in die Hand gedrückt und gefragt, ob er seiner Frau gehöre – deswegen der Fingerabdruck.« Bayer seufzte. »Es ist wirklich widerlich, was da geschehen ist. Aber diese Angelegenheit ist jetzt passé. So etwas wird nicht noch mal vorkommen, Böhn. Es war eine einmalige Sache, ein Ausnahmefall. Also vergessen wir das Ganze doch einfach.«

»Das geht nicht«, sagte Böhn. »Es handelt sich hier um ein Menschenleben. Jemand Unschuldiges wurde getötet. Auf welch grausame Art und Weise, das muss ich ja nicht wiederholen.« Er machte eine Pause. »Aber so ein Verbrechen muss bestraft werden. Wenn *ein* Menschenleben nichts mehr wert ist, ist letztlich keines mehr etwas wert. Auch Ihres nicht. Irgendwann kriegen wir hier nämlich alle einen Lagerkoller. Und das darf nicht in einem Gemetzel enden.«

»Genau das ist doch Ihre Aufgabe, Böhn! Dass Sie die Fachkräfte unter Kontrolle haben.«

»Und wer kontrolliert die Gründer?«

Bayer räusperte sich. »Das obliegt dem *Rat der Gründer*. Als Vorsitzender verspreche ich Ihnen, dass Sie sich auf uns verlassen können.«

»Ernsthaft? Sie haben gerade zugegeben, dass Sie einen Mord vertuschen wollten. Und dass Sie diese Tat einem Freund in die Schuhe geschoben haben.«

»Das Wort ›Freund‹ ist ein bisschen übertrieben«, sagte Bayer. »Bei Hamlin jedenfalls. Bei Finck nicht.« Sie konnten Bayer in Böhns Büro durchatmen hören. »Wenn Ihr bester Freund Sie darum bitten würde, eine Leiche zu entsorgen – was würden Sie da tun? Nur unter uns.«

»Das hängt von der Leiche ab. Wenn er sie auf eine so bestialische Art getötet hätte, würde ich meinem Freund nicht dabei helfen.«

»Böhn! Es handelt sich hier um eine Krankenschwester, die sich sehr unklug verhalten hat. Finck wollte nur ein paar Mädchen. Frau Wang sollte ihm welche besorgen. Diskret, aber nicht umsonst. Ja, er wollte Sex mit diesen Mädchen. Aber auch das nicht umsonst. Er hätte alle, auch Frau Wang, großzügig entlohnt. Aber Frau Wang hat sich geweigert. Sie hätte einfach Nein sagen können und Finck hätte jemand anderen für diese Aufgabe ausgesucht. Aber Frau Wang nahm das Ganze moralisch oder feministisch – oder wie soll man das nennen? Sie entschied sich leider dafür, ihm zu drohen! Sie wollte die Sache publik machen. So was geht doch nicht! Das verstehen Sie doch, Böhn, Sie sind doch Soldat, jedenfalls kein Moralist oder Feminist!«

»Wahrscheinlich bin ich nicht mal ein Menschenfreund, Herr Bayer. Aber eben auch kein perverser Sadist. Sie haben bezeugt, dass Finck dieser Frau die Augen aus den Höhlen gesaugt hat, weil sie ihn ausgelacht hat. Weil er sie vergewaltigen wollte, aber nicht performen konnte! Und danach hat er diese Frau mit diversen Gegenständen so bestialisch vergewaltigt, dass sie verblutet ist. Das ist ein furchtbares Verbrechen, Herr Bayer. Kein Kavaliersdelikt.«

Bayer seufzte wieder. »Gut, dann sehen Sie das eben anders als ich. Es ändert nichts daran, dass ich mit dem Mord nichts zu tun habe. Finck war selber schockiert über sich. Deswegen hat er sich ja auch erschossen.«

»Aber er hat sich nicht erschossen, Herr Bayer«, sagte Böhn daraufhin ganz ruhig. »Sie haben ihn erschossen.«

»Wie kommen Sie denn darauf?«

»Unter anderem, weil das Jagdgewehr, mit dem Finck erschossen wurde, Ihnen gehört. Das hat mir Ihr Kollege Theissen glaubhaft versichert. Dazu kommt, dass ich Finck von früher sehr gut kenne. Er hat mich nicht umsonst für diesen Job engagiert. Die Geschichte, die Sie mir hier aufgetischt haben, stimmt schon. Nur mit umgekehrten Rollen. Finck wollte *Ihnen* aus alter Freundschaft aus der Klemme helfen. Und das hat ihn sein Leben gekostet. Finck selber hat Gewalt immer verabscheut. Deswegen habe ich auch einen Selbstmord sofort ausgeschlossen, vor allem so einen. Wir waren als junge Männer zusammen auf der Militärschule. Seine Eltern hatten ihn dorthin geschickt. Er hätte das normalerweise keine Woche überlebt. Der Mann hat es nicht mal übers Herz gebracht, sich einen Pickel auszudrücken.«

Wesley starrte vor dem Büro Wyslich an. Sogar einem alten Haudegen wie dem ging es jetzt so wie ihm selber. Er hatte Wyslich noch nie so überrascht gesehen. *Bayer* hatte also Beatrice

Wang auf diese grausame Weise getötet und danach auch noch Finck aus dem Weg geräumt.

Sie hörten, wie Böhn sich im Büro räusperte. »Es wird eine Gerichtsverhandlung geben, Herr Bayer. Sie werden sich für Ihre Taten verantworten müssen. Bis dahin dürfen Sie zurück in Ihre Suite. Aber Sie stehen unter Hausarrest. Meine Männer werden Sie begleiten.«

»Das ist lächerlich, Böhn!«

»Nein. Das ist mehr als fair! Sie können auch in einer Arrestzelle auf Ihren Prozess warten, wenn Ihnen das lieber ist.«

Kurz darauf öffnete sich wieder die Bürotür. Böhn brachte Bayer zu ihnen in den Gang, und Wyslich bekam mit Lederer den Auftrag, Bayer in seine Suite zu begleiten.

Als Wesley zurück in den Zellentrakt kam, war er immer noch sprachlos. Dann sah er, dass seine Zellentür offen stand. Er war unendlich erleichtert. Er war also kein Gefangener mehr, sein Status hatte sich geändert. Seine Sachen waren alle noch in der Zelle, aber ein Wachmann war weit und breit nicht zu sehen. Das hieß, er würde weiter hier schlafen. Doch er durfte sich frei bewegen, wenn er nicht auf Schicht war. Nur dass er seinen alten Job als Aufseher in der Müllverwertung wiederbekam, konnte er vergessen. Er hatte sich kurz Hoffnungen gemacht. Aber er musste weiterhin neben Nicki im Sortierbecken schuften.

Dafür durfte er wieder in der Kantine essen – sogar am Tisch der Wachmannschaft, obwohl er statt der Uniform seines Bruders jetzt einen blauen Mechaniker-Overall trug. Es war fast wieder so, als wäre er nie von Gabriels Kameraden verprügelt worden. Ihr Maskottchen war er trotzdem nicht mehr. Er war auch nicht einer der Ihren, sondern so was wie ein Gast an ihrem Tisch. Wesley konnte damit leben.

Schlimm war nur, dass er Janja so vermisste. Und die Arbeit machte ihm immer noch zu schaffen. Der Müllgestank unten im Sortierbecken war einfach viel beißender als oben in der Aufseherkabine, wo man die Tür zumachen konnte. Wesley hatte weiterhin mit einem ständigen Übelkeitsgefühl zu kämpfen. Während Nicki mühelos ihre Hände schnell wie zwei Eichhörnchen über den Müll wandern ließ, musste Wesley trotz seiner Handschuhe vor jedem Griff in die weiche, feuchte, stinkende Müllmasse erst mal seinen Ekel überwinden. Für jede noch so kurze Unterbrechung oder Arbeitspause war er dankbar. Oder wenn sie sich bei der Arbeit unterhielten – auch das war eine willkommene Ablenkung. Über Nickis Haltung, was die Gründer betraf – die sich nur bedienen ließen und nicht mal ihren Abfall oben in den Suiten trennten –, konnte er sich besonders aufregen. Dabei vergaß er sogar kurz den Gestank.

»Die denken doch nur an sich. Ich find das in Ordnung. Mich erinnert das an früher«, sagte sie. »Auf der Straße war das genauso. Da war sich auch jeder selbst am nächsten.« Nicki fand ein Paar saftdurchtränkte Socken auf dem Müllberg und warf sie ans andere Ende des Sortierbeckens, das leer war und flacher. »Wenn dir jemand an den Kragen wollte, warst du entweder stärker oder klüger, oder du hattest keine Chance! Was meinst du, wie oft mir jemand im Winter den Schlafsack klauen wollte?«

Wesley richtete sich auf und wischte seine Handschuhe an seinem Overall ab – ein Fehler. Jetzt klebte der Gestank dort. »Das ist doch was ganz anderes!«, sagte er.

»Wieso? Ohne Schlafsack erfrier ich. Soll ich etwa drauf

Rücksicht nehmen, dass der Typ, der ihn mir klauen will, auch erfrieren würde – weil er keinen Schlafsack hat? Oder soll ich meinen Schlafsack etwa mit ihm teilen?« Nicki lachte. »Die Gründer hier wollen sich halt nicht die Butter vom Brot nehmen lassen.«

Wesley streckte sich. Sein Kreuz schmerzte von der gebückten Arbeit. »Nicki, du warst obdachlos! Allein das ist schon falsch! Oder findest du es etwa richtig, dass du auf der Straße gelandet bist?«

Nicki lachte. »Nein. Natürlich nicht. Aber nur weil du findest, dass alle Menschen nett zueinander sein sollten, ist das noch lange kein Gesetz, das über allem steht. Nicht nur die Gründer hier würden das anders sehen. Gut, die halten sich vielleicht für was Besseres – und das mag nicht gerechtfertigt sein. Aber wenn du das falsch findest, hältst du dich doch eigentlich auch für besser als die! Oder etwa nicht?«

»Ich bin besser als die!«

»Wieso denn?«

Wesley musste nicht lange darüber nachdenken. »Ich nehme mir zum Beispiel nicht das Recht heraus, einen von denen zu töten – schon gar nicht ungestraft.«

»Klar, das war scheiße von dem Typen. Aber diese Gründer wollen eben das Beste für sich rausholen. Ich sag ja nicht, dass ich das besonders edel finde. Aber ich bin auch nicht megaenttäuscht von diesen Leuten. Ich weiß ja nicht, wo du herkommst – aber Menschen sind nicht von Grund auf nett oder so. Manche werden es vielleicht – weil die Umstände stimmen.«

Wesley zog einen Handschuh aus, sein Mundschutz war verrutscht. Er wollte gerade etwas erwidern, als Nickis Gesichtsausdruck sich änderte. Sie schien besorgt. Sie machte Walter ein Zeichen, der auf dem Gabelstapler einen Satz leerer Restmülltonnen zurückbrachte. Als er nicht darauf reagierte, warf sie einen Knochen in seine Richtung.

»Hey!«, rief er empört, auch wenn der Knochen ihn verfehlte.

»Warum läuft denn die Suppe hier nicht ab?!«, rief sie zurück. »Hast du die Rohre nicht durchgespült?«

Walter stieg von seinem Gabelstapler runter und eilte zu ihnen.

Nicki deutete auf das Abflussgitter, über dem sich ein kleiner Schmutzwassersee gebildet hatte.

»Scheiße, was soll das denn?«, sagte Walter – und Wesley sah jetzt, wie Frese in der Aufseherkabine ebenfalls aufstand.

Eine rote Lampe leuchtete neben dem Fenster. Sie musste gerade erst angegangen sein. Frese machte die Tür auf und rief: »Wir haben da ein Problem, Leute!«

31

Etwas war passiert. Sonst wäre Böhn nicht hier. Janja kam mit dem leeren Tablett zurück in die Küche. Sie war von den paar Schritten hierher schon außer Atem: Das war noch etwas, das sie beunruhigte.

War sie krank? Wenn ja, dann nicht als Einzige. Alle im *Hotel* hingen inzwischen ziemlich in den Seilen. Frau Theissen hatte es heute gerade noch so in den Wellnessbereich geschafft. Noch schlechter ging es Vanessa. Sie bestand nur noch aus Haut und Knochen. Die allgemeine Kurzatmigkeit war ihr geringstes Problem. Wenn Vanessa so weitermachte wie bisher, würde sie bald verhungern. Ihr Vater schien kein Auge dafür zu haben. Jetzt sagte er zu seiner Tochter und deutete dabei auf Böhn: »Erzähl Herrn Böhn bitte, was du mir vorhin gesagt hast!«

Janja hatte darauf geachtet, die Durchgangstür nicht ins Schloss zu ziehen. Jetzt sah sie durch den Spalt, wie Vanessa mit gesenktem Blick anfing zu reden. Sie hatte ihren Kampfgeist verloren. So unterwürfig hatte Janja sie noch nie erlebt.

Nach einem flehenden Blick, der vergeblich ihren Vater suchte, sagte sie zu Böhn: »Ich habe einem Ihrer Männer dabei geholfen, seinen Bruder in diesen Bunker zu schmuggeln.«

Böhn atmete durch, er war sichtlich um Geduld bemüht. »Herr Theissen, ich bin wegen etwas anderem hier.«

»Sie hören mir jetzt erst mal zu, Böhn!«, sagte Theissen. »Sie spielen sich hier als moralische Instanz auf – dabei halten Sie sich selber nicht an die Regeln! Sie haben uns diese Tatsache verschwiegen, obwohl Sie es hätten melden müssen!«

»Da draußen war Krieg!«, erwiderte Böhn. »Einer meiner Männer ist gefallen. Ich habe Ersatz gebraucht.«

»Da fiel Ihre Wahl ausgerechnet auf seinen siebzehnjährigen Bruder, der nicht die geringste militärische Ausbildung hat? Das ist lächerlich!«

»Ich hatte keine andere Wahl. Ich war gezwungen zu improvisieren.«

»Und warum haben Sie uns das vorenthalten? Für diesen Regelbruch müssen Sie sich verantworten! Genau wie sich der Kollege Bayer für seine Taten verantworten soll. Und wie dieser Junge, der sich hier unrechtmäßig aufhält. Sie wollen ein faires Miteinander in diesem Bunker? Da legen Sie sich mit dem Falschen an!«

»Was ist mit Ihrer Tochter, Herr Theissen?«, fragte Böhn. »Soll ihr auch der Prozess gemacht werden? Wegen Beihilfe?«

Theissen zögerte. Vanessa suchte wieder Blickkontakt zu ihm. Janja hatte noch nie so viel Mitgefühl für sie empfunden. Sie hatten beide denselben Vater, zumindest biologisch, aber auf so eine Familie konnte Janja verzichten. Vanessa dagegen war damit gestraft.

»Ich mache Ihnen einen Vorschlag«, sagte Theissen schließlich. »Wir vergessen das Ganze. Dieser Wesley Meyer darf im Bunker bleiben. Selbstverständlich muss er dafür arbeiten wie alle Fachkräfte. Vanessas Strafe für ihr Vergehen überlassen Sie mir. Auch die von Jonas Bayer. Ich denke da an …« Er machte eine Kunstpause. »… sagen wir, zehn Jahre Hausarrest in seiner Suite. Und nach zwei, drei Jahren Freigang an den Wochenenden. Ansonsten bleibt alles so, wie es ist. Und die Namen Herwig Finck und Beatrice Wang werden fortan nicht mehr erwähnt. Wenn Sie nicht darauf eingehen, Böhn, lässt es sich leider nicht vermeiden, dass auch Sie selber vor Gericht gestellt werden müssen. Ich fürchte, darauf muss ich bestehen. Auch darauf, dass dieser Wesley den Bunker auf der Stelle verlässt! Der Junge hatte nie ein Bleiberecht. Aber natürlich bin ich kein Unmensch. Er bekommt einen Schutzanzug und ein Sauerstoffgerät. Sogar eine Ersatzflasche Sauerstoff. Aber er muss gehen.«

Böhn seufzte, immer noch um Geduld bemüht. »Weil wir gerade von Sauerstoff reden – wollen Sie vielleicht noch wissen, weswegen ich eigentlich hier bin?«

»Sie sind hier, weil *ich* jetzt der Vorsitzende im *Rat der Gründer* bin. Nachdem Sie freundlicherweise die Absetzung von Herrn Bayer zu einer Zwangsläufigkeit gemacht haben. Danke noch mal dafür. Nur deswegen bin ich so entgegenkommend.«

Böhn lachte leise. »Wir haben ein ganz anderes Problem, Herr Theissen. Der Sauerstoffgehalt im Bunker ist dramatisch gesunken. Es ist Ihnen vielleicht aufgefallen, dass viele Bewohner bereits sehr kurzatmig sind. Wir fürchten, dass eine Blockade im Kanalsystem dafür verantwortlich ist. Der Müll kann durch die Rohre nicht mehr nach draußen abtransportiert werden und, schlimmer noch, die Fäkalien auch nicht. Dadurch wächst der CO- und der CO_2-Anteil in der Luft. Die Ursache dafür sind mehrere Geröllawinen, die durch die Detonation eines Nuklearsprengsatzes in unmittelbarer Nähe des Bunkers ausgelöst wurden. Sie erinnern sich vielleicht an den Stromausfall ganz am Anfang hier.«

Nun war Theissen beunruhigt. Mit diesen Neuigkeiten hatte

er nicht gerechnet. Die siegessichere Fassade fiel von ihm ab. »Was heißt das?«

»Wir hoffen, dass wir diese Blockade beseitigen können. Der Pegelstand in der Kanalisation ist dramatisch angestiegen. Ich schicke heute noch ein paar Männer zur Evaluierung in die Kanalrohre. Unsere Sauerstoffgeräte werden wir *dafür* benötigen. Nicht, um einen blinden Passagier mit großem Tamtam in die Verbannung zu schicken!«

»Dann schicken Sie den Jungen eben ins Kanalrohr! Er soll sich gefälligst nützlich machen! Wenn er hier schon auf unsere Kosten lebt!«

Nun war Janja alarmiert. Sie musste Wesley so schnell wie möglich wiedersehen. Was Theissen ihr nie erlauben würde. Ihr fiel nur eine Möglichkeit ein, wie sie es trotzdem schaffen könnte.

Nachdem Böhn gegangen war und sie Vanessa zurück in ihr Zimmer bringen durfte, bat sie Theissen um ein Gespräch.

»Vanessa geht es nicht gut. Bitte erlauben Sie mir, dass ich sie ins Krankenhaus bringe.«

»Ja, mach das«, sagte Theissen kühl. »Ich kann ihr sowieso nicht mehr in die Augen schauen nach dem, was sie getan hat.«

Janja schwieg dazu. Theissen erwartete auch nicht, dass sie sich zu der Sache äußerte. Zwar hätte sie gerne etwas gesagt, aber sie wollte sich auch nicht um Kopf und Kragen reden. Also kümmerte sie sich lieber um Vanessa, um sie so schnell wie möglich ins Krankenhaus zu bringen. Janja wusste nicht, was vor ein paar Tagen in der AR passiert war. Aber Vanessa hatte die Lust daran verloren. Sie war die letzten Tage über nur im Bett geblieben. Gegessen hatte sie bloß wenn Janja sie sanft dazu aufforderte und währenddessen bei ihr sitzen blieb. Selbst dann brachte Vanessa nur ein paar Bissen hinunter. Inzwischen war sie so schwach, dass sie sogar unter der Dusche Janjas Hilfe benötigte.

Wie sie Vanessa in den Außenbereich und dort ins Krankenhaus bringen würde, war ein weiteres Problem. Es war ein langer Weg über mehrere Stockwerke. Vanessa wog zwar nur noch etwa vierzig Kilo, trotzdem würde Janja sie nicht tragen können, schon gar nicht die ganze Strecke.

Sie bekam die Erlaubnis, ihre Kollegin Elli um Hilfe zu bitten. Theissen zögerte da nur kurz. Trotzdem kostete es Janja Mühe, ihre Verachtung nicht zu zeigen. Dass ein Vater nicht mal auf die Idee kam, sein eigenes Kind ins Krankenhaus zu bringen – es war Janja unerklärlich. Aber sie musste jetzt überlegt handeln. Das Wichtigste war, dass sie mit Vanessa das *Hotel* verließ. Auch Elli wollte diese Gelegenheit zur Flucht in den Außenbereich des Bunkers nutzen.

»Bist du sicher?«, fragte Janja auf dem Weg in Vanessas Zimmer. »Wenn Böhn und seine Leute nachgeben und die Gründer wieder die Oberhand gewinnen, wird man dich bestrafen.«

»Dich doch auch. Aber das ist es mir wert!«, flüsterte Elli. »Außerdem müssen wir die Fachkräfte im Außenbereich unterstützen – eben damit sie nicht nachgeben!«

Sie nahmen Vanessa in ihre Mitte, sodass sie einen Arm um Ellis Hals und einen um Janja legen konnte. So gingen sie zusammen los.

An der Lobbytür gab Janja den Notfallcode ein. Nach etwa zwei Minuten wurde ihnen geöffnet. Janja erklärte den beiden diensthabenden Wachmännern die Situation. Einer von ihnen hieß Balidemaj und bot ihnen seine Hilfe an. Er trug Vanessa auf seinen Armen. Sie musste weinen beim Anblick seiner Uniform.

In Vanessas Krankenzimmer versprach Janja, so bald wie möglich wiederzukommen. Aber vorher musste sie noch etwas erledigen. Balidemaj führte sie in Böhns Büro. Dort bat Janja mit Elli um Asyl im Außenbereich. Sie wollten nicht mehr zurück ins *Hotel* und dort für ihre Familien arbeiten. Sie wollten hier helfen, vor allem jetzt, wo die Zukunft des Bunkers auf dem Spiel stand.

Böhn teilte ihnen eine Kammer im Außenbereich zu. Sie hatte eine Bodengröße von etwa drei mal vier Metern. Aber der Schlafbereich, der etwa die Hälfte des Raums einnahm, hatte nur eine Deckenhöhe von ein Meter zwanzig, um Platz zu sparen. Dafür war der Boden aus hellem Holz, und das Licht über dem Eingang hatte eine warme, gelbliche Färbung, die an alte Straßenlaternen erinnerte. Sie sollten beide das Küchenteam unterstützen. So konnte Böhn von dort noch zwei Männer für den Schaufeldienst in der Kanalisation abziehen.

Nachdem sie Bettwäsche, Handtücher und Arbeitskleidung bekommen und sich in ihrer neuen Unterkunft eingerichtet hatten, eilten sie und Elli gemeinsam in die Kantine. Dort lief Elli ihrem Freund in die Arme. Es war ein Wiedersehen wie im Film. Ihr Freund war perplex und überglücklich von seinem Platz aufgestanden, als er sie sah. Er fing Elli auf und küsste sie vor allen Leuten. Es gab anfeuernde Pfiffe, berührte Seufzer, manche klatschten – und ein paar Witzbolde verlangten eine Zugabe.

Janja setzte sich derweil an einen leeren Vierertisch, von dem aus sie den Kantineneingang beobachten konnte. Als Elli von ihrem Freund auf den Armen hinausgetragen wurde, brach erneut Jubel aus. Im Vergleich zur letzten, zweiten Kantinenfeier war die Stimmung unter den Fachkräften deutlich besser.

Trotz der drohenden Gefahr in der Kanalisation wirkten die Leute entspannt. Es war ein Zusammengehörigkeitsgefühl entstanden, seit Böhn und seine Leute dem Gründerrat die Gefolgschaft aufgekündigt hatten. Die Fachkräfte und das Wachkontingent verlangten nun gemeinsam nach einer gerechten Gesellschaftsordnung.

Als Wesley die Kantine betrat, schlug Janjas Herz sofort schneller. Er trug einen Overall und hatte nasse Haare, wahrscheinlich kam er gerade aus der Dusche. Neben Wesley ging Frese zur Essensausgabe. Auf halbem Weg blieben die beiden verblüfft stehen, als sie Janja bemerkten, die inzwischen aufgestanden war. Dann verpasste Frese Wesley einen kumpelhaften Schubs und Wesley eilte auf sie zu. Er lächelte, als er an der anderen Tischseite vor ihr stehen blieb. Auch er hätte sie gerne in den Arm genommen, das spürte sie. Doch er sagte nur etwas schüchtern, so als wäre er nicht ganz sicher, ob er gerade träumte: »Wir sehen uns wieder!«

»Ja«, sagte Janja.

Sie setzten sich einander gegenüber an den Tisch. Wesley nahm ihre Hand. »Wie hast du's aus dem *Hotel* hierher geschafft?«

Sie erzählte ihm, wie sie Vanessas schwachen Zustand als Vorwand benutzt hatte, um sich aus dem *Hotel* zu stehlen, und dass ihr Böhn im Außenbereich Asyl gewährt hatte. Dann berichtete Wesley ihr, dass er sich für den Schaufeldienst freiwillig gemeldet hatte und morgen damit anfangen würde. Er erhoffe sich davon Pluspunkte für seine Verhandlung.

»Stell dir vor, *ich* kann das Problem beseitigen. Oder wenigstens dabei helfen. Dann können sie mich hier gar nicht mehr rausschmeißen.« Wesley war voller Optimismus. Er kam ihr fast ein wenig zu euphorisch vor. Dass er sich »freiwillig« gemeldet habe, hatte irgendwie komisch geklungen. Vielleicht hatte er es nur gesagt, damit sie sich keine Sorgen machte. Vielleicht lag seine Euphorie aber auch an der neuen Stimmung hier oder an ihrem Wiedersehen. Janja ließ sich nur allzu gerne davon anstecken.

Später hatten sie das Zimmer, das Janja sich mit Elli teilte, für sich allein, weil Elli bei ihrem Freund war. Es war ein unglaubliches Gefühl: Zum ersten Mal trafen sie sich nicht heimlich. Sie mussten nicht aufpassen, erwischt zu werden. Auch die Uhr tickte nicht, sie konnten so lange zusammenbleiben, wie sie wollten.

In dieser Nacht liebten sie sich und küssten sich, redeten und schwiegen, schliefen zwischendurch ein – und wachten immer wieder ungläubig auf, weil sie sich im ersten Moment noch im Traum wähnten. Bis sie sich erinnerten und wieder glücklich waren, dass sie jetzt zusammen sein durften. Zumindest eine Zeit lang. Wie lange genau – das verdrängten sie erst mal.

Janja erzählte Wesley schließlich von Vanessa: »Sie ist jetzt überzeugt davon, dass dein Bruder sie gar nicht geliebt hat. Sie glaubt, er hätte nur was mit ihr angefangen, um dich zu retten – dass er ihr also die ganze Zeit über nur was vorgespielt hätte.«

Wesley dachte darüber nach. Dann sagte er: »Wie kommt sie plötzlich darauf? Vielleicht hat es so angefangen, ja. Aber es war bestimmt nicht so, dass Gabriel sich Vanessa genau dafür ausgesucht hätte. Es war ja ein Zufall, dass sie sich bei einer Führung hier im Bunker kennengelernt haben. Vanessa hat ihm garantiert gefallen. Und ich bin mir ganz sicher, dass Gabriel sich irgendwann wirklich in sie verliebt hat – und *dabei* habe ich überhaupt keine Rolle gespielt. Er hat mir ja von ihr erzählt. Wie er das getan hat, das war echt. Mir hätte er nichts vorlügen müssen. Er hätte mich ja einweihen können, wenn das tatsächlich sein Plan gewesen wäre.«

Janja setzte sich in der Koje auf. »Das musst du Vanessa unbedingt sagen. Es wäre furchtbar, wenn sie mit der Überzeugung stirbt, dass dein Bruder sie nur ausgenutzt hätte.«

»Glaubst du denn, sie stirbt?«, fragte Wesley.

»Ich hoffe nicht. Aber der Arzt hat mir gesagt, dass ihr Zustand sehr ernst ist.«

Wesley setzte sich jetzt ebenfalls auf. Er schüttelte den Kopf. »Ich kann's nicht fassen, dass ihr Vater sich nicht um sie kümmert. Unsere Eltern wären für uns gestorben, sie *sind* für uns gestorben – alles, was sie wollten, war, dass *wir* in Sicherheit waren.«

Janja schmiegte sich an ihn. »Das klingt wahnsinnig traurig, aber auch, als wärt ihr eine sehr liebevolle Familie gewesen.«

Wesley schluckte. Dann versuchte er zu lächeln. »Wir waren sicher nicht perfekt. Es gab auch Streit. Aber keine großen Sachen. Und wir haben oft gelacht. Wahrscheinlich hab ich Glück gehabt mit meiner Familie.«

»Ja«, sagte Janja.

Wesley küsste sie. »Deiner Mutter war dein Leben auch wichtiger als ihr eigenes.«

»Das stimmt. Aber ich habe keine schönen Erinnerungen an sie. Nicht so wie du. Auch keine schlechten. Einfach gar keine. Nur an das letzte Jahr, als sie mir alles gezeigt hat – wie man einen Haushalt führt und so weiter. Aber da war keine Zeit für große Liebesbekundungen.«

»Sie hat dich bestimmt trotzdem geliebt«, sagte Wesley.

»Sonst hätte sie das nicht getan. Es hat sie keiner gezwungen, ihr Leben für deines zu geben. Sie hätte dich ja auch einfach im Internat lassen können. Dann hätte dich der Krieg dort überrascht.«

»Ich bin ihr ja sehr dankbar. Ich hätte mir nur gewünscht, auch so eine Familie zu haben wie du. Aber ich hatte meine Großeltern.«

»Und mit deinem Vater willst du nichts mehr zu tun haben?«, fragte Wesley.

»Theissen ist nicht wirklich mein Vater. Nur biologisch. Aber er steht nicht zu mir. Und wie er Vanessa behandelt, spricht auch nicht unbedingt für ihn.«

Wesley zögerte kurz. Dann sagte er: »Ich bin jetzt deine Familie!«

Janja küsste ihn. »Und ich deine!«

Am nächsten Morgen, vor Arbeitsbeginn, begleitete Janja Wesley ins Krankenhaus. Dort sprach er mit Vanessa und sagte ihr alles, was er Janja in der Nacht zuvor über seinen Bruder erzählt hatte.

Vanessa war dankbar. Sie weinte. Dann sagte sie: »Es tut mir leid, dass ich dich verraten habe, Wesley. Aber mein Vater … ich habe immer geglaubt, er kann mir nichts anhaben. Dass ich über den Dingen stehe, ganz souverän, dass ich eine Rebellin bin, der Reichtum und Status nichts bedeuten. Aber mein Vater hat so eine Macht über mich! Mir ist das erst jetzt richtig klar geworden. Ich wollte eigentlich immer nur von ihm geliebt werden. Auch wenn ich mich danebenbenommen habe – gerade dann. Aber es hat nicht funktioniert. Ich konnte machen, was ich wollte, ich war nie gut genug. Ich war immer eine Enttäuschung. Immer die, die die Familie in den Dreck zog. Dein Bruder war der Einzige, der mich so akzeptiert hat, wie ich bin. Der mich nicht ändern wollte. Der mich einfach nur geliebt hat.«

Die Anstrengung war zu groß für Vanessa. Die Ärzte schickten Janja und Wesley schließlich aus dem Zimmer. Mehr konnten sie derzeit nicht für Vanessa tun.

32

Er hatte Janja angelogen. Er hatte sich nicht freiwillig gemeldet. Der Einsatz in der Kanalisation war lebensgefährlich. Wesley war nicht mal annähernd dafür ausgebildet. Er war mit acht Jahren das letzte Mal schwimmen gewesen, kurz bevor das Trinkwasserschutzgesetz 2024 in Kraft getreten und damit das Baden in öffentlichen Gewässern verboten war. Falls er überhaupt noch schwimmen konnte, dann höchstens auf dem Niveau eines Achtjährigen.

Außerdem musste er sich auch noch in einen Taucheranzug quetschen. Vom Tauchen hatte er erst recht keine Ahnung. Aber Böhn war nach seinem Gespräch mit Theissen gleich zur Sache gekommen: »Ich muss dich da reinschicken. Nicki auch. Ihr seid nicht rechtmäßig in diesen Bunker gelangt, im Prinzip habt ihr also keine Rechte hier. So sehen das jedenfalls die Gründer. Deswegen müsst ihr jetzt beweisen, dass ihr ein Zugewinn für die Gemeinschaft seid.«

Wesley hatte vor Janja die Gefahr runtergespielt, damit sie sich keinen Kopf machte und sie beide den Rest des Tages glücklich sein konnten. Trotzdem fühlte er sich schlecht wegen seiner Lüge. Aber das war ihm lieber, als dass Janja sich um ihn sorgte.

»Ich will mich nicht drücken«, hatte Wesley zu Böhn gesagt. »Aber lösen Sie das Problem in der Kanalisation nicht viel eher, wenn Sie die richtigen Fachkräfte darauf ansetzen?«

»Was da vor Ort zu tun ist, könnt ihr genauso gut wie jeder andere. Aber es geht nicht nur darum«, hatte Böhn geantwortet. »Wir pokern hier um etwas viel Größeres: eine neue Gesellschaftsordnung. Die erreichen wir nicht durch einen gewaltsamen Umsturz. Sie soll ja auf Dauer funktionieren. Und dafür brauchen wir die Kooperationsbereitschaft der Gründer. Dein Einsatz ist der Preis, den Theissen fordert. Wenn ich als Vertreter der Fachkräfte und Wachen gleiches Recht für alle einfordere, dann muss das Recht auch für alle gelten. Ich kann sonst nicht verlangen, dass die Gründer auf einen Teil ihrer Rechte verzichten.«

»Aber der Einsatz ist zu gefährlich für Nicki und mich. Wir sind für so was nicht ausgebildet.«

»Wenn ihr das nicht übernehmt, wird euch der Prozess gemacht. Und mir auch. Weil ich es geduldet habe, dass ihr euch hier unrechtmäßig aufhaltet. Theissen wäre sogar bereit, seiner eigenen Tochter den Prozess zu machen. Und ich kann dir jetzt schon sagen, worauf er plädieren wird. Auf eure Verbannung. Er wird es damit begründen, dass ihr euch hier durchgeschnorrt habt und jetzt nicht mal euren Beitrag leisten wollt, wo es hart auf hart kommt. Die Geschworenen hätten euch sofort auf dem Kieker. Aber falls ihr euch jetzt freiwillig meldet und dadurch helft, das Problem zu lösen – dann habt ihr bei den Geschworenen einen Stein im Brett. Und wir Fachkräfte haben es um einiges leichter, demokratische Verhältnisse durchzusetzen.«

Wesley war also keine Wahl geblieben. Nicki auch nicht. Jetzt durchkreuzten ihre Stirnlampen die Dunkelheit im Kanalsystem. Sie trugen spezielle Taucheranzüge und Helme, die besonders dicht und robust waren wegen der Kontaminationsgefahr, die von den Fäkalien ausging. Die Sauerstoffgeräte vereinfachten das Atmen in der Kanalisation, aber die Ausdünstung hier konnten auch die Geräte nicht komplett unterdrücken. Ständig musste Wesley gegen den Reflex ankämpfen, sich in seinem Helm zu übergeben. Die Arbeit in der Müllverwertung hatte ihn zwar abgehärtet, doch der Gestank hier unten war noch mal um einiges schlimmer.

Von den Schaufeln benutzten sie nur die ein Meter fünfzig langen Stiele. Damit stocherten sie im breiigen Abwasser herum, während sie Abschnitt für Abschnitt die Kanalrohre durchkämmten.

Blockierende Gegenstände fanden sie keine. Die Brühe, durch die sie wateten, war zäh, aber flüssig. Trotzdem stieg der Pegel immer weiter an, je näher sie dem Fuß des Berges kamen, wo sich die Kanalöffnung befand. Dort floss das Abwasser nach draußen – oder vielmehr sollte es das.

Ein zu schwaches Gefälle konnte nicht die Ursache für die Blockade sein. Das wurde relativ schnell klar. In den Rohren ging es bergab wie in einer Wasserrutsche. Bei jedem Schritt musste Wesley aufpassen, dass er nicht hinfiel und in der Brühe aus Abwasser, Fäkalien und zerkleinertem Müll unterging und dabei die Orientierung verlor, weil er nichts mehr sehen konnte.

Nachdem er mit Nicki die Eisenleiter in das Hauptrohr hinabgestiegen war – den letzten Abschnitt des Kanalsystems, wo alles Abwasser aus den verschiedenen Bereichen des Bunkers zusammenfloss –, da ging ihm die Brühe bereits bis zum Hals. Bei Nicki war sogar das untere Drittel ihres Helms bedeckt, und er konnte sehen, dass das Hauptrohr auf den letzten Metern bis zur Decke komplett zu war. Irgendwo hier war das System blockiert.

Über Funk schloss sich Wesley mit Böhn kurz: »Was sollen

wir jetzt tun? Auch wenn wir auf Tauchgang gehen, werden wir nichts sehen in dieser Brühe.«

Böhn brach den Einsatz ab und beriet sich mit Buchele.

Drei Stunden später ging es weiter. Sie bekamen Ultraschallfühler. Damit sollten sie sich so weit vortasten wie möglich und dann die Fühler an die blockierenden Elemente legen. Damit konnte die Blockade im Kontrollraum sichtbar gemacht werden. Dabei ließ sich auch deren Dicke messen.

Es war beängstigend. Sie tasteten sich unter Wasser in einer absoluten Dunkelheit voran. Da ein Kanalrohr nun mal rund war, konnte man sich nirgends ordentlich festhalten. Wenn man ausrutschte und der Schutzanzug an den blockierenden Elementen Schaden nahm, dann ertrank man nicht nur, sondern man ertrank in einer Abwasser-Fäkalien-Müll-Brühe. Die Aussicht auf einen solchen Tod war nicht gerade motivierend. Wesley konnte sich nur aus einem Grund aufraffen und das war Janja. Wenn der Sauerstoffgehalt weiter sank, würden alle Menschen im Bunker sterben. Also auch sie. Das durfte er nicht zulassen.

Als sie die Fühler erfolgreich an der blockierten Innenseite der Kanalöffnung angebracht hatten, war ihre Aufgabe erst zur Hälfte erledigt. Die technische Auswertung brachte neue Erkenntnisse. Die gute Nachricht war, dass wohl ein Steinschlag die Kanalöffnung von außen verschüttet hatte – dass aber eine russische RPG-7 reichen würde, um sie freizusprengen. Das war eine von Hand bedienbare Panzerabwehrwaffe. Davon befanden sich mehrere im Arsenal des Wachkontingents.

Die schlechte Nachricht war, dass Wesley diese Waffe bedienen sollte.

Nicki begleitete ihn mit einer Wärmebildkamera, sodass Buchele als Sprengstoffexperte im Kontrollraum Wesley genau so im Kanalrohr positionieren konnte, dass sein Schuss ins Ziel gelangte. Wesley war der Avatar, den Buchele über Funk fernsteuerte.

Als er auf Position war, sagte Wesley über Funk zu Nicki: »Geh zurück zu den anderen!«

»Und wie kommst du dann zurück?«

»Irgendwie, also mach jetzt, vorher schieß ich das Ding nicht ab! Wenn du hinter mir bleibst, erwischt dich der Feuerstrahl.«

Außerdem bestand die Möglichkeit, dass nach einer erfolgreichen Sprengung ein immenser Sog entstand. Wenn er Pech hatte, würde er mit den Abwassermassen durch die dann freie Kanalöffnung nach draußen gespült. Er musste hoffen, dass das Sicherungsseil an seinem Rücken ihn davor bewahrte.

Was es tat. Die freigesprengte Öffnung war auch klein genug, dass der Pegel im Kanalrohr langsamer sank als befürchtet. Dadurch blieb der Sog nach außen schwach genug, um Wesley nicht mitzureißen. Allerdings entstand durch den Feuerstrahl am hinteren Ende des RPG in Verbindung mit dem hohen Kohlenmonoxydgehalt in der Kanalisation eine Verpuffung. Die Brühe schob sich zwar nur langsam an ihm vorbei, dafür brannte sie jetzt. Das hatte ihm vorher niemand erzählt. Und sein Schutzanzug würde nicht ewig halten.

Kurz darauf wurde er mehrmals ruckartig nach hinten gezogen, bis er sich an der Eisenleiter festklammern konnte. Dabei verlor er das RPG. Sein Schutzanzug war aber erstaunlicherweise noch intakt. Er schaffte es, die Leiter hochzusteigen, und kurz vor der Empore über ihm erwischte ihn ein Schwall Wasser – Nicki hatte die letzten Flammen auf seinem Schutzanzug gelöscht.

Später, nachdem sie geduscht hatten, sangen sie vor Glück. Es war wie im Fußballverein früher nach einem gewonnenen Spiel. Frisch gewaschen und mit dem breitesten Grinsen kamen sie zu Buchele, Böhn und den anderen.

»Nett von euch, dass ihr mir das nicht erzählt habt«, sagte Wesley. »Dass die Soße dann auch noch brennt. Sonst hätt ich mir vielleicht vorher schon in die Hose gemacht.«

Den Spruch konnte er sich nicht verkneifen und er erntete auch ein paar Lacher. Dann gab es Bier zur Feier des Tages. Sie waren Helden. Sie hatten es geschafft. Sie hatten ihren Einsatz erfolgreich zu Ende gebracht.

Aber das Problem mit dem Sauerstoff war trotzdem nicht gelöst. Zwei Tage später ergaben die Messungen an zwanzig verschiedenen Stellen im Bunker, dass der Sauerstoffgehalt in der Luft noch weiter gesunken war.

Das Krankenhaus war mittlerweile überfüllt mit Gründern, die sich vor Schwäche kaum noch bewegen konnten. Inzwischen gab es siebzehn Tote, alles ältere Menschen mit Herzschwäche.

Die Ingenieure suchten fieberhaft nach der Ursache des Problems. Sie lag quasi auf der Hand: Der Nuklearsprengsatz, der noch kurz nach dem Lockdown in der Nähe des Bunkers hochgegangen war, hatte nicht nur zu einer Blockade des Kanalausgangs geführt – auch die weiter oben am Hang liegenden Luftschächte waren blockiert. Somit war das auf dreißig Jahre garantierte Überleben in diesem Bunker plötzlich nicht mehr gewährleistet.

Zudem ließen sich die Luftschächte nicht von innen freisprengen. Dabei würde man das Filtersystem zerstören. Es würde auch kein RPG-7 genügen für diese Aufgabe. Die Sprengsätze müsste man diesmal von außen anbringen.

Am Morgen nach dieser ernüchternden Erkenntnis gab es in der Kantine eine Versammlung. Böhn eröffnete sie mit einem Lagebericht und kam dann zur Sache: »Kurz nach dem Lockdown hat es anscheinend einen Felsrutsch über dem Bunker gegeben. Die dadurch bedingte Blockade an der Kanalöffnung haben wir beseitigen können. Aber das Geröll, das damals runtergekommen ist, hat auch den Hauptluftschacht blockiert. Es drückt quasi wie ein Korken darauf.«

»Und warum fällt uns das erst jetzt auf?«, kam der erste Zwischenruf.

»Nun, wir befinden uns im Prinzip in einer gigantischen Luftblase«, sagte Böhn. »Nur dass uns jetzt eben langsam der Sauerstoff ausgeht.«

»Wie langsam?«, fragte der nächste Zwischenrufer.

»›Langsam‹ ist vielleicht das falsche Wort«, erwiderte Böhn. »Wir müssen uns sofort darum kümmern. Wir haben in etwa noch zwei Wochen. Jedenfalls die Gesunden ohne Vorerkrankungen unter uns. Die Älteren und Leute mit Herzschwäche sind jetzt schon in Gefahr. Das habt ihr ja bereits mitbekommen. Dies betrifft euch nur indirekt, weil jede Fachkraft einen Fitnesstest hatte absolvieren müssen, um überhaupt für dieses Bunkerprojekt zugelassen zu werden. Aber – um es kurz zu machen – wir müssen uns die Situation als Nächstes von außen ansehen.«

Die Kantine war so voll wie nie. Im Publikum gingen jetzt mehrere Hände in die Höhe. Ein Ingenieur fragte: »Wer ist *wir*?«

Böhn räusperte sich. »Der Erkundungstrupp, den wir zusammenstellen. Irgendwelche Freiwilligen?«

Diejenigen, die noch Fragen hatten, nahmen ihre Hände wieder runter. Böhns Blick wanderte durch die Reihen. »So viele gleich?«

Als immer noch keine Hand nach oben ging, warf Wesley Janja einen Blick zu, dann stand er auf. »Ich.«

Böhn seufzte. Bevor er ihn abkanzeln konnte, sagte Wesley: »Ich weiß, dafür bin ich nicht ausgebildet. Aber vor der Sprengung im Kanal war ich das auch nicht.« Aus den Augenwinkeln konnte er Janjas entsetztes Gesicht sehen. Er ließ sich davon nicht irritieren.

»Niemand hier ist für so was ausgebildet!«, rief jemand.

Danach meldete sich Theissen zu Wort, der einzige Gründer im Raum. »Ein Grund mehr, dass es der blinde Passagier macht!« Er schaute Wesley dabei direkt in die Augen. Doch sein Blick galt eindeutig Janja, die neben Wesley saß. »Es handelt sich doch nur um einen Erkundungsgang! Leider ist der Hangar mit den Drohnen und den Panzerfahrzeugen durch den Einschlag damals ja auch zerstört worden.«

Lederer stand auf. »Ich komme mit!«, sagte er zu Böhn, aber bevor der reagieren konnte, erwiderte Theissen:

»Nein, das tun Sie nicht! Hier drin sterben Menschen. Wir befinden uns in Gefahr. Wir müssen bedachtsam mit unseren Ressourcen umgehen und dazu gehören auch Sie!«

»Sie können den Jungen nicht alleine rausschicken! Er ist kein Kanonenfutter!« Dass ausgerechnet Lederer sich für ihn einsetzte, erstaunte Wesley.

»Ich glaube, Sie missverstehen Ihre Rolle hier«, sagte Theissen mit drohendem Unterton in Lederers Richtung. »Sie sind nicht zu Ihrem Vergnügen in diesem Bunker! Sondern weil wir Sie und Ihre Kollegen engagiert haben! Sie haben eine Aufgabe. Den Bunker auch nur kurz zu öffnen, ist ein enormes Risiko. Zum Beispiel, falls es da draußen noch Überlebende gibt, die nur auf einen günstigen Moment warten. Die Aufgabe des Wachkontingents ist es, diesen Bunker zu schützen. Deswegen werden wir zuerst jemanden rausschicken, der für alle verzichtbar ist.«

Dieses Argument schien Frese zu gefallen. »Wie wär's dann mit Ihnen? Ich kann nämlich gut auf Sie verzichten!« Er schaute sich um. »Bin ich da der Einzige?«

Zustimmendes Gemurmel wurde laut, gefolgt von ein paar Nein-Rufen, die Böhn sofort unterband. »Frese!«

Frese setzte sich wieder. Danach stand Wyslich auf und ergriff das Wort. »Hauptmann! Von dieser Expedition hängt die Zukunft von uns allen ab. Wollen Sie die wirklich in die Hand dieses Jungen legen?« Er deutete auf Wesley. »Ich halte das für keine gute Idee.«

Wesley vermutete, dass auch Wyslich ihm nur helfen wollte. Trotzdem durfte er sich diese Gelegenheit nicht nehmen lassen. Sein Einsatz in der Kanalisation hatte nicht gereicht, um sich vor den Gründern als Gewinn für die Allgemeinheit zu beweisen. Jetzt bot sich ihm eine zweite Chance. Er stand auf und rief: »Wie Herr Theissen schon sagte – es ist ja erst mal nur ein Erkundungsgang. Ich mache das. Danach beraten wir uns wieder. Dann haben wir auch mehr Informationen.«

Es wurde ruhig an den Tischen. Böhn zögerte. Dann sagte Theissen: »Böhn, irgendjemand muss es tun! Und es ist eine simple Rechnung. Wenn wir einen Mann dabei verlieren, ist das besser als zwei.«

Rudroff meldete sich zu Wort. »Was ich mich frage, Hauptmann: Wie viele Leute sind hier im Bunker? An die tausend, oder? Gut die Hälfte davon sind Gründer. Warum schmeißen wir die nicht einfach raus? Die würden dasselbe mit uns tun – wenn sie es könnten. Ich meine ja nur. Weniger Mäuler atmen weniger Sauerstoff! Bleibt mehr für den Rest übrig. So gewinnen wir etwas Zeit.«

»Ist das ein ernsthafter Vorschlag?«, fragte Böhn neutral.

Rudroff zuckte mit den Schultern. »In ungewöhnlichen Zeiten braucht es ungewöhnliche Ideen. Das ist meine.«

Böhn bedankte sich ohne jeden Sarkasmus für Rudroffs Vorschlag und beendete die Versammlung. Theissen war da schon verschwunden, was vermutlich keine schlechte Idee war.

Wesley stand auf. »Wir sehen uns später!«, sagte er zu Janja und bahnte sich einen Weg durch die Menge. Aber da hatte Böhn die Kantine schon verlassen.

Wesley fing ihn auf dem Weg in sein Büro ab. »Hauptmann!«

Böhn blieb stehen. »Willst du wirklich da raus, Meyer?«

Wesley nickte. »Ich hab gute Gründe dafür! Und wir sollten nicht zu lange warten – Sie sehen ja, wohin sich die Stimmung gerade entwickelt!«

Er wartete auf eine Reaktion. Aber Böhn schien hin- und hergerissen. Es dauerte eine Weile, bis er sagte: »Okay. Falls sich diese Entwicklung überhaupt aufhalten lässt …«

33

Es war ihr erster Streit, seit sie zusammen waren. Dabei wollte Janja gar nicht streiten. Schon gar nicht jetzt. Doch Wesley blieb stur, sie konnte also gar nicht anders. Sie durfte nicht zulassen, dass er da draußen sein Leben riskierte.

Niemand außer ihnen befand sich noch in der Kantine. Es war mitten in der Nacht. Nur aus der Küche kam ein Klirren und Scheppern, auch da wurde noch sauber gemacht. Wesley stellte die Stühle auf die Tische, Janja kehrte den Boden. Dann entfernte Wesley mit einem Schaber die eingetrockneten Essensspritzer, die es hier und da unter den Tischen gab.

»Es ist einfach zu gefährlich!«, sagte Janja wieder. Sie hatte das Gefühl, sich im Kreis zu drehen und dabei immer über dieselbe Stelle zu stolpern.

Wesley schnappte sich den Handfeger. »Kann sein. Ich will das auch gar nicht runterspielen. Aber es ist meine einzige Chance. Theissen hat das ganz klar gesagt. Ich habe kein Recht, hier zu sein. Man gewährt es mir nur, wenn ich einen entscheidenden Beitrag dazu leiste, das Überleben im Bunker zu sichern.« Wesley fegte den Schmutzrest, den er vom Boden gekratzt hatte, auf eine Schaufel. Dann gab er ihn in den Müllsack, den sie an einer Stuhllehne befestigt hatten.

Janja ging zu ihm rüber. »Das ist nur ein Schachzug von ihm. Um seine Macht zu sichern. Und keiner weiß, ob er hinterher sein Wort hält.« Wenn es einen Menschen gab, dem sie überhaupt nicht mehr traute, dann war es ihr leiblicher Vater.

Wesley seufzte. »Ja. Vielleicht.«

Janja nahm ihm den Handfeger ab und legte ihn auf den Putzwagen. »Außerdem ist es unfair! Seit du hier im Bunker bist, arbeitest du – wie alle Fachkräfte. Zwölf bis sechzehn Stunden am Tag. Du hast dich hier nicht durchgeschnorrt.« Wesleys Kollege hatte auf der Versammlung mit seinem Zwischenruf schon recht gehabt: Warum ging Theissen nicht selber raus? Oder einer der anderen Gründer? Janja konnte inzwischen gut und gerne auf diese Leute verzichten.

»Es ist vielleicht nicht fair, aber es ist, wie es ist.«

Es war einfach unglaublich. Sie musste sich richtig beherrschen, um ihn nicht anzuschreien. »Wie kannst du das nur sagen – und dabei auch noch so ruhig sein? Wieso regt dich das nicht auf?«

Wesley schob einen aufgestellten Stuhl beiseite und lehnte sich gegen die Tischkante. »Weil es mir lieber ist, wenn ich da rausgehe – als dass es jemand tut, der nur einen Befehl ausführt. Ich habe wirklich keine Lust zu sterben. Aber wenn es schon sein muss, dann will ich dabei wenigstens wissen, dass du hier überleben wirst!«

»Wesley!« Janja stieß ihn von sich.

Wesley stolperte, fing sich aber und starrte sie überrascht an.

»Ich will nicht von dir gerettet werden!«, rief sie. »Wenn du bei der Expedition stirbst, bin ich allein. Nichts wird mich darüber hinwegtrösten. Weil es dann nichts mehr gibt, für das ich hier leben will. Hast du daran vielleicht schon mal gedacht?«

Wesley nickte. »Ja, hab ich. Denn bevor ich dich kennengelernt habe, war ich kurz davor, alles hinzuschmeißen. Ich habe meine Eltern zurückgelassen. Meinen kranken Vater! Als ich mich das letzte Mal zu ihnen umgedreht habe, wusste ich, dass dies das letzte Mal sein würde und dass sie in ein paar Tagen tot sein würden – und ich nichts dagegen tun konnte. Denn nicht mal mein Bruder konnte was dagegen tun. Und dann hab ich meinen Bruder verloren – der sein Leben dafür gegeben hat, mich zu retten! Alle meine Freunde sind tot. Alle! Ich hab mich fast schon geschämt, dass *ich* noch am Leben war. Aber dann hab ich dich kennengelernt! Selbst wenn meine Eltern und mein Bruder tot sind, weiß ich doch, dass sie sich für mich freuen würden. Ich weiß sehr wohl, wie es ist, jemanden zum letzten Mal zu sehen. Ich will wenigstens dafür sorgen, dass du hier eine Zukunft hast. Und mit etwas Glück haben wir das sogar beide.«

Wieder machte sie einen Schritt nach vorne und stieß ihn von sich weg. »Mit etwas Glück? Mit etwas Glück?!« Sie wollte hier drin nicht nur *überleben*. Nicht ohne ihn. Wofür denn?

Wesley rieb sich das Gesicht. »Janja, ich kann nicht einfach nichts tun. Mal angenommen, man würde mich nicht rauswerfen: Wenn wir das mit der Luftzufuhr nicht in den Griff kriegen, wird es in diesem Bunker ein Gemetzel geben. Du hast es doch gehört auf der Versammlung. Dann heißt es irgendwann: die oder wir! Weißt du, was das aus uns machen würde – als Gemeinschaft –, wenn wir fünfhundert Leute einfach in den Tod schicken? Selbst wenn wir es nicht selber machen, sondern die Wachen. Die sind das Töten ja gewohnt. Aber sogar mit denen macht das was! Mein Bruder hat nicht viel erzählt vom Nahen Osten. Außer im Schlaf. Beim Töten stirbt auch etwas in einem selber. Entweder wir überleben das alle hier gemeinsam – Fachkräfte, Wachen und Gründer –, oder wir hören auf, Menschen zu sein!«

Janja biss sich auf die Unterlippe. Was sie jetzt auf keinen Fall wollte, war losweinen. »Du sagst, dass du das für mich tust? Für uns? Dann kannst du das nicht allein entscheiden!« Mit diesen Worten ließ sie ihn stehen.

»Wo gehst du hin?«, fragte Wesley.

»Zu Böhn!«, rief Janja ihm zu, ohne stehen zu bleiben. »Ihm sagen, was ich von der ganzen Sache halte!«

»Janja, warte!« Sie hörte Schritte hinter sich, dann spürte sie Wesleys Hand an ihrem Arm.

Janja riss sich sofort los. Sie war so wütend, dass sie es gar nicht in Worte fassen konnte. Also sagte sie nur: »Rühr mich nicht an!«

Wesley erstarrte, und sie ging aus der Kantine, ohne sich noch mal umzudrehen.

Auf halbem Weg zu Böhns Büro blieb sie stehen. Böhn würde ihr vielleicht zuhören, aber sich von ihr garantiert nicht umstimmen lassen. Doch statt zurück ging sie in ihre Unterkunft.

Janja überlegte sogar, ob sie deswegen zu Theissen gehen sollte. Aber auf der Versammlung hatte er sie voller Verachtung angeschaut, als er seine Forderung wiederholte, dass Wesley den Erkundungsgang machen sollte. Es war eindeutig, dass das auch gegen sie gerichtet war. In seinen Augen hatte Janja ihn verraten, als sie mit Vanessa das *Hotel* verlassen hatte.

Zwar war er ihr Vater – doch was bedeutete das schon? Liebe entsteht durch Nähe und Mitgefühl. Ein Vater liebt sein Kind oder er liebt es nicht. Er fängt nicht irgendwann aus heiterem Himmel an, es plötzlich zu lieben, wenn er das nicht schon vorher getan hat. Theissen würde immer nur biologisch ihr Vater sein. Manche Menschen erreichte man nicht. Dafür fanden einen andere. Dass sie Wesley kennengelernt hatte, war reines Glück. Jetzt stand sie davor, es wieder zu verlieren.

Es klopfte. Als sie nicht antwortete, sagte Wesley vor der Tür: »Darf ich reinkommen?«

Wieder antwortete sie nicht.

Als die Tür trotzdem aufging, sagte Janja: »Wenn du es sowieso tust, warum fragst du dann überhaupt?«

Wesley blieb in der Tür stehen und sagte: »Mir fällt einfach keine andere Lösung ein. Ich wünschte, es gäbe eine.«

Janja drehte sich zur Wand. »Ich weiß.«

»Darf ich reinkommen?«

Sie nickte und er setzte sich an den Rand ihrer Koje. Nach einer Weile legte er fast schon vorsichtig eine Hand auf ihre Schulter. Sie drehte sich zu ihm um, schmiegte sich an ihn und legte einen Arm um seine Hüfte. Dann richtete sie sich auf, setzte sich auf seinen Schoß und umarmte ihn so fest, als könnte sie ihn damit für immer bei sich behalten.

34

Alles war verschwunden. Nicht mal mehr Schatten gab es. Wesley musste den Kopf in die Richtung drehen, in die er schauen wollte – sein Blickfeld war zu stark eingeschränkt durch den im Anzug integrierten Helm mit dem Atemgerät.

Überall war Asche. Sie lag am Boden und schwebte sogar in der Luft. Die Sohlen seiner klobigen Stiefel zeichneten sich mit jedem Schritt klar darin ab – wenn auch nur für den kurzen Moment, bevor der nächste Windstoß das geriffelte Staubmuster wieder verwischte.

Asche war auch der Farbton, den die Welt jetzt hatte. Es war ein Uhr Mittag und Ende September. Aber das bisschen Helligkeit, das die schwere Wolkendecke durchdringen konnte, hatte gerade noch die Kraft, ein gleichmäßiges Halbdunkel um ihn herum zu erschaffen.

Fast schwarz war es, wo das alte Grand Hotel gestanden hatte – von dem bloß noch ein Aschehaufen und nicht mal mehr Trümmer übrig waren. Auf den Bergen ringsum ging die Asche in das etwas hellere Grau von abgebranntem Holz über. Wo früher dichte Wälder standen, wuchs jetzt gar nichts mehr.

Dazu kam diese Stille. Sie fiel Wesley nicht sofort auf, weil er seine Atmung durch das Sauerstoffgerät so überdeutlich hörte. Auch der schwere Schutzanzug raschelte bei jeder Bewegung. Doch als Wesley die Luft anhielt und auf dem Gipfelplateau still stehen blieb, war nur noch der eisige Wind zu hören. Er machte dieses trostlose Halbdunkel um ihn herum – dieses riesige Nichts – noch gespenstischer.

Nur die Leichen fehlten.

Wo waren all die Toten, vor deren Anblick Wyslich und Lederer ihn gewarnt hatten? Die beiden hatten ihn auf diese Expedition vorbereitet. Während sie ihm in den Schutzanzug halfen, hatten sie ihm zerbombte Städte geschildert, durch die sie sich in ihrer Zeit im Nahen Osten gekämpft hatten. Aber keine ihrer Erzählungen war vergleichbar mit dem, was Wesley hier sah.

Nicht mal mehr Baumstümpfe ragten noch aus dem Boden. Von Menschen fehlte überhaupt jede Spur. Es war, als hätte man alle Gegenstände, alle Pflanzen, überhaupt jedes Lebewesen von der Erde gekratzt, bis nur noch Gestein übrig war – um darauf dann Asche zu streuen.

Alles war verbrannt und tot: die Wälder am Berg, das alte Grand Hotel, unten im Tal die Mais-, Raps- und Getreidefelder, die ganzen Wiesen, selbst wenn die vor einem halben Jahr schon in der anhaltenden Trockenheit verdorrt gewesen waren.

Sogar die Ortschaften, die früher von hier oben wie in die Landschaft gemalte Farbtupfer wirkten, waren jetzt bloß noch Aschehügel. Diese Hügel stachen nur noch durch ihre Größe und die etwas dunklere Schattierung ihrer Umrisse aus der Umgebung hervor. Von der Postkartenlandschaft des Taunus war als Einziges noch die bergige Geländeform übrig, wie ein Skelett auf einer Röntgenaufnahme.

Die Welt dahinter ließ sich gar nicht mehr ausmachen. Durch den Aschestaub in der Luft wirkte sie in diesem Halbdunkel wie ein unscharfes, zweidimensionales Schwarz-Weiß-Bild einer Mondlandschaft. Auch der Himmel schien direkt über ihm zu hängen. Wenn Wesley sich zurücklehnte, sah es so aus, als gäbe es dort oben keine Atmosphäre mehr. Die dunkle Wolkendecke wirkte so zäh wie geschmolzenes Plastik.

Wesley hielt die Karte, auf der Buchele den Weg zur Öffnung des Hauptluftschachts markiert hatte, in den Schein seiner Stirnlampe. Die Öffnung befand sich etwa auf halbem Weg zwischen dem Gipfelplateau und dem Fuß des Berges. Aber er suchte vergeblich nach Anhaltspunkten in der Landschaft vor ihm, die mit der Karte übereinstimmten. Der Rotstift auf dem laminierten Papier kam ihm vor wie eine Blutspur, die ins Nichts führte. Selbst dieser letzte Farbtupfer versickerte in Asche. Nicht mal der Kompass half ihm weiter. Die Nadel spielte verrückt.

Wesley machte das Funkgerät an, das sie ihm mitgegeben hatten. Doch so langsam er den Schalter auch drehte – über den Kopfhörer drang immer nur dasselbe gleichmäßige Rauschen in sein Ohr, so fein verteilt wie die Asche in der Luft.

Ob er den Weg von hier oben am Gipfelplateau runter zur Öffnung des Hauptluftschachts und dann wieder zurück in der vorgegebenen Zeit überhaupt schaffen würde, war eine weitere Frage. Wesley blieben gerade mal zwei Stunden dafür. Eine Drohne hätte vielleicht fünf Minuten gebraucht. Zudem machten die schweren Stiefel und der klobige Anzug jeden Schritt zu einer Anstrengung, die große Konzentration erforderte.

Aber er konnte jetzt nicht einfach umkehren. Er musste sein Ziel erreichen, um wenigstens irgendein Ergebnis von diesem Erkundungsgang zurückzubringen – und sei es nur eine Kameraaufnahme vom Ausmaß der Verschüttung.

Also stapfte er los durch die mondgleiche Steinwüste, während um ihn herum Aschewolken über die verkohlten Hügel wehten. Nach etwa hundert Metern blieb er stehen. Er starrte über den Abgrund, weil ein schmutzigweißer Wolkenfleck am Himmel kurz etwas mehr Licht spendete. Wahrscheinlich stand dort gerade die Sonne – irgendwo weit oben und für Jahrzehnte unsichtbar. Doch sosehr er sich auch konzentrierte, im Tal waren keine Bewegungen auszumachen. Da unten war gar nichts, nur endlose Nacht.

Grüne Täler, wechselnde Jahreszeiten, neues Leben: All das würde es hier erst wieder in ein paar Hundert Jahren geben.

Trotzdem marschierte Wesley weiter. Er hatte keine Wahl. Wie ein Neugeborenes sich an den Finger seiner Mutter klammert, klammerte er sich ans Überleben. Denn solange wenigstens ein paar Menschen noch lebten, gab es einen letzten Rest Hoffnung.

»Wir werden alles an Sprengstoff brauchen, was wir haben«, sagte Buchele später, als er zusammen mit Böhn auf dem Computer die Außenaufnahmen des Hauptluftschachts studierte, die Wesley gemacht hatte.

Wesley schloss die Augen. Wieder sah er das graue Niemandsland da draußen vor sich, durch das er sich vorhin noch mit größter Mühe gekämpft hatte. Die nächste Expedition würde noch schwieriger werden.

»Ich schlage vor, wir machen es wie in der Kanalisation. Ich bin Bucheles Avatar. Er sagt mir über Funk, wo ich die Sprengsätze anbringe. Dann zünde ich sie und komme zurück. Aber ich will, dass Theissen mir persönlich zusichert, dass ich dann nicht mehr in der Schuld der Gründer stehe.«

»Du stellst hier keine Forderungen, Meyer«, sagte Böhn neutral. »Nur um das gleich klarzustellen.«

»Doch, genau das tue ich! Und das ist wirklich nicht zu viel verlangt.«

Böhn und Buchele wechselten einen Blick. Dann lachte Böhn kurz auf. Es war kein freundliches Lachen. »Gut«, sagte er. »Schauen wir mal, ob Theissen sich darauf einlässt.«

Es war schon riskant gewesen, Böhn zu widersprechen. Ein Mann wie Böhn ließ sich das nur ungern gefallen. Aber jetzt setzte Wesley alles auf eine Karte. »Theissen ist hier nicht mehr der Boss! Als Ratsvorsitzender der Gründer ist er höchstens noch so was wie ein Parteichef. Zugegeben, einer sehr mächtigen Partei. Aber Sie, Hauptmann, repräsentieren die Fachkräfte! Sie sind mindestens genauso mächtig. Wenn Sie ihm sagen, dass er herkommen soll, wird er herkommen.«

Böhn musterte ihn lange. »Danke für die Lehrstunde, Meyer.« Wesley konnte nicht mal erraten, was in ihm dabei vorging. Dann lächelte Böhn und sagte: »Buchele, hol Theissen!«

Als Buchele aus dem Büro gegangen war, schob Böhn seinen Schreibtischstuhl zurück und setzte sich. Er verschränkte die Arme vor der Brust. »Lass mich nie wieder vor meinen Leuten schlecht aussehen, Meyer! Sonst zertrete ich dich wie eine Ameise!«

Wesley schluckte. Darauf konnte er verzichten. Trotzdem sagte er: »Es gibt keine Ameisen mehr, Böhn.« Er ließ sich jetzt nicht einschüchtern. Dafür war in den letzten Tagen zu viel passiert.

Böhn schwieg. Er wirkte müde.

Auch Theissen war nicht begeistert, als er in Böhns Büro eintraf. Doch er war hergekommen. Was wäre ihm auch anderes übrig geblieben? Von seinem Stolz allein kann niemand leben. Man braucht auch ein bisschen Luft.

Wesley reichte Theissen ein Blatt Papier und einen Stift. »Ich will es schriftlich«, sagte er. Dann diktierte er ihm, was er schreiben sollte.

»Hiermit gebe ich mein Wort als Vorsitzender im Rat der Gründer, dass Wesley Meyer in diesem Bunker bleiben darf, sofern er die Sprengung an der Bergaußenseite des Hauptluftschachts erfolgreich durchführt. Hubert Theissen, am 11. September 2032.«

»Die Ortsangabe fehlt«, sagte Theissen spöttisch.

»Da draußen ist kein Ort mehr. Sie können sich gern selber davon überzeugen.« Wesley nahm Theissen das Blatt aus der Hand und ging zur Tür.

Als er sie öffnete, rief Böhn ihm vom Schreibtisch aus zu: »Hast du es dir auch gut überlegt, ob du ein zweites Mal da rausgehen willst, Junge? Du hast den Weg vom Gipfelplateau zur Öffnung und zurück nicht mal annähernd in den zwei Stunden geschafft, die dein Anzug garantiert sicher ist. Wir haben dich dekontaminiert, aber wie viel Gammastrahlung du abbekommen hast, weiß niemand. Und jetzt willst du da noch mal raus? Warum? Ist das *Survivor's Guilt*? Wegen Gabriel?«

»Hier drinnen sterben alle, wenn keiner was dagegen unternimmt«, sagte Wesley und zog ohne weitere Worte die Tür hinter sich zu.

35

Sie hatte keine Ahnung, wohin Wesley sie führte. Er hatte ihr vor der Kammer, die sie mit Elli teilte, ein Tuch um die Augen gebunden. »Das muss jetzt einfach sein!«, hatte er gemeint und dann gelacht.

»Jetzt sag schon! Wohin gehen wir?«

Er drückte nur ihre Hand. »Wart's ab!«

Als er stehen blieb, um eine Tür zu öffnen, und sie dabei vor Treppenstufen warnte, da ahnte Janja schon etwas und verkniff sich ein Lächeln.

Unten angekommen, fragte er: »Bist du bereit?«

Janja nickte und Wesley nahm ihr mit einer schnellen Bewegung das Tuch ab. »Ta-da!«

Sie standen vor der Geheimtür. Janja warf Wesley einen überraschten Blick zu. Auch wenn sie eine Ahnung gehabt hatte, wusste sie jetzt nicht, was sie sagen sollte.

»Frese hat mir geholfen. Die anderen haben nichts dagegen. Sogar Böhn hat es erlaubt. Allerdings nur für vier Tage. Uns bleibt ja nicht viel Zeit. Trotzdem muss ich mich auf den Einsatz vorbereiten. Den Weg da draußen einstudieren. Ich muss ihn auswendig kennen und am besten auch blind gehen können. Ich hab ja nur begrenzte Zeit, um die Mission auszuführen. Innerhalb dieses Zeitrahmens muss ich zurückkehren, sonst hält der Schutzanzug nicht länger dicht.«

Das wiederum hatte Janja erst recht nicht erwartet: »Wir dürfen vier Tage in der Jacht bleiben?!«

Wesley grinste. »Wenn du endlich mal die Tür aufmachst. Sonst sind es nur noch 3,99 Tage.« Er deutete auf das Feld mit den roten Punkten. Janja legte ihre Finger darauf, sodass sich die Tür öffnete.

»Offiziell sind wir nur zum Arbeiten hier«, sagte Wesley weiter. »Doch um möglichst wenig Zeit zu verlieren, dürfen wir hier auch schlafen.« Er grinste. »Wyslich kommt später noch vorbei, um ein neues Programm in die AR einzuspeisen.«

Auf den ersten Blick hatte die Jacht sich nicht verändert. Janjas zweiter Blick wanderte zur Couchecke, wo – wie sie von Wesley wusste – Finck von Bayer erschossen worden war. Wesley deutete auf das Sofa und den Bildschirm dahinter. »Ich hab noch mal drübergeputzt. Man sieht eigentlich nichts mehr.«

Janja nickte. »Und deine Kameraden sind wirklich nicht sauer, dass du eine Sonderbehandlung bekommst?«

»Nicht vor diesem Einsatz. Außerdem ist es der einzige Ort im Außenbereich, wo wir die AR zur Vorbereitung nutzen können.«

Janja drehte sich langsam um die eigene Achse. Die Bar, der Whirlpool, die Panoramafenster mit dem Blick aufs Meer, dazu die Insel – vier Tage lang würde das alles ihnen gehören! Sie mussten nicht mal fürchten, hier erwischt zu werden. Janja lachte ungläubig auf. »Das ist ja …« Wieder fehlten ihr die Worte. Dann sagte sie: »… wie in den Flitterwochen!«

Wesley musste lachen. Janja sprang ihm in die Arme. Er konnte sie auffangen, geriet aber ins Stolpern. Sie landeten auf dem Teppich. »Hast du dir wehgetan?«, fragte sie.

»Nein. Du?«

Janja lag auf ihm und schüttelte den Kopf. Sie schaute ihm in die Augen. Lange und tief – eine kleine Ewigkeit lang. Dann sagte sie: »Willst du mich heiraten?«

Wesley unter ihr wirkte überrumpelt. »Was?«

Janja lachte. »Wie ›was‹? Was ist denn das für eine Antwort?«

»Na ja, mir hat noch nie jemand einen Antrag gemacht.«

Es war ein bisschen gemein, aber Janja gefiel es, ihn so durcheinander zu sehen. »Das will ich hoffen!«

»Ist das dein Ernst?«, fragte Wesley.

Janja hatte es im Spaß gesagt, genau wie den Kommentar mit den Flitterwochen. Aber als sie jetzt darüber nachdachte, erschien ihr Vorschlag ihr gar nicht mehr so ungewöhnlich. Klar war Wesley erst siebzehn und sie sechzehn. Aber spielte das in dieser Welt noch eine Rolle? Es war eine schreckliche Zeit, in der sie lebten, aber sie hatte ein Recht darauf, glücklich zu sein. Sie beide hatten es. Sie hatten ihre Familien verloren. Also mussten sie auch für die anderen glücklich sein. Wenigstens diese vier Tage lang. Niemand konnte wissen, ob so ein Glück auch länger anhalten würde. Von einem Tag auf den anderen war vielleicht alles wieder vorbei. Auch diese Erfahrung hatten sie schon gemacht. Man musste sein Glück festhalten, so lange man konnte.

»Ja, mein völliger Ernst«, sagte sie, ohne den Blick von Wesley zu nehmen. »Aber ich wollte dich nicht überrumpeln.«

»Tust du nicht«, sagte Wesley leise. »Ich liebe dich, Janja. Du bist das Wichtigste auf der Welt für mich. Ich bin so froh, dass ich dich gefunden habe. Ich will den Rest meines Lebens mit dir verbringen. Ich will für dich da sein und dich beschützen und immer gut zu dir sein.« Er beugte sich vor und küsste sie. »Ja, ich will dich heiraten!«

Janja lachte glücklich. »Dann lass uns *jetzt* heiraten!«

Wesley richtete sich auf und Janja setzte sich auf seinen Schoß. Dabei schlang sie ihre Beine um seinen Rücken und ihre Arme um seinen Hals.

»Und wer traut uns?«, fragte Wesley.

»Wir selber!«, sagte sie. »Wir brauchen keine Ringe, auch keine Trauzeugen oder Standesbeamte. Wir machen unsere eigene Zeremonie. Wir schauen uns in die Augen und dann küssen wir uns ganz lange und danach sind wir verheiratet.«

»Okay. Aber das machen wir doch sowieso schon die ganze Zeit.«

Janja lachte wieder. »Dann heiraten wir jetzt eben noch mal!«

Wesley nickte. »Na gut!«

Dann schauten sie sich lange an, erst lächelnd, dann ernst und dann so, dass Janja gar nicht mehr hätte sagen können, wie genau sie sich anschauten, weil sie sich in Wesleys Blick verloren hatte. Ihr Herz fühlte sich schwer und warm und voll an. Sie umarmte ihn fest und lange und sagte: »Ich liebe dich!« Dann küsste sie ihn. Sie küssten sich eine Ewigkeit lang. Danach sagte Janja: »So, jetzt gehörst du für immer mir!«

Wesley musste lachen. Erst als sie langsam den Reißverschluss seines Overalls aufzog, wurde er ernst und schob ihren Rock hoch, ohne den Blick von ihr zu lassen. »Und du gehörst mir!«, sagte er.

Sie stiegen am Heck die Leiter runter und ins Beiboot. Janja sagte lachend: »Jetzt machen wir unsere Hochzeitsreise!« Dann schaltete sie den Motor an, während Wesley das Tau löste. Auf dem Weg zur Insel rief er ihr etwas zu, aber Janja hörte es nicht, weil der Wind, die Wellen und der Motor so laut waren.

Etwa fünfzig Meter vor dem Strand drosselte Janja die Geschwindigkeit. Wesley machte ihr ein Zeichen, den Motor ganz auszuschalten. Er zog sich bis auf die Boxershorts aus. Halb sprang er, halb stolperte er aus dem wackligen Beiboot ins Wasser. Janja beugte sich über die Bootswand, hielt sich am Tau fest und schaute in die Tiefe.

Wesley tauchte lachend wieder auf. »Es ist so real!«, rief er prustend. »Ich kann das Wasser richtig schmecken. Es riecht sogar nach Salz in der Luft. Es ist herrlich warm – komm schnell rein zu mir.«

Janja begann sich auszuziehen. »Findest du es nicht mehr unheimlich, dass es nicht real ist, sondern nur *wie* real?«

»Ich gewöhn mich gerade dran. Du bist ja bei mir! Und du bist real. Das bist du doch, oder?«

Sie sprang zu ihm in das türkise Wasser und tauchte ein Stück, bis sie den weißen Sand am Meeresgrund berühren konnte, in dem sich Wellenformen abzeichneten. Eine rot leuchtende Qualle schwebte ein paar Meter weiter schwerelos vorbei, gefolgt von einem Schwarm kleiner blauer Fische.

Janja stieß sich mit den Füßen vom Meeresgrund ab und tauchte zurück an die Oberfläche, wo sie in Wesleys Arme schwamm und ihn küsste. Seine Hände wanderten am Po unter ihren Slip und er grinste. »Wie wohl der Sex in der AR ist?«, fragte er.

»Anders«, antwortete Janja ernst. »Hat mir Vanessa gesagt. Im Krankenhaus. Es war fast real mit deinem Bruder in der AR. Bloß, wenn sie mit ihm geschlafen hat, wurde ihr bewusst, dass es eben doch nicht ganz real ist. Weil sie wusste, wie es im richtigen Leben mit ihm war. In der AR war es dann, wie mit einem Geist zu schlafen. Das war der Grund, weswegen Vanessa die AR dann ganz verlassen hat. Ihr Leben dort mit Gabriel war eben doch nur eine Illusion.«

Janja konnte sehen, dass Wesley jetzt an seinen Bruder dachte. Es tat ihr schon leid, dass sie ihn erwähnt hatte. Aber dann küsste er sie und kniff sie in die Seite, bis sie aufschrie. »Dann verzichte ich lieber auf AR-Sex«, sagte er. »Wir sind ja bald wieder in der Jacht!«

Janja stieß ihn von sich und spritzte ihm Wasser ins Gesicht und Wesley kraulte zurück zum Boot. Er hielt sich am Bootsrand fest, sodass Janja seine Schulter als Räuberleiter benutzen und sich an ihm aus dem Wasser und ins Beiboot ziehen konnte. Dort reichte sie Wesley die Hand und half ihm hinein.

Als sie am Strand gemeinsam das Boot ins Trockene zogen, sagte er: »Da wären wir.«

Janja nahm wieder seine Hand. »Noch nicht ganz.«

Sie gingen nebeneinander am Ufer entlang auf die Klippen zu. Der Mann, den sie bei ihrer ersten Fahrt zur Insel schon auf dem Felsen gesehen hatte, winkte ihnen. Dann kletterte er herunter und kam ihnen entgegen.

Janja wählte im Menü der AR die Alternative C. »Da seid ihr ja!«, rief der Mann ihnen auf den letzten Metern gut gelaunt zu. Er wirkte jetzt freundlich und nicht mehr verzweifelt wie beim letzten Mal. Sie ließen sich von ihm in den Dschungel führen, wo er an einer Lagune sein Lager hatte und zwei gesattelte Pferde auf sie warteten.

»Bist du schon mal geritten?«, fragte Janja.

»Noch nie«, sagte Wesley.

Der Mann lachte. »Keine Sorge, es sind sehr zugängliche Tiere.« Er nahm den Zügel des weißen Pferdes und half Wesley beim Aufsteigen.

»Du hast wirklich an alles gedacht!«, sagte Wesley zu ihr, nachdem er sich bei dem Mann bedankt hatte.

Janja lachte. »Das ist immerhin unsere Hochzeitsreise!« Sie führte ihr Pferd zurück zum Strand, dann ritt sie voraus am Ufer entlang und an dem Beiboot vorbei, bis sie zu einer Düne kamen. Von dort ging es auf ein grasbewachsenes Hochplateau, wo man den Dschungel überblicken konnte. Palmen wankten im Wind, und das *Klack-klack-klack!* einer zerspringenden Kokosnuss drang zu ihnen nach oben, gefolgt von einem warnenden Kreischen eines Affen, der sein Besitzrecht einforderte.

Danach wurde der Weg steiniger, bis sie einen Krater erreichten, in dessen Innerem sich ebenfalls ein wuchernder Dschungel befand. Bunte Papageien flogen darin umher – ein surrealer und wunderschöner Anblick. Es war, wie in einem Computerspiel aufzuwachen, das echter aussah als die wirkliche Welt – so wie wenn man immer schon leicht kurzsichtig gewesen wäre, ohne es zu wissen, und jetzt zum ersten Mal die passende Brille aufsetzte.

»Wow!«, sagte Wesley und stieg von seinem Pferd ab.

Janja streichelte ihres am Hals und führte es vom Abgrund weg. Die Sonne näherte sich blutrot dem Horizont. Eine goldrosa Wolkenschicht leuchtete am Himmel auf und spiegelte sich im Meer.

Sie setzten sich in die Wiese und Wesley nahm Janja in den Arm. »Gefällt's dir?«, fragte sie.

»Ja«, sagte er. »Sehr sogar. Danke!«

Später, als sie geduscht hatten und Janja für sie beide die Carb-Loader mixte, ertönte das Warnsignal an der Tür. Wesley ging rüber zum Monitor.

»Das ist Wyslich«, sagte er über seine Schulter in ihre Richtung.

»Dann lass ihn rein.«

Wesley tippte auf dem Display auf *Audio*. »Wyslich!«, sagte er.

»Ich hoffe, ich störe nicht«, kam es etwas blechern durch den Lautsprecher. »Seid ihr angezogen oder braucht ihr noch einen Moment?«

»Sehr witzig«, antwortete Wesley. »Warte kurz.«

»Ich hab's gewusst«, sagte Wyslich lachend.

Janja nahm ihren Shake und drückte den anderen Wesley in die Hand. »Ich lass euch mal allein. Dann könnt ihr in Ruhe arbeiten. Ich bin solange bei Elli.«

Aber Elli war wieder nicht da.

Janja hatte das schon halb erwartet. Sie legte sich in ihre Koje und schlief sofort ein, so erschöpft war sie. Alles war so anstrengend, wenn die Luft nicht genügend Sauerstoff enthielt.

Als sie aufwachte, wusste sie nicht, wie lange sie geschlafen hatte, sie hatte ihre Uhr vergessen. Ihr Kopf dröhnte. Sie trank einen Schluck. Dann ging sie zurück.

Auf Ebene -2 im Treppenturm zog sie die Tür zum Vorraum auf und blieb in der offenen Tür stehen, als sie leise Stimmen hörte. Janja hatte keine Ahnung, woher sie kamen. Sie bewegte sich nicht und horchte angestrengt. Dabei hielt sie immer noch den Türgriff in der Hand. Wenige Sekunden später wurde ihr klar, dass die blechernen Stimmen Wesley und seinem Kollegen gehörten – Wyslich. Wesley hatte die Audiofunktion am Türmonitor in der Jacht nicht abgeschaltet. Anscheinend hatte der Sensor, der eine Warnung abgab, sobald jemand im Vorraum erschien, sie noch nicht erfasst.

»Du musst jetzt einfach jeden Tag trainieren«, hörte sie Wyslich sagen. »Und nicht nicht nur ein Mal – so oft wie möglich!«

»Geht klar«, sagte Wesley.

»Wenn du mich fragst: Du bist komplett wahnsinnig!«

»Ich muss es einfach versuchen«, sagte Wesley.

Wyslich stöhnte. »Dein Mädchen sieht wirklich gut aus und anscheinend mag sie dich sogar. Du hast hier in der beschissensten Situation, die man sich nur vorstellen kann, den Jackpot gewonnen. Und jetzt setzt du das aufs Spiel?«

»Es geht nicht anders«, sagte Wesley so geduldig wie stur. »Jetzt lass es uns noch mal durchgehen!«

Wyslich schwieg eine Weile. Janja überlegte schon, sich bemerkbar zu machen. Aber dann sagte er: »Ich hab die ursprüngliche Karte des Bergs auf die von dir gesammelten Daten hin angepasst und dreidimensional ausgerichtet. Die Übereinstimmung mit der Realität da draußen liegt wohl nicht bei hundert Prozent, aber bestimmt bei ungefähr neunzig Prozent. Ich hab in die AR auch die Parameter deines Schutzanzugs eingegeben. Du wirst dich also genauso schwerfällig bewegen wie draußen. Das Ziel ist, dass du die ganze Aktion innerhalb von zwei Stunden erledigst. Mit viel Trainieren könnte das zu schaffen sein!«

»Wie viel Zeit hab ich maximal? Zwei Stunden sind unmöglich.«

»Nun, die vier Stunden, die du beim ersten Mal gebraucht hast, sind definitiv zu lang! Und jetzt musst du auch noch Bucheles Sprengsätze platzieren.«

Janja zog sich in den Treppenturm zurück. Die Tür zum Vorraum fiel ins Schloss, als sie sich auf die vorletzte Stufe setzte. Es gelang ihr nicht, ihre Gedanken zu ordnen, und ein paar Minuten später ging der Türgriff schon nach unten.

Janja sprang schnell auf. Wyslich stand vor ihr. »Perfektes Timing«, sagte er. »Wesley wartet schon auf dich.« Er deutete in den Vorraum und hielt ihr die Tür auf.

Janja zwang sich zu einem Lächeln, verabschiedete sich und ging an ihm vorbei. Vor der Geheimtür hörte sie Wesleys blecherne Stimme: »Warte, ich mach dir auf.«

Sie kam gleich zur Sache, nachdem sie die Jacht betreten hatte: »Du hast vier Stunden gebraucht?!«

Wesley zögerte. Er räusperte sich. Dann hockte er sich an die Bar und sagte: »Ja.«

Janja war froh, dass er ihr wenigstens nichts vormachte. »Warum hast du mir das nicht gesagt?«

»Ich wollte dich nicht beunruhigen.«

»Hier geht es um dein Leben!«

»Es geht um unser aller Leben. Die Mission schafft man unter besten Bedingungen vielleicht in zwei Stunden. Aber nicht mit dem Anzug, dem Schuhwerk und dem Atemgerät. Darin fühlt man sich, als ob man sich unter Wasser bewegt. Und man muss auf jeden Schritt da draußen achten, weil alles mit Asche bedeckt ist – man rutscht einfach leicht aus, vor allem bergab. Und dann muss man noch den richtigen Weg finden. Es gibt da keine Orientierungspunkte mehr – markante Bäume, Schilder, Parkbänke, Jägerstände. Alles sieht jetzt gleich aus – nur noch Grau, wohin man auch schaut. Es darf einfach nichts schiefgehen.« Wesley wandte kurz den Blick ab. Dann sagte er: »Tut mir leid, dass ich dir nicht die ganze Wahrheit gesagt habe.«

Janja ging um den Tresen herum zu ihm. »Ist schon okay. Vielleicht hätte ich es genauso gemacht an deiner Stelle. Trotzdem bin ich froh, dass ich jetzt die Wahrheit weiß.« Sie umarmte Wesley. »Sag mir, wie ich dir helfen kann!«

»Du hilfst mir doch schon. Ich werde die Strecke in der AR so oft abgehen, bis ich sie blind kenne. Du kannst das am Bildschirm mitverfolgen und mir Feedback geben, zum Beispiel, wo ich welche Fehler mache. Okay?«

»Gut. Dann fangen wir gleich an!«

Sie half Wesley in die Maske und blieb über Kopfhörer mit ihm verbunden, während er die AR betrat und sie die Panoramafenster umschaltete. Das Inselparadies im Sonnenuntergang verschwand und wich einer düster-grauen Mondlandschaft, in der man diesen Teil des Taunus nicht wiedererkannte. Nicht mal, wenn einem die Gegend hier vertraut war. Es war in etwa so, wie vom Anblick einer Silhouette auf einen bestimmten Menschen zu schließen. Das war zwar möglich, aber nur, wenn man diesen Menschen vorher schon kannte und sich nun an seinen kräftigen Kiefer erinnerte oder ein ähnlich hervorstechendes Merkmal, wie ein breites Kreuz oder besonders lange Beine.

Beim ersten Testlauf schaffte Wesley die Strecke in vier Stunden einundzwanzig Minuten – wobei er allerdings drei Mal fast abgestürzt wäre, weil er sich zu nahe am Abgrund bewegt hatte. Außerdem hatte Wyslich zwar den Schutzanzug als zusätzliche Schwierigkeit programmiert, doch er hatte den Rucksack vergessen, in dem Wesley den C4-Sprengstoff transportieren würde. Das waren noch einmal viele Kilos mehr, die ihn langsamer machen würden.

Beim nächsten Testlauf – diesmal unter erschwerten Bedingungen – brauchte Wesley mehr als fünf Stunden. Sie trösteten sich damit, dass ihm der erste Test noch in den Knochen steckte. Für heute wollten sie es gut sein lassen. Aber Janja hatte sich Notizen gemacht und sich jedes Wegstück eingeprägt. Während Wesley schon schlief, marschierte sie gedanklich seine Strecke noch mal ab – und am nächsten Morgen sagte sie beim Frühstück: »Ich will mitkommen!«

Wesley verschluckte sich fast an seinem Porridge. »Was? Nein!«

»In die AR«, sagte Janja beschwichtigend. »Ich muss die Strecke selber mal ablaufen, dann kann ich dir besseres Feedback geben. Ich glaube, dass du schneller wirst, wenn du dich nur aufs Schleppen konzentrieren musst und nicht noch auf den Weg. Lass es uns einfach mal ausprobieren.«

Wesley dachte darüber nach, dann nickte er. »Okay!«

Den nächsten Testlauf schafften sie in dreieinhalb Stunden. Janja war vorausgelaufen und Wesley ihr mit dem schweren Gewicht auf seinen Schultern gefolgt. »Siehst du? Das ist schon viel besser«, sagte sie, nachdem sie sich aus ihrer Maske gequält und Wesley mit seiner geholfen hatte.

Den vierten Testlauf machte er wieder alleine und annähernd in derselben Zeit, während Janja ihm vor dem Panoramafenster Anweisungen über Funk gab. Dabei bemerkte sie schon die nächste Schwierigkeit. Auf einem kleineren Monitor lief das simulierte Bild seiner Helmkamera mit. Es würde im Ernstfall einen wesentlich kleineren Bildausschnitt zeigen als die Totale, die Wyslich am Computer hergestellt hatte und die das Panoramafenster gerade zeigte. Die Helmkamera wiederum zeigte immer nur das, worauf Wesley gerade schaute. Im Ernstfall würde dieser Ausschnitt nicht reichen, um ihn über Funk vor Felsspalten und Stolperstellen zu warnen. Außerdem würde das Helmkamerabild dann wesentlich schmutziger sein und nicht so gestochen scharf wie in der AR. Janja sah dafür nur eine Lösung: »Ich muss mitkommen!«

»Das hilft uns nicht weiter«, sagte Wesley. »Im Ernstfall

kommst du ja auch nicht mit. Ich muss mich unter möglichst echten Bedingungen vorbereiten.«

»Das meine ich doch«, sagte Janja. »Ich muss bei der *Mission* dabei sein!«

»Janja, das ist zu gefährlich.«

»Wieso – weil ich ein kleines ängstliches Mädchen bin? Siehst du mich etwa wirklich so? Und ich hab gedacht, das wäre nur ein Scherz.«

»Das war es doch auch. Die Sache ist für jeden gefährlich.«

»Auch für dich!«

»Ja. Aber warum sollen wir beide unser Leben riskieren?«

»Weil du dasselbe vorschlagen würdest – wenn ich an deiner Stelle wäre!«

»Janja! Trotzdem ist es ein Risiko, das man nicht unbedingt eingehen muss – und deswegen auch nicht eingehen sollte.«

»Aber was mach ich hier, wenn du bei der Mission stirbst?«

»Du überlebst!«

»Und wenn ich das nicht will – ohne dich? Auch wenn euer Plan funktioniert und der Luftschacht wieder frei ist. Selbst wenn das Ganze tatsächlich zu einem gerechten Miteinander hier drinnen führt – glaubst du, ich werde hier noch mal glücklich?«

»Aber du lebst!«

»Ja, danke, Wesley! Aber wie? Entweder wir schaffen das hier gemeinsam – oder eben nicht!«

36

Das Panoramafenster war im Nachtmodus: ein Sternenhimmel über dem ruhigen Meer. Es war hell genug, dass Wesley Janja betrachten konnte, die neben ihm scheinbar seelenruhig schlief.

Wie sie das schaffte, war ihm ein Rätsel. In drei Stunden würde der Wecker klingeln und Wesley hatte immer noch kein Auge zugetan. Je mehr er sich darauf konzentriert hatte, einzuschlafen – um für die Mission fit zu sein –, desto unruhiger war er geworden.

Es ging ihm nicht aus dem Kopf, dass Janja darauf bestand, mitzukommen. Irgendwann hatte er nachgegeben. Es war wie in *Romeo und Julia*. Wie lächerlich sentimental hatte er das Ende des Stücks noch vor einem Jahr gefunden, als sie mit der Klasse aus dem Theater kamen. Erst beim Abschied von seinen Eltern hatte er es wirklich verstanden: dass Liebe sogar stärker sein kann als der Tod. Bei ihnen war es genauso. Seine Mutter ahnte, dass die Katastrophe jeden in den Tod reißen würde – trotzdem zog sie es vor, bei ihrem Mann zu bleiben.

Die Vorstellung, dass jetzt auch Janja sterben könnte, war für Wesley unerträglich. Die Vorstellung, dass er selber stattdessen starb, war dagegen fast schon ein Trost. Dennoch wäre es ein Verrat, wenn er Janja nun in der Jacht zurückließ. Er hätte damit sein Versprechen gebrochen, diese Mission gemeinsam mit ihr durchzuführen. Aber was zählte dieser Verrat, wenn sie dafür überleben würde? Vielleicht würde sie ihn dafür hassen, und ihr Hass würde ihr dabei helfen, ihn zu vergessen – und sich auf jemand anderen einlassen zu können. Jemand, der sie beschützen würde, sollte er von seiner Mission nicht zurückkehren.

Vielleicht wäre sie ihm irgendwann sogar dankbar. Oder sie würde zumindest verstehen, warum er sich jetzt so entschieden hatte. Wesley stützte vorsichtig mit der linken Hand Janjas Kopf, als er seinen rechten Arm langsam darunter wegzog. Sein Arm war eingeschlafen – immerhin der Arm, dachte er. Er schüttelte ihn vorsichtig, bis er sich nicht mehr taub anfühlte.

Dann schälte er sich wie in Zeitlupe aus der Wolldecke und stand leise auf. Buchele war garantiert schon wach und mit dem Sprengstoff beschäftigt. Vielleicht hatte er einen Kaffee für ihn übrig.

Bevor er die Jacht verließ, schrieb Wesley auf die Verpackung, auf der sie sich schon am Anfang ihrer Freundschaft Nachrichten hatten zukommen lassen:

Janja
Es tut mir leid, aber ich kann nicht anders.
Ich liebe dich!
W.

Er wollte sie noch ein letztes Mal küssen, doch er fürchtete, dass sie davon aufwachen könnte. Er schaffte es kaum, den Blick von ihr abzuwenden, so friedlich, wie sie da lag. Vielleicht war dies das letzte Mal, dass er sie sah.

Als er sich aus der Jacht schlich, war er zugleich traurig und müde – und wach und entschlossen. Die ganzen zweiunddreißig Stockwerke über brannten die Muskeln in seinen Oberschenkeln mit jeder Stufe im Treppenturm noch stärker. Er kam sich vor wie ein Bergsteiger im Himalaja. Die bewegten sich in den Filmen, die er darüber gesehen hatte, genauso schwerfällig. Nur taten sie das auf achttausend Meter Höhe. Hier im Bunker gab es jetzt wahrscheinlich ähnlich wenig Sauerstoff. Und es schien ihm jetzt schon unmöglich, draußen den Berg wieder hinabzusteigen. Trotzdem fieberte Wesley dieser Mission entgegen, selbst wenn er sich gerade elend fühlte. »Du schaffst das! Du schaffst das!« Wie ein Mantra wiederholte er diese Worte, bis er die oberste Etage erreichte.

Vielleicht war dies das Letzte, das er in seinem Leben tat. Knapp tausend Menschen hingen davon ab. Und der eine Mensch, der ihm am meisten bedeutete. Also würde er es so gut machen, wie er nur konnte. Er würde sich auf jede einzelne Sekunde, auf jeden noch so kleinen Schritt da draußen konzentrieren, als würde allein davon sein Leben abhängen.

Oben im Waffenarsenal – dem vorletzten Raum vor der Dekontaminationskammer und Austrittsschleuse – war nicht nur Buchele zugange, auch Frese und Wyslich waren da. Ebenso Nicki. Mit ihr hatte er nicht gerechnet. Auch die Männer wirkten angestrengt, wenn auch bei Weitem nicht so, wie er sich fühlte. Nicki schien die Sauerstoffknappheit noch am besten wegzustecken.

Die drei Wachen prüften die Ausrüstung: Frese das Atemgerät, Wyslich das Funkgerät und die Verbindung zum Kontrollraum; Buchele packte gerade die Zündvorrichtung in den prall gefüllten Armeerucksack. Nur was Nicki hier wollte, war Wesley ein Rätsel.

»Na, auch schon wach?«, begrüßte ihn Frese. Er deutete mit einem Nicken auf Buchele und den Rucksack. »Frag ihn jetzt bloß nicht, ob da schon alles drin ist. Buchele hat das verdammte Ding gerade zum ungefähr hundertsten Mal aus- und wieder eingepackt. Wahrscheinlich hat er mehr Eierflattern als du.«

»Schnauze, Frese!«, sagte Buchele.

Frese grinste Wesley an. »Spaß versteht er momentan auch keinen, nur so als Warnung.«

»Wo ist dein Kamikaze-Girl, Meyer?«, fragte Wyslich. »Schminkt sie sich noch?«

»Sie schläft«, sagte Wesley. »Also hilf mir mit dem Anzug, bevor sie aufwacht.«

»Ich dachte, sie kommt mit?«

»Das will sie auch, aber ich will das nicht.« Wesley ging rüber zur Schleuse und schaute durch das faustdicke Sichtfenster nach draußen, wo es so dunkel war wie an dem Tag, als er den Erkundungsgang gemacht hatte.

»Na, immerhin hast du noch einen Rest an Vernunft in dir!«, sagte Wyslich.

»Also ich fand die Idee ja süß. Bescheuert, aber süß.«

»Halt die Schnauze, Frese!«, sagte Buchele.

Wesley hätte gerne gelacht über die Kabbelei der beiden, aber er konnte nicht. »Und was machst du hier?«, fragte er Nicki.

»Ich komm mit!«

»Noch so eine Verrückte!«, sagte Wyslich.

Wesley war so müde und aufgeregt, dass er sich nicht sicher war, ob er richtig gehört hatte. Wussten die Männer inzwischen von Nickis Geheimnis? Buchele stöhnte. Nur Frese grinste. »Ihr habt einfach kein Herz, Leute!«

»Wenn du es nicht schaffst, schicken sie mich sowieso als Nächstes raus«, sagte Nicki wie eine Todgeweihte, die ihr Schicksal lieber jetzt als später hinter sich hätte.

Wesley setzte sich mit wackligen Knien neben sie. »Aber

vielleicht schaff ich's ja …« Er bemühte sich um ein Lächeln und zwinkerte ihr zu. Es klappte sogar und dazu sagte er: »Allerdings bin ich schwer enttäuscht, dass du nicht an mich glaubst.«

»Na los!«, sagte Wyslich. Dann half er Wesley in den Schutzanzug. Sie machten einen letzten Funktionscheck: Atemgerät, Kamera, Kopfhörer, Mikro – alles lief ohne Probleme. Der Anzug war auch dicht. Es gab keinen Grund mehr, noch länger zu warten.

»Dir ist klar, warum *wir* nicht mitgehen, oder?«, fragte Wyslich ernst. »Böhn hat es verboten.«

»Völlig klar«, sagte Wesley. »Mach dir keinen Kopf.«

Wyslich wandte den Blick von ihm ab. »Mach ich aber«, sagte er leise.

Wesley schaute Nicki an. »Sag mal – hab ich hier irgendwas verpasst? Wissen die …?«

Nicki lachte leise. »Ich hab's Buchele erzählt. Er hatte sich so was schon gedacht. Er meint, dass ich mir bei ihm und seinen Leuten keine Sorgen machen muss. Die stehen nicht auf Kinder.«

Wesley nickte erleichtert. Endlich konnte Nicki mit diesem Versteckspiel aufhören.

»Viel Erfolg!«, sagte sie noch. »Und danke, dass du mich nicht verraten hast.«

»Ehrensache.«

Sie gingen gemeinsam in den Kommandoraum. Dort blieben Frese und Buchele an der Schaltzentrale zurück. Wesley drehte sich noch mal zu ihnen um. Er wollte etwas sagen, aber Frese kam ihm zuvor: »Jetzt bloß nicht rumheulen! Du kommst gefälligst zurück! Dann spendier ich dir vielleicht sogar ein Bier.

Wenn Buchele es vorher nicht schon aussäuft. Also mach dir nicht allzu viel Hoffnungen. Klar?«

»Klar«, sagte Wesley. Er wartete noch kurz auf Buchele, aber von dem war kein ›Schnauze!‹ mehr zu hören.

»Dann hau jetzt mal ab«, sagte Frese etwas leiser.

Buchele nickte ihm zu und Wyslich klopfte Wesley auf die Schulter. Es war ein Zeichen, dass er vorangehen sollte. Vor der Schleuse blieb Wyslich stehen und horchte.

»Was?«, fragte Wesley.

»Ich glaub, Böhn ist doch noch gekommen. Ich hab ein Klopfen gehört. Willst du kurz warten?«

»Nein. Bringen wir's hinter uns. Nichts gegen euren Boss. Aber die dicksten Freunde werden wir beide nicht mehr.«

Wyslich nickte. Wesley hatte jetzt ein sehr flaues Gefühl im Magen. Er atmete tief durch und machte zwei Schritte nach vorne, sodass er in der Schleuse stand. Dann drehte er sich um und drückte auf den roten Knopf neben der offenen inneren Schleusentür. Sie ging mit einem Zischen vor ihm zu. Jetzt musste er nur noch die zweite, äußere Schleusentür öffnen, dann war er draußen. Vorher schaute er ein letztes Mal durch das faustdicke Sichtfenster Wyslich an. Wesley führte seine ausgestreckte rechte Hand gegen seine Schläfe, wobei er etwas ungelenk an seinen Helm stieß.

Wyslich schüttelte auf der anderen Seite des Fensters nur den Kopf. Dann machte er dieselbe militärische Grußgeste, aber anders als Wesley führte er sie richtig aus. Es war, als wolle er Wesley ein letztes Mal zeigen, dass er – im Gegensatz zu seinem Bruder – im Militär nichts verloren hatte.

Dazu sagte Wyslich: »Wir sind übrigens über Funk miteinander verbunden – nur falls du's vergessen hast.«

Wieder hätte Wesley gerne gelacht, aber es ging nicht – und als er sich schon umdrehen wollte, sah er Janja. Sie hatte noch den Trainingsanzug an, in dem sie gestern eingeschlafen war. Ihr Kinn zitterte. Sie war wütend. Sie hatte Tränen in den Augen. Wesley bekam es nur als Hintergrundgeräusch durch Wyslichs Kopfhörer mit, wie sie »Nein!« schrie und gegen das Sichtfenster schlug.

Wesley machte Wyslich ein Zeichen, ihr seinen Kopfhörer zu geben.

Aber Wyslich musste Janja festhalten, weil sie jetzt versuchte, mit der Hand den Türöffner zu erwischen. »Janja«, sagte Wesley beruhigend, aber sie hörte ihn nicht. »Warte!«, hörte er Wyslich sagen – und da eilten schon Buchele und Frese in den Raum.

So wie es aussah, verstand Janja jetzt, was sie vorhatten, und sie ließ sich den Kopfhörer aufsetzen.

»Du hast es mir versprochen!«, sagte sie weinend zu Wesley.

Es tat ihm weh, sie so zu sehen – hinter dem Sichtfenster, mit der schweren Tür zwischen ihnen. »Ich weiß«, sagte er. »Aber wir schaffen das zusammen nie in zwei Stunden. Du würdest trotz des Anzugs zu viel Strahlung abbekommen. Ich natürlich auch – aber ich habe auf meinem Erkundungsgang schon zu viel abbekommen. Es geht nicht anders, Janja. Es macht keinen Sinn, dass wir beide sterben.«

»Ich will nicht, dass du gehst!«

»Ich auch nicht. Aber ich muss! Ich liebe dich!«

»Nein! Ich hasse dich! Ich hasse dich, wenn du jetzt gehst! Bleib hier!«

Aber Wesley drehte sich um. Dann drückte er auf den Knopf neben der Außentür und die Schleuse öffnete sich.

37

Der Anblick war furchtbar. Sie fühlte sich so machtlos. Sie stand vor der Schleuse und schaute durch das Sichtfenster hinter Wesley in seinem Schutzanzug her. Das graue Halbdunkel da draußen hatte ihn nach wenigen Metern schon verschluckt. Janja dachte an ihr letztes Gespräch, bevor sie in der Jacht eingeschlafen war.

Sie hatten sich erst über Bayer unterhalten, der jetzt für die nächsten dreißig Jahre dreiundzwanzig Stunden am Tag in seiner fünf Quadratmeter großen Zelle bleiben musste. Ohne Privatsphäre: Eine dicke Plexiglasscheibe sorgte dafür, dass die ihm zugeteilte Wache sofort eingreifen konnte, sollte er einen Suizid versuchen.

Eine Stunde am Tag würde man ihm Ausgang gewähren. Dann würden ihn zwei Wachen durch die Gänge führen. An den Händen blieb er dabei gefesselt. Bayer sollte sich rund um die Uhr wie ein Sträfling fühlen. Vermutlich war dies die schlimmste Strafe für jemanden wie ihn: den Dritten Weltkrieg überlebt zu haben – und zwar in einem gigantischen Luxusbunker –, aber dort auf Jahrzehnte wie ein ganz gewöhnlicher Verbrecher eingesperrt zu sein, ohne jeglichen Luxus.

Danach hatte Janja Wesley gefragt: »Glaubst du, wir hätten uns auch kennengelernt, wenn es vor einem halben Jahr nicht zu diesem Krieg gekommen wäre?«

»Du meinst, wenn die erste Atombombe nicht gezündet worden wäre?«

»Ja, wenn es im letzten Moment doch keinen Krieg gegeben hätte? Was glaubst du, wie dein Leben dann weitergegangen wäre?«

Wesley ließ sich Zeit und dachte darüber nach, dann sagte er: »Dann wäre mein Bruder noch am Leben. Und meine Mutter. Auch mein Vater, wenigstens noch für ein paar Wochen länger. Darüber wäre ich sehr glücklich gewesen.« Er hatte eine Pause gemacht, wie um sich das vorzustellen. »Ich glaube, Gabriel und Vanessa wären ein Paar geblieben. Die beiden hätten glücklich miteinander werden können. Sie hätten es verdient gehabt. Vanessas Familie hätte bestimmt die Krise gekriegt. Aber Vanessa hätte sich gewehrt. Mit Gabriel hätte sie den Mut dazu gehabt.«

»Und wir zwei? Wir wären uns nie begegnet!«

Auch darüber dachte Wesley länger nach. »Doch«, sagte er schließlich. »Wir wären vor dem Eingang des *Le Grand* zufällig übereinander gestolpert – während alle anderen sich über den Fehlalarm geärgert hätten und danach zurück zu ihren Villen gefahren wären.«

»Aber dann wäre ich mit den Theissens auch in so ein Militärfahrzeug gestiegen.«

»Ja, nur vorher wäre dir etwas runtergefallen. Und ich hätte es für dich aufgehoben und dadurch wären wir ins Gespräch gekommen. Und dann hätte ich dich ein paar Wochen später wiedergesehen, weil Vanessas dämliche Familie dich zu uns nach Hause geschickt hätte, um Vanessa etwas auszurichten – dass sie enterbt ist oder so was! Spätestens da hätte ich mich in dich verliebt.«

»Und dann?«

Die Antwort hatten sie sich gemeinsam ausgemalt, Arm im Arm, in ihrer letzten gemeinsamen, glücklichen Nacht. Sie hätten irgendwann eine Familie gegründet und ein Kind bekommen. Vielleicht wären sie nicht besonders reich geworden. Aber das wäre ihnen auch nicht wichtig gewesen. Dafür hätten sie das mit dem Kind bestimmt gut hingekriegt. Sie wären eine kleine glückliche Familie geworden mit Fahrradanhänger und Campingtrips, selbst gemachter Pasta und Familienfeiern. Sie hätten es verdient gehabt. So wie Gabriel und Vanessa auch und all die anderen Toten da draußen.

Aber auch so hatten sie das Beste aus ihrem Leben gemacht: Sie hatten einander gehabt. Auch wenn das jetzt vorbei war.

Nein, war es nicht! Nicht, solange sie stehen, gehen und sprechen konnte!

Janja schluckte die Verzweiflung über Wesleys Alleingang hinunter und tat das Einzige, das jetzt noch Sinn machte: Sie zwängte sich zwischen den drei hünenhaften Wachmännern hindurch, die vor den Monitoren im Kontrollraum standen – dann nahm sie sich ein Headset und fing an, Wesley da draußen mit Anweisungen zu unterstützen, so wie sie das bei den Testläufen in der AR gemacht hatte. Sie würde ihm immerhin dabei helfen können, gegen den Zeitfaktor anzukämpfen, damit er schneller auf seiner Mission vorankam – selbst wenn sie nur ein zusätzliches Augenpaar war, das ihn vor Felsspalten und rutschigen Stellen warnte.

Das war immer noch besser, als dass er da draußen ganz auf sich allein gestellt war.

Trotzdem wurde auf halber Strecke schon klar, dass Wesley die Mission niemals in den vorgegebenen zwei Stunden beenden würde. Er erreichte die Öffnung des Hauptluftschachts zwar in Rekordzeit. Doch die dreiundzwanzig Minuten Zeitgewinn verstrichen schon wieder, als er die Sprengladungen anbrachte.

Buchele sagte ihm über Funk: »Da – der Überhang direkt unterhalb der Öffnung!«

Jetzt erst erkannte ihn auch Janja wieder. Dabei hatte der Überhang die Form einer übergroßen Baggerschaufel. Aber die Bilder, die die Helmkamera live übermittelte, waren wesentlich schlechter als die Simulation in der AR, die Wyslich am Computer hergestellt hatte. Vermutlich hatte er es nur gut gemeint. Er hatte jene Bilder zu gut nachbearbeitet, damit Wesley sich besser auf den Einsatz vorbereiten konnte.

Auf dem Überhang hatte sich das abgerutschte Geröll gesammelt, das den Luftschacht verstopfte.

Jetzt sagte Buchele weiter: »Wesley! Es hat keinen Sinn, das Geröll wegzusprengen! Dann rutscht bloß von oben was nach. Du musst den Überhang selber wegsprengen! Nur dann kann sich die Blockade lösen.«

»Geht klar! Ich versuch's«, sagte Wesley draußen.

Während Buchele ihm weitere Anweisungen gab, suchten Frese und Wyslich die virtuelle Simulation des Berghangs auf Monitor 2 nach einer möglichen Deckung ab, von wo aus Wesley die Sprengladungen sicher zünden könnte.

Allein sie zu platzieren, nahm eine schmerzhaft lange Zeit in Anspruch. Wesley musste sich dabei in steilem Gelände direkt am Abgrund bewegen, um den Sprengstoff an verschiedenen Punkten des Überhangs zu befestigen.

Das unsichere Terrain hinderte ihn daran, schneller vorzugehen. Sein Schutzanzug und die klobigen Stiefel waren dafür zu schwerfällig und die Ascheschichten machten das Gestein rutschig. Die Absturzgefahr war sowieso schon hoch, aber unter diesen Umständen enorm.

Dafür entdeckten Wyslich und Frese eine Felsnische, die als Deckung hoffentlich geeignet war. Die Standfläche dort war schmal – sieben Zentimeter kleiner als Wesleys Stiefelsohlen, zeigte der Monitor an. Selbst wenn Wesley sich mit dem Rücken ganz in die Nische drückte, wäre die Vorderseite seines Schutzanzugs Querschlägern der Sprengung ausgesetzt. Aber es war besser als nichts. Es hatte vorab die Überlegung gegeben, Wesleys Anzug mit einer zusätzlichen Brust- und Rückenpanzerung auszustatten. Aber dann hätte er noch mehr Gewicht mit sich herumschleppen müssen, was ihn noch langsamer gemacht hätte.

Jetzt redeten die Männer sich über Funk diesen Standort schön: zum einen aus Mangel an Alternativen, aber eben auch, um Wesley nicht zu entmutigen. Janja schwieg dazu. Was hätte es gebracht, die Wahl der einzigen Schutzmöglichkeit weit und breit zu kritisieren?

Dann kam schon der Moment, wo Wesley sich in der Nische positionierte. Nicki verzog sich jetzt in den Nebenraum, weil sie dabei nicht mehr zusehen wollte.

Janja schaute ihr kurz hinterher, dann wieder auf den Monitor. Als Wesley die Zündvorrichtung betätigte, passierte einige Sekunden lang gar nichts. Dann gab es einen gewaltigen Knall. Ihm folgten eine Flammenwelle und ein Aschesturm, der das ganze Bild verdunkelte, das Wesleys Helmkamera übermittelte. Dieses Bild sahen sie auf Monitor 1. Nur er gab die realen Ereignisse draußen wieder.

Während dieser Monitor noch dunkel war, wurde auf der Tonebene ein Grollen immer lauter, bis es schließlich in einem

Donnern mündete. Janja konnte sogar das Aufeinanderschlagen von Gesteinsbrocken hören, wenn sie genau hinhorchte.

Sie rief nach Wesley, aber er reagierte nicht.

Die durch die Sprengung ausgelöste Gerölllawine, die sie im Kommandoraum nur hören konnten, verebbte nach gerade mal einer Minute. Dann war es wieder still. Janja rief erneut Wesleys Namen. Doch sie bekam keine Antwort über ihr Headset.

Auch die anderen riefen jetzt Wesleys Namen und dass er sich zurückmelden solle. Sie erhielten als Antwort bloß die gleiche unheimliche Stille.

Die auf Monitor 1 sichtbare Aschewolke verzog sich langsam: nicht ganz, aber ausreichend, um da draußen etwas erkennen zu können. Die Helmkamera zeigte jetzt einen anderen Bildausschnitt als noch vor der Sprengung: Es war ein gleichmäßiges Dunkelgrau, das seltsam glimmerte und sich bewegte.

»Wesley!«, rief Janja wieder und Wyslich stimmte mit ein. Nur Buchele und Frese blieben stumm. Dann wusste Janja auf einmal, was auf dem Monitor zu sehen war. Es war der Himmel. Wesley hatte ihn ihr als zähe Wolkendecke beschrieben, die ihn an verbranntes Plastik erinnert hatte. Das war es, das da vorbeizog – die Wolkendecke –, und das leichte Glimmern war der Schein von Wesleys Stirnlampe.

Er musste irgendwo da draußen bewusstlos auf dem Rücken liegen. Deswegen antwortete er nicht.

Außer, er war … Janja wollte diesen Gedanken nicht zu Ende denken. Sie bekam keine Luft mehr. Tränen stiegen in ihr hoch. Aber wieder riss sie sich zusammen. Er hat nur das Bewusstsein verloren!, redete sie sich ein. Dann sagte sie, mehr zu sich selber: »Ich muss hier raus!« Sie ging aus dem Kontrollraum, fand den Anzug, der ursprünglich für sie vorgesehen war, und nahm ihn

vom Haken an der Wand. Sie brauchte beide Hände dafür. Er war schwer. Sie merkte erst jetzt, dass Buchele ihr gefolgt war.
»Vergiss es!«, sagte er nur.
Janja hatte nicht vor, sich auf eine Diskussion einzulassen. »Wesley liegt da draußen irgendwo. Er ist verletzt. Ich werde ihn holen.«
»Das schaffst du nicht alleine!«
»Ich kann es wenigstens versuchen!«
»Er ist tot, Janja!«
»Er ist erst tot, wenn ich ihn gefunden habe und weiß, dass sein Herz nicht mehr schlägt!« Inzwischen waren auch Frese und Wyslich in die Ausrüstungskammer gekommen. »Ich bitte euch nicht um Erlaubnis, kapiert? Es kann euch doch egal sein, ob ich hierbleibe oder rausgehe. Ihn habt ihr auch gehen lassen! Also helft mir jetzt gefälligst in diesen beschissenen Anzug!«, schrie sie.
Keiner der Männer rührte sich. Aber Nicki kam zu ihr und ging ihr zur Hand. Sie hielt den Anzug fest, sodass Janja in die darin integrierten Stiefel steigen konnte.
In dem Moment ging die Tür zum Kontrollraum auf. Böhn trat ein, gefolgt von Theissen. Theissen hatte einen Kaffeebecher in der Hand.
»Okay!«, sagte Frese plötzlich. »Ich geh mit!«
Buchele stöhnte genervt. »Auf keinen Fall!«
»Was ist denn hier los?!«, rief Böhn.
»Meyer hat vor zwei Minuten die Sprengladungen gezündet«, sagte Wyslich. »Seitdem haben wir keinen Funkkontakt mehr.«
»Frese möchte rausgehen und ihn suchen«, ergänzte Buchele.
»Genau«, sagte Frese. »Ihr könnt euch ja schon mal eine Strafe ausdenken. Wegen Befehlsverweigerung.«

»Sie bleiben hier, Frese!«, sagte Theissen. »Und du auch, Janja! Niemand geht da raus. Wenn der Junge bei seinem Einsatz gestorben ist, ist das bedauerlich, aber nun mal nicht zu ändern.«

»Sorry, Kumpel«, sagte Frese. »Aber von Zivilisten nehme ich grundsätzlich keine Befehle entgegen.«

»Du bleibst hier, Frese!«, sagte Böhn. »Herr Theissen und ich haben eine Einigung erzielt. Nächste Woche werden die ersten Wahlen im Bunker stattfinden. Ob Gründer oder Fachkraft, jede Stimme zählt gleich viel. Wir müssen jetzt überlegt handeln. Noch können wir nicht sagen, ob die Sprengung ein Erfolg war. Dazu müssen wir erst neue Messungen vornehmen.«

»Sorry, Boss! Aber die Sprengung selber war erfolgreich!«, unterbrach Wyslich. »Das Geröll ist weg. Und ich gehe jetzt auch da raus!« Er drückte Frese einen Anzug in die Arme, dann nahm er sich einen zweiten vom Haken daneben.

»Spinnt ihr zwei jetzt komplett?«, rief Buchele sauer.

»Wieso?«, sagte Frese nur. »Wir gehen da doch nicht nackt raus.«

»Tun Sie was, Böhn!«, drängte Theissen.

In dem Moment sagte Nicki an der Tür zum Nebenraum – in den sie wieder kurz verschwunden war: »Jetzt hört mir mal gut zu, Freunde! Und ich sag das nur ein Mal!« Sie hatte eine Pistole in beiden Händen, sie war auf Theissen gerichtet. »Janja, Frese und Wyslich werden da jetzt rausgehen und Wesley holen. Und niemand wird sie daran hindern. Verstanden?« Sie zielte jetzt auf Böhn. »Sollte sich jemand hier fragen, ob ich mit einer Pistole umgehen kann – dann demonstriere ich ihm das gerne. Also, Freiwillige vor! Buchele?« Der Lauf der Pistole zeigte jetzt auf ihn.

Janja sah auf die Uhr. »Okay, los!«, sagte sie.

»Was zur Hölle –?«, fing Theissen an. Dann schaute er von Nicki auf seinen Kaffeebecher. Er holte aus und warf ihn in ihre Richtung.

Allerdings traf er nicht.

»Netter Versuch!«, sagte Nicki gelassen.

Dann schoss sie Theissen in den Fuß. Er schrie auf und fiel zu Boden.

»Zielen will gelernt sein!«, meinte Nicki.

Janja stapfte mit Frese und Wyslich zur Schleuse. Bevor Wyslich den Knopf neben der Innentür drücken konnte, die noch geschlossen war, hörten sie Böhns Stimme: »Gerätecheck! So viel Zeit muss sein!«

Wesley stockte immer noch der Atem, nachdem er aufgeschlagen war. Die Detonation hatte ihn in die Luft geschleudert wie ein achtlos in die Nacht geschnipptes Streichholz. Sein Aufprall war durch nichts gedämpft worden. Sogar die allgegenwärtige Ascheschicht, die sich auf dem Gestein gebildet hatte, hatte die Explosion weggeblasen.

Wesley konnte sich nicht bewegen. Er fühlte nur, wie der Berg jetzt zu zittern anfing – und wie er ein dumpfes, bedrohliches Grollen von sich gab, so als würde der Berg selber unter großen Schmerzen aufstöhnen.

Darauf folgte ein donnerndes Krachen – so laut, als läge Wesley im Zentrum eines Gewitters.

Er drehte den Kopf zur Seite und sah, dass der Überhang unter der Kanalöffnung weggebrochen war. Er hörte ein Pfeifen in seinem Kopf von dem Lärm. Er fragte sich, ob seine Trommelfelle geplatzt waren, aber sein Helm schien noch dicht zu sein.

Dann löste sich die Geröllawine, die sich auf dem Überhang gestaut hatte, wie ein reißender Wasserfall, der aus einem Damm brach. Kleinste Steine schossen als Querschläger gegen seinen Anzug, so hart und schnell, dass Wesley sie auf seiner Haut brennen spürte.

Das ist ein gutes Zeichen, sagte er sich. Ich fühle noch was. Aber irgendetwas stimmte nicht.

Erst da merkte Wesley, dass er langsam mitgezogen wurde.

Er befand sich zwar am äußersten Rand der Lawine und versuchte noch, sich festzukrallen, aber der Sog war zu stark. Plötzlich spürte er einen unglaublichen Schmerz in seinem Bein. Es steckte fest. Doch die sich lösenden Felsbrocken zerrten weiter an ihm. Sein Oberschenkelknochen brach wie in Zeitlupe. Es war wie bei einem Ast, der zu viel Gewicht trug und langsam abknickte. Das Geräusch, das der Knochen dabei machte, spürte Wesley mehr, als dass er es hörte – es klang, wie wenn man ein rohes Ei aufschlägt.

Er merkte noch, dass er von der Geröllawine talwärts gerissen wurde. Dann wurde der Schmerz in seinem Bein so heftig, dass Wesley glücklicherweise das Bewusstsein verlor.

Alles drehte sich um ihn herum, als er wieder zu sich kam. Wesley versuchte, seine Hände zu bewegen. Er schaffte es immerhin mit der Rechten – sein linker Arm war über die Schulter und bis weit auf die Brust verschüttet.

Die Schmerzen in seinem Oberschenkel waren brutal. Das bedeutet aber, dass ich noch lebe, sagte er sich. Er schaffte es sogar, einen Zeh in dem klobigen Stiefel zu bewegen. Dann verlor er erneut das Bewusstsein.

Diesmal träumte er immerhin.

Er sah Janja vor sich, weit entfernt und dunkelgrau, wie auf einer verschmierten Bleistiftzeichnung. Aber es war eindeutig

Janja. Wenn er sich entspannte – in seinem Traum war das möglich –, dann sah er sie richtig klar vor sich. Er sah sogar, dass sie ihn anlächelte.

Wyslich grub die Steine mit den Händen ab. Frese, der Spaßvogel, war plötzlich ganz ernst und voll in seinem Element: Er holte eine Teleskopstange aus dem Erste-Hilfe-Rucksack und zog sie in die entsprechende Länge, um damit Wesleys Bein zu schienen.

»Wesley«, sagte Janja. »Hörst du mich?« Sie schaute wieder zu Frese rüber, der jetzt eine Halsmanschette unter Wesleys Kopf legte und sie vorsichtig zuschnappen ließ.

»Es ist schlimm«, sagte Frese. »Aber ich hab schon Schlimmeres gesehen.«

Janja half Wyslich beim Ausklappen der Trage. Dann schob sie sie unter Wesleys Rücken, während die Männer ihn vorsichtig anhoben und ihn schließlich auf der Trage festbanden, damit er nicht herunterfallen würde.

»Was für Verletzungen er genau hat, werden wir erst drinnen erfahren«, sagte Frese weiter. Er sagte es zu ihr, aber auch zu Wesley, wobei sie nicht wussten, ob der sie hörte. »Wyslich hier hatte mal eine Schädelfraktur, die war wirklich nicht schön, und zwei gebrochene Halswirbel, die auch noch die Arterien im Nacken blockierten. Die Ärzte haben damals gesagt, wir können froh sein, wenn er überhaupt noch mal redet, geschweige denn aufsteht. Ein halbes Jahr später war er schon wieder im Einsatz. Und hat mir auf fünftausend Höhenmetern den Arsch gerettet.«

»Jetzt mal Schluss mit dem Kaffeeklatsch!«, sagte Wyslich. »Los!« Sie hoben Wesley an und machten sich an den Aufstieg.

»Janja?« Es war Wesley. Seine Stimme war schwach – aber er war bei Bewusstsein, er redete! Allein das gab Janja einen Energieschub, als hätte man ihr ein Aufputschmittel injiziert. Er würde es schaffen – er musste es einfach schaffen!

»Ja, ich bin es!«, antwortete sie. »Frese und Wyslich sind bei mir. Wir bringen dich zurück. Halte durch!«

»Bist du es wirklich?«, fragte er.

»Ja, du träumst nicht, ich bin es! Du musst jetzt durchhalten, verstehst du?«

»Janja!«, rief Wyslich.

Sie drückte noch mal Wesleys Hand und lächelte ihm zu, dann stapfte sie an Frese und Wyslich vorbei, um vorauszugehen und den Männern mit der Trage den Weg zu weisen.

Was für ein Tag! Wieder war es der erste Tag vom Rest ihres Lebens.

NACHWORT

Es ist kein Alarmismus, zu behaupten, dass die Demokratie heute – auch ohne Krise – in Gefahr ist. Noch mehr ist sie das in Krisenzeiten und im Katastrophenfall. Seit 2016 gelten sogar die USA, immerhin die erste moderne Demokratie der Welt, als »flawed democracy«. Diese Gefahr lauert weltweit, auch in Deutschland. Für mich war das der Antrieb, dieses Buch zu schreiben. Es zeigt natürlich nur ein Worst-Case-Szenario von sehr vielen möglichen auf.

Die Inspiration für den Luxusbunker im Taunus lieferte der Artikel *Doomsday Prep for the Super-Rich* von Evan Osnos, der am 30. Januar 2017 im *New Yorker Magazine* erschien. Ein weiterer Anstoß war das Buch *Raven Rock* von Garrett M. Graff über die Geschichte der Atomschutzbunker seit Beginn des Kalten Krieges. Darin wird ein General zitiert: »Sollten wir uns jemals in einem solchen Bunker wiederfinden, wird es keine Woche dauern, bis wir uns gegenseitig die Köpfe einschlagen.« Er bezog sich dabei auf das Luxushotel *The Greenbrier*, in dessen geheimem Bunkeranbau sich von 1961 bis 1991 der Ausweichsitz des US-Senats und des US-Repräsentantenhauses befunden hat.

Ein besonderer Dank geht zuletzt an Wesley Izahya Fogle, einen Freund meines Sohnes. Du bleibst unvergessen, Wesley.

München, im Mai 2020

Stephan Knösel, 1970 geboren, lebt mit seiner Frau und den beiden Söhnen in München. Für seinen Debütroman *Echte Cowboys* wurde er mit dem Literaturstipendium der Landeshauptstadt München, dem Bayerischen Kunstförderpreis für Literatur und dem Kranichsteiner Jugendliteratur-Stipendium ausgezeichnet.
Sein zweiter Roman, *Jackpot – wer träumt, verliert*, war für den Deutschen Jugendliteraturpreis 2013 nominiert.

Mehr Infos gibt es auf seiner Homepage: www.stephanknoesel.de

Rasant wie ein Actionfilm!

Stephan Knösel

Jackpot

Roman
Gulliver, 256 Seiten (74436)
E-Book (74344)

Ein Auto kracht gegen einen Baum, das geheimnisvolle Mädchen Sabrina und eine Tasche voller Geld im Kofferraum – Jackpot! Dumm nur, dass Chris und sein Bruder Phil nicht die einzigen sind, die scharf darauf sind. Sabrina erzählt aberwitzige Geschichten, die Gang nebenan schlägt los und die Polizei will auch mitreden. Doch alle sind nichts gegen den Mann, der mit Sabrina im Auto saß. Er würde töten für seinen Jackpot …

»Action pur & superspannend!« *Mädchen*

Nominiert für den Deutschen Jugendliteraturpreis 2013

www.beltz.de

Ein Sommertraum von Liebe & Freundschaft

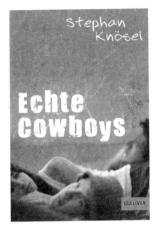

Stephan Knösel

Echte Cowboys

Roman
Gulliver, 240 Seiten (74251)
E-Book (74288)

Dies ist die Geschichte dreier Einzelgänger, die zufällig zur richtigen Zeit am richtigen Ort sind: Cosmo, der schweigsame Underdog. Nathalie, die einsame Traumfrau. Tom, der ewige Pechvogel. Eine Flucht aus den Sackgassen der Großstadt, ein Abschied von denen, die nie richtig da waren.

»Temporeich. Lässig. Ehrlich.« *Deutschlandfunk*

Bayerischer Kunstförderpreis
Kranichsteiner Jugendliteratur-Stipendium

www.beltz.de

Angriff der Killerpflanzen!

Kenneth Oppel

Bloom

Die Apokalypse beginnt in deinem Garten

Hardcover, 345 Seiten
Beltz & Gelberg (75558)
E-Book (75562)

Nach einem starken Regenfall taucht überall schwarzes Gras auf, dessen Herkunft unerklärbar ist. Schnell überwuchert es Felder und ganze Städte überall auf der Welt. Die Menschen leiden unter heftigen Allergien, die Nahrungsmittelversorgung ist bedroht und schließlich greift das Gras Menschen an. Zur gleichen Zeit entdecken drei Jugendliche, dass gerade sie seit Beginn des Horrors ihre Allergien losgeworden sind – und ungeahnte Kräfte entwickeln. Gibt es einen Zusammenhang zwischen ihnen und dem schwarzen Gras?

www.beltz.de

Es gibt nur einen Weg aus der Angst – der führt mittendurch.

Antje Wagner

Hyde

Roman

Hardcover, 408 Seiten
Beltz & Gelberg (75435)
E-Book (74680)

Seit sie denken kann, ist Hyde Katrinas Zuhause gewesen. Hier ist sie aufgewachsen, mit ihrer Schwester Zoe und ihrem Vater. Jetzt ist Hyde verschwunden – und Katrina auf sich allein gestellt. Von dem, was geschehen ist, weiß sie nur noch Bruchstücke. Als sie beginnt, ein verfallenes Haus zu renovieren, mit dem sie sich auf seltsame Weise verbunden fühlt, führt sie dies auf die Spur eines ungeheuren Geheimnisses. Ist sie überhaupt diejenige, die sie glaubt zu sein?

Brillant und mit großem Gespür für ihre Figuren, lässt Antje Wagner aus dem Alltäglichen das Unheimliche erwachsen, dessen Faszination sich niemand entziehen kann.

www.beltz.de

Sie kommen, um zu rächen ...

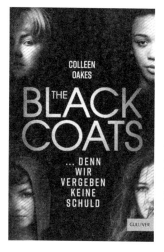

Colleen Oakes

The Black Coats – ... denn wir vergeben keine Schuld

Thriller
Hardcover, 397 Seiten
Gulliver (78998)
E-Book (74972)

Die »Black Coats« – ein Geheimbund aus Frauen, die sich geschworen haben, das Gesetz selbst in die Hand zu nehmen. Sie erteilen gewalttätigen Männern eine Lektion. Thea sieht ihre Chance gekommen, sich am Mörder ihrer Cousine zu rächen. Doch als die Vergeltungsaktionen eskalieren, zweifelt Thea am Sinn ihrer Mission: Kann sie noch aussteigen oder ist es längst zu spät?

Ein atemberaubender Thriller um Schuld, Rache und Gerechtigkeit.

www.beltz.de

Achtung ...

Louis Sachar

Schlamm
oder Die Katastrophe von Heath Cliff

Roman
Aus dem Englischen von
Uwe-Michael Gutzschahn
Broschiert, 191 Seiten
Gulliver (74865)
E-Book (74544)
ab 12

... dein nächster Schritt könnte tödlich sein! Marshall, Tamaya und Chad geraten im Wald in ein Schlammloch mit giftigen Erregern, was einen biologischen Super-Gau in Heath Cliff auslöst. Ein Wettlauf gegen die Zeit beginnt. Der neue Roman des vielfach ausgezeichneten Autors von *Löcher – die Geheimnisse von Green Lake.*

»Sachar verbindet Elemente aus dem ganz normalen Alltag mit Mystery und Spannung zu einem packenden Umweltkrimi, der ein warnendes Beispiel ist.« *Publishers Weekly*

www.beltz.de